Carola Kupfer
Wolfgang Schröck-Schmidt

Johanna und der Medici-Schatz

Neue Intrigen am Kurpfälzer Hof

Roman

EDITION LIT

Impressum

1. Auflage

EDITION LIT
Am Leimbach 21

68723 Oftersheim
Tel. 0172 6244168

Covergestaltung: Anke Zawadsky, ZAWA Design
Umschlagbilder: Kurpfälzisches Museum Heidelberg
Satz: Marc Schäfer - Fotografie & Design, Oppenweiler
Druck: Strauss GmbH, Mörlenbach
Lektorat: Sonja Roth und Sandra Erler

Einheitsaufnahme der Deutschen Bibliothek – CIP
Ein Titelsatz für diese Publikation ist bei der Deutschen Bibliothek erhältlich
http://dnb.ddb.de

Printed in Germany, Oftersheim 2011

ISBN: 978-3-9813254-2-3

WWW.EDITION-LIT

EDITION
LIT

Wir bedanken uns für die freundliche Unterstützung
der Staatlichen Schlösser und Gärten Baden-Württemberg.

Die Autoren:

Carola Kupfer

Jahrgang 1964, hat Kunstgeschichte, Archäologie und Sprachen studiert. Sie arbeitet seit mehr als 20 Jahren als Autorin, Ghostwriter und Texterin.
Unter ihrem Namen erschienen schon mehrere Ratgeber sowie ein historischer Roman.

Wolfgang Schröck-Schmidt

Jahrgang 1960, hat als Kunsthistoriker (M.A.) zahlreiche Schriften zur Geschichte der Kurpfalz publiziert.
Seit 1991 ist er Mitarbeiter der Staatlichen Schlösser und Gärten Baden-Württembergs am Schloss Schwetzingen.

Nach *Nichts ist eine Kleinigkeit bei Hofe* (erschienen 2009 im Dryas-Verlag) ist *Johanna der Medici-Schatz* der zweite Band der Kurpfalz-Trilogie vom Autoren-Duo Kupfer/ Schröck-Schmidt.

Johanna und der Medici-Schatz

Kapitel 1

„Mama, Mama, komm schnell!"

Die Stimme des Mädchens riss Johanna aus ihren Gedanken. Louisa war eigentlich ein ruhiges Kind; ihr lautes Rufen schreckte sie auf. Rasch raffte sie ihre Röcke und lief so gut es eben durch den kniehohen Schnee ging die kleine Anhöhe entlang der Straße hinauf.

„Was ist denn los?" Außer Atem rief sie ihre Kinder, noch ehe sie die sanfte Kuppe erklommen hatte, hinter der sich das Wasser des Bachs glucksend unter einer festen Eisschicht schlängelte. Bis eben hatten die beiden dort noch friedlich gespielt. Sie hörte plötzlich lautes Johlen und Geschrei - es war doch hoffentlich nichts Ernsthaftes passiert?

Doch Louisa und ihr kleiner Bruder Francesco standen am Rand des Bachlaufs und starrten hinüber zum Weg am anderen Ufer, auf dem sich eine merkwürdige Prozession bewegte: Angeführt von einem Esel, auf dem eine kreischende Frau halbnackt verkehrt herum saß, zogen gut drei Dutzend Menschen johlend an ihnen vorbei. Einige winkten hinüber, als sie Johanna mit den Kindern sahen, die meisten waren jedoch damit beschäftigt, zotige Sprüche heraus zu posaunen: „Endli wird dem Weib moi gezeigt, wa Herr im Hause is!" rief ein junger Mann und reckte wild seine Faust nach oben.

„Und naha zeigst du ihr, dass du aa im Bett da Herr bist!" ergänzte ein anderer, woraufhin meckerndes Gelächter einsetzte.

„Mach ihr hoit endli a paar Kinda, dann gibt sie Ruh!" kreischte eine junge Frau und sah sich Beifall heischend unter den anderen um, während ein alter Mann, der sich mit gekrümmten Rücken auf einen Gehstock stützte, laut krächzte: „De gehört moi so richtig rangenomma, mia helffa dia gern!", was ohrenbetäubendes Gelächter der Meute nach sich zog.

Die Frau auf dem Esel, der von einem sehr grimmig drein schauenden Mann geführt wurde, heulte und schimpfte abwechselnd: „Saubande, elende!" Sofort ließ der Mann eine

Peitsche klatschend auf ihren entblößten Schenkel niedersausen. Vielleicht sorgte die Kälte dafür, dass sie den Schmerz nicht spürte. Denn die Frau ließ sich nicht beirren: „Was konn i dafia, wenn man mir so oan Schlappschwanz ins Bett legt?" Peng! Die Peitsche traf diesmal ihren Rücken und sie zuckte schreiend zusammen.

Johanna folgte der Prozession mit aufgerissenen Augen und vor Erstaunen offen stehendem Mund. Von ihrer Magd Traudl hatte sie einmal gehört, dass Dorfbewohner in vielen Dingen eine eigene Rechtsprechung pflegten – vor allem, wenn es um Fragen des friedlichen Miteinanders ging. Soweit Johanna sich erinnerte, bedeutete der Ritt verkehrt herum auf einen Esel dass die Frau ihren Mann verprügelt hatte! Zur Strafe wurde sie nun halbnackt von ihm durch das Dorf gezogen – was für eine Demütigung. Hoffentlich hatten die Kinder nicht mitbekommen, worum es hier ging, für so etwas waren sie noch viel zu jung. Sie wollte sich gerade zu ihnen wenden, als sie Francesco wimmern hörte.

„Hilfe, Mama, die wollen mir wehtun!" Die weinerliche Stimme ihres dreijährigen Sohnes klang angsterfüllt.

„Francesco!" Johanna hielt entsetzt inne. Der kleine Junge stand mit beiden Beinen in der Mitte des Baches. Das Eis war gebrochen und er bibberte knöcheltief im kalten Wasser, während sich links und rechts am Ufer zwei Knaben mit gezückten Messern aufgebaut hatten.

„Was tut ihr da? Lasst sofort mein Kind in Frieden!" Ohne weiter darüber nachzudenken stürzte Johanna sich auf den ersten Jungen, gab ihm im Vorbeilaufen eine schallende Ohrfeige und griff nach ihrem Jüngsten. Sofort kam Louisa ihr zu Hilfe. Das Eis knirschte unter ihrem Gewicht und sie hatten rechte Mühe damit, Francesco sicher aus dem Bachbett zu führen. Seine Gamaschen und seine teuren Lederstiefelchen waren patschnass und gaben bei jedem Schritt schmatzende Geräusche von sich. Johanna seufzte, nun waren sie erst eine knappe Stunde unterwegs und schon hatten sie mit aufgebrachten Dorfbewohnern, Wegelagerern, nassen Füßen und möglicherweise schon morgen mit einer ordentlichen Erkältung zu kämpfen. Als Arzttochter kannte sie sich damit aus. Das konnte ja heiter werden.

„Louisa, lauf mit Francesco hoch zur Kutsche und zieh ihm frische Strümpfe an!“ Das Mädchen reagierte sofort und zog den mittlerweile laut heulenden Bruder durch den Schnee hinter sich her.

„Neiiiin! Ich will aber sehn wie Mama den Jungen verhaut!“ brüllte dieser empört. Doch gegen seine große Schwester konnte er nichts ausrichten.

Unterdessen war einer der beiden Jungen in der Menge der johlenden Dorfbewohner verschwunden. Der andere rieb sich seine Wange, auf der sich deutlich ein roter Abdruck von Johannas Hand abzeichnete. Fast tat der Junge ihr ein wenig leid, doch sie besann sich, fasste ihn hart am Arm und schüttelte ihn, wobei sie Mühe hatte, sich auf dem rutschigen Schnee zu halten.

„Was sollte das? Und wer bist du überhaupt?“ Verärgert musterte sie das dünne und zerlumpte Bündel, das verzweifelt versuchte, ihrem festen Griff zu entkommen. Die Knaben hatten offenbar Johannas Unaufmerksamkeit ausgenutzt und sich an ihren Sohn heran geschlichen. „Nun antworte schon!“ Ungeduldig zerrte sie am Arm des Jungen, der für die winterlichen Temperaturen viel zu dünn gekleidet war. „Ich lass dich erst gehen, wenn du mir sagst, wer du bist und was du von Francesco wolltest“.

Hilfe suchend blickte der Knabe sich um, doch sein Freund blieb verschwunden und die Dorfbewohner bemerkten vom Geschehen am Bachlauf nichts. Johanna nahm wahr, dass er vor Kälte zitterte. „Nun red schon!“ Ihre Stimme klang nun freundlicher und der Junge entspannte sich ein wenig.

„I, i bin vom Porth Josef. Und Hunga hob i. Mehr sog i ned.“ Trotzig blickte er Johanna ins Gesicht. Johanna dachte fieberhaft nach. Josef Porth war ein in der Gegend berüchtigter Wilderer und Räuber. Den „Amberger Seppl“ nannten sie ihn hier – und zu scherzen war mit ihm nicht. Wenn dieser dünne und zerlumpte Kerl sein Mündel oder Sohn war, drohte ihnen weitaus mehr Gefahr, als sie bislang gedacht hatte. Reisen war in den letzten Jahren unsicher geworden, seit Kurfürst Maximilian Joseph III. von Bayern immer wieder kränkelte und sich kaum noch in seiner Amberger Residenz blicken ließ. „... und de scheenen goldene Knöpferl woit i..." hörte sie den Jungen leise murmeln. Sie atmete tief durch und traf eine Entscheidung.

„Gut, ich werde dir nichts tun. Und verraten werd ich dich auch nicht, an niemanden." Johanna sah ihn streng an. „Aber du verschwindest von hier.

Und das hier...", sie griff nach einem silbernen Knopf an ihrem wollenen Umhang und riss ihn mit einem schnellen Ruck ab, „... das hier nimmst du als Erinnerung daran, dass man niemals, hörst du, *niemals*, kleine Kinder bedroht. Ist das klar?"

Der Junge nickte hastig und griff nach dem silbernen Knopf. Kaum hatte Johanna ihn losgelassen, rannte er los, überquerte mit einem gewaltigen Satz den vereisten Bach und verschwand im Wald. Einige Momente starrte Johanna ihm und seiner Spur im Schnee hinterher, ehe sie sich umwandte, ihre Röcke so gut es ging hob und sich auf den Weg durch den Schnee hinauf zur Kutsche machte. Wenn sie nur keinen Fehler gemacht hatte, den Knaben laufen zu lassen, aber er sah so arm und bedürftig aus. Hoffentlich hatten die Kutscher den gerissenen Lederhalfter inzwischen reparieren können, damit die Fahrt endlich weiterging.

„Und, hatta Haue gekriegt?" Francesco beugte sich aus dem seitlichen Fenster der Postkutsche und sah seine Mutter erwartungsvoll an.

„Nein", antwortete Johanna kurz angebunden und wandte sich an einen der beiden Kutscher, der einen Gurt festzurrte: „Wann geht es weiter?"

„Wenn Sie fertig han könna mia fahrn." Die Antwort klang nicht gerade freundlich. Achselzuckend stieg Johanna zu ihren Kindern und der immer noch schnarchenden Magd in die Kutsche. Es war wirklich ein Kreuz mit dieser Traudl – sie hatte am

Morgen gegen die Kälte mehrere Tassen „heißen Tee“ zu sich genommen, der sich dann als starker Punsch entpuppte und dafür sorgte, dass die Magd schon nach wenigen Reisemetern anstatt auf die Kinder aufzupassen in einen tiefen Schlaf fiel. So hatte sie nicht nur verpasst, dass die Kutscher bereits kurz hinter Sulzbach einen gerissenen Riemen austauschen mussten, sondern auch den Zwischenfall während dieser Zwangspause an dem Bach. Johanna beschloss, die unfähige Reisebegleitung sofort zurück nach Amberg zu schicken, wenn sie in Mannheim angekommen waren. Doch bis dahin würden sie noch eine weite und beschwerliche Reise haben – so viel Schnee hatte es Anfang Januar schon lange nicht mehr gegeben.

Sie wandte sich ihrem Sohn zu: „Francesco mein Liebling, sind deine Füße wieder warm? Wieso bist du überhaupt in den Bach eingebrochen? Ich hatte euch doch verboten, auf dem Eis zu spielen!“ Kopfschüttelnd sah sie auf den dunkelhaarigen Knirps an ihrer Seite hinunter, der prompt wieder anfing zu weinen.

„Jaa-aaa... aber da war der Esel und die bösen Jungs...“ schluchzte er und schniefte laut durch die Nase. Johanna hielt ihrem Sohn ein Taschentuch hin.

„Mama, Francesco konnte nichts dafür“, mischte sich Louisa in das Gespräch ein. „Die beiden Kerle waren ganz plötzlich da und haben ihn auf das Eis gedrängt.“ Ihre ehrlichen dunkelbraunen Augen schauten Johanna fragend an. „Was wollten die eigentlich von meinem kleinen Bruder? Und wieso saß die Frau falschrum auf dem Esel?“

„Seine Knöpfe.“ Johanna seufzte. „Weil sie golden aussehen.“ Sie ignorierte bewusst die zweite Frage ihrer Tochter und hoffte, dass Louisa sie vergessen würde.

„Hu...hu-uuu“, heulte Fracesco auf, „... die solln meine Köpfe nicht ha-am!“

Johanna lächelte und nahm ihn tröstend in den Arm. „Die bekommen sie auch nicht, mein Schatz.“ Sie wickelte ihn in ihr Wollcape ein und wandte sich an Louisa: „Was habt ihr mit seinen nassen Stiefelchen und Strümpfen gemacht?“

„Sie hängen hinten am Gepäck“, antwortete das Mädchen eifrig, „wir haben sie ganz fest verschnürt.“ Louisa wusste natürlich, dass diese Stiefelchen etwas ganz Besonderes waren und nicht verloren gehen durften. Schlimm genug, dass sie nun Flecken vom Eiswasser bekommen würden. Ihr Vater hatte die Schuhe extra aus Italien kommen lassen, um seinen „kleinen stolzen Mann“, wie er Francesco liebevoll nannte, angemessen zu kleiden.

„Wird Papa böse sein?“ fragte sie leise nach.

„Wegen der Stiefel? Aber nein.“ Johanna tätschelte ihrer Tochter liebevoll die Hand. „Er wird froh sein, dass nicht mehr passiert ist, mach dir keine Sorgen.“

Louisa schien beruhigt. „Was hast du mit dem Jungen gemacht?“ Sie flüsterte nun, da Francesco nach all der Aufregung eingeschlafen war.

„Nichts, er tat mir leid.“ Johanna war immer noch über sich selbst erstaunt. „Es gibt Menschen, denen geht es so schlecht, dass wir es nicht noch schlimmer machen müssen.“

Louisa nickte wissend und kuschelte sich in ihren warmen Mantel. „Das hast du gut gemacht, Mama.“

Johanna musste leise lächeln. Ihre selbstbewusste Tochter! Erst acht Jahre war sie alt, aber schon so ein aufgewecktes und kluges Mädchen. Mit ihrem dunkelblonden Haar und den Sommersprossen sah sie ihrer Mutter ausgesprochen ähnlich, wenngleich die dunklen Augen offenbar aus der italienischen Familie ihres Vaters kamen. Francesco hingegen war ein Abbild von Clemens. Ein kleiner Italiener mit einem ausgeprägten Hang zu Stolz und schöner Kleidung. Erstaunlich, wie früh sich das bemerkbar machte. Clemens hatte anfangs gar nicht so auf sie gewirkt, doch im Laufe ihrer nun bald zehnjährigen Ehe hatte sie einige Eigenschaften an ihrem Mann entdeckt, mit denen sie nicht gerechnet hatte. Ach, Clemens!

Johanna schloss ihre Augen und versuchte, das Schaukeln und Rumpeln der Kutsche auf der schneebedeckten Straße zu ignorieren. Warum man wohl keine Schlitten nahm, um in dieser Jahreszeit zu reisen? Allerdings – wer durchquerte schon freiwillig das Land bei eisiger Kälte und Schnee? Niemand tat das – schon gar nicht eine Frau von dreißig Jahren mit zwei kleinen Kindern und einer unbrauchbaren Magd. Kein Wunder, dass ihre Köchin Marie, das Küchenmädchen Hanne und die anderen Hausangestellten die Hände über dem Kopf zusammengeschlagen haben, als Johanna ihnen am Dreikönigstag des Jahres 1775 daheim in Amberg von der geplanten Reise erzählt hatte.

„Um Gotts Willn, das is ja vui zua gefährli!", war es Traudl herausgerutscht, woraufhin sie von Marie sofort eine schallende Ohrfeige bekommen hatte. „Wenn es doch wahr is", hatte sich die Magd laut heulend verteidigt und dabei ihre Wange gerieben, „ibaoi lauern Räuba und Debe und de Strassn han aa schlecht!"

„Ach, halt dein Schnüss, Traudl", war ihr Hanne, eine gute Seele aus Mannheim, daraufhin in breitestem Kurpfälzisch über den Mund gefahren. „Du bisscht doch noch nie weiter als bis zum Stadttor kumme und weescht gar net, wovon du redscht." Von daher war es ganz gut, dass die Magd von dem Zwischenfall am Bach nichts mitbekommen hatte.

Aus ihren halb geöffneten Augen nahm Johanna wahr, dass nun auch ihre Tochter eingeschlafen war. In Anbetracht der langen und beschwerlichen Reise war das ohnehin am besten. In vier Tagen würden sie in ihrer alten Heimat Mannheim sein, vorausgesetzt es kamen keine weiteren Pannen oder lahmende Klepper dazwischen. Außerdem hoffte Johanna inständig, dass ihnen eine zusätzliche Reisebegleitung erspart bleiben würde. Immerhin waren zwei Plätze in der Postkutsche bislang unbesetzt, doch vielleicht hatte die Gräfin auch dies geregelt.

Johanna wurde ganz warm ums Herz, als sie an ihre Amberger Gönnerin und Freundin Anna-Louise zu Eltz dachte.

Die Gräfin war es gewesen, die ihr in kurzer Zeit die erforderlichen Reisepapiere und Passierscheine besorgt hatte, da sie über entsprechende Kontakte verfügte. Allein hätte Johanna das nicht geschafft, schon gar nicht in der Zeit zwischen

Weihnachten und dem Dreikönigstag, wo ohnehin nur wenige Menschen arbeiteten. Doch Anna-Louise zu Eltz hatte ihren Mann, der in der Region über einigen Einfluss verfügte, zu den offiziellen Stellen geschickt und ihr die Unterlagen nach nur zwei Tagen zukommen lassen. Johanna kannte die ehemalige Hofdame der Kurpfälzischen Kurfürstin Elisabeth Auguste noch aus der Zeit, als sie mit ihrem Vater und ihrer Schwester Amalie inmitten der Mannheimer Quadratestadt[1] lebte. Franz Bechtler war damals Hofarzt und ein angesehener Mediziner gewesen, bis das Unglück über die Familie hereingebrochen war[2].

Gemeinsam mit ihrem Verlobten Clemens, einem Musiker der berühmten Mannheimer Schule, hatte Johanna daraufhin die Residenzstadt verlassen müssen und war auf Betreiben der Gräfin zu Eltz in Amberg ansässig geworden. Langsam hatte sie in dem beschaulichen Oberpfälzer Städtchen ihr persönliches Glück wieder gefunden; hatte geheiratet, zwei Kinder bekommen und mit Clemens ein ruhiges und inniges Familienleben geführt – sah man einmal von seinen „italienischen Eskapaden", wie Johanna es nannte, ab.

Schnell wischte Johanna die unangenehmen Gedanken beiseite, dafür war nun wirklich nicht der rechte Moment. Doch, sie hatten wunderbare Jahre in Amberg verlebt, friedlich, ungestört und ohne besondere Vorkommnisse. Bis vor zwei Wochen am Weihnachtsabend des Jahres 1774 dieser geheimnisvolle Bote auftauchte und Clemens sprechen wollte...

Vorsichtig rutschte Johanna auf ihrem Platz hin und her und versuchte eine bequemere Sitzposition zu finden, ohne ihren Sohn aufzuwecken. Dann rief sie sich die Ereignisse des Weihnachtsfestes noch einmal in Erinnerung: Sie hatten wie jedes Jahr am heiligen Abend die Messe in St. Martin am Marktplatz besucht und dort auch das Paradiesspiel verfolgt. Erst spät am

1 Die Stadt Mannheim wurde 1684 auf einem Schachbrett neu konstruiert und in Quadrate eingeteilt. Die Quadrate, die Hä userblöcken entsprechen, wurden geordnet und die einzelnen Häuser durchnummeriert. Diese Zählung wurde mehrmals verändert, weswegen die ersten Bezeichnungen den heutigen nicht mehr gleichen.

2 Johannas Vater Franz Bechtler wurde 1763 in eine Intrige verwickelt und dadurch erst zum Mörder und dann zum Selbstmörder. Siehe dazu Band I: „Nichts ist eine Kleinigkeit bei Hofe".

Abend waren sie in ihr gemütliches Stadtpalais in der Salzgasse zurückgekehrt, wo die beiden Kinder bereits tief und fest schliefen. Johanna hatte sich von Anfang an geweigert, die Kleinen in die langen Gottesdienste mitzunehmen – zu groß war dort die Gefahr, sich bei den vielen erkälteten und vom Winter geschwächten Menschen anzustecken. Am Heiligen Abend war das Gotteshaus nämlich stets so voll, dass man dicht an dicht beieinander stand; Sitzplätze konnten nur der Adel und die reichen Kaufmannsfamilien für sich beanspruchen. Außerdem war Amberg eine Garnisonsstadt, so dass an diesem besonderen Tag zusätzlich viele Soldaten die Kirche besuchten, was die allgemeine Enge noch verschärfte.

Clemens und sie hatten in der Nacht nach dem Kirchgang noch gemeinsam ein Glas Wein getrunken und vor dem flackernden Kaminfeuer in der guten Stube Pläne für die nächsten Jahre geschmiedet. In Regensburg war vor einigen Jahren vom Fürsten Thurn und Taxis ein Hoftheater eingerichtet worden, wo Opern gespielt wurden. Außerdem gab es im Kloster St. Emmeran eine Musikerschule und im Kloster Prüfening wurden zahlreiche Konzerte gegeben.

Für Clemens eröffneten sich dadurch interessante Perspektiven: Als Pianist, der einst im renommierten Hoforchester der Mannheimer Schule geglänzt hatte, war er in Amberg seit vielen Jahren unterfordert, ertrug dieses Los jedoch Johanna zuliebe, die sich hier als Hebamme und in medizinischen Fragen bewanderte Heilkundige einen guten Namen gemacht hatte. Dennoch: Nach zehn Jahren Provinz musste sich etwas verändern, das war beiden klar. Von daher hatte es Johanna auch nicht überrascht, dass Clemens ihr an jenem Abend eröffnete, in Zukunft in Regensburg am Hoftheater tätig zu sein und zusätzlich als Lehrer zu arbeiten.

Dazu wollte er sich ein Zimmer in der Stadt nehmen, was Johanna durchaus vernünftig fand. Richtig glücklich war sie über die anstehende Veränderung jedoch nicht: Ihr geliebter Clemens, an dessen tiefer Liebe zu ihr sie keinen Tag ihrer Ehe zweifelte, war nämlich beim weiblichen Geschlecht durchaus beliebt. Egal, wo er auftauchte, suchten Frauen seinen Blick mit den unwiderstehlichen grünen Augen – Johanna wusste nur zu gut um deren Wirkung! Und Clemens genoss die weibliche Bewunderung sichtlich und nicht immer im Rahmen des Schicklichen. So hatte ihr die Gräfin zu Eltz eines Tages vorsichtig eröffnet, dass Clemens mehrmals zu recht später Stunde aus dem Hause des Freiherren von Löwenthal gekommen sei – und zwar zu einer Zeit, als der Herr des Hauses, der die verwitwete Adelige in zweiter Ehe zur Frau genommen hatte, nachweislich auf Reisen war. Damit musste Clemens Gast im Salon der Frei*frau* von Löwenthal gewesen sein – und die galt nicht nur als Musikliebhaberin, sondern auch als ausgesprochene Schönheit! Immerhin war ihr sogar Giacomo Casanova während seines Amberger Aufenthaltes galant näher gekommen. Von daher war Johanna nach diesen Neuigkeiten ziemlich beunruhigt zu Clemens geeilt und hatte ihn zur Rede gestellt – was in einem mehrere Tage währenden Streit endete. Im Nachhinein hatte Clemens nichts gestanden, aber leider auch nichts abgestritten, seine Besuche im Hause Löwenthal jedoch eingestellt. Dennoch: Clemens Orientierung nach Regensburg machte sicherlich Sinn – und vielleicht würden sie ja irgendwann alle einmal in die schöne Reichsstadt an der Donau ziehen. Von daher endete jener Abend in trauter Zweisamkeit und zärtlichen Momenten im gemeinsamen Schlafzimmer.

Am nächsten Morgen war das Ehepaar Santorini vom üblichen (und viel zu frühen!) Geschrei der Kinder geweckt worden, die endlich ihre Geschenke unter dem Christbaum auspacken wollten. Clemens hatte sich jahrelang gegen diesen neuen Brauch gewehrt, den sie von adeligen Familien in Amberg übernommen hatten. Doch Johanna mochte das Schmücken mit den schweren Kugeln aus Böhmen und dem Erzgebirge – und die Kinder liebten das geheimnisvolle Funkeln der Kerzen an dem Baum. Also hatte Clemens sich fügen müssen, wenngleich er davon überzeugt war, dass Weihnachtsbäume eine unsinnige Modeerscheinung waren, die man in ein paar

Jahren vergessen hatte. Schließlich wechselten auch die Frisuren der Damen andauernd – und sahen die lächerlich hochgesteckten Haare derzeit nicht aus wie geschmückte Christbäume?

Sie hatten also im Schein der Kerzen ihre Geschenke ausgepackt und dabei den vergnügt umherhüpfenden Kindern zugeschaut, die sich über Puppen, Bauklötze, einen Kreisel und kuschelige Schaffelle für kalte Nächte freuten. Auch Johanna war beschert worden: Clemens hatte ihr einen wunderschönen Briefbeschwerer geschenkt, der aus einem weiß glänzenden Bergkristall bestand. Da Johanna sehr gern und häufig Briefe schrieb, hatte Clemens seiner Frau damit eine große Freude gemacht. Johanna wiederum war schon einige Monate zuvor bei einem Musikalienhändler in Regensburg fündig geworden und hatte Noten von Wolfgang Amadeus Mozart für Clemens erstanden. Beide schätzten den Musiker sehr, zumal er einst eines seiner Wer ke Johanna gewidmet hatte[3].

Es war also ein rundum gelungener Tag, der nach einem opulenten Mahl damit endete, dass die Kinder zufrieden und mit ihrem neuen Spielzeug im Arm eingeschlafen waren, während Clemens sein Klavier mit den geschenkten Noten vertraut machte und Johanna an ihrem Sekretär saß, um einen langen und ausführlichen Brief ihres väterlichen Freundes Giacomo Casanova zu beantworten. Mitten hinein in diese Idylle war dann das laute Pochen an der Tür geplatzt, das Johanna auch in der Erinnerung immer noch den Schreck in die Glieder fahren ließ.

„Wohnt hier Clemens Santorini?“ war von draußen eine ungeduldige Stimme zu hören – und dann wieder das laute Klopfen an der Tür.

„Moment!“ Clemens war sofort herbei geeilt und hatte sich an der Tür zu schaffen gemacht. „Wer seid Ihr und was wollt Ihr?“ schob er nach, als er den Riegel gelöst hatte und die Tür vorsichtig öffnete. Von der Gasse war ein kalter Windzug in

3 Siehe dazu Band I: „Nichts ist eine Kleinigkeit bei Hofe“, Johanna lernt hier 1763 den jungen Mozart in Mannheim kennen.

die Diele hereingekommen, in den sich einige Schneeflocken verfangen hatten.

„Eine Nachricht“, der Bote war in ein leises Gemurmel verfallen, so dass Johanna ihn kaum mehr verstehen konnte, „von Enrico da Foti aus Fiesole. Ihr seid doch Clemens Santorini?“ Sie hatte das langsame Nicken ihres Mannes mehr ahnen als sehen können, da der Bote kein Licht bei sich trug und sie in der Eile in der Diele keine Kerze angezündet hatten.

Gefolgt war ein geflüsterter Dialog zwischen Clemens und dem geheimnisvollen Gast, der mit dem Schließen der Tür endete, ohne dass ihr Mann dem Fremden auch nur eine Stärkung angeboten hatte, was Johanna sehr merkwürdig fand.

„Was ist das für eine Nachricht? Und wer war das überhaupt?“ Neugierig war Johanna zu Clemens geeilt, doch er antwortete nicht. Wie versteinert hatte er auf die geschlossene Tür gestarrt, die immer noch versiegelte Nachricht in der rechten Hand und hatte nicht einmal reagiert, als Hanne mit einem Leuchter in der Hand die Diele betrat, um nach dem Rechten zu schauen. Durch das Licht war Johanna in der Lage gewesen, den Gesichtsausdruck ihres Mannes zu erkennen – und heftig erschrocken: Clemens schien in nur wenigen Minuten um Jahre gealtert, er war totenbleich und er atmete schwer. Instinktiv hatte sie nach seiner Hand gegriffen und leise gefragt: „Schlechte Nachrichten, Liebster?“

Doch er war ihr wiederum eine Antwort schuldig geblieben, was Johanna sehr verwirrte. Denn soweit ihr bekannt war, gab es gar keine lebenden Verwandten mehr in Clemens Familie; seine heiß geliebte Nonna mütterlicherseits, die letzte da Foti, war vor vielen Jahren in Clemens Armen gestorben. Wer also sollte ihm geschrieben haben? Und von einem Enrico da Foti aus Fiesole hatte Johanna noch nie gehört.

Es war ihr wie eine kleine Ewigkeit vorgekommen, bis Clemens aus seiner Erstarrung erwachte und ihr gedankenverloren eine Haarsträne aus dem Gesicht strich. „Mach dir keine Sorgen, Liebes“, hatte er gemurmelt und war dann das Siegel brechend mit dem Brief in seinem Kabinett verschwunden.

Johanna hatte auch am Tag danach nicht in Erfahrung bringen können, was wirklich Inhalt der geheimnisvollen Nachricht für Clemens gewesen war – sie hatte lediglich zur Kenntnis nehmen müssen, dass ihr Mann in eine hektische Betriebsamkeit verfiel und sich ganz offensichtlich für eine Reise rüstete. Zumindest war es ihr gelungen, ihm einige wenige Informationen zu entlocken, so dass sie immerhin wusste, dass es um eine Erbschaftsangelegenheit allerhöchster Bedeutung ging. Mehr hatte Clemens ihr jedoch nicht verraten und sich trotz ihres Drängens in Schweigen gehüllt. Dafür war er über Stunden damit beschäftigt gewesen, selbst Briefe zu schreiben und Boten mit der Versendung zu beauftragen, wobei der geheimnisvolle Fremde aus der Weihnachtsnacht nicht mehr im Hause Santorini auftauchte.

Louisa und Franceso waren sehr enttäuscht gewesen, dass ihr Vater sich kaum mit ihnen befasste und Johanna konnte es ihnen nicht verdenken. Sie hatte dunkle Vorahnungen, schlief schlecht und machte sich große Sorgen, doch ihr Mann war nicht in der Lage gewesen, sie zu beruhigen. Im Gegenteil: Einen Tag nach den Feiertagen hatte Clemens ihr früh am Morgen, als draußen noch alles still und dunkel war, eröffnet, dass er nach Mannheim reisen müsste, um ein paar Dinge zu regeln. „Liebes, es ist sicherer, wenn Du nicht weißt, worum es geht“, hatte er hinzugefügt und ihr dabei tief in die Augen geschaut. „Du musst mir vertrauen, es ist am Besten so.“

Noch vor Sonnenaufgang war er mit einer vierspännigen Kalesche abgereist, die ihn bereits auf dem Amberger Marktplatz erwartet hatte, was Johanna noch mehr beunruhigte. Üblicherweise reisten sie mit der Postkutsche – wer hatte Clemens diese noble Kutsche zur Verfügung gestellt? Leider hatte sie in der morgendlichen Dunkelheit beim Abschied nicht feststellen können, ob die Kalesche ein Wappen trug, aber immerhin war es ihr gelungen, Clemens das Versprechen abzuringen, ihr aus Nürnberg und sofort nach seiner glücklichen Ankunft in Mannheim per Bote eine Nachricht zukommen zu lassen. Folglich hatte sie drei Tage danach mit einem ersten Lebenszeichen von Clemens gerechnet, doch nichts war geschehen. Voller Unruhe waren ihre Gedanken tagein tagaus um den geheimnisvollen Brief mit dem auffälligen Siegel gekreist, den sie im Übrigen nach jener Nacht nicht mehr zu Gesicht bekommen hatte. Was war wirklich der Inhalt gewesen? Hatte Clemens ihr die ganze Wahrheit gesagt? Wie konnte es um eine Erbschaftssache gehen, wenn es außer den Santorinis in Amberg gar keine Nachfahren mehr gab? Steckte vielleicht etwas ganz anderes dahinter? Vielleicht sogar eine andere Frau?

Als Johanna zum ersten Mal ein solcher Gedanke in den Kopf gekommen war, hatte sie kurzerhand bei ihrer Gönnerin und Freundin Anna-Louise Gräfin zu Eltz vorgesprochen und mit ihr das ungewöhnliche Geschehen rund um die Weihnachtstage besprochen. Auch die Gräfin hatte großes Erstaunen gezeigt, als es um die plötzliche Abreise von Clemens ging – eine andere Frau als Grund jedoch kategorisch ausgeschlossen.

„Dein Clemens, liebe Johanna, ist zwar ein Herzensbrecher – nur deins würde er niemals brechen!" hatte sie tröstend gesprochen und Johanna war zumindest in dieser Frage einigermaßen beruhigt in ihr Heim in die Salzgasse zurückgekehrt. Außerdem hatte der Winter in diesem Jahr so viel Schnee gebracht, dass Reiseverzögerungen und im Schnee stecken gebliebene Boten durchaus denkbar waren, obwohl die Routen der Postkutsche stets so weit wie möglich geräumt wurden. Dennoch: Das Schweigen ihres Mannes beunruhigte sie immer mehr, so dass sie irgendwann in einer der schlaflosen Nächte den Entschluss gefasst hatte, ihm nachzureisen. Denn möglicherweise war ihm etwas zugestoßen und er brauchte sie.

Lautes Geschrei, Geklapper und Gepolter riss Johanna aus ihren Gedanken. Auch ihre Kinder und Traudl, die Magd, waren plötzlich erwacht und versuchten, durch die beschlagenen Fenster der Kutsche nach draußen zu schauen. Es war bereits dämmrig geworden und der Abend nahte. Offenbar hatten sie ihre erste Station der Reise erreicht und waren in Röthenbach angekommen. Unruhig kletterte Francesco auf den Sitzen herum, begleitet vom aufgeregten Geschnatter ihrer Tochter und der Magd. Endlich aussteigen – sie alle konnten es kaum erwarten. Eine so lange Reise mit der Kutsche hatten die Kinder noch nie gemacht, hoffentlich würden sie die Nacht in fremden Betten schlafen können.

Vorsichtig öffnete sie die seitliche Tür, wo ein aufmerksamer Postillon bereits die kleine Treppe hinuntergeklappt hatte. Im Schein der Laternen versuchte Johanna sich zu orientieren: Sie befanden sich in einem Hof, der zu einem recht heruntergekommenen Schloss gehörte. Soweit Johanna wusste, lebten hier in Röthenbach die Fürer von Haimendorf, eine Adelsfamilie, die ein ehemaliges Kloster mehr schlecht als recht für ihre Bedürfnisse umgebaut hatten. Die Relaisstation der Postkutsche befand sich vermutlich nicht umsonst im Wirtschaftshof des Schlosses – Johanna vermutete, dass die von Haimendorfs das Geld der Reisenden bitter nötig hatten. Ein Blick auf den Boden ließ Johanna innerlich stöhnen: Der Hof war nicht gepflastert und durch den angetauten Schnee etwa knöcheltief mit Schlamm bedeckt. Das hatte gerade noch gefehlt – Francesco hatte bereits auf der Reise ein paar Stiefelchen ruiniert.

„Traudl, die Kinder dürfen nicht über den Hof laufen, hast du verstanden?“ Johannas Stimme klang unfreundlicher, als sie eigentlich wollte. Dann rief sie einen der Kutscher zu sich, der sich am Geschirr eines Gauls zu schaffen machte. „Hey Kutscher, komm er her!“ Sie winkte mit einer glänzenden Münze, die dieser in Windeseile in seinem Janker verschwinden ließ. „Trag er das Gepäck in das Gasthaus und sorg er dafür, dass es sicher in die Schlafstube gebracht wird.“

Nachdem der Kutscher sich brummend an die Arbeit gemacht hatte, wandte Johanna sich erneut an ihre Magd und die mittlerweile ungeduldig quengelnden Kinder: „Louisa, du lässt dich von Traudl hinüber zum Gasthaus tragen, ich nehme Francesco. Und zappelt nicht herum; es ist glatt und wir könnten ausrutschen.“ Und das war nicht die einzige Schwierigkeit, denn kaum hatte Johanna den ersten Fuß ins schmatzende Nass gesetzt und sich umgedreht, um ihren Jüngsten aus der Kutsche heraus in Empfang zu nehmen, näherte sich ein laut und wütend kläffender Hund. Ratlos blickte Johanna umher, während sich die feuchte Kälte durch ihre Schuhe fraß. Doch schon wurde die Tür des Gasthofes aufgerissen und eine keifende Stimme rief den Köter zur Ruhe. Durch den Lichtschein war nun auch der Hof einigermaßen beleuchtet, so dass Johanna und Traudl die Kinder sicher hineintragen konnten.

Die Gaststube bestand aus einem einzigen Raum und besaß nicht einmal richtige Fenster, sondern rechteckige Öffnungen, die mit Pergament beschlagen waren. Im hinteren Teil entdeckte Johanna die Küche mit einigen Töpfen und Pfannen an den Ruß verkohlten Wänden. Einige Kerzenstumpen und das offene Feuer, über dem ein großer, dampfender Kessel hing, tauchten den Gastraum in ein flackerndes und unheimliches Licht. Viele Gäste gab es nicht: Die beiden Kutscher würden sicherlich Hunger haben und sich hier noch niederlassen, und in einer Ecke kauerten an einem runden Tisch drei Männer, die nun neugierig zu ihr und den Kindern herüber starrten. Offenbar stieg eine solche Reisegesellschaft selten in einem Weiler wie Röthenbach ab, der kaum mehr als 20 Seelen zählte. Besonders freundlich wirkten die Menschen hier auch nicht – niemand grüßte zurück, als Johanna ein freundliches „Guten Abend“ verlauten ließ. Außerdem war die Luft extrem schlecht, eine unangenehme Mischung aus Essensgerüchen, ungewaschenen Leibern, feuchter Kleidung und Stallgeruch. Johanna schüttelte sich innerlich, obwohl sie wusste, dass die meisten Menschen im Land genau so lebten. Als Arzttochter hatte sie von Anfang an bessere Karten gehabt und auch nach dem Tod ihres Vaters stets darauf geachtet, dass in ihrem Umfeld hygienische Zustände herrschten. Im Übrigen hatte sie als Assistentin ihres Vaters feststellen müssen, dass mangelnde Sauberkeit und daraus resultierende Krankheiten keinesfalls nur bei armen Bauern und einfachen Stadtbewohnern vorkamen, sondern auch bei Hofe durchaus verbreitet waren. Mit

Schaudern erinnerte sie sich an einen Hofball im Mannheimer Schloss, bei dem sie als Heilkundige an der Seite ihres Vaters zur Stelle sein musste, wenn einem Gast ein Unwohlsein überfiel und sie sich den Körpergerüchen der hohen Damen und Herren nicht entziehen konnte. Hier kam lediglich der penetrante Stallgeruch hinzu – oder waren es die Latrinen?

Sie unterdrückte den Würgreiz, straffte sich innerlich und wies die Kinder mit der Magd an, an einem der freien Tische Platz zu nehmen, während sie kritisch die Tischplatte beäugte. Immerhin schien diese einigermaßen sauber zu sein. Sie rutschte auf die Bank zu Louisa und Francesco, die ganz still geworden waren und sich ängstlich umschauten.

„Mama, müssen wir hier schlafen?" fragte ihre Tochter flüsternd und mit besorgter Mine.

„Ja, aber wir haben eine Kammer für uns", versuchte Johanna Louisa zu beruhigen – und wie zur Bestätigung drang plötzlich von Oben ein Poltern in die Gaststube, als ob schweres Gepäck abgeladen wurde. „Hörst Du, eben tragen die Kutscher unsere Sachen nach oben."

„Ich hab Durst, Mama, und Hunger!" mischte sich Francesco mit weinerlicher Stimme ein. „Und ich will gar nicht schlafen."

„Still, es gibt sicherlich gleich etwas." Johanna reckte ihren Kopf und versuchte den Blick der Wirtin zu erhaschen, die eifrig im dampfenden Kessel herumrührte. Obwohl Johanna üblicherweise in gepflegtem Ambiente aß und auch Wert darauf legte, erschien ihr die Aussicht auf eine warme Mahlzeit nach der langen Fahrt durch die Kälte nun doch verheißungsvoll. „Seht ihr, dahinten im Kessel, da kocht schon etwas." Zuversichtlich lächelte Johanna ihre Kinder an.

Als hätte sie die Worte gehört, kam plötzlich die Wirtin herübergeschlurft, während sie sich die Hände in ihrer Schürze abwischte.

„Fünf Kreuzer macht des Esse!" bellte sie unvermittelt, als sie an den Tisch getreten war. „Und s'gibt für jede nur einen Deller Subbe."

Die Kinder starrten die Frau an, die sich massig vor ihnen

aufbaute. „Wolldecke koste exdra. Und der Klee“, sie deutete mit schmutzigen Fingern auf Francesco, „muss auf’m Bode schlafe.“

„Huhuhu...“ Francesco stimmte bei diesen Worten sofort ein lautes Geheul an. „Ich will abba nich aufm Boden! Ich will gaaa nich schlafen!“

„Still!“ Johanna nahm ihren Sohn in den Arm und wandte sich der Wirtin zu: „Das geht in Ordnung. Was bin ich Ihnen schuldig?“ Sie kramte unter den gierig glitzernden Augen der drallen Frau in ihrer Geldkatze und händigte ihr den völlig überteuerten Betrag aus. Es hatte keinen Sinn, mit der Wirtin zu streiten – sie wollte hier unbehelligt die Nacht verbringen und ihren Kindern keine Angst machen. Als Traudl sich anschickte, über den Preis zu protestieren, genügte ein scharfer Blick Johannas, um sie zum Schweigen zu bringen. Dann wandte sie sich erneut Francesco zu: „Du schläfst natürlich bei mir im Bett, mein Schatz, das wird eine ganz gemütliche Nacht.“

Kapitel 2

Doch die Nacht im einzigen Gasthof in Röthenbach war ausgesprochen ungemütlich. Schon auf den ersten Blick beim Betreten der dunklen Stube sah Johanna die Ungezieferfallen, die trotz des Winters in allen vier Ecken des Raumes aufgestellt worden waren, was für einen erheblichen Befall von Wanzen, Flöhen und Läusen sprach. Der Anblick der Schüsseln mit der bräunlichen Flüssigkeit löste Würgreiz bei ihr aus. Allerdings wunderte sie ich über gar nichts mehr, nachdem sie mit ihren Kindern die Latrinen besucht hatte, die unmittelbar zwischen Gastraum und Stallungen lagen und entsetzlich stanken. Sie fragte sich nur, wie das alte, wenn auch eher unbedeutende Adelsgeschlecht es in diesem schrecklichen Gemäuer aushielt – denn auch ohne Geld konnte man durchaus gewisse Vorkehrungen treffen! Doch darauf legte man hier offenbar weniger Wert, wie ihr die Schüsseln zeigten, die mit einer üblen Soße aus Fliegenpilzsud und Honig gefüllt waren – und damit nicht nur lästigen Insekten, sondern auch Mäusen und Ratten den sicheren Tod bringen sollten. Johanna kannte diese Methode aus den Dörfern rund um Amberg, deren Wirkung im Übrigen unbestritten war. Dennoch wies sie Traudl an, die Schüsseln auf den Gang hinauszustellen. Zu groß war ihr Ekel vor dem Gebräu und den Dingen, die sich darin am nächsten Morgen finden würden.

Die Kinder waren glücklicherweise nach der erstaunlich schmackhaften und dickflüssigen Suppe, die ihnen die Wirtin schweigend serviert hatte, müde geworden, so dass sie die unglaublichen Zustände in ihrem Nachtdomizil gar nicht bemerkten. Binnen weniger Minuten waren beide auf dem einzigen Bett eingeschlafen – wobei die Bezeichnung ‚Bett' schamlos übertrieben war, wie Johanna fand. Denn in Wirklichkeit lagen die Kinder eng umschlungen unter einer schmuddeligen Rosshaardecke auf einigen mit Stroh gefüllten Säcken, die unangenehm piekten. Kurz hatte Johanna überlegt, in ihren Kisten nach besseren Decken zu suchen, doch allein die Vorstellung, nur ein einziger Floh könnte dabei den Weg in ihr Gepäck finden, hielt sie davon ab.

Da die Tür der Stube weder über ein Schloss, noch über einen Riegel verfügte, musste Traudl zur Sicherheit die einzige Bank im Raum quer vor die Tür stellen, um sich darauf ein hartes und viel zu kurzes Nachtlager zu bereiten. Johanna selbst griff nach dem tragbaren Kerzenständer, der auf einem wackeligen Tisch stand, und suchte den Raum nach weiteren Schlupflöchern für Diebe oder anderes Gesindel ab. Doch sie fand nur ein mit Pergament verschlossenes Fenster, das man immerhin von innen mit einem Fensterladen sichern konnte. Daraufhin verstaute sie ihre Reisepapiere und ein paar Wertgegenstände auf der hohen Kante[4] über dem Bett, band sich ihre pralle Geldkatze mit den klimpernden Münzen darin fest um die Taille unter ihrem Unterrock, löschte die Kerze und quetschte sich seufzend zu den Kindern. Während sie verzweifelt versuchte, wenigstens ein paar Stunden zu schlafen und gleichzeitig bei jedem noch so kleinen Geräusch aufschreckte – aus Angst, jemand könnte sich in die Stube hinein schleichen, sie ausrauben oder gar ihren Kindern etwas antun – kreisten ihre Gedanken wieder um Clemens, die geheimnisvolle Nachricht und den Anlass dieser Reise.

Es war nicht nur die Tatsache, dass sie von ihrem Mann seit geraumer Zeit nichts mehr gehört hatte, sondern auch ein Brief von Onkel Philipp gewesen, der sie beunruhigte. Wie jedes Jahr zu Weihnachten hatte Philipp gemeinsam mit seiner Frau Clara liebevoll ein Paket für Johanna, Clemens und die Kinder gepackt; diesmal war es jedoch – wohl wegen der schlechten Witterung – erst nach dem Weihnachtsfest in Amberg eingetroffen.

Voller Freude hatten Louisa und Francesco sich über die vielen kleinen Päckchen darin hergemacht und Gebäck aus Tante Claras Küche, Schleckereien vom Heidelberger Markt, selbst

4 Mit dem geflügelten Wort: „etwas auf die hohe Kante legen“ ist ursprünglich ein Brett über dem Kopfteil des Be ttes gemeint, auf dem Wertsachen sicher über die Nacht deponiert werden konnte.

gemachte Zahnpaste von Onkel Philipp[5], warme Filzpantoffeln und vieles mehr ausgepackt.

Für Johanna waren zwei neue medizinische Bücher, einige Tinkturen und Salben für ihre Hausapotheke und natürlich auch allerlei Gebackenes im Paket gewesen, während Clemens mit einigen Flaschen Wein aus der Pfalz bedacht worden war.Die hatte er jedoch gar nicht mehr in Empfang nehmen können, da er bereits abgereist war.

Daneben fand Johanna den ausführlichen Brief ihres Onkels, dessen Siegel sie erst in einer ruhigen Minute am nächsten Morgen brach, um in aller Stille und ohne Störung zu lesen, was Onkel Philipp und Tante Clara aus der Heimat zu berichten hatten. Wie immer begann der Brief mit ausführlichen Fragen nach Johannas Befinden, der Entwicklung der Kinder, ihrem beruflichen Fortkommen, dem Glück ihrer Ehe und Clemens Ambitionen. Da die beiden selbst keine Kinder hatten, nahmen sie stets und regelmäßig viel Anteil an Johannas Alltag und dem ihrer jungen Familie, was Johanna das Leben fern ihrer alten Heimat von Anfang an erleichtert hatte. Spätestens alle zwei Monate traf ein Brief aus Heidelberg oder Mannheim ein – je nachdem, wo Philipp sich gerade aufhielt. Der Hauptsitz seiner Hofapotheke befand sich zwar nach wie vor im Schatten der Heiliggeistkirche am Heidelberger Marktplatz, doch auch in seiner Mannheimer Niederlassung, die er im Haus seines verstorbenen Bruders Franz Bechtler eingerichtet hatte, wurde er regelmäßig gebraucht. Zwar sorgte hier sein treuer Geselle Balthasar für den reibungslosen Ablauf der Tagesgeschäfte, doch immer dann, wenn Seine Durchlaucht, der Kurfürst oder dessen Gattin bei Hofe besondere Medikamente benötigten, rief man nach Hofapotheker Philipp Bechtler. Zu solchen Zeiten bewohnte Johannas Onkel das alte Kabinett ihres Vaters – und so ergab sich manchmal von dort die Möglichkeit, ausführlich an seine Nichte in der fernen Oberpfalz zu schreiben.

5 Siehe dazu Band I: „Nichts ist eine Kleinigkeit bei Hofe". Philipp Bechtler ist der Onkel Johannas und Hofapotheker in Heidelberg mit einer Filiale in Mannheim.

Diesmal war der Weihnachtsbrief der Bechtlers allerdings aus Heidelberg gekommen und enthielt neben den vielen guten Wünschen zum Fest allerlei Neuigkeiten: *„... sogar hier in den Gassen liegt der Schnee kniehoch"*, berichtete Onkel Philipp darin, *„und die Postkutsche hat es nicht leicht, sich bis zum Marktplatz durchzukämpfen, da die Leute lieber im Haus bleiben, anstatt die Wege frei zu räumen. Man kann es ihnen nicht verdenken, denn es ist lausig kalt – Deine Tante und ich können uns nicht daran erinnern, schon einmal hier am Neckar einen solch kalten Winter erlebt zu haben. Der Fluss selbst führt Eiswasser mit sich und die Schollen haben sich schon gefährlich vor der alten Brücke aufgetaut. Hoffentlich passiert nichts Schlimmeres."*

Dann war er ausführlich auf die aktuellen Ereignisse bei Hofe eingegangen, was Johanna besonders gern las, da Onkel Philipp als Besucher der intimsten Kabinette natürlich auch mehr mitbekam, als andere. Dennoch war er stets sehr vorsichtig in seinen Formulierungen, der Kurfürst verfügte über ein ausgefeiltes Spionagesystem – und Briefsendungen wurden häufig geöffnet. Von daher hatte Johanna manches Mal scharf nachdenken müssen, um merkwürdige Aussagen ihres Onkels richtig zu interpretieren, was allerdings die Lektüre seiner Briefe immer spannend und amüsant machte. *„Seine Durchlaucht, unser Kurfürst Carl Theodor"*, so hieß es diesmal einleitend über den Hof, *„ist Anfang November nach Italien gereist. Du erinnerst Dich, liebe Nichte, er wollte schon lang zu einer Bildungsreise aufbrechen, bei der auch ein Besuch des Heiligen Vaters auf dem Programm steht. Offenbar hat er dort interessante Gespräche über die Zukunft unserer Kurpfalz geführt. Es heißt, er hätte sich zum Jahreswechsel von den allerbesten Wünschen Seiner Heiligkeit begleitet unversehrt und mit neuem Schwung auf den Weg zurück in seine Heimat gemacht. Hier ist er allerdings noch nicht eingetroffen, man rechnet – so heißt es bei Hofe – Anfang Februar mit seiner Rückkehr."*

An dieser Stelle hatte Johanna die Lektüre des Briefes grinsend unterbrochen, da sie sofort verstand, was Onkel Philipp ihr eigentlich erzählen wollte. Der Kurfürst war tatsächlich am 7. November 1774 nach Rom abgereist, allerdings ziemlich überstürzt und ohne große Entourage. Schon damals munkelte man in den Mannheimer Quadraten, dass wieder einmal eine Frau dahinter steckte – diesmal allerdings eine Dame von Stand. Josepha Baronesse von Leutrum war pikanterweise eine Hofdame von Kurfürstin Elisabeth Auguste und nicht nur auffallend attraktiv, sondern auch sehr ehrgeizig.

Der Kurfürst hatte sich davon nicht abschrecken lassen und insgeheim sogar seinen Spaß am Wettstreit der Baronesse mit seiner eifersüchtigen Gattin gehabt – konnte er sich doch von Anfang an sicher sein, so oder so als Sieger aus dem Kampf hervorzugehen. Also ließ er sich sehr zum Missfallen Elisabeth Augustes auf eine Affäre mit der ehrgeizigen Josepha ein, woraufhin die gekränkte Kurfürstin sich wie so oft zuvor in ihr eigenes Schlösschen nach Oggersheim zurückgezogen hatte. Doch diesmal schien der Kurfürst zum ersten Mal nach dem Tod seiner langjährigen Geliebten, der Gräfin Heydeck im Jahr 1771[6], ernsthaft verliebt zu sein – allerdings nur für ein paar Monate. Denn dann endlich hatte er begriffen, wie gierig und anmaßend die Leutrum wirklich war und versuchte, sie mit allen Mitteln los zu werden. *„... Seine Kurfürstliche Durchlaucht macht ihr immer wieder Vorschläge, das eine oder andere vornehme Heilbad zu besuchen, doch die Baronesse wehrt dankend ab...“* hatte Onkel Philipp im letzten Winter in einem seiner Briefe berichtet. Da Johanna natürlich genau wusste, wie wenig ihr Onkel von „vornehmen Heilbädern“ hielt, war ihr schon damals klar geworden, dass der Kurfürst verzweifelt versuchte, seine lästige Geliebte los zu werden, allerdings ohne Erfolg.

Denn zum einen war sie dem Status nach immer noch eine Hofdame seiner Gattin, zum anderen stammte sie aus

6 Gräfin Heydeck, vormals Maria Josepha Seiffert, Schauspielerin und Tochter eines dem Alkohol verfallenen Regierungskanzlisten, wurde 1765 im Alter von 17 Jahren die offizielle Mätresse des Kurfürsten. Sie gebar Carl Theodor 1768 ein Mädchen, woraufhin er sie zum Entsetzen der Kurfürstin zur Gräfin Heydeck machte. 1769 folgten dann ein Sohn und ihr offizieller Umzug in das Palais Bretzenheim unmittelbar gegenüber des Mannheimer Schlosses. Nach der Geburt von Zwillingen im Jahr 1771 starb die Gräfin und hinterließ einen untröstlichen Kurfürsten, der sich von da an von ernsthaften und längeren außerehelichen Beziehungen lossagte und nur noch kurze Affären unter Stand bevorzugte.

allerhöchsten Adelskreisen, die sich auch ein Kurfürst stets gewogen halten musste. Doch irgendwann war es dem Kurfürsten zu bunt geworden und in einer Nacht- und Nebelaktion hatte er die Leutrum zu einer entfernten Tante bringen lassen. Angeblich wurde sie unter Beißen und Fauchen abgeführt und soll dabei sogar einem Soldaten einen Zahn ausgeschlagen haben. Kurz vor der Abreise des Kurfürsten nach Italien war es dann zu einer folgenschweren Begegnung im bayerischen Nymphenburg gekommen, über die man bei Hofe hinter vorgehaltener Hand noch Wochen später lachte: Carl Theodor hatte sich zu einem verwandtschaftlichen Kurzbesuch bei Maximilian III. befunden und war dabei an einem sonnigen Wintertag durch den Nymphenburger Schlosspark spaziert. Dort war ihm auf einem Seitenweg ein schmucker Mann entgegen getreten, der sich nach einigen Schrecksekunden als verkleidete Baronesse von Leutrum erwies – und sich, welch ein peinlicher Auftritt – dem Kurfürsten wild küssend um den Hals warf. Los war Carl Theodor die anmaßende Ex-Geliebte in der Husarenuniform nur geworden, indem er ihr augenblicklich eine stattliche Abfindung versprach. Allerdings war der Auftritt von zwei Höflingen beobachtet worden, die fortan die homoerotischen Neigungen des Kurfürsten in alle Welt kolportierten. Also war dem geplagten Kurfürsten schließlich nichts anderes übrig geblieben, als die Angelegenheit im halböffentlichen Kreis richtig zu stellen – und so war auch Johannas Onkel Philipp in Kenntnis der Geschichte gekommen. Von ihm wusste sie dann auch, dass der Kurfürst danach lautstark geschworen hatte, nie wieder eine Dame von Stand zu beglücken, um dann wenige Wochen später übereilt und teilweise incognito nach Italien abzureisen.

Dort hatte Carl Theodor – so deutete Johanna jedenfalls die Ausführungen ihres Onkels – um Audienz beim Papst gebeten, um über eine Annullierung seiner Ehe mit Elisabeth Auguste zu verhandeln, da diese ihm bislang keinen Erben geschenkt hatte[7].

Außerdem galt die Ehe der beiden als außerordentlich unglücklich, bedingt durch die dominant-aufbrausende Art der Kurfürstin, mit der sie anfangs ihren Gatten tyrannisierte, später dann durch die vielen Mätressen, die Carl Theodor seiner Gattin vorzog. Doch ganz offensichtlich hatte Seine Heiligkeit einer Trennung von Elisabeth Auguste nicht zugestimmt: Wenn der Kurfürst mit „neuem Schwung“ und „den besten Wünschen“ des Papstes nach Gesprächen über die Zukunft der Kurpfalz auf dem Weg zurück war, konnte damit nur gemeint sein, dass auch das Ehebett von neuem frequentiert werden würde, um möglicherweise doch noch einen Erben für die Zukunft der Kurpfalz zu zeugen.

Johanna bezweifelte allerdings, dass die Kurfürstin darüber erbaut war – nicht umsonst hatte sie sich bereits vor Jahren in Schloss Oggersheim jenseits des Rheines einen vollständig eigenen Hofstaat aufgebaut und kam nur zu offiziellen Anlässen – worin sie als Landesmutter ihre Pflicht sah – und wenn Carl Theodor es dringend wünschte, nach Mannheim an den Hof. Immerhin hatte ihr kurfürstlicher Gatte das Schloss für sie aus dem Nachlass von Friedrich Michael von Zweibrücken erworben, nachdem dieser zu ihrem größten Kummer 1767 gestorben war[8]. So musste sie nicht mit ansehen, wie ihr untreuer Gatte neben einer jungen und recht bekannten Sängerin noch zahlreiche andere Geliebte durch sein Prunkbett schleuste – wenngleich sie, so schätzte Johanna die durchaus kluge Kurfürstin ein – ganz sicher über jeden Akt in den kurfürstlichen Gemächern bestens informiert war. Gut war es ihr jedoch nicht gegangen in all jenen Jahren: Seit fünf Jahren kränkelte sie ständig, ohne dass die Hofärzte wirklich herausfanden, was ihr fehlte.

7 Die einzige Schwangerschaft der Kurfürstin endete am 28. Juni 1761 mit der tragischen Geburt des Thronfolgers, der nur wenige Stunden später an den Verletzungen seiner schweren Geburt gestorben war. Seither, das wiederum wusste Johanna, die bei der Geburt zugegen war, war die Kurfürstin nicht mehr in der Lage, ein Kind auszutragen.

8 Friedrich Michael von Zweibrücken war seit 1746 der Schwager Elisabeth Augustes, da ihm ihre jüngste Schwester Maria-Franziska zur Frau gegeben wurde. Bereits kurz nach der Hochzeit begann Elisabeth Auguste eine Affäre mit ihrem Schwager, die bis zu seinem Tod immer wieder aufleben sollte – trotz diverser anderer Liebhaber der Kurfürstin. Friedrich-Michael stand gerade in schweren Zeiten zu Elisabeth Auguste und wurde von ihr aufrichtig betrauert.

„Sie ist einsam und unglücklich“, hatte Onkel Philipp seiner Nichte in einem seiner Briefe einmal geschrieben und damals ungewöhnlich direkt das Dilemma Elisabeth Augustes angesprochen. *„und Einsamkeit macht krank. Sie bräuchte mehr Abwechslung, aber Seine Kurfürstliche Hoheit ermöglicht ihr kaum Zerstreuung...“,* was so viel hieß, dass Carl Theodor ebenfalls über jeden Schritt seiner ungeliebten Gattin wachte.

Ein lautes Grunzen ließ Johanna aus ihren Gedanken empor fahren. Traudl wälzte ihren schweren Körper auf der kurzen Bank unruhig hin und her und gab dabei laute Geräusche von sich.

Endlich hatte sie eine neue Position gefunden und verfiel in lautes Schnarchen. Johanna seufzte schwer. Hier würde sie wohl wirklich kein Auge zu tun, doch zumindest schliefen die Kinder tief und fest. Aufmerksam lauschte sie in die dunkle Stille der Nacht: Aus dem Gastraum klang kein Geräusch mehr nach oben, lediglich von den Stallungen her hörte man das unruhige Scharren von Hufen. Offenbar schlief bereits ganz Röthenbach, dieser unwirtliche Ort inmitten der fränkischen Provinz. Ob man hier irgend etwas vom Hof in Mannheim mitbekam? Wohl kaum. Wahrscheinlich war man nicht einmal über den eigenen Kurfürsten Maximilian Joseph III. im Bilde, der das gleiche Problem wie Carl Theodor hatte: Es war bislang kein leiblicher Erbe da. Lange Zeit hatte Johanna gar nicht begriffen, warum die direkte Erbfolge für beide Kurfürsten ein so drängendes Thema darstellte, bis sie in ihren Amberger Jahren verstanden hatte, worum es eigentlich ging und welche Folgen diese Situation für die Kurpfalz, aber auch ihre Oberpfälzer Wahlheimat haben könnte.

Denn was Carl Theodor für die Kurpfalz war, stellte Maximilian Joseph III. für Bayern dar. 1727 geboren, war er knapp drei Jahre jünger als der Kurpfälzer und – das war das entscheidende Detail – stammte ebenfalls von den Wittelsbachern ab, wenn auch in der bayerischen Linie. Beide Staatsmänner, so hieß es, waren miteinander befreundet und es gab einen Vertag zwischen ihnen, der die Erbfolge regelte: Sollte einer der beiden Kurfürsten kinderlos vor dem anderen sterben, sollten die alten Wittelsbacher Hausverträge in Kraft treten, die regelten, dass dann die Pfälzer und die Bayerische Linie des Geschlechts wieder zusammengeführt würden. Und die Wahrscheinlichkeit wuchs mit jedem Tag, das wusste Johanna: Maximilian Joseph III. war seit vielen Jahren mit der Prinzessin Maria Anna von Sachsen verheiratet und wartete seither ebenfalls vergebens auf Nachwuchs. Im Gegensatz zu Carl Theodor und Elisabeth Auguste führten die beiden jedoch angeblich eine zufriedene Ehe ohne Skandale. Der Bayerische Kurfürst war im Übrigen bei seinem Volk genauso beliebt wie Carl Theodor – hatte er doch bei einer Hungersnot im Jahr 1770 aus der Wittelsbacher Schatzkammer Gold und Silber verkaufen lassen, um so die allgemeine Not zu lindern. Und er galt als sehr fromm: So ließ er durch seinen geistlichen Rat die Oberammergauer Passionsspiele mit der Begründung, „dass das größte Geheimnis unserer heiligen Religion nun einmal nicht auf die Schaubühne gehört", verbieten.

Für Johanna war das ein erstaunlicher Rückschritt in alte Zeiten in ihren Mannheimer Jahren hatte sie die Aufbruchstimmung hin zu moderner Wissenschaft und einen offeneren Dialog in religiösen Fragen erleben dürfen. Im Übrigen hatte Maximilian Joseph III. die Bayerische Akademie der Wissenschaften gegründet und versucht, seine Hauptstadt ähnlich wie Mannheim zu einen Zentrum von Kultur und Wissenschaft zu machen, angeblich jedoch mit deutlich weniger Erfolg.

Das wiederum wunderte Johanna nicht: Bei dem einzigen Besuch des Bayern in seiner Residenz- und Garnisonsstadt Amberg 1765 – Johanna war damals gerade erst in die Oberpfalz gezogen – war ihr das kurfürstliche Paar sehr distanziert und steif vorgekommen. Bei der Huldigung anlässlich seines zwanzigjährigen Regierungsjubiläums hatte Maximilian Joseph III. gemeinsam mit seiner Frau die Ehrenbezeugungen des ansässigen Adels zwar freundlich nickend entgegen genommen, war jedoch dem jubelnden Volk gegenüber sehr reserviert gewesen.

Außerdem war sein Hofstaat im Gegensatz zu Mannheimer Gepflogenheiten klein und unscheinbar und er hatte es damals offenbar so eilig, die Oberpfälzer Provinz wieder zu verlassen, dass er nicht einmal zum wochenlang von Clemens und einigen Musikern einstudierten Konzert geblieben war, was für erheblichen Unmut im Ort geführt hatte.
Ein scharrendes Geräusch ließ Johanna erneut aus ihren Gedanken hochfahren. Vorsichtig setzte sie sich auf. Der ungemütliche Strohsack unter ihr knisterte laut in die Stille hinein. Sie verharrte einige Minuten regungslos, doch nichts geschah. Vielleicht hatte sich eine Maus in die giftigen Schüsseln vor der Tür verirrt und war nun einen qualvollen Tod gestorben. Wo Clemens sich wohl in diesem Moment befand? Johanna schluckte, während Tränen in ihren müden Augen aufstiegen. Hoffentlich war ihm nichts passiert. Es war so ungewöhnlich, dass sie seit jenen Weihnachtstagen kein Lebenszeichen mehr erhalten hatte. Wo steckte er nur? Wer hatte ihn in Amberg mit dieser noblen und komfortablen Kutsche abgeholt?

Und was wusste ihr Onkel Philipp möglicherweise von der ganzen Geschichte um die geheimnisvolle Erbschaftsangelegenheit? Denn dieser Passus in seinem Weihnachtsbrief war es gewesen, der in Johanna endgültig die Gewissheit hatte reifen lassen, ihrem verschollenen Mann nachzureisen: „... mein liebes Kind, habe ich gehört, dass unruhige Zeiten auf Euch zukommen. Da Deine Tante und ich jedoch davon überzeugt sind, dass Du zum rechten Zeitpunkt die Dinge in die Hand nehmen wirst, um ihnen auf den Grund zu gehen, machen wir uns nur wenig Sorge, sondern sehen dem nächsten Familientreffen schon heute mit Freude entgegen. In Mannheim haben die alten Angelegenheiten sich ohnehin beruhigt – und das Neue, das wir noch nicht kennen und begreifen, wird sich sicherlich auch in naher Zukunft erklären....“.

Wie immer hatte Johanna auch zwischen den Zeilen gelesen und verstanden, was ihr Onkel ihr eigentlich mitteilen wollte: Ganz offensichtlich hatte er bereits zu einem Zeitpunkt von Clemens bevorstehender Abreise erfahren, als sich Familie

Santorini noch ungestört in den Weihnachtsvorbereitungen befand, denn sein Brief war vor den Feiertagen abgeschickt worden, was Johanna einigermaßen irritierte. Gleichzeitig war Onkel Philipp davon überzeugt, dass Johanna ihrem Mann hinterher reisen würde, und er bestärkte sie darin, nach Mannheim zu kommen – zumal sie nach ihrer langen Abwesenheit dort keine Schwierigkeiten mehr erwarten würden[9]. Vermutlich hatte er ihre Ankunft im alten Bechtler-Haus in den Quadraten bereits vorbereitet. Außerdem war Onkel Philipp sich ganz sicher, dass sie in ihrer alten Heimat Antworten auf ihre vielen Fragen erhalten würde, und zwar „in naher Zukunft", wie er schrieb. Das zumindest beruhigte Johanna einigermaßen, wenngleich ihre Sorge um Clemens blieb.

Und nicht nur um ihn, denn auch das hatte ihr Onkel in dem Brief mitgeteilt: „... seit Seine Kurfürstliche Durchlaucht in Rom abgereist ist, steht es um seine Gesundheit offenbar nicht zum Besten. Wir beten täglich um sein Wohl und unterstützen seine Genesung so gut es eben geht....". Für Johanna bedeuteten diese Sätze nichts Gutes, denn Onkel Philipp betete nie, schon gar nicht um die Gesundheit eines Menschen, da es dazu ja Medikamente gab – und diese schienen ja nur bedingt zu wirken, was wiederum auf eine schwere Erkrankung oder wieder einmal schleichendes Gift deutete.

Johanna seufzte schwer. Ihre seit vielen Jahren heile und glückliche Welt war wieder einmal aus den Fugen geraten. Sie spürte instinktiv, dass sie viel Kraft brauchen würde, um alles durchzustehen und ihre Kinder vor den lauernden Gefahren zu schützen. Aber sie hatte schon einmal um ihr Glück kämpfen müssen und es geschafft – also würde sie auch diesmal nicht verzagen und gleich morgen in Nürnberg mit den Nachforschungen beginnen: Denn dort war die große Kutsche mit ihrem Clemens ganz sicher durchgekommen und aufgefallen.

Johanna war dann doch noch eingeschlafen. Lautes Poltern im Hof weckte sie am nächsten Morgen und schnell sorgte sie

9 Siehe dazu Band I: „Nichts ist eine Kleinigkeit bei Hofe". Johannas Vater Franz brachte Carl Theodors Kammerdiener Dominique Pierron im so genannten „Doppelmord zu Schwetzingen" um – und die ganze Familie fiel dadurch zunächst in Ungn ade.

dafür, dass ihre Kinder und die Magd reisefertig waren. Den unfreundlichen Postkutschern traute sie es nämlich durchaus zu, ohne sie weiter zu fahren, wenn sie nicht pünktlich waren. Dabei war das Reisen mit der Postkutsche ziemlich teuer, da die Reisenden neben den Fahrtkosten auch erhebliche Trinkgelder für den Postillion zahlen sowie für Übernachtungen und Verpflegung aufkommen mussten. Dennoch wurde man keinesfalls zuvorkommend behandelt, was Johanna ziemlich ärgerte. Seufzend steckte sie den beiden Kutschern im Gastraum, wo man offenbar schon auf die Familie gewartet hatte, ein großzügiges Trinkgeld zu, vielleicht wurden sie dann etwas freundlicher. Immerhin halfen sie nun bereitwilliger als am Vortag, das Gepäck zu verstauen. In Eile kaufte Johanna der Wirtin noch schnell ein paar noch warme Küchlein ab – die Kinder mussten eben in der Kutsche frühstücken.

Die Fahrt entlang der Pegnitz verlief trotz der schwierigen Witterungsverhältnisse ruhig und das Schaukeln und Ruckeln der Kutsche hielt sich in Grenzen. Beide Kinder dösten angeschmiegt an Traudl vor sich hin; Louisa summte dabei leise ein Kinderlied. Johanna ließ sich lächelnd in die harten Polster sinken und vergaß für einen kurzen Augenblick ihre Sorgen. Langsam wich die Morgendämmerung einem hellen und kalten Winterhimmel. Es würde ein sonniger und schöner Tag werden. Immer wieder versuchte Johanna, durch die kleinen und beschlagenen Fenster der Postkutsche etwas von der Landschaft zu sehen, durch die sie fuhren, doch viel war das nicht. Erst als die Kutsche einen längeren Zeitraum über Pflastersteine polterte, wurde ihr klar, dass sie Nürnberg erreicht hatten. Endlich! Hier würde sie den zweistündigen Aufenthalt nutzen und Nachforschungen anstellen. Mit irgendwem würde Clemens ganz sicher Kontakt gehabt haben, hier kannte man ihn. Johanna und Clemens waren bereits mehrfach zusammen nach Nürnberg gereist, um dort größere Einkäufe zu tätigen, allerdings stets im Sommer. Die imposante Kutsche, mit der Clemens diesmal abgeholt worden war, musste hier einfach aufgefallen sein.

Die Burg lag in leichtem Nebel, der in der Frühsonne glitzerte. Durch die verwinkelten Gassen der Stadt ging es rumpelnd bis zum Hauptmarkt.

Louisa und Francesco begannen unruhig auf ihren Sitzen zu zappeln und bombardierten Johanna mit Fragen: „Ist Nürnberg eine richtig große Stadt?“ Francesco wusste eigentlich nicht, was eine „richtige“ Stadt war – mehr als den Amberger Marktplatz hatte er bislang nicht gesehen.

„Wohnt hier der dicke Kurfürst?“ fragte Louisa kichernd. Johanna zog die Augenbrauen hoch. Clemens und sie würden in Zukunft vorsichtiger sein müssen. Offenbar hatte Louisa eine der lästerlichen Bemerkungen ihres Mannes aufgeschnappt.

„Gibt es da Soldaten oben auf der Burg?“ wollte Francesco nun wissen. Doch ehe Johanna antworten konnte, ließ sich Louisa mit einem weinerlichen „Dürfen wir in Nürnberg mal aussteigen? Ich muss mal Rappeln.“ vernehmen. Seufzend versprach Johanna ihrer Tochter, einen Abtritt für sie zu finden und erzählte dann beiden Kindern, was sie über Nürnberg wusste, bis die Kutsche endlich am Hauptmarkt hielt. Einer der beiden Kutscher beeilte sich, die kleine Treppe herauszuklappen und öffnete diensteifrig die Kutschentür. Diesmal bekam Johanna sogar galant eine Hand gereicht, um sicher aussteigen zu können – das üppige Trinkgeld zeigte Wirkung. Eifrig plappernd verließen auch die Kinder mit Traudl das Reisegefährt und blinzelten in der hellen Morgensonne. Johanna schaute sich um: Die Postkutsche hatte unmittelbar vor dem schönen Brunnen gehalten, den sie nur zu gut kannte.

Gleich nach ihrer Hochzeit hatten Clemens und sie vor dem mit Figuren geschmückten Brunnen und der auffälligen spitzbogigen Helmzier gestanden. Dann war Johanna unter den strahlenden Augen ihres frisch angetrauten Mannes vorgetreten und hatte den Ring am Brunnengitter drei Mal gedreht. Denn der Sage nach würde dies einen Kinderwunsch erfüllen. Und es hatte geklappt, wenngleich Johanna als Arzttochter nicht viel von solchem Hokuspokus hielt. Glaubte man allerdings der alten Sage, so hatte ihr der Storch dann tatsächlich zwei Kinder aus dem Brunnen geholt. Man sah hier regelmäßig jung vermählte Paare an dem Ring drehen – und Johanna vermutete wohl nicht ganz zu Unrecht, dass sich diese Tradition noch viele nachfolgende Jahrhunderte halten würde.[10]

„Mama, ich muss mal!" Energisch zog Louisa an der Hand ihrer Mutter und holte Johanna aus ihren Erinnerungen. Rasch klärte sie mit den Kutschern ab, wann die Reise weitergehen sollte, versicherte sich, dass die Kutsche und das Gepäck während des Aufenthalts gut bewacht würden und machte sich auf den Weg zum „Blauen Glöcklein", einem bekannten Gasthaus der Stadt, wo sie bereits mit Clemens mehrfach eingekehrt war. Hier würden die Kinder mit der Magd die nächste Stunde bei schmackhaften Würstchen, einem warmen Getränk und einem einigermaßen sauberen Abtritt verbringen, während sie selbst sich auf die Suche nach Clemens machen wollte. Sie mussten nur wenige Schritte in Richtung Sankt Sebaldus laufen – und im Gegensatz zu Röthenbach war hier der Schnee ordentlich geräumt. Schon von weitem umfing sie der verführerische Bratwurstduft, und auch Johanna lief das Wasser im Munde zusammen. Doch dafür hatte sie jetzt keine Zeit. Sie vergewisserte sich, dass ihre Familie unbehelligt an einem schönen Tisch Platz fand, führte Louisa noch schnell zum Abtritt, hinterließ Traudl eine ordentliche Summe Verzehrgeld und verließ die Gaststätte.

Zurück in der Gasse atmete sie einmal tief durch. Viel Zeit blieb ihr nicht und sie überlegte, wo sie mit ihrer Suche beginnen sollte. Sie beschloss, zum Hauptmarkt zurückzukehren, denn dort war die Wahrscheinlichkeit am größten, dass die auffällige Kutsche gesehen worden war. Wie immer war der Platz sehr belebt. Johanna erinnerte sich nur zu gut an ihren ersten Besuch in Nürnberg. Damals hatte sie sich von der Gräfin zu Eltz im Vorfeld Reisebeschreibungen ausgeliehen, um nicht ganz unwissend in die Handelsmetropole zu reisen. Besonders gut hatte ihr die Schilderung eines gewissen

10 Johanna sollte übrigens Recht behalten: Noch heute sieht man Paare, die kurz vorher im angrenzenden Rathaus getraut wurden, an dem Ring drehen.

Christian Gottlieb Müller gefallen, der den Nürnberger Hauptmarkt ausgesprochen treffend charakterisiert hatte: *Unter den Marktplätzen stehet voran der grose oder sogenannte grüne Markt. Letzteren Beynamen trägt er von dem Gemüß, welches von den Gärtnern und benachbarten Landleuten dahin zum Verkauf gebracht wird. Er liegt unterhalb dem Rathaus gegen Mittag, bildet ein groses Viereck, und ist mit einem Springbrunnen gezieret der den Namen des Schönen mit Recht führet. Auf diesem Marktwerden, auserden herrlichen Gartenfrüchten von allen Gattungen, die nahe um die Stadt mit vielem Fleis gebauet werden, auch allerley andere Victualien, als Eyer, Schmalz, Butter, Käse, Geflügel, Wildpret, Krebse, Salzfische etc. verkauft. Er enthält noch auserdem Raum genug, auch die Kräme oder Boutiquen zu Messzeiten zu fassen, welche, da sie nur leicht von Brettern zusammengeschlagen sind, auser dieser Zeit weggenommen werden. Einige Wochen vor Weynachten wird daselbst auch der sogenannte Kindleinsmarkt gehalten. Dieser ist auch eine Art von Jahrmarkt aber nur für Einheimische und bürgerliche Professionisten, welche meistens Quincailleries feil haben.*[11]

Den von Müller beschriebenen Kindleinsmarkt hatte sie allerdings noch nie gesehen.

Unterdessen war Johanna am Rathaus vorbeigeeilt und stand nun vor der Frauenkirche. Clemens und sie hatten in dem Gotteshaus eine wundervolle Messe gemeinsam erlebt, doch sie widerstand dem Bedürfnis, hineinzugehen. Stattdessen überquerte sie den Platz, um der Buchhandlung Korn und Berg einen Besuch abzustatten. Denn diese pflegte Clemens immer zu besuchen, um neue Noten zu bestellen oder zu kaufen, medizinische Bücher für Johanna zu erwerben oder einfach nette Gespräche mit den Buchhändlern zu führen. Das Geschäft gehörte seit Generationen der Familie Lochner, deren Mitglieder auch als Verleger zahlreicher Kompositionen und Chroniken tätig waren. Seit einigen Jahren hielt sich allerdings

11 In der Tat stammt diese Beschreibung vom genannten Autor, wurde allerdings erst 18 Jahre später im Jahr 1793 verfasst. Quelle: www.nuernberinfos.de

das Gerücht, dass der Medizinprofessor Dr. Philipp Ludwig Wittwer vorhatte, die Buchhandlung zu übernehmen[12], was Johanna insgeheim begrüßte – stellte eine solche Entwicklung doch sicher, hier in Zukunft über die neusten medizinischen Forschungen informiert zu werden.

Energisch öffnete sie die schwere Tür, woraufhin mehrer Glöckchen ihr Eintreffen ankündigten. Sofort eilte einer der Verkäufer auf sie zu und fragte nach ihrem Wunsch.

„Nun..." begann Johanna ein wenig unsicher, „...eigentlich habe ich nur eine Frage." Sie blickte sich suchend um, konnte jedoch den alten Lochner nicht entdecken.

„Ja bitte?" Der Verkäufer musterte sie verstohlen.

„Lass nur, ich kümmere mich, Xaver", tönte es plötzlich aus dem hinteren Dunkel des Geschäfts. Schlurfend und in gebeugter Haltung näherte sich ein alter, grauhaariger Mann mit unglaublich wirrem Haar. Freundlich reichte er Sophia die Hand zum Gruß: „Ihr seid Signora Santorini, nicht wahr?"

Dankbar lächelte Sophia den alten Lochner an. Wie schön, dass er sie erkannt hatte. Doch seit ihrem letzten Treffen vor gut zwei Jahren war er stark gealtert, ganz offensichtlich machte ihm sein Rücken zu schaffen. Auch die Gesichtfarbe des alten Buchhändlers verriet nichts Gutes; als Arzttochter sah Johanna so etwas sofort. Doch von seiner zuvorkommenden und netten Art hatte Lochner noch nichts verloren. „Womit kann ich Euch helfen, Signora? Und ist Euer werter Gatte diesmal nicht mitgereist?"

„Nein, Clemens ist nicht hier. Das heißt...." Sophia holte tief Luft und schilderte dem alten Mann hastig ihre Sorgen. Hatte er etwas von Clemens gehört oder ihn gar gesehen? Doch sie wurde enttäuscht: Weder Johann-Adam Lochner noch einer seiner Mitarbeiter waren nach den Weihnachtstagen mit Clemens zusammengetroffen, zumal die Woche nach dem Fest ohnehin ruhig verlaufen war. Lediglich Odilo, der neue Lehr-

12 1775 kauft Dr. Philipp Ludwig Wittwer (Medizinprofessor) tatsächlich die Buchhandlung, blieb jedoch nur vier Jahre in dem Geschäft. Er gründete die erste Nürnberger Lesegesellschaft, das „Lesekabinett", und galt in Nürnberg als eine höchst angesehene Persönlichkeit. Er ließ auf seinem Haus den ersten Blitzableiter Nürnbergs anbringen (1788). Quelle: www.kornundberg.de

junge der Buchhandlung, erinnerte sich an die Kutsche, die am Morgen für eine kurze Zeit auf dem Hauptmarkt gestanden hatte: „Schee grous war sie gewesn und sah recht deia aus. Da mua wohl jemand ganz wichdigs drin gewesn sei, denn da hod keina zua nah ran dürffa. Zwoa Unifoamierde hobn aufgepassd. So a scheenes Gefährd...."

Leider war nicht mehr aus dem Burschen herauszubekommen, so dass Johanna nach ein paar freundlichen Worten mit dem alten Lochner gerade die Buchhandlung wieder verlassen wollte, als ihr noch etwas einfiel. Sie rief noch einmal den Lehrling herbei: „Sag, Odilo, kannst du dich vielleicht an die Uniform der Soldaten erinnern?" Und sie hatte diesmal Glück, der Bursche konnte die beiden Soldaten sogar sehr genau beschreiben: „Schee warn de, und ned von hia glaub i. Solche Unifoama hob i voaha noch nie gsehn. Zua weißn Hosn und oana weißn Weste drugn sie oan dunkelblaun Rogg mit den Regimendsfarbn an Ärmeln und Aufschlägn - i glaub, de warn rod. Dazu schwarze Gamaschn, hohe Reidstiefl und Grenediersmüdzn aus schwarzm Belz. Ach ja, as war auffällig: Auf dem Unifoamrogg gobs ibaoi weiße eckige Lidzn - und a Schärbe drugn sie aa, de war weiß mit gold bestickt . Wissn Sie was?" Der Lehrjunge kramte eifrig in einer Schublade und zog ein Stück Papier und ein paar Buntstifte hervor. „I zeichne Ihna de Kutsche und de Unifoam schnell auf. As konn i guad!"

Verblüfft lauschte Johanna den Ausführungen des Lehrburschen, der bereits mit seiner Skizze begonnen hatte. In Windeseile entstand auf dem Papier die Seitenansicht der Kutsche und ein Soldat in Uniform. Der Junge hatte Talent! Nur was Johanna sah, irritierte sie sehr: Das waren eindeutig keine bayerischen Uniformen – und kurpfälzisch waren sie auch nicht. Das Ganze wurde immer mysteriöser! Sie beschloss, sämtliche Geschäfte und ein paar der Marktstände abzuklappern und ihre Fragen zu stellen – wahrscheinlich hatten doch mehr Menschen zumindest die Kutsche und die Soldaten gesehen. Sie steckte dem Lehrjungen ein paar Münzen zu, griff nach dem Papier und verließ die Buchhandlung.

Doch mehr als die Informationen von Odilo war partout nicht in Erfahrung zu bringen, obwohl sie das Gefühl hatte, wirklich jeden befragt zu haben. Enttäuscht machte sie sich zurück auf den Weg zum Blauen Glöcklein, um ihre Kinder und die Magd abzuholen, als eine junge Marketenderin sie am Ärmel zupfte. „Gnädige Frau, ihr woided doch edwas iba de schwarze Kudsche wissn, oda?“

„Ja, hast du vielleicht ein Wappen gesehen?“ Johanna blieb stehen, vielleicht würde sie ja doch noch etwas Wichtiges in Erfahrung bringen.

„Nein, a Wappn war ned auf da Dür“, antwortete die junge Frau schulterzuckend, „aba i hob mit den Soldadn gsprochn.“

„Rasch, erzähl!“ Aufgeregt blickte Johanna der Frau in die Augen. Niemand, den sie zuvor befragt hatte, war mit den Soldaten ins Gespräch gekommen – wie hatte die Marketenderin das nur geschafft?

„Naja, i woide ihna von meine Schneckennudeln vergauffa, sie han wigli sehr guad, und hob sie oafach ogespochn.“ Sie kratzte sich unwillig am Kopf. „Aba sie warn sehr unhöfli und hobn voa oiem ganz gomisch gereded.“

„Wie meinst Du das?“ Johanna wusste nicht recht, was sie von den Worten der Marketenderin halten sollte.

„De warn hoid ned von hia. As glang in edwa so...“ Die Frau machte eine kurze Pause und zog die Stirn angestrengt in Falten. Dann fuhr sie mit veränderter Tonlage fort: „Hach ab, mer wolle den Drech nit hen, mach das de anne kimmst!“

Verblüfft starrte Johanna sie an. Das war ein ähnlicher Dialekt, wie bei ihrer Tante Philippa in Darmstadt gesprochen wurde. Ein bisschen anders vielleicht, aber es ging in die Richtung. Nur: Was machten hessische Soldaten auf dem Kutschbock einer unbekannten Reisekutsche, in der vermutlich ihr Gatte saß? Was hatte das alles mit einer angeblichen Erbschaftsangelegenheit der da Fotis zu tun, von denen doch eigentlich niemand mehr lebte? Und warum war Clemens in Nürnberg nicht ausgestiegen, um Johanna wie vereinbart eine Nachricht zukommen zu lassen?

Irgendetwas stimmte da nicht, das spürte Johanna instinktiv. Sie steckte der Marketenderin ein paar Münzen zu und nahm ihren Weg wieder auf. Doch plötzlich blieb sie abrupt stehen. Ihr war etwas in den Sinn gekommen: War Clemens etwa ein Gefangener oder entführt worden?

Alles deutete darauf hin: seine strenge Bewachung, die fehlenden Lebenszeichen, die geheimnisvolle Kutsche ohne Wappen, die abweisenden Soldaten. Entsetzt presste sie die Hand auf den Mund. Was für eine schreckliche Vorstellung, dass ihrem geliebten Mann etwas zustoßen könnte! Sie musste so schnell wie möglich in Mannheim eintreffen, wo Onkel Philipp sie erwartete – ganz offensichtlich war ihm in der Angelegenheit ja etwas zu Ohren gekommen, wie aus seinem merkwürdigem Weihnachtsbrief hervorging.

Irgendetwas Fürchterliches war geschehen und drohte, ihr persönliches Glück und das ihrer Familie zu zerstören.

Doch Johanna würde kämpfen – es war schließlich nicht das erste Mal. Entschlossen stieß sie die Tür zum Blauen Glöcklein auf.

Kapitel 3

Die Postkutsche traf am Abend in Rothenburg ein – ohne nennenswerte Zwischenfälle, wie Johanna erleichtert feststellte. Die Kinder und Traudl waren nach dem reichhaltigen Mahl in Nürnberg in zufriedenes Schweigen gefallen und hatten dann irgendwann auf der Weiterfahrt damit begonnen, Francescos Zinnsoldaten auszupacken und mit ihnen zu spielen.

Traudl schnarchte wie immer die meiste Zeit und die Kinder nutzten unbemerkt ihren Schoß mit den Falten des derben Leinenrocks als Schlachtfeld. Bei einer kurzen Pause an einer unbedeutenden Relaisstation durften die beiden zudem ein paar Minuten herumtollen, während Johanna sich die Beine vertrat und die frische, kalte Luft der winterlichen Nachmittagssonne genoss. Wäre der Anlass für die Reise nicht ein so Besorgnis erregender gewesen, hätte sie die Fahrt durch die liebliche Landschaft beinahe genießen können.

Doch immer wieder kehrten ihre Gedanken zu ihrem wie vom Erdboden verschluckten Mann, der geheimnisvollen Kutsche, den merkwürdigen Andeutungen ihres Onkels und der vermeintlichen Erbschaftsangelegenheit zurück. Und sie spürte in ihrem Inneren ganz genau, dass hier einiges nicht mit rechten Dingen zuging.

Die Kutsche fuhr am frühen Abend polternd durch das Sieberstor in Rothenburg ein. Die Stadt sah in der Dämmerung sauber und adrett aus, sogar den Schnee hatte man hier sorgfältig zur Seite geräumt. Im Vergleich zu Nürnberg oder Mannheim war Rothenburg sehr verwinkelt und strahlte durch die vielen alten, aber sehr gepflegt anmutenden Fachwerkhäuser eine winterliche Gemütlichkeit aus.

Sanft schien das Licht durch die Fenster in die Gassen und für einen kleinen Moment kämpfte Johanna mit den Tränen. Wie gern hätte sie gemeinsam mit ihrem Mann und den Kindern in einem dieser heimeligen Häuser dem kalten Winter bei Kerzenschein, Spielen, guter Lektüre und einem schönen Mahl getrotzt!

„Mama, hier ist alles so eng!" Auch Louisa hatte sich ein Feld auf der beschlagenen Scheibe der Kutsche frei gerieben und starrte hinaus. „Aber es sieht hier immer noch aus wie Weihnachten."

Johanna lächelte. Ihre Tochter hatte ein feines Gespür für Stimmungen.

„Werden wir hier übernachten?" Louisa blickte sie fragend an.

„Ja, das werden wir. Und diesmal, das hat mir der Kutscher vorhin verraten, sogar ganz komfortabel – nicht so wie letzte Nacht."

Louisa seufzte erleichtert. „Gott sei Dank. Dann muss Traudl also nicht wieder vor der Tür auf einem Brett schlafen."

Die Erwähnung ihres Namens riss die Magd aus ihrem Schlaf. Verwirrt rieb sie sich die Augen und grunzte unverständlich vor sich hin.

„Traudl, wir sind da!" Ungeduldig zerrte Francesco an ihrer Hand, während er gleichzeitig versuchte, seine immer noch verstreuten Zinnsoldaten in ihrem Schoß in Sicherheit zu bringen. „Los, aufwachen, du musst mich gleich tragen!"

„Francesco!" Ärgerlich schüttelte Johanna ihren Kopf. Sie mochte es gar nicht, wenn ihr Sohn so mit Dienstboten umher sprang. Es war eines der wenigen Streitthemen, das sie regelmäßig mit ihrem Mann Clemens hatte: Als ein stolzer Mann aus Florenz vertrat er nämlich die Ansicht, dass ein männliches Kind so früh wie möglich lernen sollte, Respekt zu verbreiten, wohingegen Mädchen doch lieber etwas zurückhaltender erzogen werden sollten.

Johanna sah das ganz anders: Als selbstständige und selbstbewusste Tochter eines aufgeschlossenen Arztes hatte sie früh gelernt, Verantwortung zu übernehmen und Entscheidungen zu treffen. Damit entsprach sie zwar eindeutig nicht dem Frauenideal ihrer Zeit, doch sie fühlte sich rundum unabhängig und wohl. Nicht zuletzt diese Grundeinstellung, die ihr durch die aufgeklärte Erziehung ihres Vaters vermittelt wurde, hatte ihr dabei geholfen, die tragischen Verwicklungen und

Ereignisse in ihrer eigenen Familie einigermaßen unbeschadet zu überstehen. Und sie war stolz darauf, in ihrer Tochter Louise schon jetzt eine würdige Nachkommin zu erkennen, da auch sie überdurchschnittlich interessiert und klug war.

Ganz sicher würde auch Louise nicht als stille und unauffällige Ehefrau eines strengen Herren enden und für den Rest ihres Lebens Kinder in die Welt setzen und Handarbeiten herstellen – zumal sich bereits heute zeigte, dass Nähen und Sticken nicht zu ihren herausragenden Talenten zählten. Johanna musste unwillkürlich lächeln. Louisa war ihr einfach sehr ähnlich.

„Mama, aussteigen!" Francescos krähte aufgeregt herum und zappelte. Die Kutsche hatte vor dem Goldenen Hirschen in der Schmiedgasse unweit des Rothenburger Marktplatzes angehalten und Johanna stellte erfreut fest, dass sie ihre Herberge diesmal trockenen Fußes erreichen würden.

„Mei, is as aba a feins Haus, so a scheene Herbege, wa hatte as gedacht!" Traudl war sichtlich beeindruckt von dem traditionsreichen Haus, in dem – das hatte Johanna während der Rast von einem der Kutscher erfahren – sich der Rothenburger Meistertrunk abgespielt hatte, der die Stadt vor der Zerstörung durch Tilly und seine Truppen bewahrt hatte[13].

Und in der Tat wurden die Erwartungen der Reisenden diesmal eher übertroffen als enttäuscht: Das Zimmer, das ihnen die freundliche dralle Wirtin zuwies, war zwar klein aber sauber und besaß wie die meisten Häuser, an denen sie in der Stadt vorbei gefahren waren, putzige Butzenfensterscheiben. Johanna mochte diese Fenster, wenngleich sie nicht so viel Licht in den Raum hinein ließen, wie die großflächigen Fenster, die sie aus Mannheimer Häusern kannte.

Die Tür hatte zwar kein Schloss, dafür einen alten und sehr stabil anmutenden schweren Riegel. Drei Betten standen ihnen zur Verfügung, Francesco würde also bei der Magd mit unter die Decke kriechen müssen. Das allerdings waren herrlich duftende Daunendecken, die sich über den mit Schaffellen

13 Bürgermeister Nusch hatte während des Dreißigjährigen Krieges hier bei einem Gelage mit Tilly 13 Schoppen Wein in einem großen Becher vereint auf Ex getrunken und den Besatzer damit so beeindruckt, dass dieser von der Brandschatzung der Stadt abgesehen hatte. Rothenburg hat so den Krieg unbeschadet überstanden.

bedeckten Schlafpritschen türmten. Frieren würden sie in dieser Nacht sicherlich nicht, das erkannte Johanna sofort.

Sie entdeckte zudem eine Retirade[14] und zwei Nachttische mit Öllampen und kleinen Duftvasen – ein echter Luxus auf der Reise. Das Angenehmste war jedoch ein kleiner Kachelofen, der gemütlich vor sich hinbollerte und eine angenehme Wärme verbreitete. Offenbar wurde er von außen eingeheizt.

„Ich hab Hunger, Mama!“ Francesco quengelte, doch Johanna war ihm nicht böse. Sie fand, dass die Kinder sich vorbildlich auf der Reise benahmen. Angenehm war es sicherlich nicht für die beiden – zumal sie ganz sicher auch die Anspannung ihrer Mutter spürten. Und Louisa hatte mehr mitbekommen, als sie eigentlich sollte. „Gell, Mama, wir suchen den Papa“, hatte sie auf der Fahrt leise gefragt und Johanna war ihr eine Antwort schuldig geblieben. Irgendwann würde sie mit den Kindern reden müssen, das war ihr klar.

Seufzend beaufsichtigte sie Traudl und einen Knecht der Herberge, die ihr Reisegepäck in die Kammer schleppten. Dann klatschte sie betont fröhlich in die Hände und rief: „So, jetzt gehen wir unten in der Schankstube etwas Feines essen. Das haben wir uns heute wirklich verdient!“

Es gab Lammbraten, der ihnen an einer großen Tafel serviert wurde. Johanna fiel ein, dass Rothenburg für seine Schafindustrie recht bekannt war, was den Braten und die Felle auf den Betten erklärte. Soweit sie wusste, gab es einen bedeutenden Wollhandel in der Region – und natürlich auch Waren im Umfeld, die weniger öffentlich gehandelt wurden. Ihr Vater und Onkel Philipp hatten sich einmal, daran erinnerte Johanna sich plötzlich, über den Verkauf von geriebenem Bockshorn lustig gemacht, das in Wasser verdünnt und bei Vollmond getrunken angeblich die Manneskraft steigern sollte.

Johanna schüttelte innerlich den Kopf ob solcher haarsträubender Ideen – doch viele glaubten daran. Ihre Traudl zum Beispiel war felsenfest davon überzeugt, dass Ziegenmilchschnaps, eingerieben auf weiblichen Schenkeln und Brüsten,

14 Mit Retirade bezeichnet man die Toilette des 18. Jahrhundert.

Männer anlocken würde. Johanna hatte da allerdings eine ganz andere Theorie und glaubte nicht an solchen Mummenschanz. Im Übrigen war Traudl bislang noch nicht verheiratet oder in festen Händen – offenbar verhalf diese übel riechende Tinktur wenn überhaupt nur zur kurzen Liebschaften, auch bei leichtgläubigen Seelen wie ihrer Magd.

Nach einem reichhaltigen Mahl und einem netten Gespräch mit der freundlichen Wirtin, die allerlei Rothenburger Geschichten zum Besten gab, zog sich Johanna mit den Kindern und der Magd zurück. In der wohligen Wärme des Zimmers schliefen die Kinder und Traudl schnell ein, und auch Johanna, die in den letzten Nächten stundenlang gegrübelt hatte, spürte plötzlich ihre tiefe Müdigkeit. Sie nahm gerade noch wahr, dass die Wirtin die Tür zur Gaststube verriegelte und fiel dann in einen tiefen und traumlosen Schlaf.

Am anderen Morgen wurde Johanna durch lautes Gepolter im Haus geweckt. Erschrocken fuhr sie auf und blickte zum Fenster. Draußen war es noch dunkel, so spät konnte es also gar nicht sein. Dennoch schlüpfte sie aus dem Bett und in ihre Reisekleidung, um den Abort und einen Waschtisch zu suchen. Sie meinte sich daran zu erinnern, dass sie am Abend zuvor im Treppenhaus einen gesehen hatte. Sie weckte Traudl leise, damit Louisa und Francesco noch nicht aufwachten und wies sie an, die Tür hinter ihr wieder sorgsam zu verriegeln.

Kurze Zeit später betrat sie den Gastraum, wo die Wirtin mit einem Lumpen den Boden wischte und dabei lautstark die Stühle hin und her schob. Immerhin wurde hier geputzt, stellte Johanna zufrieden fest, das entschuldigte den frühmorgendlichen Lärm.

„Guade Morge, gnädig Frau. Sind Sie so früh scho wach, gell? Jedzd brauch i no oi Weile, bis i Ihne oi Frühschdügg richde kann. Da müsset Sie no ebbes warde." Die Wirtin stützte sich auf einer Stuhllehne ab und musterte Johanna neugierig.

„Das macht nichts, ich wollte ohnehin kurz in der Stadtkirche vorbeischauen." Johanna lächelte die fleißige Frau freundlich an. Ganz offensichtlich kam sie nicht aus der Region, ihr Dialekt hatte einen deutlichen schwäbischen Einschlag, das war ihr am Abend zuvor bereits aufgefallen.

„In d'Kirche? In dene fruhe Schdund? Na, wem s'fälld. Abr nur koi Eile, d' Poschdkudsche fährd hir ohnehin nedd vor nein uhr ab. Daz hend d' Kudschr gschderet z vil gdrunke. Was wollet Sie noh in dr Kirche?"

„Einen Altar anschauen". Johanna steuerte hastig auf die Tür zu – sie befürchtete, dass die Wirtin noch mehr Fragen stellen würde. Schon am Vorabend hatte sie sich als äußerst gesprächig erwiesen.

„Es isch abr no arg dämmerich drauße, gnädig Frau. So, so, oin Aldar. Na noh wolld ihr wohl in d'Schdaddkirche hinübr. Da schdehd oi besonders großr. Also mir fälld r joo nedd so saumaessich, so ganz ohne Farb. Abr na joo, da schdehd r hald nun scho all d'Jahre. D'Kirche finded ihr hir gleich um d'egge." Die Wirtin wandte sich wieder ihrem Putzlappen zu und murmelte kopfschüttelnd leise vor sich hin.

Erleichtert trat Johanna in die Gasse vor der Herberge. In den Fenstern rundherum brannten bereits Lichter und der Himmel wurde langsam hell. Von einem Kirchturm schlug es die halbe Stunde, vermutlich war es halb acht. Es war immer noch schneidend kalt und sie zog ihren Umhang ein wenig fester. Geschneit hatte es allerdings nicht mehr und so konnte sie auf den vom Vortag geräumten Wegen zur Stadtpfarrkirche eilen. Dort wollte sie sich ein Schnitzwerk anschauen, von dem ihr Vater und sein alter Mannheimer Freund, der Bildhauer Peter Anton Verschaffelt, vor vielen Jahren einmal geschwärmt hatten. Verschaffelt war übrigens nicht nur ihrem Vater nahe gestanden, sondern war auch jahrelang Ziehvater von Clemens gewesen, der über persönliche Kontakte als Waisenjunge aus Italien nach Mannheim gekommen war und unter Verschaffelts Obhut Musik studieren durfte.

Von daher wusste Johanna recht viel über den mittlerweile sehr erfolgreichen und bekannten Künstler und Architekten, der bei Hofe hoch in der Gunst stand – und kannte auch seine Einstellung zur Kirche. Obwohl er und Franz Bechtler damals keine eifrigen Kirchgänger waren hatten sie von diesem einen Altar[15] detailliert erzählt. Den Namen des Künstlers wusste sie nicht mehr, möglicherweise wurde er damals auch nicht benannt – das Werk selbst sollte allerdings eine ganz hervorragende Arbeit sein.

Neugierig öffnete Johanna das seitliche Portal der Jakobskirche. Es knarrte laut und ließ den Blick auf ein recht großes Kirchenschiff mit spitzen Gewölben frei. Nur wenige Kerzen erleuchteten das Innere, lediglich im Osten hinter den großen Fenstern des Chores drang erstes Morgenlicht herein, weshalb Johanna sich zunächst in diese Richtung wandte. Langsam durchschritt sie den Mittelgang, während sie sich umschaute. Auch sie war keine eifrige Kirchgängerin, wenngleich sie christliche Werte hochhielt. Dennoch nahm sie ein schöner Gottesraum wie dieser gefangen und sie sprach in Gedanken ein Bittgebet aus, das um Schutz auf der weiteren Reise für sie und ihre Kinder bat – und um ein schnelles und gesundes Wiedersehen mit Clemens.

Als sie vor dem Ostchor angekommen war, drehte sie sich um und entdeckte den Westchor mit der Empore. Beim Betreten der Kirche war ihr nicht aufgefallen, dass das Gebäude doppelchörig angelegt war. Sie fragte sich, woran sie den Altar erkennen würde, von dem ihr Vater so geschwärmt hatte. Doch ein kurzer Vergleich von Ost und West ließ keinen Zweifel offen: Das besondere Kunstwerk stand im Westchor.

Sprachlos betrachtete Johanna das imposante Schnitzwerk. Die Wirtin hatte Recht: Farben suchte man hier vergeblich. Dafür waren die hölzernen Figuren und Bilder ungewöhnlich filigran und durchbrochen gearbeitet, so dass von hinten Licht hindurch drang und den Darstellungen eine erstaunlich lebendige und dramatische Stimmung verlieh. Der Schrein selbst zeigte das letzte Abendmahl Christi, die beiden Flügel den Einzug in Jerusalem und Ölberg. Im Gesprenge entdeckte Johanna ein Reliquienkreuz, sie wusste jedoch nicht, was hier verehrt wurde.

15 Gemeint ist der berühmte Riemenschneideraltar in St. Jakob, der dort heute noch zu bewundern ist.

„Ja, ja, da hat unser Herr uns ein ganz besonderes Stück geschenkt, nicht wahr?"

Erschrocken drehte Johanna sich um. Hinter ihr stand ein Geistlicher und lächelte sie freundlich an. Sie hatte ihn nicht kommen hören, so sehr war sie in den Anblick vertieft gewesen.

„Diese Schnitztechnik, unvergleichlich", fuhr der Geistliche fort, „nur schließen kann man ihn nicht, leider."

Fragend blickte Johanna ihn an.

„Kommt nur, kommt nur hier herum, Gnädige Frau." Der Geistliche kletterte behände über die Absperrung und forderte Johanna auf, es ihm gleich zu tun. „Wisst Ihr, es sind nicht viele Menschen, die sich für diesen Altar interessieren.Hier in Rothenburg finden ihn die meisten zu schmucklos."

Johanna lächelte. „Stimmt. Unsere Herbergswirtin weiß ihn auch nicht zu schätzen."

Hinter dem Retabel machte sie dann eine erstaunliche Entdeckung: Zum einen waren die Rückseiten der Altarflügel tatsächlich nicht gestaltet – und zum anderen hatte man gezielt Kerzen aufgestellt, deren Licht durch die ausgesparten Stellen im Schnitzwerk nach vorne drang.

Jetzt verstand Johanna, warum der Altar so eine eigentümliche Wirkung hatte – und begriff auch, um was für ein Meisterwerk es sich handeln musste. Ein durchbrochener Schrein, eine unglaublich feine und überlegte Reliefausarbeitung und dann das Licht als unbedingt dazugehöriges Detail – das war einfach grandios. Ehrfurchtsvoll umkreiste Johanna den Altar.

„Und das hier, das ist auch etwas Unglaubliches." Der Geistliche griff in die Darstellung des Abendmahls hinein, was Johanna einigermaßen verblüffte. „Schaut her, den Judas, den kann man herausnehmen!" Die Figur verdeckte an sich einen Spalt zwischen zwei Reliefblöcken – und dahinter kam Johannes der Täufer zum Vorschein. So etwas hatte Johanna noch nie gesehen – zumal der Täufer dahinter eindeutig in schlafender Pose dargestellt worden war. Kein Wunder, dass Verschaffelt und ihr Vater darüber noch lange geredet hatten!

„Und welche Reliquie beinhaltet der Altar?" Johanna

nahm die Gelegenheit wahr und fragte interessiert nach.

„Oh, im Kreuz dort oben verwahren wir in einem Bergkristall einen Tropfen des Blutes unseres Herrn. So heißt es jedenfalls seit Jahrhunderten.“ Der Geistliche kratzte sich am Kopf und zog die Stirn in Falten. „Nun, ich bin mir da allerdings nicht so sicher, denn....“ – er seufzte schwer – „...nun ja, die Medizin hat uns ja in den letzten Jahren viel über den Körper und seine Säfte verraten. Und Blut verändert sich schnell, wenn es trocknet, von daher...“ Er bekreuzigte sich und sah Johanna dann ein wenig erschrocken an.

Sie lachte leise. „Stimmt. Mein Vater war übrigens Arzt. Und vermutlich hat er genauso gedacht wie Ihr, Hochwürden.“ Sie hielt kurz inne und fuhr dann mit leiser Stimme fort: „Aber das tut auch nichts zur Sache, denke ich, wenn die Menschen hier daran glauben und es ihnen hilft, nicht wahr?“

Erleichtert lächelte der Geistliche sie an. „Ihr seid ungewöhnlich klug für eine Frau. Möge Gott Euch auf Euren Wegen begleiten und schützen.“ Er segnete Johanna und verschwand mit einem grüßenden Kopfnicken genauso lautlos irgendwo im Seitenschiff, wie er gekommen war. Für einen kurzen Moment fragte Johanna sich, ob sie nur geträumt hatte, doch der Schnitzaltar vor ihr war sehr real. Sie betrachtete ihn noch einmal ausführlich. Irgendwann würden wohl auch die Rothenburger Bürger verstehen, welchen Schatz sie hier beherbergten, davon war Johanna überzeugt.[16]

Als Johanna in die Herberge zurückkehrte, saßen ihre Kinder und Traudl erwartungsvoll im Gastraum.

Das Gepäck stand bereits sorgfältig gestapelt in einer Ecke und auch die beiden Kutscher hatten an einem der Tische Platz genommen. Während die Wirtin herrlich duftendes Gebäck und warme Milch servierte, entdeckte Johanna einen weiteren Gast: In einer Nische saß ein Soldat und rührte nachdenklich in einem Becher herum. Als er Johannas Blick wahrnahm, grüßte er höflich herüber. Schnell schaute sie weg. Es gehörte

16 Sie sollte Recht behalten: Seit dem 19. Jahrhundert ist das Heiligblut-Retabel, das von der Hand Tilman Riemenschneiders geschaffen wurde, eine der Hauptattraktionen der Stadt!

sich nicht als alleinreisende Frau mit fremden Männern zu kokettieren – Johanna hörte förmlich die Worte, die ihre Tante Philippa von Rodenstein, die in Darmstadt residierte, in diesem Moment ganz sicher von sich gegeben hätte.

„Mama, wann fahren wir weiter?“ In Louisas Stimme schwang leise Ungeduld mit.

„Gleich, mein Schatz“, Johanna tätschelte ihre Hand, „ganz sicher geht es gleich weiter. Aber schau, unsere Kutscher müssen auch noch frühstücken.“„Sind wir nachher bei Onkel Philipp und Tante Clara?“ Francesco rutschte ungeduldig auf seinem Stuhl hin und her. „Ich will mit Onkel Philipp Krieg spielen!“

Johanna verdrehte innerlich die Augen. Waren Jungs immer so? Er war doch noch so jung und dachte schon an Kämpfen und Krieg. Außerdem kannte er Philipp und Clara gar nicht! Die beiden waren zwar in den letzten zehn Jahren ein paar Mal in Amberg auf Besuch gewesen, doch beim letzten Treffen war Francesco noch ein Säugling gewesen.

Er konnte sich daran nicht einmal erinnern. Louisa allerdings schon, sie hatte von Anfang an ein besonders inniges Verhältnis zu beiden, was Johanna sehr freute. „Sie ist wie Du“, hatte Tante Clara schnell festgestellt, „vergiss das nie und gib ihr alle Möglichkeiten, die Du auch hattest, Johanna.“ Das hatte sie im Übrigen fest vor; die aufgeklärte Erziehung, die sie selbst genossen hatte, wollte sie auch ihrer Tochter zukommen lassen.

„Nein, mein Schatz“, griff Johanna das Thema wieder auf, „heute Abend schlafen wir noch einmal in Mosbach. Morgen sind wir dann endlich in Mannheim.“ Maulend biss Francesco in eine Gebäckschnecke. Ihm behagte es verständlicherweise gar nicht, noch einen langen Tag in der engen Kutsche zu verbringen.

„Jetzt mecker doch nicht so!“ wies Louisa ihn zurecht, „dafür lernst Du die Welt kennen, das ist doch auch was in Deinem Alter.“ Sie sah ihren Bruder streng an.

Johanna lächelte still vor sich hin. Die Welt kennen lernen – wie gut, dass Louisa noch nicht wusste, wie es wirklich dort zuging. Hoffentlich behielt sie diese Sicht der Dinge noch eine Weile.

„Will keine Welt kennen", nuschelte Francesco schniefend, „will da sein."

„So, Aufbruch, meine Herrschaften!" Die laute Stimme des einen Kutschers unterbrach das Gespräch am Tisch der Santorinis. Eilig packten Traudl und die Kinder ihren Proviant zusammen, während Johanna die Wirtin großzügig entlohnte. Die Kutsche war unterdessen vorgefahren und wurde bereits beladen.

Als Johanna mit den Kindern vor die Herberge trat, stutzte sie.

„Kutscher, das ist nicht unser Koffer!" Sie deutete auf ein großes schwarzes Gepäckstück, das gerade auf dem hinteren Träger befestigt wurde.

„Stimmt", brummte dieser, „das ist nicht Eurer."

Fragend starrte Johanna ihn an. Traudl klärte die Situation: „Da kommt noch oana mit. Da Soldod, da da in da Ecke sass. I glaub er fährt bis Mosbach mit - wo aa imma as sei mog."

„Ach so." Johanna war alles andere als begeistert. Einmal abgesehen davon, dass es nun noch enger in der Kutsche werden würde, missfiel es ihr, ausgerechnet mit einem Soldaten auf so engem Raum zu reisen. Soldaten genossen nicht den besten Ruf – und wer wusste schon, was für ein Flegel dieses Exemplar hier war. Mit missbilligender Miene schob sie die Kinder in die Kutsche und sicherte sich selbst und Francesco und Louisa einen Platz in Fahrtrichtung. Der Soldat würde sich neben die ständig schnarchende Traudl quetschen müssen.

„Grüß Gott, gnädige Frau, darf ich mich vorstellen?" Freundlich grinsend steckte der neue Mitreisende seinen Kopf in die Kutsche. Ohne eine Antwort abzuwarten, fuhr er fort: „Mein Name ist Hans von Hausen und ich gehöre dem 1. Leibregiment und Kommando Ihrer Kurfürstlichen Durchlaucht Carl Theodor an. Mein Regiment ist in Schwetzingen stationiert und jetzt bin ich gerade auf dem Weg nach Mosbach."

„Uiii, ein Soldat!" Francesco sprang vor Begeisterung vom Sitz. „Ist das ein echtes Schwert?" Er deutete auf den Degen des Mannes.

„Das ist ein Degen, mein Junge, kein Schwert. Willst Du ihn mal anschauen?" Unter dem strahlenden Blick Francescos kletterte der Soldat in die Kutsche. Traudl rückte bereitwillig zur Seite, sie war sichtlich beeindruckt von dem jungen Mann.

„Und was macht ein Kurpfälzer Soldat in der fränkischen Provinz?“ Johannas Ton war etwas schärfer ausgefallen, als sie eigentlich wollte.

Doch der Soldat überhörte das Misstrauen, das ihm entgegenschlug und antwortete bereitwillig: „Ein Botendienst für unseren Kommandanten. Nichts Besonderes, das kommt häufiger vor.“

„Ach so.“ Während sich die Kutsche endlich in Bewegung setzte und über das holperige Kopfsteinpflaster in den engen Gassen zum Stadttor hinaus rollte, musterte Johanna den jungen Mann, der Francesco und Louisa geduldig seine Waffen vorführte. Johanna schätzte ihn auf Mitte zwanzig, wobei sein junges Gesicht mit dem frechen Lachen, dem gezwirbelten Oberlippenbart und den flachsblonden Haaren auch täuschen konnte.

Er trug eine blaue Uniformjacke mit rotem Revers und roten Epauletten, woran seine Zugehörigkeit zum kurfürstlichen Regiment deutlich zu erkennen war.

Die weiße Uniformhose steckte in schwarzen Stiefeln und seinen Dreispitz hatte er beim Einsteigen sorgfältig in der Gepäckablage verstaut. Johanna erinnerte sich daran, diese Uniformen als Kind in Mannheim oft gesehen zu haben. Im Übrigen sah dieser Hans von Hausen recht gut aus und schien ein angenehmer Mitreisender zu sein.

Er beschäftigte sich wirklich nett mit den Kindern und zeigte eine erstaunliche Geduld. Johanna gab sich einen Ruck und stellte sich nun auch höflich vor. Den Grund ihrer Reise nannte sie allerdings nicht. Das besorgte dann ein wenig später Francesco: „Wir suchen nämlich meinen Papa“, verriet er triumphierend. „Willst Du uns dabei nicht helfen? Einen Soldaten mit einem echten Degen können wir gut brauchen.“

Johanna verdrehte die Augen und Louisa stupste ihren Bruder unwillig an. Doch es war zu spät: Hans von Hausen blickte sie fragend an.

„Später“, murmelte sie verlegen, „ich erkläre es Euch

später.“ Sie warf ihrem Sohn einen zornigen Blick zu und schloss demonstrativ die Augen. Sollten die anderen doch denken, dass sie schlief – Traudl schnarchte ohnehin schon wieder vor sich hin. Sie lauschte der Unterhaltung des Soldaten mit ihren Kindern, der bereitwillig Rede und Antwort stand. Francesco fragte ihm natürlich zu Waffen, Munition und Kriegen Löcher in den Bauch, während Louisa ihn mit tiefsinnigeren Fragen bombardierte. So wollte sie zum Beispiel wissen, ob er schon einmal einen Menschen getötet hatte und ob ihn das nicht traurig machen würde.

Und auch diese Fragen beantwortete Hans von Hausen ruhig und besonnen, was Johanna erstaunte. Ihr bisheriges Soldatenbild bedurfte offenbar einer Korrektur. Als die Reise mittags an einer Relaisstation in Krautheim unterhalb der mächtigen Burg für eine Stunde unterbrochen wurde, nutzte Johanna die Gelegenheit, mit Hans von Hausen unter vier Augen zu sprechen. Die Kinder saßen unterdessen in einer Schankstube und nahmen unter der Obhut der Magd eine heiß dampfende Suppe zu sich.

„Herr von Hausen“, begann sie stockend, „Ihr werdet Euch sicherlich wundern...“

„Ach wo!“ Der Soldat machte eine wegwerfende Handbewegung. „Ich habe schon so viel erlebt und gehört...“ Er musterte Johanna aufmerksam. „Was ist denn mit Eurem Mann passiert? Es ist schließlich alles andere als gewöhnlich, dass eine vornehme Dame allein mit ihren Kindern in einer Postkutsche durch die verschneite Landschaft reist.“

Johanna seufzte und schloss für einen kurzen Moment die Augen. Konnte sie diesem Mann vertrauen? Sie kannte ihn ja kaum. Andererseits war er Soldat – und vielleicht konnte er ihr etwas über die geheimnisvolle Kutsche sagen, in der ihr Clemens verschwunden war.

Sie atmete einmal tief durch und begann zu erzählen. Einige Details ließ sie weg, aber im Großen und Ganzen berichtete sie von den Ereignissen um die Weihnachtstage herum, ihre Sorge und ihrem Entschluss, ihren Mann zu suchen. Als sie bei

der Kutsche angekommen war, wurde der Soldat hellhörig.
„Ihr habt eine Zeichnung, sagt Ihr?"

Während Johanna in ihrem Beutel nach dem Papier kramte, wickelte Hans von Hausen zwei Zimtschnecken aus einem weißen Leinentuch und bot ihr eine davon an. Dankbar griff sie danach und reichte ihm das Bild von der Kutsche. Sprachlos starrte der Soldat auf das Papier.

Dann ließ er sich noch einmal in aller Ausführlichkeit die Uniformen der Soldaten beschreiben, die angeblich auf dem Kutschbock gesessen hatten. Auch die Beobachtung der Marketenderin über den Dialekt der beiden ließ ihn aufhorchen. „Ein dunkelblauer Rock und weiße Litzen?" hakte er noch einmal nach, „Und ein Dialekt so ähnlich wie er in Hessen-Darmstadt vorkommt?"

Johanna nickte schweigend. Offenbar kannte Hans von Hausen solche Uniformen – und sie schienen nichts Gutes zu verheißen. Denn sein Gesicht hatte nun einen ernsten Ausdruck, als er sich Johanna erneut zuwandte: „Jetzt muss ich Euch doch noch einmal fragen: Euer Gatte ist wirklich nur ein Musikus?"

„Wieso? Ist das wichtig?" Irritiert blickte Johanna zu ihm auf.

„Nun, möglicherweise schon."

Hans von Hausen rieb sich nachdenklich das Kinn. „Es wird Euch zwar noch mehr beunruhigen, aber diese Uniformen weisen darauf hin, dass es sich um einen Gefangenentransport gehandelt hat – auf wessen Weisung auch immer. Normalerweise werden so nur ganz wichtigen Persönlichkeiten zu Verhören oder Einkerkerungen verbracht. Dass einem einfachen Musiker so eine Ehre widerfährt...."

„Er ist kein einfacher Musiker, sondern etwas ganz Besonderes!" Johanna begann zu weinen.

„Es tut mir leid..." Hilflos zuckte Hans von Hausen mit den Schultern. „Ich glaube Euch ja. Aber offenbar ist Euer Gatte für irgendjemanden so interessant oder wichtig, dass man ihn auf diese Weise an einen bestimmten Ort bringen wollte. Und dieser Jemand – darauf weisen die wappenlose Kutsche und die Soldatenuniformen hin – bewegt sich

in allerhöchsten Kreisen. Merkwürdig, sehr merkwürdig..."
„Wie meinen Sie das – in allerhöchsten Kreisen?" Johanna schniefte noch einmal und horchte auf.

„Nun, Gnädige Frau, Ihr müsst Euch vorstellen, was das bedeutet, wenn fremde Uniformierte durch unterschiedliche Ländereien queren: Sie müssen mit allerhöchsten Papieren und Passierscheinen ausgestattet sein, um ohne Kontrollen und längere Aufenthalte zu reisen – und genau das scheint ja in diesem Fall zuzutreffen. Ich frage mich nur, warum ausgerechnet ein Amberger Musiker..."

„Und genau das frage ich mich auch!" unterbrach Johanna ihn eifrig. „Nur – wie kann ich der Sache nachgehen? Wen kann ich fragen? Es ist alles so verwirrend." Eine Träne kullerte ihr über die Wange. Sie wischte sie ungeduldig weg und biss energisch in die Zimtschnecke.

„Hmmm." Hans von Hausen zog die Stirn in Falten und dachte einen Moment nach. „Ich habe eine Idee: Was haltet Ihr davon, wenn ich mich in Mosbach in Soldatenkreisen einmal umhöre?

Vielleicht hat irgendjemand dort etwas gesehen, die Kutsche oder die fremden Uniformierten. Oder meinen Kommandanten, möglicherweise weiß er etwas von dem Transport. Auf dem Weg nach Mannheim müssen sie dort ja vorbei gekommen sein.."

„Das würdet Ihr für mich tun?" Dankbar strahlte Johanna den Soldaten an. „Ich bin Euch zu tiefem Dank verpflichtet."

„Nun, warten wir erst einmal ab, was dabei herauskommt." Hans von Hausen war sichtlich verlegen. „Aber ich werde mich bemühen. Ihr fahrt morgen nach Mannheim weiter?

„Ja, wieder mit der Postkutsche. Wir werden dort von meiner Familie erwartet."

Lautes Geschrei unterbrach ihr Gespräch. Louisa und Francesco stürmten aus der Gaststube – gefolgt von der Magd, die hinter ihnen herschimpfte: „Woit ihr wohl stehenbleibn? Ned eimoi de Serviettn hobt ihr benutzt! Francesco, dein Mund is verschmiert und Louisa, so benimmt si koa Dame Hergott nochmoi".

Seufzend griff Johanna ein und wies ihre Kinder zurecht. Die Kutscher bliesen ohnehin zur Weiterfahrt und es blieb keine Möglichkeit, das Gespräch über den Verbleib der Kutsche unter vier Augen zu vertiefen. Dafür entspann sich auf der nächsten Etappe eine kurzweilige Unterhaltung zwischen Johanna und Hans von Hausen, während Francesco, Louisa und Traudl im gleichmäßigen Geschaukel der Kutsche einen Mittagsschlaf hielten. Der Soldat erkundigte sich interessiert nach Johannas Leben in Amberg und sie erzählte bereitwillig von Clemens Erfolgen als Musiker, ihren Gönnern, den Grafen zu Eltz und – das wollte der Soldat genauer wissen – ihrer Tätigkeit als Medizinkundige und Hebamme.

Für Johanna war das eine ungewöhnliche Situation, die sie sichtlich genoss: Schließlich kam es nur sehr selten vor, dass ein Mann sie nach solchen Dingen fragte und ihre Leistungen und ihr Engagement zu würdigen wusste.

Die letzten neun Jahre in Amberg waren nicht immer einfach für Johanna gewesen: So galt für die Oberpfalz seit Mitte des 15. Jahrhunderts die *Regensburger Hebammenverordnung*, laut der Frauen als „geschworene Hebamme" vereidigt wurden. Die Hebammen waren in der Regel bei der Stadt angestellt und konnten zu Oberhebammen befördert werden, die wiederum Lehrmägde ausbilden konnten. Für Johanna, die in Mannheim ihr Handwerk gelernt hatte, war es zunächst relativ kompliziert, ihren Status anerkannt zu bekommen – zumal sie nicht vorhatte, angestellt zu arbeiten.

Wieder einmal war es die Fürsprache ihrer Freundin und Gönnerin Gräfin zu Eltz, die bei den zuständigen Stellen die erforderliche Großzügigkeit erwirken konnte. Die Gräfin hatte ihre Kinder unter der Füsorge Johannas leicht und gesund entbunden, auch das dürfte damals eine Rolle gespielt haben.

Dennoch: Der Konflikt mit den vereidigten Oberhebammen war vorprogrammiert. Denn durch die Pflicht, beim Tod der schwangeren Frau einen Kaiserschnitt durchzuführen, entschieden oft Frauen über das Leben des ungeborenen Kindes, die sich zwar mit der Geburt an sich, jedoch nicht mit

Operationen auskannten. Außerdem gab es dabei stets Gerangel mit den Ärzten, zumal Hebammen schwangere Frauen und Kinder auch medizinisch behandeln durften, was allerdings Auslegungssache war.

Johanna stieß dabei mit vielen ihrer modernen Ansichten und Behandlungsmethoden, die ihr durch ihren Vater, ihren Onkel Philipp und den Mannheimer Arzt Anton von Mai vermittelt worden waren, auf Unverständnis und Ablehnung - und es kam immer wieder vor, dass Frauen oder Kinder starben, da sie einem Medikament Johannas nicht trauten und sich lieber dem viel beschworenen Aderlass überließen.

Ein ewiges Ärgernis und ihrem Empfinden nach eine Art der Schikane war für Johanna auch die ständige Kontrolle von Hebammen durch „ehrbare Frauen". So wollte man – das war die offizielle Version – Verwahrlosung verhindern; Johanna war jedoch davon überzeugt, dass eher Neugierde und Misstrauen dahinter standen. Außerdem suchte die oft in diesen Dingen fachlich unterlegene Ärzteschaft geradezu nach Fehlern oder Nachlässigkeiten bei Hebammen, um sie in Misskredit zu bringen.

„Das glaube ich Euch aufs Wort!" Empört beugte Hans von Hausen sich vor. „Schade, dass nicht jemand wie Ihr meine Frau unter der Geburt betreut hat."

„Eure Frau?" Johanna fragte vorsichtig nach und registrierte, dass nun auch ein bekümmerter Ausdruck in das Gesicht des Soldaten getreten war.

„Ja, ich bin Witwer." Er seufzte schwer. „Meine Frau starb vor fünf Jahren unter der Geburt, nachdem ein so genannter Medicus ihr einen Aderlass empfahl, als sie schon sehr geschwächt war. Das Kind kam zwar noch zur Welt, aber es war bereits tot." Er schlug die Hände vor das Gesicht.„Ich hatte so sehr darum gebeten, Doktor von Mai hinzuzuziehen, wir lebten damals nämlich in Mannheim, aber die Familie meiner Frau wollte das nicht. Man war der Meinung, der alte Langhofer, ein alter Freund der Familie und fast blind und taub, würde genügen. Ach hätte ich mich doch damals durchgesetzt!"

Mitleidig ergriff Johanna die Hand des Soldaten. „Das ist ja schrecklich, was müsst Ihr gelitten haben." Johanna überlegte einen Moment und fuhr dann fort: „Aber falls es Euch ein wenig tröstet, auch ich habe solche Irrtümer in allerhöchsten Kreisen erlebt und konnte sie wider besseren Wissens nicht verhindern." Sie schilderte ihm in kurzen Zügen die tragische Geburt und den Tod des kurfürstlichen Thronfolgers knapp dreizehn Jahre zuvor, bei der Johanna als Siebzehnjährige dem Hofarzt im Beisein des ganzen Hofes assistieren musste.

„Ihr wart dabei?" Erstaunt hob Hans von Hausen den Kopf. „Mein Vater hat mir davon einmal erzählt. Ich war damals ja noch ein kleiner Junge. Hieß es nicht, eine Verschwörung steckte dahinter?"

Johanna zuckte mit den Schultern. „Es wurde allerlei erzählt. Der Thronfolger hätte jedoch nicht sterben müssen, davon bin ich überzeugt. Aber das ist eine alte Geschichte, wir sollten sie ruhen lassen."

Johanna griff den Erzählfaden wieder auf – nicht zuletzt, um Hans von Hausen von seiner immer noch spürbaren tiefen Trauer abzulenken. Sie schilderte ihm die unterschiedlichen Sichtweisen, die Hebammen, die Ärzteschaft und die Gesellschaft auf das Gebären an sich haben: „Ihr müsst wissen, eine Hebamme sieht die Geburt als einen natürlichen Vorgang, bei dem die Frau größtmögliche Zuwendung und Hilfe braucht. Die Ärzteschaft hingegen bewertet das als ein riskantes medizinisches Ereignis, das es um jeden Preis zu therapieren gilt – und der ist häufig zu hoch." Hans von Hausen nickte wissend. „Und die höfische Gesellschaft", fuhr Johanna fort, „die ist ohnehin weniger am Schicksal der werdenden Mutter, sondern eigentlich nur am Kind interessiert, denn das garantiert den Fortbestand der Familie, später günstige Allianzen und Machtstellungen. Es ist ein ewiges Dilemma!"

Johanna hatte sich in Rage geredet: „Dabei steht schon in den Schriften von Justine Siegmund – und die ist schon fast hundert Jahre tot, glaube ich, *die Hebammen sollen Armen und Reichen treu und fleißig beistehen; auch nach der Niederkunft sollen sie Mutter und Kind alle Sorgfalt widmen.“*[17]

Heftiges Schaukeln der Kutsche unterbrach ihr Gespräch und weckte die Kinder wieder auf. Die Straße war offenbar schlechter geworden. Hans von Hausen steckte seinen Kopf aus dem Fenster und fragte bei den Kutschern nach. Eisige Kälte drang dabei ins Innere und Johanna nahm wahr, dass es draußen bereits dämmerte. Sie würden bald in Mosbach sein, schätzte sie – und der Soldat bestätigte ihre Annahme.

„Die Fahrt von Ziegelhütte hinab sei immer so“, hat der Kutscher mir gesagt, „hier sind die Wegstrecken sehr ausgefahren und schlecht gepflegt. Aber spätestens in einer Stunde sind wir am Ziel.“

Den Rest der Fahrt nahmen die Kinder ihren Mitreisenden wieder in Beschlag und er ließ es geduldig zu. Unterdessen besprach Johanna mit Traudl den bevorstehenden Abend, da sie zwar gemeinsam essen würden, Johanna dann jedoch noch einmal losgehen wollte, um etwas über den Verbleib von Clemens herauszufinden. Dass der Soldat ihr dabei helfen würde, verschwieg sie vorsorglich; Traudl hätte sich nur unnötig Sorgen gemacht. Die Magd sollte sich darum kümmern, dass die Kinder ihre Zähne putzten und den Reisestaub gründlich abwuschen und einigermaßen sauber ins Bett kamen. „Und dass Du ihnen ja nicht wieder irgendeinen Mummenschanz von Hexen, Teufeln und Dämonen erzählst!“

Johanna hob drohend den Zeigefinger. „Nicht dass Francesco wieder die halbe Nacht schlecht träumt!“ Sie führte in dieser Hinsicht einen Kleinkampf mit ihrer Magd, die den Kindern auch in Amberg immer wieder haarsträubende Geschichten nahe gebracht hatte, was Johanna sehr missfiel.

In diesem Moment fuhren sie durch das Obertor in die Stadt hinein. Johanna blickte so gut es ging aus dem Fenster und stellte erstaunt fest, dass auf dem Turm eine Uhr mit zwei Zeigern angebracht war. So konnten die Mosbacher nicht nur die Stunden, wie meist üblich, sondern auch die Minuten erken-

17 Dieses bedeutendste Hebammenbuch seiner Zeit wurde 1690 veröffentlicht und in mehreren Auflagen gedruckt.

nen. Es war kurz vor fünf am Nachmittag, sie würde also ausreichend Zeit für ihre Nachforschungen haben.

Doch da täuschte Johanna sich gewaltig, wie sie kurze Zeit später feststellen musste. Denn in Mosbach schien irgendetwas Größeres im Gange zu sein. Die Gassen waren voller Militär und Menschen, der Ort war mit bunten Fahnen geschmückt und von irgendwoher drang laute Musik herüber.
Die Postkutsche selbst kam nur sehr langsam vorwärts und erreichte den Marktplatz deutlich später als geplant. So hatten die Reisenden die Gelegenheit, im Vorbeifahren einen ausführlichen Blick auf die Stadt zu werfen: Mosbach war offensichtlich eine reiche Stadt mit riesigen Fachwerkhäusern und mehreren Märkten, sogar mit einem eigenen Schweinemarkt. Es gab eine Stadtkirche im alten spitzbogigen Stil, die oberhalb des Marktplatzes in den Gassen stand.

Außerdem passierten sie das stattliche Rathaus mit dem hohen Turm. Johanna wusste, dass Mosbach auch ein Schloss besaß, doch der Schlossplatz, klärte sie Hans von Hausen auf, lag etwas abseits.

„Ja, hier ist Einiges geboten", brachte es der Soldat auf den Punkt, „die Stadt hat gerade ein ganz neues Franziskanerkloster bekommen, dann gibt es das Gradierwerk mit der Saline, ein Badhaus – und ganz neu – eine Fayence-Manufaktur."
Das war Johanna neu. Konnte man sie besichtigen oder dort sogar einkaufen? Dann könnte sie ihren Apothekenbedarf ein wenig aufstocken.

„Bestimmt, ich werde Euch hinführen", versprach Hans von Hausen. „Aber die Mosbacher mögen die Manufaktur nicht, weil ein Franzos sie gegründet hat."[18] Er grinste frech. „Naja, kann man ja auch irgendwie verstehen."

„Ich frage mich nur..." fuhr er nachdenklich fort, „was hier heute eigentlich los ist. Seit die große Garnison aufgegeben wurde, ist es in Mosbach eigentlich nie voll. Nur noch eine

18 Die Mosbacher Fayence-Manufaktur wurde am 23. April 1770 durch den Franzosen Pierre Berthevin gegründet, der schon in Schweden und Frankenthal Manufakturen ins Leben rief. Er sollte hier im Auftrag des französischen Königs eine Art Entwicklungshilfe leisten. Die Mosbacher standen dem Betrieb tatsächlich feindselig gegenüber. Berthevin wurde 1772 von Kurfürst Carl Theodor entlassen und 1775 erwarb Johann Samuel Friedrich Tännlich die Manufaktur. Er war damit sowohl Besitzer als auch Künstler.

kleine Kaserne mit wenig Soldaten gibt es hier, der Rest der Anlage wurde der Manufaktur geopfert. Wo nur all die Menschen herkommen?"

Mit einem Ruck hielt die Kutsche auf dem Marktplatz. Endlich – Johanna forderte die Kinder auf, ihre Jacken anzuziehen und auf Traudl zu hören. Hans von Hausen öffnete den Verschlag und kletterte als erster hinaus. „Bleibt noch sitzen, ich erkundige mich nach Eurem Quartier. Wo solltet Ihr logieren?

„Im Prinz Carl, hieß es." Ein wenig verunsichert steckte Johanna den Kopf aus der Kutsche. „Glaubt Ihr, das könnte Schwierigkeiten machen?"

„Nun ja, hier ist irgendwas Besonderes los. Seht Ihr all die Uniformierten? Sie gehören zur Garde der Kurfürstin und sind normalerweise nicht hier. Ich gehe fragen." Der Soldat verschwand in der Menge.

„Mama, können wir aussteigen?" Louisa zog sie ungeduldig am Ärmel.

„Nein mein Schatz, wir müssen kurz warten." Johanna biss sich besorgt auf die Lippen. „Herr von Hausen klärt das für uns."

„Können wir abladen?" Einer der beiden Kutscher tauchte vor dem Verschlag auf und wippte enerviert mit dem Fuß. Schließlich müssen wir auch noch Quartier nehmen und uns um die Gäule kümmern!"

„Das muss noch ein wenig warten. Schwing er sich wieder auf den Kutschbock!" Hans von Hausen war mit ernster Mine zurückgekehrt. Erklärend wandte er sich an Johanna: „Ihre Kurfürstliche Durchlaucht Elisabeth Auguste weilt seit gestern überraschend in der Stadt und hat ihren halben Hofstaat mitgebracht. Daher also die vielen Leute. Euer Quartier wurde anderweitig vergeben, der Wirt konnte natürlich nicht anders."

„Ja und jetzt?" Entsetzt starrte Johanna ihn an.

„Ich will nicht draußen schlafen, isso kalt!" Francesco fing an zu heulen.

„Still!" Etwas harscher als beabsichtigt fuhr Johanna ihrem Sohn über den Mund. Dann blickte sie den Soldaten erwartungsvoll an.

„Man wird Euch im Gutleuthaus beherbergen. Es ist bescheiden, soll aber sauber sein. Wir fahren sofort hin.“ Hans von Hausen gab den Kutschern entsprechende Anweisungen und kletterte wieder zu den anderen hinein.

„Was ist ein Gutleuthaus?“ ließ sich Louisa zaghaft vernehmen.

„Das Gutleuthaus? Nun, das war mal ein Heim für Leprakranke. Das ist es aber nicht mehr“, schob Hans von Hausen schnell hinterher, als er Louisas entsetzten Gesichtsausdruck sah. „Ich erkläre es dir: Die Stadt Mosbach hat ein Elendshaus, das ist für ganz Arme, und ein Gutleuthaus, das war einmal für Leprakranke und ist heute teilweise Krankenhaus und teilweise Herberge. Es liegt im Norden vor den Toren der Stadt in der Nähe vom Friedhof. Es ist eigentlich ein ganz schönes Gehöft mit verschiedenen Gebäuden und umgeben von einer wehrhaften Schutzmauer. Ich denke, Louisa, du wirst dort gut schlafen können.“

Der Soldat hatte ihnen nicht zu viel versprochen: Die ordentliche Anlage mit den Fachwerkhäusern und der alten Kapelle wirkte fast schon einladend. Die freundliche Verwalterin wies ihnen ein sauberes Zimmer zu, in dem tatsächlich für jeden eine schmale Bettstatt bereit stand. Johanna hatte sich zuvor mit Hans von Hagen für die siebte Stunde verabredet – er wollte sie am Tor des Gutleuthauses abholen, um mit ihr nach Clemens und der Kutsche zu forschen. So blieb ihr genug Zeit für einen kleinen Imbiss und sie konnte sogar noch beaufsichtigen, wie die Kinder in ihre Betten schlüpften. Es war ein einfaches, aber angenehmes Quartier.

Ein wenig irritiert war sie allerdings über die Nachttöpfe im Gutleuthaus: Man bat sie nämlich, den Nachttopf in einen speziellen Kübel zu entleeren, der dann wiederum in ein stinkendes Fass und schließlich auf den Feldern als Dünger entleert wurde. Erstaunt bemerkte Johanna dabei, dass diverse Nachttöpfe in ihrer Kammer standen und sie fragte nach dem Grund. Denn ein auffälliges Detail verband sie: Die Töpfe und

Schiffchen waren ausnahmslos wertvoll bemalt und jedes für sich ein schönes Stück. Die Antwort der Verwalterin erstaunte sie nicht minder, denn diese erzählte ihr, dass kürzlich in der Fayencemanufaktur ein großer Ausverkauf stattgefunden hatte, da der neue Besitzer Tännlich dringend Geld benötigte. Tännlich hatte offenbar vom Vorbesitzer ein großes unverkäufliches Warenlager mit übernommen und gleich zu Beginn massive finanzielle Probleme.

Da er gleichzeitig von Anfang an mit Salinenassessor Emmermann als Kontrolleur neben sich im Streit lag, hatte er sich eines Tages spontan dazu entschlossen, das Warenlager zum Schleuderpreis unter die Menschen zu bringen, weswegen praktisch jeder Haushalt in Mosbach über mindestens einen Edelpisspott verfügte.

Johanna schüttelte den Kopf über die Geschichte, so ganz glauben mochte sie das nicht. Doch Hans von Hausen bestätigte ihr später auf dem Spaziergang in die Innenstadt lachend die Version: „Ja, die Mosbacher pissen alle wie Edelleute, das solltet Ihr Euch merken."

Schnell wandten sich die beiden jedoch ernsteren Themen zu, und was der Soldat zu berichten hatte, war keinesfalls beruhigend: Niemand hatte die geheimnisvolle Kutsche gesehen, geschweige denn etwas von Clemens gehört. Lediglich ein Soldat eines anderen Pfälzer Regimentes, der auf der Durchreise in Mosbach eingekehrt war, meinte sich daran zu erinnern, dass ihm ein Flößer in Neckarsteinach von einer schwarzen Kutsche erzählt hatte, die des Nachts in einer Flussschleife am Neckarufer gestanden hatte. Allerdings hatte der Pfälzer Soldat die Geschichte nicht ganz geglaubt, da der Flößer alles andere als Vertrauen erweckend wirkte und offenbar dem Wein sehr zugetan war. Außerdem: Wer hatte jemals schon von einer riesigen schwarzen Kutsche gehört, die nachts am Ufer des Neckars einfach herumsteht?

Dennoch: Für Johanna war dies ein wichtiger Hinweis und sie glaubte an die Existenz der Kutsche. „Er ist also tatsächlich nach Mannheim gefahren", stellte sie mit zitternder Stimme

fest, „dann werde ich ihn morgen endlich wieder sehen."
Hans von Hausen schwieg dazu – er war sich da nicht so sicher. Doch er wollte Johanna die Zuversicht nicht nehmen und sie bemerkte seine Zurückhaltung nicht weiter, so sehr war sie von dem Gedanken erfüllt, ihren Clemens in die Arme zu schließen.

Unterdessen waren sie auf ihrem abendlichen Spaziergang durch das deutlich weniger verschneite Mosbach am Gradierwerk angelangt. Vor einem Vierteljahrhundert war hier eine Salzquelle entdeckt worden und hatte einen florierenden Salzhandel in die Stadt gebracht. Über 4.000 Zentner Salz, so erfuhr Johanna von ihrem Begleiter, wurden hier jährlich produziert, und der Anteil an Kurgästen, die von der Sole tranken, stieg Jahr um Jahr. Die Anlage stand außerdem unter der Protektion der Kurfürstin, weswegen die dazugehörige Halle auch *Elisabeth Augusten-Halle* hieß.

Und ausgerechnet auf sie und ihr Gefolge stießen Johanna und Hans von Hausen, als sie das Gradierwerk passierten. Johanna versank in einem tiefen Knicks, der Soldat neben ihr verbeugte sich formvollendet. Doch die Kurfürstin nahm keine Notiz von ihnen, sondern lauschte den Worten der Freifrau von der Osten, einer Hofdame, die Johanna noch aus ihrer Mannheimer Zeit kannte.

„... und wenn dann das Lumpenglöckchen läutet, wird Ihre Durchlaucht bereits ganz wunderbar..." konnte Johanna verstehen, dann war die Stimme der Hofdame nicht mehr zu hören und die Kurfürstin mit ihrer Entourage vorbeigezogen.

Langsam erhob Johanna sich und blickte ihre Begleitung fragend an: „Das Lumpenglöckchen? Was ist denn das? Und was macht die Kurfürstin eigentlich hier in der Provinz?"

„Ich denke, um Eure Fragen der Reihe nach zu beantworten", begann Hans von Hausen, „ich denke, sie will sich ein Bild von dem neu erschlossenen Salzbrunnen machen. Man munkelt nämlich, dass hier ein Gesundbrunnen für Kranke entstehen soll. Angeblich soll deshalb auch die Fayencemanufaktur noch einmal vergrößert und dafür auch schon bald die Kaserne geschlossen werden."

„Ach so." Johanna wunderte sich ein wenig, da Mosbach ihr bislang alles andere als bedeutend vorkam. Aber wenn nun sogar die Kurfürstin hier verkehrte, musste der Ort interessant sein.

„... Legende um das Lumpenglöckchen", hatte der Soldat bereits weiter geredet, „ist eine von diesen Geschichten, an die man glauben mag oder nicht. Sie wird jedem gern erzählt – vor allem Fremden." Er grinste vor sich hin und fuhr fort: „Im Rathausturm schlägt eine Glocke zu einer sehr ungewöhnlichen Uhrzeit, nämlich stets um dreiviertel elf. Um diese Zeit soll nämlich vor vielen Jahren Eure Namensvetterin, die Pfalzgräfin Johanna von einer Jagd zurückgekehrt sein. Sie hatte sich zuvor bei einem Jagdausflug im Wald des Michelherdes verirrt. In der Nähe Lohrbachs soll ihr Hund die Witterung eines Hirsches aufgenommen haben und ihm gefolgt sein, die wackere Johanna folgte als einzige aus ihrem Tross daraufhin ihrem Hund. Der Hund war erfolgreich und riss den Hirsch, jedoch erst weit entfernt vom Tross von Johannas Bediensteten und tief im Gestrüpp.

Kurz: Johanna fand den Tross nicht mehr. Johannas Gemahl, Pfalzgraf Otto I. wusste jedoch ihr und sich zu helfen und ließ besagte Glocke ununterbrochen läuten, um seiner Frau durch ihren Klang den Weg zurück zur Stadt zu weisen. Um dreiviertel elf schließlich hatte sie dann die Tore der Stadt erreicht. Und im Gedenken an den guten Ausgang der „Staatsaffäre" schlägt in Friedenszeiten seit diesem Tag ,,s Lumbeglöggle' um diese Uhrzeit."[19]

Johanna kicherte. So etwas! Wer glaubte denn daran? Immerhin nahm der Spaziergang an der Seite des hilfsbereiten jungen Soldaten Hans von Hausen auf diese Weise einen vergnüglichen Ausgang. Freundlich verabschiedete Johanna sich von ihm, als sie das Gutleuthaus wieder erreicht hatten.

„Und wenn Ihr demnächst in Mannheim seid oder irgend-

19 Historisch gesichert jedoch sind die Pfalzgräfin und die Glocke keine Zeitgenossen. Die Lumpenglocke wurde erst 1458, 14 Jahre nach Johannas Tod, gegossen.

wann einmal in Amberg, seid Ihr unser gern gesehener Gast, Herr von Hausen." Aus ihrer Stimme klang Wärme und Aufrichtigkeit heraus, was ihn sichtlich freute.

Traudl und die Kinder schliefen bereits tief und fest, als Johanna die Kammer betrat. Doch sie konnte noch nicht schlafen und beschloss, ihrem alten Freund Giacomo Casanova einen Brief zu schreiben. Vielleicht würde er etwas über diese Erbschaftsangelegenheit gehört haben – schließlich weilte er derzeit in Venedig, wo er sich mit einer Übersetzung der *Ilias* quälte und über ein wenig Abwechslung vielleicht sogar froh war. Sie zündete eine Kerze an, nahm sich Feder, Tinte und Papier aus einer ihrer Taschen und begann zu schreiben.
Zwanzig Minuten später hatte sie ihr Werk vollbracht: *„...Ihr seht also, werter Freund, die Lage ist undurchsichtig und ich benötige wieder einmal Eure Hilfe. Bitte antwortet mir schnell – einmal abgesehen von Euren oft wertvollen Informationen ist jeder Brief von Euch auch ein Genuss für alle Sinne. Eure treue und ergebene Freundin Johanna Santorini."*

Am nächsten Morgen hielt die Kutsche bereits früh vor dem Gutleuthaus, was Johanna Recht war. Am Marktplatz wurden noch einige Pakete mit aufgeladen, so dass sie ihren Brief schnell zur Post bringen konnte. Dann ging es weiter über Aglasterhausen und Heidelberg nach Mannheim – eine Reise, die sie weitgehend schweigend und mit gemischten Gefühlen erlebte.

Denn die Rückkehr in ihre alte Heimat war mit schmerzhaften Erinnerungen verbunden und sie befürchtete, dass auch dieser Besuch nicht ohne Schwierigkeiten und unvorhergesehene Ereignisse ablaufen würde. Und sie sollte Recht behalten: Denn als sie vor dem alten Bechtlerhaus vorfuhren, was ein großzügiges Münzgeschenk an die Kutscher ermöglicht hatte, wurden sie zwar von Onkel Philipp bereits erwartet, doch Clemens war hier nie angekommen.

Kapitel 4

Johannas Onkel hatte persönlich die Tür geöffnet, als sie am ehemaligen Arzthaus ihres Vaters in den Mannheimer Quadraten geklopft hatte. Auf den ersten Blick erschien Johanna das Gebäude unverändert, lediglich das schmiedeeiserne Schild *Kurfürstliche Einhorn-Apotheke* und die Büste eines Einhornkopfes über dem Eingang waren neu.

Ihr Onkel hatte hier nach dem Tod seines Bruders und Johannas Weggang eine Dependence seines Heidelberger Hauptgeschäfts eingerichtet, was sich als geschäftlicher Glücksgriff erwiesen hatte. Denn durch die Eröffnung zahlreicher Hospitäler, der stetig wachsenden Bewohnerzahl der Stadt – und natürlich der großen Anziehungskraft des Hofes – stieg auch der Bedarf an Medikamenten und allerlei Pulvern, Pillen und Tränken gegen das eine oder andere Unwohlsein. Außerdem stand Philipp Bechtler offenbar bei Hofe in gutem Ansehen, denn Ihre Kurfürstliche Durchlaucht, Carl Theodor höchstpersönlich, ließ bei ihm regelmäßig ordern, was wiederum dazu führte, dass sich auch die gesamte Entourage von Bechtler beraten und behandeln ließ.

Nicht zuletzt dadurch war er stets recht ausführlich über sämtliche Entwicklungen bei Hofe und vor allem über den Klatsch und Tratsch in jenen Kreisen informiert. Onkel Philipp hatte darüber bei aller Vorsicht und teilweise verschlüsselt regelmäßig in seinen Briefen an Johanna berichtet und so wunderte sie sich nicht, das Haus in gepflegtem Zustand vorzufinden.

„Johanna, Liebes, da bist Du ja endlich!“ Philipp Bechtler hatte seine Nichte fest in die Arme genommen. „Hattet Ihr eine gute Reise trotz des vielen Schnees?“

Johanna war nicht in der Lage gewesen, ihrem Onkel zu antworteten. Sie war zu überwältigt von dem Moment – hatte sie doch jahrelang nicht mehr daran geglaubt, ihr altes Elternhaus und ihre Heimat wieder zu sehen.

Schluchzend hatte sie sich in den Armen ihres Onkels festgeklammert, während er ihr beruhigend über den Kopf gestreichelt hatte. Erst die Kinder hatten dafür gesorgt, dass sie sich wieder fasste, da sie laut und aufgeregt in der Gasse schwatzten.

„Ist das unser neues Haus?“ wollte Francesco wissen.

„Werden wir hier jetzt wohnen?“ fragte Louisa nach.

„Wer ist der Mann, der Mama umarmt?“ Das war wieder Francesco – und seine Schwester zischte ihn an: „Still, das ist Onkel Philipp, der begrüßt jetzt erst die Mama.“

Unterdessen hatte Johanna ihre Gefühle wieder im Griff und sich aus den Armen ihres Onkels gelöst. Ernst hatte sie ihn angeschaut und dann mit bangem Blick gefragt: „Und wo ist Clemens? Kommt er uns nicht begrüßen?“

Glücklicherweise war in diesem Moment Tante Clara im Eingang erschienen und hatte sich um die Kinder und Traudl gekümmmert. Wenn Louisa und Francesco nämlich den entsetzten Gesichtsausdruck ihrer Mutter gesehen hätten, der auf das bedauernde Kopfschütteln ihres Onkels gefolgt war, wären möglicherweise auch sie in Tränen ausgebrochen.

Denn Clemens Santorini war nie in Mannheim eingetroffen.

Auch fehlte irgendeine Nachricht von ihm – Philipp Bechtler wusste lediglich, dass man ihn wegen einer mysteriösen Erbschaftsangelegenheit nach Mannheim gerufen hatte. Das wiederum hatte er hinter der Ladentheke seiner Apotheke von einem ehemaligen Kollegen des Musikers von der Mannheimer Schule erfahren, dem es wiederum von einem Soldaten zugetragen worden war – und woher jener die Information hatte, ließ sich nicht mehr verfolgen.

„Deswegen konnte ich Dir auch nichts Genaueres schreiben, aber du hast meine Botschaft im letzten Brief ja ganz richtig verstanden”, flüsterte Phillip ihr zu.

„Ja aber...“ Johanna stockte und musste schlucken, „... das heißt also, dass du gar nicht genau weißt, worum es eigentlich geht?“

„Nein, mein Kind, das weiß ich nicht.“ seufzte Philipp. „Das Wenige, das ich gehört habe, hat mich jedoch derart beunruhigt, dass ich es wichtig fand, dich nach Mannheim zu holen." Er fasste seine Nichte fest an den Armen und schaute ihr mit ernster Miene in die Augen. „Johanna, hier stimmt irgendetwas nicht – entweder mit Clemens und seiner Herkunft oder es ist irgendetwas anderes, was wir jetzt noch nicht wissen. Aber wir werden es herausfinden, gemeinsam, das verspreche ich dir."

Johanna schwieg. Was sollte sie auch antworten? Ihre letzte Hoffnung, ihren Mann zu treffen, hatte sie eben begraben müssen. Zutiefst verzweifelt nickte sie mechanisch und wandte sich ihrer Tante zu, die bereits eifrig schwatzend mit den Kindern in das helle Foyer getreten war, und murmelte leise: „Tante Clara, wie schön, dich wieder zu sehen!"

„Johanna, Liebes, lass dich fest drücken!" Clara Bechtler nahm sie liebevoll in den Arm, woraufhin Johanna schon wieder mit den Tränen kämpfen musste. „Ich schlage vor, ihr kommt jetzt erst einmal richtig an, bezieht eure Zimmer und wir essen gemeinsam, was denkst du?" Wie immer dachte ihre Tante praktisch und rettete damit die schwierige Situation.

„Und danach", fuhr sie fort, „schicken wir Traudl mit den Kindern und unsere Köchin Kathi auf einen kleinen Spaziergang auf die Planken, damit wir alles in Ruhe besprechen können. Es ist ja noch früh am Tage." In der Tat war es erst kurz nach Mittag, die Postkutsche war schnell gewesen. Allerdings gab es in der Kurpfalz auch nur sehr wenig Schnee auf den Strassen, so richtig kalt wurde es hier nur selten.

„Kathi? Meinst du etwa meine liebe Kathi, das Küchenmädchen?" Wehmütig lächelte Johanna.

„Ja, das ist sie", mischte sich Philipp lachend ein. „Aber ein Mädchen ist sie nicht mehr, sondern eine gestandene Frau mit einigen Pfunden zuviel. Sie kocht allerdings hervorragend, seit sie mit dem ehemaligen Knecht eines Colmarer Bürgers verheiratet ist."

„Kathi ist verheiratet?" Johanna freute sich sichtlich. Kathi war früher ihre einzige Verbündete im Haus gegen den unfreundlichen Kammerdiener Breuer und die französische Gouvernante Madame Guinant gewesen, die ihr Vater zum Leidwesen seiner jüngeren Tochter engagiert hatte. Und nun hatte Kathi selbst einen Franzosen als Mann, unglaublich.

„Ja, und ihr Pierre ist seit einigen Jahren unser Hausdiener", fuhr Tanta Clara fort, als hätte sie Johannas Gedanken gelesen. „Beide haben wir für die nächste Zeit bei Verschaffelt untergebracht, in dessen Haus seit der Heirat seiner Töchter viele Zimmer leer stehen. So können deine Magd und die Kinder die ehemaligen Mädchenkammern von dir und Amalie im Dachgeschoss beziehen. Dir haben wir das alte Kabinett deines Vaters hergerichtet und Philipp und ich schlafen in der Bibliothek. Ich hoffe, das ist dir recht?"

Johanna nickte. „Danke Onkel Philipp, danke Tante Clara. Ihr seid einfach wunderbar. Genau so machen wir es. Also, hopp hopp" – sie wandte sich an die Kinder – „hinauf mit Euch!"
Während Tante Clara den kleinen Francesco, Louisa und der Magd ihre Kammern zeigte, bezog Johanna das frühere Kabinett ihres Vaters. Onkel Philipp hatte darin nicht viel verändert, seit Johanna nach Amberg gezogen war, ein Strauß bunter Seidenblumen auf dem großen Tisch verriet Tante Claras Handschrift.

Sie ließ sich auf die Chaiselongue fallen, die ihrem Vater als Bettstatt gedient hatte und sah sich um: Es sah hier in der Tat so aus, als hätte Franz Bechtler den Raum erst kürzlich verlassen. In dem großen doppeltürigen Schrank aus dunklem Holz neben der Tür hatte der Hofmedikus seine Kleidung verwahrt. Dazu passend gab es eine halbhohe Anrichte an der Wand gegenüber genau zwischen den beiden hohen Fenstern zur Straße, die dem Raum viel Licht spendeten. Auf der Anrichte entdeckte Johanna kostbare Mineralien, eine kleine Büste aus der Hand Peter Anton Verschaffelts, zwei silberne Leuchter und eine leere Schale, in der ihr Vater stets frisches Obst oder im Winter leckeres Gebäck bereit hielt.

Die Chaiselongue befand sich an der Längsseite des Raumes. Über der Bettstatt hatte ihr Vater vor vielen Jahren zwei Bauzeichnungen vom Schloss und vom Garten in

Schwetzingen aufgehängt. Auch an diese Bilder erinnerte Johanna sich gut – wie oft hatte sie als junges Mädchen die Details genau studiert. Immerhin war das Schloss die Sommerresidenz der Kurfürsten und der gesamte Hof übersiedelte Jahr für Jahr von Mai bis September dorthin. Auch Franz Bechtler musste sich dem Tross als Hofmedicus regelmäßig anschließen und nahm seine beiden Töchter Johanna und Amalie meistens mit.

Der Gedanke an ihre verstorbene Schwester machte Johanna schmerzhaft bewusst, dass die Zeiten sich geändert hatten. Ihr Vater lebte nicht mehr, ihre Schwester war in einer unglücklichen Ehe bei der Geburt ihres ersten Kindes qualvoll gestorben – und dieses Kabinett wurde seither vermutlich von Onkel Philipp bewohnt, wenn dieser in Mannheim weilte.

Dennoch freute sie sich, dass er das Andenken Ihres Vaters bewahrt hatte. Kurzerhand beschloss sie, das Auspacken später Traudl zu überlassen, um dafür lieber ihr altes Zimmer und die anderen Räume im Haus zu besichtigen. Schließlich würde sie hier wohl einige Zeit verbringen, ob sie wollte oder nicht. Insgeheim freute Johanna sich jedoch sogar ein bisschen darüber – sie hatte in Amberg fast vergessen, wie viel Komfort das Anwesen in Mannheim zu bieten hatte.

Das Haus der Bechtlers stand in der Unterstadt Mannheims im Quadrat F5,10[20]. Es war ein großes Eckhaus, das sich Johannas Vater damals leisten konnte, da er als Hofmedicus im Dienste des Kurfürsten stand. Zwar galten die Quadrate E, F und auch noch G als bessere Wohngegend für angesehene Bürger, so hochherrschaftlich wie in der Oberstadt, die mit den D-Quadraten südwestlich des Paradeplatzes begann und bis zu den A-Quadraten am Schloss führten, ging es hier jedoch nicht zu.

Die Stadt war 1684 nach den neuen Ideen des damaligen Kurfürsten Friedrich IV. auf einem Rastersystem geplant worden. Bis dahin hatte es in Mannheim Straßennamen wie in jeder

20 F5 bezeichnet den Häuserblock, also den fünften Block in der Reihe F, Nr. 10 ist die eigentlich Hausnummer.

anderen Stadt gegeben. Einige dieser Namen waren übrig geblieben: die Breite Straße, die vom Neckartor kommend direkt auf das Schloss zuführte, die Heidelberger Straße, auch Baumallee oder Planken genannt, die das Heidelberger Tor mit dem Rheintor verband und dabei gleichzeitig die Ober- von der Unterstadt trennte – und natürlich die Fressgasse, die die E-Quadrate von den F-Quadraten trennte und deshalb so hieß, weil hier besonders viele Krämerläden zu finden waren.

Gerade die älteren Bürger Mannheims lebten im Geiste noch mit den ehemaligen Straßennamen, bei Hofe war dies aber nicht gewünscht. Man war modern – und dazu gehörten eben die Mannheimer Quadrate der Vorzeigestadt. Allerdings, dessen war sich Johanna schon als junges Mädchen sicher gewesen, würden einige Namen bleiben, da sie so bildlich waren: Die Baumallee hieß schließlich deshalb im Volksmund *Planken*, da die Bäume in der Straßenmitte durch schmale Planken vor den Rädern der Kutschen geschützt wurden.

Auch ein paar Plätze trugen noch den Titel ihrer tatsächlichen Funktion: So gab es einige Quadrate weiter östlich den Speisenmarkt, den Paradeplatz in D 7, wo viele große Veranstaltungen stattfanden oder die Kasernengasse einige Blöcke entfernt, wo ein Mädchen aus gutem Hause allerdings nichts zu suchen hatte, wie Johanna schon frühzeitig von ihrem Vater zu hören bekommen hatte.

Das Bechtlersche Haus gehörte zu den Quadraten im Norden der Stadt. Es lag in unmittelbarer Nähe zum Militärlazarett, dem Katholischen Bürgerspital und schräg gegenüber der Lutherischen Kirche. Das eigentlich Schöne an dem Anwesen war die Ecklage, die viel Licht in das Haus brachte. Der Eingang zeigte hinüber zu F 4 und gab quer über die Straßenkreuzung den Blick auf die Lutherische Kirche frei.

Mit ihrem etwas gedrungenen Turm und der schlichten, fast schon schmucklosen Fassade strahlte die Kirche Bescheidenheit und Gemütlichkeit aus und gab dem Platz gleichzeitig eine stille Würde. Ganz so unbedeutend, wie sie aussah, war die Kirche allerdings nicht: Immerhin hatte sie vor gut 40 Jahren mit dem Preußenkönig Friedrich Wilhelm I. und seinem Sohn, dem späteren Friedrich dem Großen schon hohen Besuch empfangen. Außerdem beherbergte sie bei aller Schmucklosigkeit im Innenraum die berühmte Stumm[21]-Orgel, ein Instrument, dessen himmlischen Töne manches Mal bis hinüber zu den Bechtlers klangen.

Auch im Inneren war das Bechtlersche Haus kein typisches Mannheimer Wohndomizil. Das große Foyer war im Gegensatz zu den schmalen Fluren vieler Bürgerhäuser hell und freundlich. Es hatte bei Johannas Vater Franz Bechtler gleichzeitig als Treppenhaus und Wartezimmer für Patienten gedient und wirkte beinahe schon herrschaftlich. Heute warteten hier vermutlich die Kunden der Apotheke, ehe sie in das kleine Ladenlokal hereingebeten wurden.

Im Erdgeschoss hatte sich früher das Arztzimmer ihren Vaters befunden, dahinter eine kleine Bibliothek mit der Naturaliensammlung und das Arbeitskabinett. Heute diente das Arztzimmer als Verkaufsraum der Apotheke und die beiden Räume dahinter als Labor und Kabinett sowie als Lagerraum.

Ebenfalls im Erdgeschoss befand sich Kathis Reich: die Küche. Daneben gab es noch eine kleine Kammer, in der früher Kammerdiener Breuer schlief.

Johanna meinte sich zu erinnern, wie Onkel Philipp in einem seiner Briefe einmal erwähnte, dass der Geselle, der in Philipps Abwesenheit die Apotheke führte, diese Kammer nun als Schlafraum nutze. Die Familie selbst bewohnte früher das erste Stockwerk, wo es neben einem Speiseraum das Schlafgemach ihres Vaters und seine Privatbibliothek mit einer klappbaren Tischbettlade für Gäste gab. Die beiden Töchter lebten im Dachgeschoss und hatten dort helle, freundliche Stuben mit Fenstern zum begrünten Innenhof.

Die Bechtlers wohnten schon damals für ihren einfachen Stand ungewöhnlich gehoben. Neben dem väterlichen Auskommen als Hofmedicus hatte dazu auch das Vermögen ih-

21 Familie Stumm war eine Orgelbauerdynastie aus dem Hunsrück, die seit Generationen wohlklingende Instrumente baute.

rer verstorbenen Mutter, Anna Bechtler, geborene Freiin von Rodenstein, beigetragen. Leider war sie kurz nach der Geburt von Johanna gestorben. Die von Rodensteins waren ein altes Adelsgeschlecht aus dem Odenwald und besaßen ein Schloss in Umstadt und ein Stadthotel[22] in Darmstadt.

Doch all das viele Geld, das Anna Bechtler mit in die Familie gebracht hatte, hatte den trauernden Witwer nach der Geburt Johannas nie über den Tod seiner geliebten Frau hinwegbringen können. Denn die Verbindung von Franz und Anna Bechtler war eine Liebesheirat gewesen, das hatte Johannas Vater gern und immer wieder erzählt.

Großvater Bechtler, den Johanna nie kennen gelernt hatte, war ein Schachfreund von Annas Vater, Balthasar Freiherr von Rodenstein gewesen, und so hatten die beiden sich bereits früh kennen gelernt.

Als irgendwann Liebe daraus wurde und dies auch vor den Eltern nicht mehr geheim zu halten war, hatten sich ausgerechnet die beiden Schach begeisterten Väter gegen alle Konventionen für diese Verbindung stark gemacht – möglicherweise um hier ein würdiges Erbe ihrer vielen gemeinsamen Abende am Kaminfeuer der von Rodensteins zu hinterlassen.

Johanna fand auch heute noch, dass dies gelungen war, sah man einmal vom traurigen Umstand ab, dass die von Rodensteins durch die Geburt der zweiten Bechtlerschen Enkelin ihre jüngste von fünf Töchtern verloren hatten und weder ihr Vater noch ihre Schwester heute noch lebten.

Franz Bechtler hatte das Trauerjahr mit seinen beiden Töchtern noch in Darmstadt unter der fürsorglichen Pflege der von Rodensteins verbracht – immerhin wusste er so die beiden süßen Mädchen in besten Händen seiner Schwiegermutter Josephina von Rodenstein, einer geborenen von Vathorst aus dem Rheinland.

1745 war Franz Bechtler dann für die Familie völlig überraschend einem Ruf von Kurfürst Carl Theodor an den

22 Mit „Hotel" bezeichnete man im 18. Jahrhundert keine Herbergen, sondern die Stadthäuser oder -paläste des gehobenen Bürgertums und Adels.

Mannheimer Hof gefolgt. Der junge gerade einmal zweiundzwanzigjährige Kurfürst führte dort einen lebendigen und modernen Hof, der Wissenschaftler, Künstler und andere bekannte Persönlichkeiten aus dem In- und Ausland magisch anzog. Auch Franz Bechtler konnte sich als frisch ernannter Hofmedicus dem besonderen Flair des kurfürstlichen Haushaltes nicht entziehen und so ging der zunächst tieftraurige Witwer nach und nach in seinen neuen Aufgaben auf und sicherte sich gleichzeitig eine wichtige Stellung und Ansehen bei Hofe. Diese hatte ihm und seinen beiden Töchtern zusammen mit dem Erbe seiner verstorbenen Frau einen Lebensstandard ermöglicht, der in seinen Kreisen keinesfalls üblich war.

Nach dem überraschenden Tod von Amalie und dem Selbstmord ihres Vaters hatte Johanna das gesamte Vermögen geerbt – wenn auch auf Umwegen. Denn der Skandal[23] um den früheren Hofmedicus Franz Bechtler hatte die gesamte Familie zunächst in Ungnade gestürzt; lediglich die unerwartete Fürsprache der Kurfürstin hatte es Johanna ermöglicht, unbehelligt und einigermaßen vermögend mit ihrem Verlobten Clemens nach Amberg überzusiedeln.

Warum ihr Onkel Philipp allerdings so wenig von den Auswirkungen des Schwetzinger Mordes betroffen war, hatte Johanna bis heute nicht so recht verstanden. Normalerweise galt für Familien in kurfürstlicher Ungnade die Sippenhaft – doch Philipp Bechtler schien es so gut wie nie zu gehen.

Das verriet zumindest die zwar dezente aber teure Kleidung, die er und seine Frau trugen – und auch das Haus war in einem sehr gepflegten Zustand. Außerdem konnten die Bechtlers sich ganz offensichtlich eine doppelte Haushaltsführung in Heidelberg und Mannheim leisten, was in ihren Kreisen eher ungewöhnlich war. Johanna beschloss bei ihrem Rundgang durch ihr altes Elternhaus, dieses Thema bei Gelegenheit anzusprechen – vielleicht gab es ja für alles eine schlüssige Erklärung.

23 Franz Bechtler hatte infolge einer Intrige erst den Kurfürstlichen Kammerdiener Pierron und dann sich selbst in aller Öffentlichkeit im Schwetzinger Schloss mit einem Hirschfänger getötet.

„Johanna... ich mein Gnädige Frau..." Schnaufend kam eine korpulente Frau die breiten Treppen zum Obergeschoss hinauf. „Des ich aich emol widderseh! Guggeemol wie schee se is, die gnädsche Fra, so dirr is se, se kennt e Ziesche zwische de Hörner kisse. Abber das soll anners werre, die Kathi kocht hier noch stets und da soll´s Guddes gewwe..."

„Kathi, um Gottes Willen!" Johanna musste laut lachen. Ihr ehemaliges Küchenmädchen war tatsächlich immer noch so schwatzhaft wie früher. Auf der Straße erkannt hätte sie die junge Frau allerdings wohl kaum – ihre Körpermaße hatten sich mindestens verdoppelt, und das in der Breite. Dennoch: Kathis Gesicht strahlte die gleiche Fröhlichkeit und Güte aus wie vor zehn Jahren und Johanna freute sich ehrlich, sie zu sehen. Spontan nahm sie ihre alte Freundin in den Arm und drückte sie herzlich.

„Ach Gott, ach Gott, un ich riech noch nach de Kiche. Dass die gnädische Fra sich ja nit dreggisch meschd an maner Schirz." Kathi war sichtlich gerührt und überrascht von Johannas Geste der Zuneigung.

„Kathi, jetzt ist aber Schluss!" Mit gespielt strenger Mine blickte Johanna die Köchin an. „Ich möchte von dir kein ‚Gnädige Frau' mehr hören! Wir waren schließlich früher so etwas wie Freundinnen. Erinnerst du dich nicht mehr?"

„Macht ka sach", Kathi kicherte, „ich wes doch noch wie ich de Briefe Clemens un aich hin und wedder gegewwe heb. Moin Gott..." Kathi hielt erschrocken die Hand vor den Mund. "Jetzerd heb ich werrer was verkehrds gesecht.
Ich wolld aich nicht an Ihre entfihrde Mann erinnere. Des is mer so erch..."

Ehe Johanna antworten konnte, drang lautes Geschrei aus den oberen Kammern nach unten. Sie seufzte, blinzelte Kathi noch einmal verschwörerisch zu und wandte sich der oberen Stiege zu. Auf der Treppe fiel ihr ein, dass irgendetwas an Kathis Worten sie stutzig gemacht hatte, sie konnte sich jedoch nicht mehr an das Detail erinnern. Hoffentlich fiel es ihr später wieder ein – nun war sie erst einmal als Mutter und

Respektperson gefragt.
„Was ist hier los?“ Energisch riss sie die Tür zu ihrer alten Kammer auf.

„Ich will in Mamas Bett schlafen und Louisa soll nich!“ Francesco heulte und stampfte mit den Füßen. „Ich war erster!“

Fragend schaute Johanna zu Tante Clara, die nur die Augen verdrehte.

„Nein, hier schlafe ich und damit basta.“ Louisa saß selbstbewusst auf der Bettstatt unter der Dachschräge und machte nicht den Eindruck, auch nur einen Zentimeter nachgeben zu wollen.

„Maledetto[24]!“ Francesco stampfte noch einmal mit den Füßen, doch nun schnappte sich Johanna ihren tobenden Sohn: „Francesco, was fällt dir ein? Und woher hast du dieses Wort?“

Triumphierend schob der Kleine sein Kinn nach vorn und antwortete: „Das sagt Papa auch, wenn er böse ist.“

„Ich möchte das nicht mehr aus deinem Mund hören“, fuhr Johanna ihn streng an. „Und du schläfst jetzt gar nicht hier, sondern drüben bei Traudl.“ Sie rief in den Flur hinaus: „Traudl, komm bitte her und übernimm Francesco – er schläft bis auf Weiteres in deiner Kammer. Der Hausdiener soll dir helfen, das Bett hinüber zu bringen.“ Sie schob ihren tobenden Sohn hinaus und schob die Kammertür zu.

„So, jetzt ist endlich Ruhe.“ Johanna atmete einmal tief durch, lächelte ihre Tochter und Tante Clara verschwörerisch an und schaute sich erstmals in ihrem alten Zimmer um. Hier hatte sich Einiges verändert: Zwar waren die Wände immer noch mit der hellen Baumwollbespannung mit den bunten Blumen darauf ausgeschlagen, doch ihr kleiner Schreibtisch mit Tinte und Feder fehlte, da sie ihn mit nach Amberg genommen hatte.

Dafür gab es ihren alten Toilettentisch mit Spiegel und einer Puste[25] für Puder noch und den Wandschrank, der nun von

24 Ital.: verdammt
25 Blasebalg

Tante Clara mit Kinderkleidung befüllt wurde. Neben ihrem Bett war eine zweite Liege aufgestellt worden, die allerdings später in die Nachbarkammer getragen werden würde. Neu war ein einfacher Holztisch mit zwei Stühlen in der Mitte des Raumes, den Kathi sicherlich für Näharbeiten oder andere Dinge nutzte. Dennoch: Gefühlt war es immer noch ihr Zimmer und Johanna spürte einen leisen Schmerz in sich.

„Mama, das ist dein altes Zimmer, gell?“ Louisa war leise neben sie getreten und nahm ihre Hand.

„Ja, Liebes, und ich wünsche mir, dass du dich hier genauso wohl fühlst, wie ich es als kleines Mädchen getan habe.“ Johanna drückte die kleine Mädchenhand zärtlich und blickte liebevoll auf ihre Tochter hinab.

„Bestimmt Mama.“ Louisa strahlte. „Es ist so schön hier. Ich liebe es schon jetzt.“

„Dann kannst du mir ja auch helfen, damit hier gleich Ordnung ist“, mischte Tante Clara sich in das Gespräch ein. „Und du, Johanna, solltest vielleicht einmal nach Traudl und dem kleines Zornesigel nebenan schauen, was meinst du?“

Johanna nickte. „Das mache ich. Wir sehen uns in einer halben Stunde zum Essen. Und Louisa: Händewaschen nicht vergessen!“ Sie verließ die Kammer und stieß seufzend die Tür zu Amalies altem Zimmer auf. Hier sah es aus, als hätte eine Schlacht stattgefunden: Überall lagen Kleidungsstücke ihres Sohnes verstreut und mitten drin stand Traudl mit hochrotem Kopf und schimpfte vor sich hin: „Himmelhergott noch eimoi, so a Satansbratn, schmeißt hia ois durcheinanda, dobi hob i es gar ni ausgesucht, dass da Gloae hia schlaffa soi, hoffentli gibt er bald a Ruh...“

„Ist schon gut, Traudl.“ Johanna musste sich das Lachen verbeißen.

Erschrocken blickte die Magd auf. „Jesus, i hob eich gar ned komma hörn, gnädige Frau.“

„Macht nichts.“ Johanna wandte sich ihrem Sohn zu. „So, Francesco, du hörst jetzt augenblicklich auf, so bockig zu sein, sonst darfst du gleich nicht mit uns essen. Und in die Stadt schauen lasse ich dich dann auch nicht!“ Entsetzt sprang Francesco auf. „Ich bin schon wieder lieb, Mama.“ Eifrig macht er sich daran, seine Kleidung auf einen Haufen zu schichten; immerhin zeigte das seinen guten Willen. Johanna grinste innerlich: Mit Essen bekam man ihn immer. Leise verließ sie die Kammer wieder, in der im Übrigen nichts mehr an Amalie erinnerte. Sie vermutete, dass hier Pierre, Kathis Mann, normalerweise wohnte – und der dürfte sich wohl kaum in Amalies übertriebener Mädcheneinrichtung wohl gefühlt haben.

Kurze Zeit später lernte Johanna ihn vor dem Speisezimmer kennen, als er sich anschickte, den Tisch zu decken. Sie stellte sich kurz vor und wechselte einige freundliche Worte mit ihm, wobei ihr sein unglaubliches Sprachgemisch auffiel: Pierre kombinierte französische, deutsche und Mannheimer Sprachbrocken in einer derart ulkigen Weise, dass man ihn einfach sympathisch finden musste. Kathi hatte eine gute Wahl getroffen, fand Johanna, zumal er mit seinem dichten blonden Haar und der großen Statur auch noch recht gut aussah.

Eine halbe Stunde später fand sich die Familie im Speisesaal ein. Traudl war zum Essen hinab zu Kathi in die Küche geeilt. Kathi servierte gemeinsam mit Pierre eine dampfende Suppe und anschließend einen guten Saumagen mit Kraut. Hungrig machten sich vor allem die Kinder über das köstliche Mahl her, doch auch Johanna konnte nicht widerstehen und nahm einen Nachschlag.

„So, so, dann habt ihr also die letzte Nacht in Mosbach bei den Kiwwelschissern verbracht“, begann Onkel Philipp das Gespräch.

Die Kinder brachen in brüllendes Gelächter aus. „Kiwwelschisser? Was ist das denn?“ japste Louisa und Francesco wiederholte entzückt: „Schisser, Schisser...“

„Ach, ihr kennt die Geschichte gar nicht?“ Philipp zog die Augenbrauen hoch. Johanna starrte ihn fragend an. Was kam denn jetzt?

„Also...“ begann Philipp, „dann will ich euch erzählen, was es damit auf sich hat: Die Mosbacher werden von den Nachbarortschaften auch ‚Kiwwelschisser[26]' genannt." Francesco kicherte immer noch und Philipp machte eine bedeutungsvolle Pause, ehe er fortfuhr. „Das kommt daher, weil sie ihre Abort-Hinterlassenschaften nicht vergraben oder in den Neckar leiten, sondern in Kübeln sammeln.

Die vollen Kübel werden von den Mosbachern dann regelmäßig zum Düngen auf die Felder getragen. Das Problem ist nur, dass die Kübel, solange in ihnen noch gesammelt wird, schnell anfangen zu stinken und viele meinen, dass die ganze Stadt danach riecht."[27]

„Iiiih, und da is Mama mit dem Soldaten rumgelaufen!" Francesco schüttelte sich.

Fragend starrten Tante Clara und Onkel Philipp ihre Nichte an. Wovon sprach Francesco? Johanna verdrehte innerlich die Augen, die Kinder konnten wirklich nichts für sich behalten. Sie hätte ganz sicher von ihrer netten Reisebekanntschaft erzählt – nun sah sie sich jedoch genötigt, Erklärungen abzugeben. „Ach, er spricht von Hans von Hausen, einem in Schwetzingen stationierten Soldaten." Sie bemühte sich, arglos zu wirken. „Er ist in Rothenburg zugestiegen und bis Mosbach mitgefahren. Er hat sich rührend um die Kinder gekümmert, nicht wahr?"

Sie lächelte Louisa und Francesco zu, die einträchtig nickten. Ehe ihr Sohn dazu überleiten konnte, die Waffen des Soldaten ausführlich zu beschreiben, erzählte Johanna andeutungsweise, wie er sich in Mosbach vergeblich bemüht hatte, etwas über den Verbleib von Clemens herauszufinden. „Alles Weitere erfahrt ihr später" – sie starrte ihren Onkel bedeutungsvoll an und er verstand – „und... ach ja, ich habe die Kurfürstin in Mosbach gesehen."

Die Ablenkung war gelungen und solange die Kinder noch aßen, plauderte man bei Tisch über Elisabeth Auguste und

26 Hochdeutsch: Kübelscheißer

27 Mit dem „Kiwwelschisser-Brunnen" wurde einer historischen amtlichen Anordnung mittelalterlicher Mosbacher Stadthygiene und dem darauf beruhenden früheren Spitznamen der Mosbacher bei den Bewohnern der benachbarten Dörfer ein Denkmal gesetzt. Noch 1807/08 bemängelte Amtsarzt Dr. Gruber in seiner Moralischen Topographie den Gestank in den verwinkelten Gassen sowie bei den Processionen mit Küblen, wenn die Mosbacher die vollen Kübel zum Düngen auf die Felder gebracht haben. Der 1987 errichtete Brunnen ist eine Stiftung.

ihr zunehmendes Interesse an Pflege- und Gesundheitseinrichtungen in der Kurpfalz. Dann endlich waren Louisa und Francesco satt und freuten sich, mit der Magd und Kathi ein wenig durch Mannheim zu schlendern. Schließlich hatten sie eine so große Stadt noch nie gesehen und das große Schloss wollten sie unbedingt anschauen. Mit diversen Ermahnungen im Gepäck verschwanden sie schließlich in den Quadraten und die drei Erwachsenen fanden sich zu einem Kaffee – eine Sitte, die noch Johannas Vater eingeführt hatte – wieder im Speisezimmer ein.

„So." Onkel Philipp atmete tief durch. So viel Kindertrubel war er nicht gewohnt, zumal er und Tante Clara in ihrer Ehe kinderlos geblieben waren, was beide sehr bedauerten. Umso mehr hatten sie sich all die Jahre um Johanna gekümmert, woraus eine tiefe familiäre Bindung entstanden war.

„Bevor ich es vergesse", begann Onkel Philipp das Gespräch, „dieser Hans von Hausen war nicht zufällig mit der entzückenden Margarete von Breitenfels verheiratet, die so tragisch bei der Geburt des ersten Kindes ums Leben kam?
Ein schrecklicher Arztfehler war das. De Winter[28] natürlich, wer sonst. Hat wieder einmal zum falschen Moment einen Aderlass gemacht und die Hebamme weggeschickt. Das war ein ziemlicher Skandal, da Doktor Mai sich offiziell beschwert hat. Er ist übrigens seit zwei Jahren Professor in Heidelberg, wusstest du das?"

Johanna nickte. „Ihr hattet es in einem eurer Briefe erwähnt. Ja, Hans von Hausen war übrigens mit Margarete verheiratet, er hat mir die schreckliche Geschichte erzählt. Mit der Familie seiner Frau hat er seither gebrochen – die waren es nämlich, die auf de Winter als Geburtshelfer bestanden." Johanna seufzte schwer.

„Gut. Und jetzt?" Tante Clara rührte energisch in ihrer Kaffeetasse herum. „Ich meine, was unternehmen wir jetzt in Sachen Clemens?" Wie immer war sie praktisch veranlagt und redete

28 Heinrich de Winter war ebenfalls bei Hofe als Arzt tätig und stand in dem Ruf, modernen medizinischen Erkenntnissen tendenziell weniger aufgeschlossen zu sein.

nicht lange um die Dinge herum. Dankbar lächelte Johanna sie an. Dann begann sie das Wenige zu erzählen, was sie bislang herausgefunden hatte und legte dazu die Zeichnung der Kutsche und der Uniformen auf den Tisch. Ratlos starrten Onkel und Tante eine Weile auf das Papier, ehe Philipp feststellte: „So eine Kutsche habe ich im Leben noch nicht gesehen. Und die Uniformen – keine Ahnung."

„Was hat dieser Herr von Hausen angedeutet?" fragte Tante Clara nach, „irgendetwas mit Hessen?"

„Ja", bestätigte Johanna, „aber genau konnte er die Uniformen auch nicht zuordnen. Zu einem Regiment scheinen sie nicht zu gehören – und ein Soldat wüsste das doch."

„Stimmt." Philipp kratzte sich ratlos am Kopf. „Nur... wen könnte man sonst fragen?"

„Vielleicht Verschaffelt?" schlug Johanna vor, „Der muss doch andauernd irgendwelche Porträts malen. Vielleicht hat der diese Uniformen schon einmal gesehen." Als Johanna noch in Mannheim gelebt hatte, war sie häufiger Gast in Verschaffelts repräsentativem Haus und seinem Atelier gewesen, da Clemens bei ihm gelebt hatte.

Über die Bekanntschaft Verschaffelts mit Clemens mittlerweile verstorbenen Großmutter mütterlicherseits, einer da Foti, war dieser nach dem Tod seiner Eltern als kleiner Junge von dem Mannheimer Künstler und seiner Frau als Ziehsohn liebevoll aufgenommen und gefördert worden. Und als Johanna und Clemens sich verlobt hatten, wurde Verschaffelt sogar eine Art Schwiegervater. Von daher war es ohnehin nahe liegend, mit ihm zu reden – vielleicht wusste er etwas von Clemens.

„Verschaffelt?" Onkel Philipp lachte schallend. „Einmal abgesehen davon, dass unser alter Freund gerade meist in Oggersheim weilt, da er dort die Lorettokapelle zu einer Wallfahrtskirche[29] umbauen soll, dürfte er sich wohl kaum an solche Dinge erinnern, selbst wenn sie ihm schon einmal

29 Es handelt sich um die Wallfahrtskirche Mariae Himmelfahrt, die 1775 dem päpstlichen Christusorden unterstellt wurde. Die offizielle Grundsteinlegung durch Elisabeth Auguste fand am 12. September 1775 statt, Baubeginn war jedoch schon deutlich früher. Die Kirche wurde am 18. Oktober 1777 geweiht.

untergekommen sind. Entsinnst du noch an die Geschichte mit den Hofdamen?"

Johanna musste grinsen. Die Hofdamen hatte sie natürlich nicht vergessen. Irgendwann sollte Verschaffelt auf allerhöchsten Wunsch sämtliche Hofdamen Ihrer Kurfürstlichen Durchlaucht Elisabeth Auguste aufs Trefflichste porträtieren, wozu er keine Lust hatte. Also ließ er von seinen Schülern die sechzehn Bildnisse bis auf ein paar Details in den Gesichtern vorbereiten. Erschien eine Hofdame zum Modellsitzen, veränderte er lediglich ein wenig die Haarfarbe, gab dem Gesicht ein paar typische Züge – und fertig war das Porträt[30].

In den Quadraten und bei Hofe hatte man viel darüber gelacht – hinter vorgehaltener Hand, versteht sich.

„Ich finde trotzdem, wir müssen mit Verschaffelt reden, schließlich ist er so etwas wie Clemens Vater", befand Johanna. „Oder weiß er vielleicht schon etwas?" Fragend schaute sie ihren Onkel an. „Schließlich wusstest du ja auch von dieser angeblichen Erbschaftsgeschichte. Woher eigentlich? Du erwähntest vorhin einen Musiker, der dir davon erzählt hat?" In Johannas Worten klang leises Misstrauen mit.

„Äh, ja." Onkel Philipp schien sichtlich verlegen. „Das war mehr ein Zufall..."

„Ach Philipp, jetzt hab dich nicht so!" Energisch fiel ihm seine Frau ins Wort. „Du kannst deiner Nichte ruhig sagen, woher du neuerdings all deine Informationen bekommst. Schließlich ist Johanna unser Fleisch und Blut!" Missbilligend musterte Tante Clara ihren Mann, der sich nicht ganz wohl in seiner Haut zu fühlen schien. Interessiert verfolgte Johanna das Gespräch. Was ging hier vor?

„Clara, meine Liebe, die Geheimhaltung, du weiß doch..." machte Philipp einen erneuten Versuch, doch seine Frau fuhr ihm sofort über den Mund. „Pappelerpapp, Schluss damit! Von wegen Geheimhaltung – hier geht es um Johanna und

30 Die Porträts zierten lange die Vorzimmer des Appartements der Kurfürstin im Schwetzinger Schloss, einige davon befinden sich heute noch im Ankleidezimmer der Kurfürstin und sind dort zu besichtigen. Die Porträts stammen allerdings nicht von Verschaffelt, sondern von Zisenitz – der Leser möge die dichterische Freiheit an dieser Stelle verzeihen.

ihre zauberhafte Familie, also höre auf mit deinem Altherrengewäsch. Los, red schon!“ Tante Clara hatte sich regelrecht in Rage geredet und Philipp kapitulierte vorsorglich.

„Also gut.“ Er seufzte schwer und wirkte recht bekümmert. „Johanna, ich muss dir etwas sagen.“ Er holte tief Luft. „Ich bin seit knapp zwei Jahren Bruder in der Loge *Carl zur Eintracht*.“

„Wie bitte?“ Johanna traute ihren Ohren nicht. „Du bist ein Freimaurer? Das kann ja wohl nicht wahr sein!“ Johanna konnte es nicht fassen. Wie oft hatte sich ihr Vater früher gemeinsam mit seinem Bruder über die vielen Geheimbünde und Logen lustig gemacht, die allerorten entstanden.

Als ‚Spiritistischen Unsinn' hatten sie diese Vereinigungen belächelt, aber auch schon damals die Gefahren erkannt, die sich aus solchen Seilschaften ergeben könnten. Johanna konnte sich genau erinnern, was Onkel Philipp dazu zu sagen pflegte: ‚Das sind Männer, die Macht ausüben wollen. Und dabei wollen sie sich nicht in die Karten schauen lassen'. Und jetzt gehörte er also selbst zu so einem Bund. Sie war maßlos enttäuscht. Warum hatte er das getan?

„So lass es dir erklären, Liebes“, begann Philipp kleinlaut. Dann berichtete er von den zwei Musikern der Mannheimer Schule, beide übrigens ehemalige Kollegen von Clemens, die ihn aufgesucht hatten, um ihn in mehreren Treffen Schritt für Schritt für ihren Geheimbund zu erwärmen.

So einfach kam man dort ja auch nicht hinein: In eine Loge wurde man berufen und das Ganze war eine Art Ehre. Immerhin waren einige Mannheimer Größen mit dabei: der Architekt Nicolas de Pigage – ein ewiger Widersacher von Verschaffelt – dann der Hofmaler Kuntz, der Intendant des Mannheimer Theaters Wolfgang Heribert von Dalberg und viele andere große Namen. Kurz: Wer in Mannheim etwas auf sich zählte, war seit Neustem auch Freimaurer.

„Und deshalb musstest du das auch werden?“ fragte Johanna lakonisch.

„Ja... ich meine, nein... also so einfach ist das nicht.“ Onkel Philipp verhaspelte sich, während Tante Clara unwillig schnaubte: „Einfluss wollte er haben, dein Onkel, weil er den Hals nicht voll genug bekommt!"

Johanna wusste nicht, was sie sagen sollte. In diesem Ton hatte Clara noch nie von ihrem Mann gesprochen. Was war hier nur passiert? Von Onkel Philipp, der den Einwurf seiner Frau bewusst überhört hatte, erfuhr sie die Umstände seiner Berufung: Demnach hatte er nach seiner Benennung den streng geheimen Aufnahmeritus bestanden und war damit zum ordentlichen Mitglied der Loge geworden. Die Loge *Carl zu Eintracht* hatte sich seit ihrer Gründung noch unter dem mittlerweile verstorbenen Großmeister Pfalzgraf Friedrich Michael von Zweibrücken[31] voll und ganz der Entwicklung des Menschen im Sinne der Aufklärung verschrieben. Dafür sollten die Brüder nach dem Motto leben: „Geht zurück in die Welt und bewährt Euch als Freimaurer.

Wehret dem Unrecht, wo es sich zeigt. Kehrt niemals der Not und dem Elend den Rücken. Seid wachsam auf Euch selbst." Wie das vonstatten ging, erfuhr Johanna allerdings nicht, schließlich bestand laut Statuten strengste Geheimhaltungspflicht. „Aber wir bilden uns im Tempel bei jedem Treffen weiter", beteuerte Onkel Philipp, „schließlich geht es dabei um das Gute im Menschen. Und meine Clara ist vor allem deshalb so schnippisch, weil Frauen keinen Zutritt haben".

„Aha. Im Tempel. Und das ist also streng geheim. Dann nützt es der Gesellschaft ja ganz hervorragend. Nun, welche Frau möchte bei so etwas überhaupt dabei sein, frage ich mich!" Auch Johanna legte nun einen schärferen Ton an den Tag. Sie konnte immer noch nicht glauben, dass ihr moderner und durchaus auch kritisch denkender Onkel einem solchen Bund angehörte. Irgendein Detail fehlte da doch noch. Und genau das lieferte ihr nun Tante Clara: „Ach, alles Geschwätz! Glaub mir, Johanna, im Grunde geht es nur um Kontakte, Beziehungen, Seilschaften und Positionen. Wir sind nun einmal nicht von Adel, also ist das eine Möglichkeit, gesellschaftlich Einfluss

31 Jener Friedrich Michael, der viele Jahre der Geliebte der Kurfürstin war und in dessen Schloss sie nach seinem überraschenden Tod 1767 nach Oggersheim zog.

zu bekommen. Und darum geht es eigentlich, so sehe ich das." Sie trommelte unwillig mit den Fingern auf der Tischplatte herum. „Aber der Preis..." und nun sah sie ihrem Mann scharf an, „... der Preis für das neue Ansehen ist zu hoch."

„Wie meinst du das?" Neugierig hakte Johanna nach. Normalerweise war Tante Clara zurückhaltender.

„Ich kann es dir auch erklären." Onkel Philipp wirkte bedrückt. „Deine Tante hat schon recht damit, der Preis ist hoch. Denn natürlich habe ich seither viele neue Kunden gewonnen, unsere Apotheken machen immer mehr Gewinn, doch ich bin – unter strengster Geheimhaltung, versteht sich – manchmal auch gezwungen, Dinge zu verkaufen oder zu tun, die ich nicht gern mache."

Johanna schwieg. Was für ein Dilemma, sie konnte es sich bildlich vorstellen. Und dass ihr Onkel mit „Dingen" vermutlich Gifte oder andere dubiose Tränke oder Pillen meinte, musste er ihr gar nicht erst erklären.

Das erklärte zumindest zum Teil, woher der neue sichtbare Wohlstand der Bechtlers herrührte. Es brachte auch nichts, weiter darüber zu diskutieren, es war eben so. Es war Onkel Philipps Leben und nicht das ihre. Johanna ging es um Clemens – und wer wusste es schon, vielleicht half in dieser Sache die Tatsache doch weiter, dass ihr Onkel nun Freimaurer war.

„Also gut." Sie versuchte, ihrer Stimme einen festen Klang zu geben. „Onkel Philipp, wen von deinen neuen Freunden kannst du nach Clemens, diesem Enrico da Foti und der Kutsche fragen?"

„Ich werde sie alle um Rat bitten", versicherte er ihr, „Aber unser nächstes Treffen ist erst Anfang des nächsten Monats, du musst dich also noch ein paar Wochen gedulden." Onkel Philipp schien sichtlich erleichtert, dass Johanna nicht weiter nachfragte. Er kannte seine Nichte allerdings gut genug um zu wissen, dass hier das letzte Wort noch nicht gesprochen war. So leicht war eine Johanna Santorini und geborene Bechtler nicht abzuspeisen.

Dennoch schafften die drei es, die nächste Stunde zu nutzen, konkrete Pläne zu machen. Dass Clemens Verschwinden nicht mit rechten Dingen zugehen konnte, darin waren sich alle einig. Also mussten Ideen auf den Tisch, wie man der Sache am schnellsten und effektivsten nachgehen konnte. Sie beschlossen, sich dabei aufzuteilen: Onkel Philipp würde seine Kontakte zur Loge und zum Hof nutzen, um etwas in Erfahrung zu bringen – wobei der Kurfürst derzeit noch irgendwo zwischen Rom und Mannheim weilte und es entsprechend ruhig und leer bei Hofe war. Da die Kurfürstin seit Jahren ihr Schlösschen in Oggersheim vorzog, war das Mannheimer Schloss geradezu ausgestorben. Doch Ihre Kurfürstliche Durchlaucht Carl Theodor wurde bald erwartet, dann würde Philipp sich umhören. Tante Clara erbot sich, die beiden Kinder zu übernehmen.

Sie wollte mit ihnen noch ein paar Tage in Mannheim bleiben und dann zurück nach Heidelberg fahren, wo die Bechtlers eigentlich wohnten und ihr Hauptgeschäft hatten. Ihr schmuckes Haus dort stand in bester Lage direkt an der imposanten Heiliggeistkirche und bot genug Platz für Louisa und Francesco.

In der idyllischen Neckarstadt würden die Kinder die ganze Aufregung um ihren verschwundenen Vater nicht so sehr mitbekommen; außerdem wollte Tante Clara sich auch um einen Hauslehrer und eine Gouvernante kümmern, damit die Kinder nicht völlig sich selbst überlassen waren.

Johanna wollte als erstes Peter Anton Verschaffelt besuchen – immerhin hatte er ein Recht, alles zu erfahren, was Clemens betraf. „Hast du ihm denn nun etwas von dieser Geschichte erzählt?" hakte Johanna noch einmal nach.

„Nein." Onkel Philipp klang auf einmal bedrückt.

„Sie haben seit über einem Jahr kein Wort mehr miteinander geredet", erklärte Tante Clara. „Verschaffelt konnte es nicht glauben, dass dein Onkel dieser Loge beigetreten ist – und hat den Kontakt mehr oder weniger abgebrochen."

„Ach du je." Johanna sah einiges auf sich zukommen, wobei sie Clemens Ziehvater insgeheim verstehen konnte. Einmal abgesehen davon, dass Verschaffelt den albernen Logenbruder

Pigage nicht leiden konnte, war er bei aller Nähe zum Hofe ein Freigeist, der jegliche Form von Zwang und überflüssiger Etikette nicht leiden konnte.

Allein die Hierarchien in solchen Logen, die Begrüßungsrituale, über die man hörte oder die Geheimniskrämerei um Treffen und Gedanken waren ihm ganz sicherlich ein Gräuel. Sie würde trotzdem versuchen, beide Männer wieder an einen Tisch zu bekommen, beschloss Johanna – der Familie zuliebe. Leicht würde es jedoch nicht werden, das war Johanna klar, immerhin waren die beiden Sturköpfe mittlerweile recht betagt und hatten ihren Altersstarsinn. Johanna rechnete geschwind nach: Onkel Philipp war deutlich über fünfzig und Anton Verschaffelt sogar schon Mitte sechzig! Dennoch: Johanna wollte und würde es auch schaffen.

Doch so einfach war das alles nicht: Denn während sich Tante Clara in den nächsten beiden Wochen gemeinsam mit Traudl und Kathi ganz rührend um Louisa und Francesco kümmerte und dabei still und leise den Umzug nach Heidelberg vorbereitete, waren Onkel Philipp und Johanna mehr oder weniger zur Untätigkeit verdammt. Der Hof war abwesend – und das spürte man überall in den Quadraten; sogar die Apotheke wurde nur selten besucht. Philipp nutze die Zeit, um das Lager aufzuräumen und Waren nach zu ordern; außerdem ging er die Bücher mit seinem Mannheimer Gesellen durch.

Peter Anton Verschaffelt weilte praktisch ununterbrochen auf der anderen Rheinseite in Oggersheim, und da auch seine beiden Töchter nicht mehr im Hause lebten, gab es für Johanna keinen Grund für längere Besuche in dem Künstlerhaus. Verschaffelts Tochter Sylvia hatte vor einigen Jahren Johannas Förderer Doktor Anton von Mai geehelicht, doch beide lebten mittlerweile in Heidelberg, da er dort eine Professur besaß. Auch ein Besuch in der Mannheimer Hebammenschule, deren erste Schritte Johanna Mitte der Sechziger Jahre begleiten durfte, war enttäuschend ausgefallen.

Der Gründer und Initiator Mai war nicht mehr vor Ort und damit fehlten der an sich so sinnvollen und guten Anstalt die

Richtung sowie Kopf und Herz. „Ist die Katz aus dem Haus, tanzen die Mäuse“, dachte Johanna bei sich, als sie nach der Besichtigung der baulich erheblich erweiterten Anlage wieder auf die Straße trat. Offenbar hatte auch die Kurfürstin das Interesse an der Schule verloren, die anfangs von ihr durch die Einführung des „Hebammenordens“ und den damit verbundenen großzügigen Spenden unterstützt worden war. Das Schlimmste für Johanna waren jedoch die unsäglichen Gerüchte, die ihr von Kranken und Gebärenden zugetragen wurden: Angeblich nutzen Ärzte und werdende Hebammen der Einrichtung die Schwäche und Unmündigkeit der allerärmsten Frauen aus und führten zweifelhafte medizinische Experimente an ihnen durch. Johanna war entsetzt – allein die Vorstellung ließ sie erschauern.

Sie beschloss daraufhin, nicht mehr auf ein Treffen mit Doktor Mai zu warten, sondern in den nächsten Tagen gemeinsam mit den Kindern nach Heidelberg zu reisen und das Ehepaar Sylvia und Anton von Mai zu besuchen.

Doch es sollte anders kommen: Denn in der letzten Januarwoche sickerte nicht nur das Gerücht durch, dass die Rückkehr des Kurfürsten – und damit auch der Hofentourage – unmittelbar bevorstand, sondern Johanna bekam einen Eilbrief von Giacomo Casanova aus Venedig. Darin erklärte er zunächst sein tiefes Bedauern über das scheinbare Unglück, das über die Familie Santorini hereingebrochen war und sprach Johanna in seiner üblichen leicht verschnörkelten Schreibweise Trost und Mut zu.

Dann ging er auf die konkreten Fragen Johannas ein – und das war es, was sie bewog, ihre Kinder zunächst doch allein mit Tante Clara nach Heidelberg ziehen zu lassen: *„... habe ich alle derzeit verfügbaren Kanäle befahren, um etwas über einen Enrico da Foti herauszufinden...“* – Johanna musste an dieser Stelle trotz ihrer Aufregung kichern. So wie sie Casanova kannte, bedeutete dies eine erhebliche Anzahl galanter Besuche – *„... jedoch ich bin mir nun ganz sicher: Der letzte Nachfahre dieser alten und ehrwürdigen Familie ist Euer Ge-*

mahl Clemens – und einen Enrico gleicher Herkunft hat es nie gegeben." Sie ließ den Brief mit zitternden Händen sinken. Wer hatte ihren Clemens so täuschen können? Schließlich hatte er die Geschichte ja geglaubt – oder etwa nicht? Hatte Clemens sie vielleicht nur beruhigen wollen? Aber wer steckte dann dahinter?

Mit Herzklopfen las sie weiter: *„Ich an Eurer Stelle würde damit bei Hofe vorstellig werden"*, riet Casanova ihr. *„Soweit ich mich erinnere, standet Ihr bei Ihrer Durchlaucht der Kurfürstin einmal recht hoch in der Gunst, und darauf solltet Ihr Euch berufen, werte Freundin.*

Wenn Euch einer helfen kann, dann sie. Und noch etwas, wenngleich es Euch ein wenig delikat erscheinen mag: Euer Clemens scheint für jemandem von Rang und Adel von Interesse zu sein – so deute ich das Gefährt und die Soldaten, deren Uniformen mich im Übrigen entfernt an eine durchaus unangenehme Begegnung mit einem gemeinen Gardeoffizier im geschmackvollen Boudoir einer sehr gebildeten Dame in der Nähe von Kassel erinnern, aber das tut hier wohl nichts zur Sache. Was ich damit eigentlich sagen wollte: Dieser Jemand muss vorab Erkundigungen über Euch und Euren Gemahl eingezogen haben; und das dürfte er dort getan haben, wo man Euch, Eure Herkunft und Eure Geschichte gut kannte..."

Johanna hielt inne. Natürlich, Casanova hatte Recht. In Amberg wusste praktisch kein Mensch außer dem Graf und der Gräfin zu Eltz etwas über Clemens und seine italienischen Vorfahren – schon gar nichts von den da Fotis!

Aufgeregt las sie weiter: *„... also dürften hier Mannheimer Seilschaften utilisiert worden sein, womöglich aus höchsten Kreisen. Und nicht nur dort: Auch Euer unmittelbares Umfeld könnte dazu unbemerkt benutzt worden sein. Ich möchte Euch daher abschließend einen Rat geben, liebste Freundin: Haltet Augen und Ohren offen! Euer Clemens ist das Opfer irgendeiner größeren Verschwörung – und in dem Moment, wenn Ihr den Inhalt dieser Intrige kennt, davon bin ich auf meine alten und erfahrenen Tage überzeugt, in dem Augenblick erkennt Ihr* *auch, wer dahinter steckt. Dank Eurer Umsicht, Eures Mutes und Eurer Klugheit seid Ihr dazu geschaffen, dieses Mysterium zu lösen. Haltet mich auf dem Laufenden, damit ich Euch jederzeit mit Rat und Tat zur Seite stehen kann. In tiefster Ergebenheit und der Hoffnung, Euch bald einmal unversehrt und guter Dinge wieder zu sehen, Euer alter Freund Giacomo Casanova."*

Es gab noch ein Postscriptum, das Johanna schnell überflog: *„Leider bin ich hier in Venedig dazu verdammt, eine unselige Ilias-Übersetzung zu machen – fürwahr kein Spaß und ein Hauen und Stechen in Wörtern. Möge Eure Mission friedfertig bleiben."*

Sie schüttelte den Kopf. Trotz des Ernstes der Lage war die Lektüre eines Briefes von Casanova stets auch eine Freude und sehr unterhaltsam. Allein die vielen Zweideutigkeiten hätten ihrer strengen Tante Philippa aus Darmstadt die Schamesröte ins Gesicht getrieben. Doch Johannas Verhältnis zu Casanova war freundschaftlich entspannt – sie verstanden sich und tauschten sich einfach gern aus.

Und auch in diesem Fall war ihr italienischer Brieffreund klar und deutlich gewesen: Er bestätigte ihren Verdacht, dass hinter Clemens Verschwinden eine Art Verschwörung steckte, dass möglicherweise auch Onkel Philipp Informationen zurückhielt – und dass offenbar höhere Kreise darin involviert waren.

Und nun fiel ihr auch wieder ein, was sie bei Kathis Worten bei der Ankunft in Mannheim stutzig gemacht hatte: Die Köchin hatte von Clemens *Entführung* gesprochen.

Kapitel 5

Wenige Tage bevor der Kurfürst feierlich Einzug in Mannheim hielt, war auch Peter Anton Verschaffelt in die Quadratestadt zurückgekehrt. Johanna nutzte die Ruhe vor dem Sturm und stattete dem Ziehvater ihres Mannes einen spontanen Besuch ab. Eine freundliche Haushälterin öffnete ihr und ließ sie im Foyer warten. Die Flügeltür zum Raum dahinter stand offen und ließ Johannas Blick auf eine korpulente, alte Frau frei, die in einem Sessel saß und schweigend aus dem Fenster blickte. Johanna wusste im ersten Moment nicht, wer sie war, doch dann fiel es ihr wie Schuppen von den Augen.

„Madame!“ rief sie freundlich, obwohl sie Verschaffelts Ehefrau eigentlich nicht besonders leiden konnte, und eilte auf die Frau zu. „Nach all den Jahren – wie geht es Euch?“ Doch Marie Françoise Verschaffelt, geborene de Mauroy, reagierte nicht. Irritiert blieb Johanna vor ihr stehen. Die unförmige Frau hatte nicht einmal den Kopf gewandt und schien Johanna gar nicht zu hören. Was war mit der zweiten Gattin des Hausherren nur geschehen, einmal abgesehen davon, dass sie noch viel dicker geworden war, als es Johanna in Erinnerung hatte?

Verschaffelt hatte die Französin nach dem Tod seiner ersten Frau Giovanna im Jahr 1759 geheiratet. Clemens, der damals selbst noch im Hause Verschaffelt lebte, hatte von Anfang an das Gefühl gehabt, dass sein Ziehvater seine zweite Frau nicht liebte, sondern aus reiner Vernunft geheiratet hatte.

Immerhin galt es als Hofbildhauer einen großen Haushalt zu führen, renommierte Gäste zu bewirten und ein ordentliches und repräsentatives Haus zu besitzen.

Außerdem war Marie Françoise in gesellschaftlichen Angelegenheiten versiert, sprach die vornehme Sprache des Hofes, wusste sich zu kleiden und sah zumindest anfangs noch recht adrett aus, was man vom eher muskulös wirkenden Verschaffelt nicht sagen konnte.

Außerdem dürfte das bereits damals beträchtliche Vermögen ihres Gatten der Französin über die Trauer, ihr geliebtes Paris zu verlassen, hinweg geholfen haben. Das Ganze war also für beide eine einigermaßen gewinnbringend arrangierte Ehe, bei der Liebe nicht zu erwarten war.

Als die elegante neue Hausherrin 1759 im Mannheimer Heim der Verschaffelts eingezogen war, war es allerdings mit der Beschaulichkeit und den vielen Freiheiten vorbei. Wo bislang Kammerzofen und Haushälterinnen mehr schlecht als recht für Zucht, Ordnung und Anstand gesorgt hatten, nahm nun eine verwöhnte und ein wenig hochnäsige Französin das Zepter in die Hand.

Als gebürtige Pariserin hatte sie über die kurpfälzische Provinz natürlich nur die Nase rümpfen können; nicht einmal bei Hofe traf sie annähernd auf französische Verhältnisse. Ihren Zorn über den gesellschaftlichen Abstieg, den sie persönlich nahm, hatte sie immer wieder an den bereits vorhandenen Kindern im Hause Verschaffelt ausgelassen. An Clemens war dieses strenge Regiment allerdings vorbeigegangen – mit seinen damals bereits neunzehn Jahren und der guten Stellung am Orchester der Mannheimer Schule hatte er selbst von Marie Françoise nichts zu befürchten.

Doch die Mädchen Ursula und Sylvia hatten unter ihrer Stiefmutter zu leiden gehabt. Erst als diese selbst noch zwei Kinder zur Familie beigesteuert hatte – den ruhigen Maximilian und Louis, dessen Mundwerk nie stillstand – war wieder Frieden im Hause Verschaffelt eingekehrt. Marie Françoise hatte die Erziehung den Haushälterinnen und Zofen überlassen und sich unzufrieden und immer dicker werdend in ihre Gemächer zurückgezogen. Und das schien heute immer noch so zu sein.

„Tja, liebes Kind, das ist sie wirklich, meine gute alte Marie Françoise“.

Johanna hatte Verschaffelt nicht kommen hören und drehte sich erschrocken um. „Sie hat alles vergessen und starrt den ganzen Tag ins Leere. Eine Zofe kümmert sich um sie, doch sie redet mit niemandem. Nur nachts, da wird sie aktiv und läuft wie ein Eilbote treppauf treppab.“ Der Hausherr seufzte schwer und setzte nach: „Man sollte es kaum für möglich halten, bei dem Gewicht!“ Dann breitete er seine Arme aus und rief: „Komm her und lass dich richtig begrüßen!“

Johanna lief ihm freudig entgegen. Es war wie immer wohltuend unkompliziert im Hause Verschaffelt – Clemens Ziehvater hatte nie viel auf Etikette und Konventionen gesetzt. Dennoch fühlte Johanna sich nicht ganz frei – ein Seitenblick auf die merkwürdige Hausherrin verriet, woher ihr Unbehagen herrührte.

„Sie bekommt nichts mehr mit“, erklärte ihr Verschaffelt ungefragt. „Es ist eine Krankheit, sagt Mai, eine, über die man nicht viel weiß. Auch dein Onkel hat keine Medizin dagegen. ‚Langsames Vergessen' hat er diese Krankheit einmal genannt – und niemand kennt die Ursachen oder hat gar eine Erklärung dafür, warum manche Menschen daran erkranken.[32]“
Er zuckte mit den Schultern. „Marie ist seit über fünf Jahren in einer anderen Welt. Nun ja, wenigstens jammert und schimpft sie nicht mehr den ganzen Tag.“

Besonders liebevoll klang das nicht, fand Johanna, aber Verschaffelt war für seine oftmals undiplomatische und harsche Art nicht nur bekannt, sondern geradezu berüchtigt. Vor ein paar Monaten soll er – das hatte Tante Clara ihr kurz nach ihrer Ankunft in Mannheim berichtet – die Gattin eines hohen Hofbeamten als „elende Plunz“ betitelt haben, nur weil sie eine seiner Figuren im Schwetzinger Schlossgarten als ein wenig manieriert bezeichnet hatte.

Die Dame war natürlich ob der Beschimpfung hochgradig beleidigt gewesen und ihr Gatte hatte von Verschaffelt eine Entschuldigung gefordert. Dieser konnte sich der Künstler jedoch elegant entziehen, da er von der Kurfürstin nach Oggersheim berufen wurde, was ihm sicherlich nicht unrecht gewesen war.

„Komm, wir setzen uns in die Bibliothek“. Verschaffelt holte Johanna aus ihren Gedanken zurück. „Du hast mir bestimmt viel zu erzählen und das geht am besten in aller Ruhe bei einem Tee und etwas Gebäck.“

32 Die Krankheit (Alzheimer) beschäftigt die Mediziner auch heute noch und hinterlässt immer wieder Ratlosigkeit.

Die nächsten beiden Stunden vergingen wie im Fluge. Johanna berichtete von den Ereignissen der letzten Wochen und ihrer Hilflosigkeit, etwas über Clemens heraus zu finden. Auch Verschaffelt war besorgt, das war ihm deutlich anzusehen, doch er behielt einen klaren Kopf.

„Die da Fotis haben keine Nachfahren, da hat dein Casanova recht, mein Kind", bestätigte er die Aussagen des Italieners, „und das weiß Clemens ganz genau." Er kratzte sich nachdenklich am Kopf. „Und leichtgläubig ist er wahrlich auch nicht, unser Clemens, nein, nein, ich denke, er hat dir nicht die ganze Wahrheit gesagt, um dich nicht zu beunruhigen."

„Wie meinst du das?" Johanna wurde hellhörig. Etwas Ähnliches hatte auch Casanova angedeutet.

„Nun, viele glauben nach wie vor, dass dein Clemens ein vermögender Mann ist..."

„Uns geht es gut, ja, aber vermögend sind wir doch nicht!" Johanna war aufgesprungen und lief aufgeregt in der Bibliothek hin und her. Unter normalen Umständen hätte sie sich andächtig den vielen kostbaren Büchern gewidmet, die Verschaffelt in diesem Raum zusammen getragen hatte, doch in diesem Moment stand ihr der Sinn nicht danach.

„Seine Nonna hat ihm etwas Geld und Schmuck vererbt, dann den Palazzo in Florenz, den eine Bank angemietet hat und das Landhaus in Fiesole, das wir verpachtet haben, aber das ist doch kein richtiges Vermögen – und wer weiß das schon hier in Mannheim? Das Geld seines Vaters, das in einem Florentiner Schließfach für Clemens verwahrt worden war, haben wir längst ausgegeben – schließlich mussten wir in Amberg ganz neu anfangen. Als Musiker verdient Clemens auch nicht allzu viel, unser Geld schmilzt also seit Jahren in sich zusammen. Wer könnte sich dafür also interessieren?"

„Beruhige dich, Johanna, beruhige dich doch." Verschaffelt wies auf den leeren Sessel und Johanna setzte sich wieder. „Also, ich erkläre es dir, wie mir es scheint. Und vergiss nicht, es ist nur eine Vermutung!" Er räusperte sich bedeutungsvoll. „Bei Hofe hat man nicht vergessen, dass Clemens' Vater, dieser windige Santorini, irgendwie in das Verschwinden der Medici-Gelder, -gemälde und einigen Pretiosen verwickelt war. Damals, als Maria Louisa, die Witwe vom seligen Kurfürsten Jan Wellem, einen Teil ihrer Mitgift nach dessen Tod zurück nach Italien überführen wollte[33].

Du weißt ja, bis heute fehlt da ein hübsches Sümmchen – und gerade die Kurfürstin würde sich gern mit den verschwundenen Juwelen schmücken, die auf den Bildnissen Maria Louisas zu sehen sind. Du erinnerst dich sicher: Auch Clemens hat schon danach gesucht – oder hast du deinen kleinen nächtlichen Ausflug mit ihm im Schwetzinger Schlossgarten schon vergessen?"

Das hatte Johanna natürlich nicht, wie hätte sie auch können! In jenem Schicksalsjahr 1761, als der Thronfolger des Kurfürstenpaares kurz nach seiner Geburt verstarb, war sie eines Nachts mit Clemens zu einem Rendezvous im Schwetzinger Schlossgarten verabredet gewesen. Wie waren sie damals verliebt – und das nächtliche Stelldichein im Trubel der höfischen Sommersaison war eine der wenigen Gelegenheiten, ein paar vertraute Worte und Gesten miteinander zu wechseln.

Im Laufe der Nacht hatten sie allerdings nicht nur ein paar ungewöhnliche und unerwartete Begegnungen gehabt, sondern waren auch auf der Flucht vor Entdeckung in einen unterirdischen Gang gelangt, in dem sie auf eine geheimnisvolle Bronzeplatte stießen.

Clemens war damals sehr aufgeregt, da er darauf eine Darstellung von Jason und Medea, einem alten Lieblingsmotiv seiner eigenen Familie, entdeckt hatte – und dazu das Wappen der Medici mit den fünf roten und der einen goldenen Kugel mit den drei Lilien. Für ihn war damals völlig klar gewesen, dass diese Bronzeplatte etwas mit dem sagenhaften Schatz der Medici und seiner eigenen Familie zu tun haben musste. Doch nach den traurigen Ereignissen bei Hofe, dem Tod von

33 Nach dem Tode des Kurfürsten Johann Wilhelm zog sich seine Witwe Maria Louisa Medici wieder nach Florenz zurück. Nach den Erbverträgen durfte sie auch ihre gesamte Mitgift wieder mit nach Italien nehmen. Einige der Objekte und vor allem Gelder waren noch Jahrzehnte lang ein Streitapfel zwischen Florenz und der Pfalz.

Johannas Vater und der plötzlichen Umsiedelung nach Amberg hatte sich keine Gelegenheit mehr ergeben, die Bronzeplatte noch einmal näher zu untersuchen – zumal die Bechtler-Brüder und Johanna ihm aus Sicherheitsgründen dringend davon abgeraten hatten. Irgendwie war das Thema all die Jahre zwischen Clemens und Johanna in Vergessenheit geraten; vielleicht hatte ihr Mann auch nur nicht mehr darüber geredet, um Johanna nicht an die traurigen Ereignisse jener Jahre zu erinnern, überlegte sie.

„Du meinst also, Clemens' Verschwinden könnte mit dem verschollenen Schatz zu tun haben? Und er hat mir das Ganze als Erbschaftsangelegenheit verkauft?" Leise Wut schwang in Johannas Frage mit.

„Ja, durchaus." Verschaffelt nickte nachdenklich. „Und angelogen hat er dich eigentlich auch nicht, denn wenn es um die Medici-Gelder und Schmuckstücke geht, dann ist es tatsächlich eine Erbschaftsangelegenheit, und zwar von den Medicis. Nur mit diesem da Foti, das ist seltsam. Was sagt denn dein Onkel?"

„Ach, Onkel Philipp..." Johanna seufzte. „Er will beim nächsten Logentreffen wo auch immer – sie nennen das Tempel – vorsichtig seine neuen Brüder befragen." Sie schnaubte unwillig. „Aber ob das wirklich etwas bringt... Oder wie siehst du das?"

„Unterschätze diese Loge nicht, mein Kind." Verschaffelt stand auf und kramte aus einer Schublade ein Blatt Papier und einen Bleistift. Dann setzte er sich wieder an den Tisch, zeichnete eine Pyramide und setzte einige Namen hinein. „Schau her: Die Mannheimer Freimaurer bilden eine hierarchisch aufgebaute Gesellschaft, die sich – wie du hier erkennen kannst – aus durchaus aufgeklärten Köpfen am Mannheimer Hof zusammensetzt. Schließlich ist auch dein Onkel ein kluger Zeitgenosse. Es ist eine Vereinigung von Männern, die im Prinzip auf der Suche nach dem Sinn des Lebens sind. Oft stellt sich ja die Frage, und das kennst du auch nur zu gut, mein Kind, ob es das nun wirklich alles gewesen sein kann, was man bisher erreicht hat. Und die Kirche, nun, sie bietet uns ja nicht gerade einen intellektuellen Zugang zur Spiritualität des Lebens."

Johanna grinste – wusste sie doch nur zu gut, dass Verschaffelt mit kirchlichem Gedankengut oft auf Kriegsfuß stand, vor allem mit den Jesuiten, und dass, obwohl er dann immer wieder große Aufträge von dort bekam. Das war sicherlich ein nicht ganz einfacher Zwiespalt, in dem er oft steckte.

„Also, gerade hier bieten die Freimaurer mit ihren eigenen Riten eine echte Alternative", war Verschaffelt unterdessen fortgefahren. „Frei von Standesdenken zählt in der Loge nur, was man im Kopf hat.

Verständlich also, dass sich die Freimaurer nach außen hin abgrenzen, um ihre eigenen Leute zu schützen. Doch eben auch, um sie in ihrem Sinne manipulieren zu können, das ist meiner Meinung nach die Gefahr. Und der Nebeneffekt macht es interessant: Denn durch das Abschließen der Loge nach außen hin entsteht natürlich auch ein gewisser Sogeffekt.

Jeder möchte dabei sein. Und das Aufnahmeritual hat auf den Aspiranten nicht zuletzt dadurch eine kolossale Wirkung, immerhin erklären dir alle Logenmitglieder kollektiv die Freundschaft. So was ist schon ein bewegender Moment."

Verschaffelt hielt einen Moment inne. Johanna nutzte die Pause und hakte nach: „Woher weißt du das so genau? Ich dachte, du redest nicht mehr mit Onkel Philipp, seit er Freimaurer ist."

„Ach, Johanna", Verschaffelt kritzelte ein paar Linien auf das Papier, aus denen in wenigen Sekunden ein griechischer Tempel wurde, „auch mich hat man vor vielen Jahren einmal gefragt, damals, als der Pfalzgraf Friedrich Michael noch lebte und Großmeister war."

Energisch strich er seine Skizze durch. „Mich hat man mit den Ideen des französischen Schreiberlings Jean Jacques Rousseau gelockt, den man dort wie einen Gott verehrte, aber ich hatte mir Bedenkzeit erbeten und sah nach dem Tod Friedrich Michaels keinen Sinn mehr darin. Außerdem missfällt mir die Beeinflussung und die Entwicklung der Mitglieder."

„Wieso? Was passiert denn da?“ Johanna war neugierig, schließlich betraf es ihren Onkel Philipp.
„Das geht dort ganz schön streng zu“, erklärte Verschaffelt. „Durch einen symbolischen Tod bricht man mit dem vorherigen Leben und unterwirft sich der eingeschworenen Gesellschaft. Nichts darf aus dem Tempel, wie das Vereinshaus tatsächlich genannt wird, nach außen dringen, auch nicht in die eigene Familie.“

Johanna nickte wissend, das hatte sie auch schon bemerkt – und Tante Clara ärgerte sich mächtig darüber.

Als wüsste Verschaffelt von dem Konflikt der Bechtlers, griff er genau diesen Gedanken auf: „Die Ehefrau kann auf zweierlei Weise darauf reagieren: Entweder sie gönnt ihrem Mann eine hübsche neue Spielwiese, auf welcher er sich gesellschaftlich etablieren kann und Zugang zu einem exklusiven Zirkel erhält und akzeptiert die Heimlichtuerei, wie es wohl die meisten machen, oder die Geheimniskrämerei wird als Vertrauensbruch in der eigenen Ehe gesehen. Das ist wohl bei deiner Tante so.“

Verschaffelt war also über Tante Claras Ansicht zur Freimaurerei im Bilde. Und er konnte ihre Ansicht nachvollziehen, da nun von außen Geheimnisse in eine einstmals offene und vertrauensvolle Ehe kamen, die das gute Verhältnis empfindlich störten, wie auch schon Johanna bemerkt hatte.

„Und warum hat Onkel Philipp das gemacht? Weißt du, was ihn in diese Loge getrieben hat?“ Johanna war sich auf einmal sicher, dass Verschaffelt ganz genau wusste, was dahinter stand.

Lange Zeit schwieg der Künstler und wog offensichtlich ab, was er preisgeben wollte. Schließlich gab er sich einen Ruck: „Ich denke, du hast das Recht zu erfahren, was dahinter steckt – zumal dein Onkel dir nichts sagen darf, da er es vor seinen Brüdern geschworen hat.“

Er schüttelte fassungslos den Kopf. „Dass ihm nicht klar war, in welche Abhängigkeiten er sich begibt.... – nun gut, es ist geschehen. Also: Ich glaube, bei Philipp kamen mehrere Dinge zusammen."

Er senkte seine Stimme ein wenig und rückte näher zu Johanna. Dann erzählte er ihr, wie schwer Philipp es anfangs nach dem Mord-Skandal um Johannas Vater in Mannheim gehabt hatte. Damals liefen die Geschäfte nur noch schleppend, bis bei Hofe durchsickerte, dass Philipp den Kurfürsten höchstpersönlich und einige seiner engsten Hofleute regelmäßig mit einer Art Gesundheitstrank versorgte.

Daraufhin war seine Apotheke wieder gesellschaftsfähig – und er wurde zwangsläufig zur Vertrauensperson und zum Wissensträger. Eine gefährliche Position, da Wissen bekanntlich Macht ist, die Macht bei Hofe jedoch als ein wankelmütiges Gut zu betrachten. „Ich glaube", schloss Verschaffelt seine Überlegungen ab, „er wollte sich und seine Familie schützen. Denn als Logenbruder steht er unter allerhöchstem Schutz. Und dafür nimmt er die Nachteile und den Ärger mit Clara in Kauf."

„Aber wovor will er sich schützen?" Johanna war irritiert. „Gab es denn eine Bedrohung oder Gefahr?"

„Nicht direkt...", Verschaffelt zögerte. „Das heißt, eigentlich doch. Und vielleicht solltest du es besser wissen. Dein Onkel gilt in einigen Kreisen nach wie vor als Mitwisser um die Vorfälle mit deinem Vater. Immer wieder kamen aus Zweibrückener Kreisen versteckte Drohungen, hinter denen möglicherweise Verwandte von Pierron[34] oder Leute um die herzogliche Sippschaft stecken.

Das haben wir nie herausgefunden. Außerdem...", er rückte noch etwas näher an Johanna heran und flüsterte nur noch, „... außerdem hat dein Clemens in seiner Jugend in Mannheim offenbar einigen Menschen zu viel von seinem Vater und dem Erbe der Großmutter erzählt – du weißt doch, wie gern junge Männer sich wichtig machen."

„Wem?" Entsetzt starrte Johanna Verschaffelt an.

„Wenn ich das nur wüsste, mein Kind." Er seufzte schwer. „Auf jeden Fall höre ich bei Hofe immer wieder Gerüchte, die

34 Dominik Pierron wurde von Johannas Vater, Franz Bechtler, erstochen.

deinen Mann und damit auch Onkel Philipp als deinen nächsten Verwandten mit den verschwundenen Medici-Geldern in Verbindung bringen. Glücklicherweise hat Clemens nie von dem versteckten Gang im Schlosspark zu Schwetzingen erzählt – sonst würden sich des Nachts vermutlich Scharen hochrangiger Schatzjäger zwischen den Blumenrabatten und Zirkelsälen herumtreiben."

Johanna musste lachen. Die Vorstellung war einfach zu komisch, all die feinen Hofleute in den Beeten, Büschen und Hecken. Doch Verschaffelt war noch nicht fertig: „Vor einigen Jahren besuchte mich doch tatsächlich Wilhelm I., der Sohn des Landgrafen von Hessen-Kassel im Atelier – angeblich, um mich für die Mitarbeit an einem Monumentalbau zu gewinnen. Stell dir vor, sein Vater will sich mit einem Fridericianum in Kassel ein Denkmal setzen!

Dabei weiß doch jeder, dass Friedrich stets pleite ist. Ich habe das Ganze also nicht besonders ernst genommen, zumal dieser bigotte katholische Wilhelm plötzlich wollte, dass ich seine derzeitige Maitresse porträtiere. Was mich allerdings für einen Moment stutzig machte, war die Tatsache, dass er ganz nebenbei von Clemens Vater sprach – doch das tun nach wie vor recht viele Menschen in Hofkreisen. Das Verschwinden der Medici-Gelder bewegt die Gemüter noch nach Jahrzehnten! Dann erkundigte er sich nach dem begabten Sohn, also deinem Clemens. Ich habe ein wenig von eurem bescheidenen Leben in Amberg erzählt und damit war die Sache für mich erledigt. Einige Wochen später erzählte mir dann dein Onkel, dass auch er mehrmals hessischen Besuch hatte, allerdings von jener hessischen Maitresse.

Sie orderte allerlei Schönheitsmittel und fragte ganz nebenbei offenbar ebenfalls nach der Familie Santorini. Dann war ein paar Jahre Ruhe. Seit jedoch der Kurfürst und seine Entourage in München und Italien weilen, haben sich verschiedene Leute erneut nach Clemens erkundigt, in diesem Fall aus Mannheimer Hofkreisen."

„Und wer war das?" Atemlos hatte Johanna den Worten Verschaffelts gelauscht. Das war eindeutig eine erste Spur!

„Ich kenne keinen von ihnen persönlich." Bedauernd zuckte Verschaffelt die Schultern. „Es lief immer über Bedienstete im Hause – und so wohl auch bei deinem Onkel. Das hat mir sein Geselle verraten."

„Stimmt, mit Onkel Philipp redest du ja nicht mehr." Johannas Stimme klang ein wenig spitz.

„Ja, und es wird höchste Zeit, dies zu ändern", stellte Verschaffelt energisch fest. „Schließlich geht es hier um mehr als Ehre und Moral." Er stand auf und wippte auf den Füßen. „Sag, Johanna, äußerte dieser Soldat, der dich auf der Reise begleitet hat, nicht den Verdacht, die Uniformen der Soldaten auf der Kutsche hätten etwas mit den Hessischen zu tun? Oder war es der Dialekt?"

„Beides." Auch Johanna war aufgestanden. „Aber was hat Clemens mit Hessen zu tun?"

„Nichts. Eindeutig gar nichts." Verschaffelt blickte sie ratlos an. „Auch bei Hofe gibt es keine Verbindungen zu dem katholischen und ziemlich verarmten Hof in Kassel. Zumindest ist mir keine bekannt – und ich kenne hier eigentlich jeden. Aber dein Onkel, der weiß irgendetwas und darf nicht darüber reden, davon bin ich überzeugt. Die Andeutungen in seinem Brief weisen ganz klar darauf hin, das hast du gut erkannt. Und die Spur führt nach Mannheim an den Hof."

„Und was wollen wir jetzt unternehmen?" Johanna schaute ihn ein wenig resigniert an. „Ich verkehre nicht mehr bei Hofe, wie du weißt."

Verschaffelt lachte. „Stimmt, aber dein Onkel. Und ich auch. Gemeinsam werden wir herausfinden, um was es hier geht. Und du..." er machte eine bedeutungsvolle Pause, „... du wirst Kontakt mit irgendwem aus der Gefolgschaft der Kurfürstin aufnehmen, ganz diskret und vorsichtig.

Vielleicht mit der Freifrau von der Osten, die kennst du ja wohl noch, oder über deine Freundin und Gönnerin, die Gräfin zu Eltz, ganz wie du meinst. Entscheidend ist, dass du deine Situation von Frau zu Frau darstellst – und diese Geschichte bis in die intimen Gemächer Ihrer kurfürstlichen Durchlaucht dringt. Ich denke, das wird sie anrühren. Ach ja, und nach Amberg solltest du ohnehin einen Eilbrief schicken. Vielleicht wissen deine Freundinnen Sophia und die Gräfin zu Eltz dort vor Ort inzwischen mehr."

Zwei Tage später hielt der Kurfürst feierlichen Einzug in die Stadt. Der 2. Februar 1775 war ein kühler, aber freundlicher Tag, so dass ganz Mannheim auf den Straßen war, um den Landesherren und seine Frau gebührend zu begrüßen. Die Kurfürstin musste dazu ihr Domizil in Oggersheim verlassen und stieß vor den Toren Mannheims zu ihrem Gatten hinzu.

Die gegenseitige Begrüßung der beiden Eheleute soll reserviert ausgefallen sein, hieß es später in den Gassen und auf den Plätzen in den Quadraten, doch das wunderte niemanden mehr, zu sehr hatten sich Carl Theodor und Elisabeth Auguste in den langen Jahren ihrer unglücklichen Ehe voneinander entfernt. Bei offiziellen Anlässen war sie jedoch stets an seiner Seite, darauf bestand der Kurfürst – und so saß sie freundlich in die Menge lächelnd neben ihrem Gatten in der offenen Kutsche und winkte ihren Untertanen zu.

Carl Theodor war über Heidelberg zurück in die Kurpfalz gereist. Es hieß, dass er nach seinem Romaufenthalt noch einige Tage in Florenz verbracht hatte, um dort mit Bankiers, Kunstsammlern und anderen wichtigen Persönlichkeiten zu konferieren. Worum es dabei allerdings genau ging, wusste niemand. Auch Johanna, die den kurfürstlichen Einzug selbstverständlich auf den Mannheimer Planken verfolgte, rätselte über die Gerüchte. Lag Verschaffelt mit seinen Vermutungen etwa richtig – und es waren tatsächlich allerhöchste Hofkreise, die sich für das Medici-Erbe interessierten?

Immerhin war Carl Theodor bereits Nutznießer eines beträchtlichen Anteils dieser Schätze gewesen – man sagte, damit habe er den Umbau vom Schwetzinger Schloss und die imposante Gartenanlage finanziert. War er nun in Florenz vorstellig geworden, um dem Verbleib des verschwundenen Schatzes auf die Spur zu kommen?

Und hatte dieser Abstecher in die Heimatstadt ihres Clemens' möglicherweise sogar mit seinem Verschwinden zu tun? Johanna verspürte ein Kribbeln in ihren Händen und Armen, so sehr regte sie dieser Gedanken auf. Gut, dass der Hof endlich wieder in Mannheim weilte – nun würde sie dem Geheimnis auf die Spur kommen.

Unter Hochrufen fuhr der kurfürstliche Galawagen, in den das Paar vor den Stadttoren umgestiegen war, an seinen Untertanen vorbei. Eine Vorhut der Reisedelegation hatte zwei Tage zuvor das bevorstehende Eintreten angekündigt und dafür gesorgt, dass im Schloss alles bereit war und das Volk auf den Straßen jubelte. Durch das Heidelberger Tor war Carl Theodor in seine Residenzstadt eingefahren. Über die Planken ging es links die Carl-Philippstrasse Richtung Schloss. An den Wachhäusern trat die Schlosswache ins Gewehr.

Der Galawagen durchquerte den gesamten Ehrenhof, wo die Pfälzer Schweizer Garde ein Spalier gebildet hatte und fuhr schließlich in den Schlossmittelbau bis zur Treppe ein. Dort wartete bereits der designierte Thronfolger Herzog Christan IV. von Pfalz-Zweibrücken mit seiner Gattin, der Gräfin Forbach, sein Neffe Carl August von Zweibrücken mit seiner frisch angetrauten Maria Amalia, die eine Cousine des französischen Königs Ludwig XVI. war, sein jüngerer Bruder Maximilian Joseph von Zweibrücken sowie zahlreiche Edelknaben und Hofbeamte.

Der Obristkämmerer öffnete die Kutschentür, woraufhin Obristhofmeister Prinz von Galean erst Carl Theodor und dann seiner Gattin aus dem Wagen half. Alle verbeugten sich tief vor dem kurfürstlichen Paar – und dann ging es hinter den beiden Herrschern die Treppe hinauf zum Rittersaal, wo ein großer Empfang organisiert worden war. Da Verschaffelt dazu geladen war, erfuhr Johanna bis ins kleinste Detail, wie der Tag im Schloss verlief. Verschaffelt war ein hervorragender Beobachter, was vermutlich an seinem Beruf lag – und ein mindestens genauso unterhaltsamer Erzähler.

„Erst nahm der Obristhofmarschall dem Kurfürsten den

Reisemantel ab, dann griff Kammerdiener Dusch beherzt nach seinem Hut", berichtete Verschaffelt am nächsten Tag, als er endlich wieder gemeinsam mit seinem alten Freund Philipp Bechtler an einem Tisch saß. Vorangegangen war eine ernste Aussprache der beiden Männer, über deren Inhalt Johanna nichts in Erfahrung bringen konnte. Doch sie insistierte nicht weiter – schließlich zählte das Ergebnis: Verschaffelt und Bechtler hatten sich versöhnt und standen ihr nun wieder beide mit Rat und Tat zur Seite. Johanna freute sich sehr darüber und schrieb sofort ein paar Zeilen an Tante Clara. Gemeinsam mit Verschaffelt und ihrem Onkel ließ sie dann die Ankunft des Kurfürsten Revue passieren und erfuhr dabei gleichzeitig, wer derzeit bei Hofe ein- und ausging.

Einer der wichtigsten Höflinge und Vertrauter des Kurfürsten schien Stephan Freiherr von Stengel zu sein, den Johanna bislang noch nie gesehen hatte. „Kein Wunder", erklärte ihr Onkel Philipp, „als du damals Mannheim verlassen hast, war der Knabe erst 15 Jahre alt und stand im Schatten des alten Freiherrn von Stengel."

„Wie bitte? Der Kurfürst hat einen Fünfundzwanzigjährigen als Vertrauten?" Fragend blickte Johanna ihren Onkel an. „Das klingt ungewöhnlich."

„Das ist es auch", bestätigte Verschaffelt, „aber dieser Knabe ist nicht irgendwer, sondern sein leiblicher Sohn." Er grinste anzüglich.

Johanna staunte nicht schlecht.

„Ja, irgendwann kam es heraus und Ihre Durchlaucht der Kurfürst soll ihn anerkannt haben. Er stammt aus einer kurzen Liaison mit Maria Christine Edle von Hauer, die gerade noch rechtzeitig zur Geburt den alten Johann Georg von Stengel geehelicht hat. Übrigens ist Stephan ein kluger Kopf, unglaublich gebildet und kurzweilig im Gespräch. Und sein Vater, also im Prinzip der gehörnte Ehemann, steht seither bei Ihrer Durchlaucht hoch in der Gunst und hat ihn auch nach Italien begleitet."

In der Tat hatte der außereheliche Sohn bereits eine beeindruckende Karriere hinter sich: Am 6. Oktober 1750 in Mannheim geboren studierte er von 1765 bis 1770 in Heidelberg. Es folgte eine einjährige Studienreise nach Paris und bereits 1772 wurde er zum wirklichen Hofgerichtsrath ernannt. Ein Jahr später gelang der nächste gesellschaftliche Schritt nach oben: Am 16. November machte ihn der Kurfürst zum geheimen Kabinettssekretär, womit Stephan freien Zugang zu Carl Theodor erhielt. Er galt fortan als am besten informierter Ratgeber des Kurfürsten und verfasste zahlreiche bedeutende und geheime politische Schreiben.

„Vertraut ihm der Kurfürst denn wirklich?" Johanna konnte es nicht glauben – immerhin trennte beide Männer ein Altersunterschied von mehr als 25 Jahren.

„Scheinbar schon", antwortete Onkel Philipp. „Der Kurfürst lässt ihn immer wieder Kunstgegenstände anschaffen und unterstützt sogar seine Ambitionen, mit Heinrich Rigal zusammen eine Hypothekenbank zu gründen, mit der der Staat – abgesichert durch den Grundbesitz – Schulden aufnehmen kann."

„Und wie soll das gehen?" Johanna hatte von einer solchen Bank noch nie gehört.

„Ganz einfach: Die Bewohner Mannheims könnten Anleihen zeichnen. Über einen Zeitraum von sagen wir einmal 50 Jahren soll der Staat die Schuldverschreibungen wieder zurückgezahlt haben. In der Zeit kann der Kurfürst mit dem Geld arbeiten. Klingt gar nicht dumm, oder?" Verschaffelt grinste und ergänzte anzüglich: „Zumal der Kurfürst in 50 Jahren wohl kaum mehr leben wird und es ihm herzlich gleichgültig sein dürfte, was dann mit den Rückzahlungen passiert."

Johanna nickte zustimmend. Dieser von Stengel schien tatsächlich interessant zu sein – und gleichzeitig einer der engsten Vertrauten des Kurfürsten. Also an sich unerreichbar für Johanna als Arzttochter und ohne Adelsprädikat. Sie verkehrte in ihrem Stand nicht bei Hofe, also würde sich keine Möglichkeit für ein Gespräch ergeben. Aber wenn einer etwas über die Medici-Schatz-Ambitionen des Kurfürsten wissen konnte, dann wohl er. Nur wie sollte sie an ihn herankommen?

Als hätte ihr Onkel ihre Gedanken gelesen, klatschte er nun in die Hände und rief: „Na prächtig, den hätten wir schon mal!“ Verschaffelt und Johanna starrten ihn sprachlos an. Was meinte er nur?

„Na, ganz einfach: Stengel kommt, wenn Ihre Durchlaucht der Kurfürst in Mannheim weilt, normalerweise einmal die Woche in die Apotheke und holt ganz diskret Tränke und Pillen für Carl Theodor ab. Er ist jung, relativ unbedarft und bei aller Würde immer zu einem klugen Plausch aufgelegt. Johanna, das ist deine Chance!“ Onkel Philipp lachte vergnügt.

„Und worüber soll ich mit ihm reden oder ins Gespräch kommen?“ Johanna zögerte mit ihrer Begeisterung.

„Ach, das ist doch ganz egal! Über die Rechtschreibung meinetwegen.“ Onkel Philipp machte eine abfällige Handbewegung.

„Wie bitte? Rechtschreibung?“ Johanna verstand nun gar nichts mehr.

„Ja, warum nicht“, mischte sich Verschaffelt grinsend in das Gespräch ein. „Rechtschreibung ist gut. Der Knabe soll nämlich gerade die Statuten für die Deutsche Gesellschaft in Mannheim entwerfen und wird als designierter erster Vorsitzender gehandelt. Die Gesellschaft bemüht sich um die Reinigung der deutschen Sprache, will die Rechtschreibung verbindlich festlegen und den allgemeinen Geschäftsstil verbessern.“

Johanna staunte: Was es alles gab... Aber gut, über Sprache hatte sie einiges zu sagen – spätestens seit sie in der Oberpfalz lebte. Das wäre eine Möglichkeit, sie würde es versuchen. Leichter dürfte sie wohl kaum Kontakt zum engeren Umfeld des Kurfürsten bekommen.

Der Hof umfasste im Jahr 1775 etwa 1000 Personen, erfuhr Johanna im Verlauf des weiteren Gesprächs. An der Spitze stand das Kurfürstenpaar, dahinter die Angehörigen des Hofstaates, also der Obristhofmeister, der Obristkämmermeister, der Obristhofmarschall, der Obristsilberkämmerling, der Obristküchenmeister, der Obriststallmeister und der Intendant des Hofmusikstabes.

Auf Elisabeth Augustes Seite gab es einen zusätzlichen Obristhof- und Obriststallmeister, die Obristhofmeisterin, das Fräulein Hofmeisterin und die Gouvernante der Hofdamen. Sie alle übten rein zeremonielle Funktionen aus, die Arbeit erledigten die bürgerlichen Stabssekretäre und deren Bedienstete.

Hinzu kamen zahlreiche Edelknaben, die im Umkreis des Kurfürsten verkehrten und deren Erziehung der Kurfürst selbst überwachte. Johanna fragte sich, an welcher Stelle Stefan Freiherr von Stengel in dieser starren Hierarchie anzusiedeln war – und vor allem was die Kurfürstin über dieses Ergebnis eines Seitensprungs ihres Mannes dachte.

Immerhin musste sie ihn aufgrund seiner hohen Stellung ständig bei Hofe treffen – ob ihr das gefiel?

Als Verschaffelt und ihr Onkel weiter von der Hofentourage berichteten, musste Johanna schlucken. Ausgerechnet Anton de Winter, der größte Widersacher ihres verstorbenen Vaters, war nun Hofmedicus, Doctor, Kurpfälzischer Rath, Leib- und Ober-Stabchirurgus und Mitglied des Kurpfälzischen Concilium Medicum Rath. Damit gehörte auch er zum engsten Stab des Kurfürsten, was ihr sehr missfiel.

„Und dann gibt es natürlich noch die vielen Musiker am Hofe", ergänzte Onkel Philipp die Aufzählung. „Und die sind dem Kurfürsten ja ein besonderes Anliegen...."

„...und seiner Frau oft ein Dorn im Auge", fügte Verschaffelt verschmitzt lächelnd hinzu. „Denn sie mag die modernen Kompositionen nicht, die hier neuerdings entstehen. Sie liebt nämlich die Deutsche Oper – wo sich doch unsere Sprache absolut nicht dafür eignet. Naja, dafür versteht Carl Theodor – das muss man ihm lassen – wirklich etwas von Musik."

Bei Hofe angestellt waren unter anderem der Waldhornist und Mandolinenspieler Franz Lang, der seit 1763 zur Mannheimer Schule gehörte.

Er war damals ein Kollege von Clemens, Johanna kannte ihn flüchtig. Er hatte 1772 Franziska Stamitz, die Tochter des Hofmusikdirektors Johann Stamitz geheiratet – eine gute Partie, die seiner Karriere durchaus förderlich war.

Stamitz trug die Dienstkleidung des Mannheimer Hofes mit Stolz und flanierte gern mit Degen und Zopfperücke über die Planken Mannheims. Er war berühmt für seinen „empfindsamen Stil", den er anscheinend aus seiner früheren Zaghaftigkeit, über die Clemens sich gern lustig machte, entwickelt hatte.

Sein Bruder Martin Lang war ebenfalls seit geraumer Zeit bei Hofe als Waldhornist tätig. Im Gegensatz zum gut aussehenden Franz war er jedoch auffallend klein und korpulent.

Auch Ludwig August Lebrun war seit 1767 fest angestellt. Der Name der Familie war Johanna ebenfalls ein Begriff. Schon sein Vater war Musiker an der Mannheimer Hofkapelle. Lebrun war Oboist, verfügte über eine vorzügliche Allgemeinbildung und wurde dafür sogar von Carl Theodor bewundert. Er komponierte ganze Oboenkonzerte und war allseits beliebt. Gemeinsam mit seiner Verlobten Franziska ging er häufig auf Konzertreisen, blieb aber trotz vieler Angebote dem Mannheimer Hof treu.

„Sein Ton hat die äußerste Delicatesse. Er seufzt, girrt, klagt und weint nicht nur, sondern spielt auch in den hellen Farben der Freude (...) seine Compositionen sind süß wie Nectartropfen (...) der Aeterstrahl des Genies zuckt in allem was er schreibt – was er vorträgt[35]" hieß es über ihn bei Hofe.

Seine Verlobte war eine geborene Danzi und stammte aus einer italienischen Musikerfamilie. Sie hatte eine Ausbildung in Gesang und Klavier und als 16-jährige vor drei Jahren im Schwetzinger Theater debütiert.

Wie Johanna vor langer Zeit auch einmal, nahm Franziska Danzi Gesangsunterricht bei Dorothea Wendling. Die anderen Musiker, die Verschaffelt und Onkel Philipp nannten, kannte Johanna nicht.

Sie beschlossen daher, dass Verschaffelt sich in jenen Kreisen vorsichtig umhören sollte, ob irgendjemand etwas von Clemens oder von Gerüchten um sein Verschwinden gehört hat-

35 Finscher, Ludwig: Die Mannheimer Hofkapelle in Zeitalter Karl Theodors, Mannheim (1992), S. 64 f

te. Onkel Philipp würde Gleiches in Reihen der Freimaurer tun und dann nach bestem Wissen und Gewissen gegebenenfalls seine Verschwiegenheitspflicht brechen, was ihm offensichtlich bereits im Vorfeld einiges Kopfzerbrechen bereitete. Doch Johanna spürte, dass sie sich im Zweifelsfall auf ihn verlassen konnte. Sie selbst würde sich zunächst um die Aufmerksamkeit des Freiherrn von Stengel bemühen, mit dessen Erscheinen in der Apotheke ihr Onkel fest rechnete.

„Warum bist du dir eigentlich so sicher, dass er kommt?“ wollte Johanna noch von ihm wissen.

„Weil der Kurfürst das, was der Freiherr bei mir holt, dringend braucht“, war die kryptische Antwort Onkel Philipps, der sich mit dem Hinweis auf das Apothekergeheimnis weigerte, mehr preis zu geben.

Während Verschaffelt und ihr Onkel die nächsten Tage damit beschäftigt waren, vorsichtig Erkundigungen einzuholen, schrieb Johanna zwei Briefe: Der erste ging nach Amberg und informierte ihre Freundinnen Sophia und Anna-Louise zu Eltz über die bisherigen Ereignisse – verbunden mit der dringenden Bitte, schnell zurück zu schreiben.

Sie übergab den versiegelten Brief einem Eilboten, der ausgestattet mit einer Kopie der Zeichnung von der Kutsche gleichzeitig die Aufgabe erhielt, noch einmal in sämtlichen Relaisstationen auf der Strecke zwischen Mannheim und Amberg nach dem Verbleib der Kutsche zu forschen.

Der zweite Brief fiel ihr ungleich schwerer – galt es doch, über die Hofdame Freifrau von der Osten sowohl das Interesse als auch das Gefühl der Kurfürstin zu erwecken. *„Ich bitte Euch inständigst und untertänigst darum, unsere gnädige und hochverehrte Landesmutter bei passender Gelegenheit für mein Anliegen stark zu machen. Bitte helft mir auf diesem Weg, meinen Mann wieder zu finden – ich stehe Euch und Ihrer kurfürstlichen Durchlaucht dafür jederzeit mit medizinischem Rat oder anderen Diensten zur Verfügung...“* schloss Johanna das Schreiben ab.

Als Postscriptum fügte sie einem inneren Gefühl folgend

hinzu: *„...und sollte eines der kursierenden Gerüchte um den Medici-Schatz tatsächlich mit dem Verschwinden meines geliebten Mannes zu tun haben, soll die Unterstützung Euer Schaden nicht sein. Denn letztendlich steht Ihrer Kurfürstlichen Durchlaucht zu, was vor vielen Jahren zwischen dem Rheinland und der Toscana verloren ging."*

Johanna war sich sicher, dass sowohl die von der Osten, als auch Elisabeth Auguste genau verstanden, was sie damit andeuten wollte. Und sie setzte darauf, dass die Kurfürstin sicherlich interessiert daran wäre, das eine oder andere kostbare Schmuckstück ihrer ohnehin beeindruckenden Sammlung hinzufügen zu können. ‚Wie sagte Vater immer?' machte Johanna sich selbst Mut, ehe sie den Brief versiegelte, ‚Der Köder muss dem Fisch schmecken, und nicht dem Angler.' Sie war gespannt, ob die Kurfürstin oder zumindest ihre alte Hofdame anbiss.

Ins Netz ging Johanna bereits wenige Tage später der junge Freiherr von Stengel. Wie von Onkel Philipp vorausgesagt stand er eines Morgens mit einem freundlichen Lächeln in der Apotheke und bat um die kurfürstliche Bestellung. Johanna stellte sich kurz vor, als er sich suchend nach Philipp Bechtler umsah.

„Mein Onkel musste kurzfristig außer Haus", erklärte sie dem leicht verunsicherten Mann, „wenn Ihr mit mir vorlieb nehmen würdet?" Dann erläuterte sie ihm kurz, dass auch sie vom Fach war und das volle Vertrauen vom Apotheker besaß.

„Und warum sehe ich Euch erst heute hier hinter dem Ladentisch?" Stephan von Stengel musterte Johanna wohlwollend. Sie hatte sich auf Anraten Onkel Philipps die letzten Tage stets sehr sorgfältig und hübsch gekleidet und zurechtgemacht, was sich nun auszahlte. Johanna lächelte ihn an und klärte ihn über ihren eigentlichen Wohnsitz auf.

„Aber Ihr seid eine geborene Bechtler?" hakte von Stengel nach.

Sie nickte und seufzte leise.

„Verstehe." Von Stengel überlegte einen Augenblick und fuhr

dann fort: „Ich kenne Eure Geschichte, mein Vater hat sie mir erzählt. Ihr seid eine tapfere Frau. Ich bewundere Euch dafür.“ Johanna errötete. Sie hatte nicht mit einem Kompliment aus dem Mund des gut aussehenden und hoch gewachsenen Höflings gerechnet. Außerdem fragte sie sich unwillkürlich, welchen Vater von Stengel meinte – den leiblichen, also den Kurfürsten, oder den Stiefvater. Aber diese Frage verkniff sie sich natürlich.

„Herzlichen Dank.“ Sie schlug die Augen nieder und biss sich auf die Lippen. Dann schaute sie ihm direkt ins Gesicht und fragte: „Ihr habt nicht zufällig etwas vom Verbleib meines Gatten gehört? Er ist seit Wochen verschwunden, nachdem er nach Mannheim gerufen worden war.“

Von Stengel starrte sie verblüfft an. „Euer Mann? Verschwunden? In Mannheim? Das geht doch gar nicht.“

Johanna klärte ihn auf. Sie wusste nicht, woher sie die innere Sicherheit nahm, ihm zu vertrauen, doch ihr weiblicher Spürsinn hatte ihr im ersten Moment des Kennenlernens vermittelt, dass von Stengel ihr nichts Böses wollte.

Im Gegenteil: Nachdem Johanna ihm hastig und in kurzen Zügen ihre Situation geschildert hatte, ließ Stephan von Stengel sich auf einen der Besucherstühle im Geschäft niedersinken und bat sie, es ihm gleich zu tun. Dann stellte er gezielte Fragen, aus denen Johanna klar ablesen konnte, dass er von der Geschichte bislang nichts mitbekommen hatte. Er war allerdings in den letzten Wochen auch nicht in Mannheim gewesen, sondern auf dem Stengelschen Landsitz in der Pfalz, da der Kurfürst ja auf Reisen gewesen war.

„Aber eines kann ich Euch versichern“, betonte er immer wieder, „wenn Euer Gatte jemals in Mannheim eingetroffen wäre, hätte ich in meiner Position bei Hofe davon erfahren.“

Johanna glaubte ihm. Überhaupt fand sie den fünf Jahre jün geren Mann sehr sympathisch und fragte sich, ob er wohl verheiratet war. Sie beschloss, ihm auch ein paar Fragen zu stellen, da sie das Gespräch mit ihm genoss. Von Stengel war wirklich ein interessanter und gebildeter Mensch, der sichtlich erfreut war, in Johanna einen ebenbürtigen Gesprächspartner gefunden zu haben. Es dauerte nicht lange und beide steckten in einer angeregten Diskussion über Sprache, Dialekt und ein einheitliches Rechtschreibwesen, was derzeit ganz offensichtlich ein Steckenpferd des Freiherrn war. Johanna lieferte ihm amüsante Kostproben Oberpfälzer Mundart, die er sich sofort notierte.

„Schließlich könnte das einmal wichtig werden für uns hier in der Kurpfalz“, erläuterte er Johanna vergnügt, „immerhin ist die Erbschaftsfrage zwischen beiden Regionen mangels direkter Nachfahren eine gemeinsame.“[36]

Erst nach einer knappen Stunde erhob sich Stephan Freiherr von Stengel ein wenig erschrocken. „Jetzt habe ich mit Euch doch glatt die Zeit vergessen, werte Bechtlerin. Aber es war sehr kurzweilig und interessant, mit Euch zu plaudern.“ Er räusperte sich verlegen. „Ähm... könntet Ihr Euch vorstellen .... natürlich nur wenn Ihr wollt... also ich meine ohne Euch kompromittieren zu wollen...“ – gab sich sichtbar einen Ruck – „..also würdet Ihr mir die Freude machen, mich einmal auf einer Kutschfahrt durch die Natur zu begleiten?“ Er schluckte und schob dann hinterher: „Dann könnten wir unseren Austausch fortsetzen – und ich habe bis dahin vielleicht doch etwas über Euren Gatten herausgefunden.“

Johanna frohlockte innerlich. Das lief ja besser als gedacht. Sie musste allerdings zugeben, dass sie den jungen Mann recht attraktiv fand und sie auch ohne ihr Interesse an seinen Informationen gern mit ihm einen Ausflug machen würde. Doch schickte sich das?

„Mein Herr, ich bin eine verheiratete Frau.“ Sittsam senkte sie den Blick.

„Ich weiß, werte Bechtlerin.“ Der Freiherr knetete einen seiner beiden Handschuhe nervös in den Händen. „Ich möchte Euch auch keinesfalls kompromittieren – deshalb wählte ich ein Ziel vor den Toren der Stadt. Im Übrigen könnt Ihr ja Eure

36 Stephan von Stengel sollte Recht behalten: Mit dem Tod des bayerischen Kurfürsten Maximilian III. fiel Bayern 31.12.1777 mitsamt der Oberpfalz vereinbarungsgemäß dem Mannheimer Kurfürsten zu.

Kinder mitbringen."

Er wusste also von Louisa und Francesco, doch die waren ja in Heidelberg! Was für ein Dilemma, wie sollte sie nun reagieren? Mit leiser Stimme erläuterte sie dem jungen Mann ihr Unbehagen.

„Ach, wenn es Euch darum geht..." Der Freiherr überlegte einen Augenblick und fuhr ein wenig verschmitzt lächelnd fort: „Dann nehmen wir einfach Grazia mit, eine Bedienstete aus meinem Haus." Er verschwieg ihr allerdings, dass die ältere Frau slawischer Herkunft war und praktisch kein Wort Deutsch verstand. Erfreut sagte Johanna also zu: „Danke, das ist sehr freundlich von Euch. Ich begleite Euch gern."

Sie händigte dem Freiherren das vorbereitete Päckchen für den Kurfürsten aus und verabschiedete sich höflich. „Es war sehr schön, Euch kennen zu lernen", sagte von Stengel leise, als er sich bei Johanna mit einer angedeuteten Verbeugung empfahl. „Ich freue mich schon auf ein Wiedersehen."

Die Ladenglocke läutete und Johanna war wieder allein in der Apotheke. Sie presste ihre Hand aufs Herz und spürte ein heftiges Klopfen. Was für ein aufregender Vormittag: Sie hatte einen der wichtigsten Vertrauten des Kurfürsten höchstpersönlich getroffen und mit ihm geredet. Sie war sich allerdings nicht ganz klar darüber, ob ihr Herz so klopfte, da sie nun möglicherweise mehr über Clemens in Erfahrung bringen konnte oder weil ihr der Freiherr so gut gefiel. Schnell wischte sie den Gedanken beiseite – sie war verheiratet, glücklich verheiratet und dieser von Stengel ohnehin viel zu jung. Energisch begann sie, hinter dem Ladentisch aufzuräumen, als ihr Onkel die Apotheke betrat. „Und, hast du ihn für unsere Sache gewinnen können?"

Johanna lächelte geheimnisvoll. „Ich glaube schon." Doch mehr verriet sie ihrem Onkel nicht. Sie vergaß dabei auch, ihren Onkel noch einmal nach der merkwürdigen Flüssigkeit und den ihr vollkommen unbekannten Pillen in dem Päckchen für den Kurfürsten zu fragen.

In den nächsten Wochen stellte sich leider heraus, dass die

an sich guten Kontakte von Verschaffelt und Onkel Philipp nur sehr vage Ergebnisse in Sachen Clemens zustande brachten. Immer wieder trafen die drei sich im Bechtlerhaus zu einer Tasse Kaffee, besprachen die Fakten und machten neue Pläne. Erst Ende März konnten sie feststellen, dass es tatsächlich eine konkrete Spur von Clemens Santorini gab – und die führte zu aller Bestürzung nach Amerika. Vorausgegangen waren dieser Erkenntnis zwei Briefe. Einer kam aus Amberg von Gräfin Anna-Louise zu Eltz, der zweite wurde ihr versiegelt von einer Hofdame der Kurfürstin zugesteckt. Beide gaben weitaus mehr zu Beunruhigung Anlass, als dass sie Klarheit in die Sache bringen konnten.

„Also, fassen wir noch einmal zusammen", versuchte Verschaffelt die bestürzenden Neuigkeiten zu ordnen, „die Kutsche – vermutlich mit Clemens – ist in Neckarsteinach gesehen worden und dann im hessischen Eberbach. Das sagte doch dein Bote, nicht wahr, Johanna?"

„Ja", bestätigte sie, „und es hieß, sie wäre auf dem Weg nach Norden gewesen."

„Also nach Hessen-Darmstadt oder Hessen-Kassel", sinnierte Onkel Philipp. „Nur was will man dort ausgerechnet von Clemens, wo er doch gar kein Soldat ist?"

Die Bemerkung des Apothekers hatte mit den Informationen zu tun, die aus dem Umkreis der Kurfürstin gekommen waren.

„...Wie wir hörten, steckt unser Cousin Landgraf Friedrich II. von Hessen-Kassel wieder einmal in pecunärer Bredouille, was bei seiner regen Bautätigkeit kaum verwundert. Nun verkauft er ganze Regimenter an unseren Cousin Georg III. nach England, der diese in den amerikanischen Krieg in die neue Welt schickt.

Es heißt, er macht jeden Mann zum Soldaten und zu Gold. Möglicherweise ist auch Euer Clemens ein Opfer dieser Practic geworden. Auch Musiker gehören zum siegreichen Krieg. Vielmehr vermute ich allerdings, dass er zu seinem möglichen Wissen um die Tätigkeiten seines verstorbenen Vaters befragt wird. Hattet Ihr Kontakte zum hessischen Hof?..."

„Wir hatten noch nie Berührung mit dem Kasseler Landgrafen“, beteuerte Johanna. „Nach Hessen-Darmstadt natürlich schon, schließlich bin ich dort geboren.“

„Und auch deine Tante Philippa hat unlängst von der Soldaten-Verleihung geschrieben“, bestätigte Philipp Bechtler nun. „Sie steht dem ganzen Procedere natürlich ablehnend gegenüber.“ Er nahm einen tiefen Schluck Kaffee zu sich und fuhr dann fort: „Sie berichtete mir sogar, und davon erzählten auch Brüder in der Loge, dass dazu junge Männer auf freiem Feld entführt und einfach verfrachtet wurden, ob sie wollten oder nicht! Dieser Landgraf muss ja ein ganz übler Bursche sein.“

„Tja, nur passt das alles nicht zu Clemens“, wandte Johanna ein. „Denn nirgends ist davon die Rede, dass dazu Menschen während der Weihnachtstage in der bayerischen Provinz mit einer riesigen schwarzen Kutsche abgeholt werden, oder?“

In ihrer Stimme schwang ein ungeduldiger Unterton mit. „Außerdem hat ihn keiner tatsächlich in irgendeinen Zusammenhang mit Garnisonen gebracht, die nach Amerika verschifft wurden. Also was soll das Ganze?“

„Nun ja...“ Verschaffelt druckste ein wenig herum, ehe er fortfuhr, „ich habe da durchaus Informationen, die in diese Richtung gehen. Heute früh habe ich davon erfahren, als ich einem Konzert bei Hofe lauschen durfte.“

„Wovon?“ Johanna und Onkel Philipp stellten beide hastig dieselbe Frage.

„Also, es ist natürlich wieder einmal nur ein Gerücht und schwer zu überprüfen, doch einer der Hofmusiker hat einen Bruder, der als Regimentstrompeter mit Engländern nach Amerika gegangen ist. Und der wiederum hat nach Mannheim berichtet, dass ein ehemals hoch angesehener Mannheimer Musiker italienischer Herkunft auf der Überfahrt war, sein Schiff sank und alle seien in den Fluten ums Leben gekommen. Also, versteh mich nicht falsch, Johanna...“ er griff nach ihrer Hand, mied jedoch ihren entsetzten Blick, „... es gibt natürlich viele Mannheimer Musiker italienischer Herkunft, aber vielleicht müssen wir uns langsam mit dem Gedanken anfreunden, dass dein Mann..."

„Niemals!" Aufgebracht unterbrach Johanna die vorsichtigen Worte Verschaffelts. „Niemals werde ich das glauben. Ich spüre in meinem Herzen, dass Clemens lebt! Also untersteht Euch, in diese Richtung überhaupt zu denken!"

Wütend verließ sie den Speiseraum der Bechtlers und rannte in ihr Zimmer. Ihr Clemens war nicht tot, davon war sie überzeugt. Und wenn er wirklich – aus was für Gründen auch immer – nach Amerika gegangen wäre, hätte sie irgendeine Nachricht von ihm bekommen, auch das wusste sie. Dennoch zitterte sie am ganzen Körper und Johanna bekam allein bei der Vorstellung, ihr Mann wäre Opfer einer Schiffskatastrophe geworden, so weiche Knie, dass sie sich auf die Kante ihrer Bettstatt setzen musste.

Sie schlug die Hände vor das Gesicht und kämpfte mit den Tränen. Warum war das alles nur passiert? Wer wollte ihrer kleinen Familie nur so viel Böses? Waren das etwa immer noch die Schatten der Vergangenheit, die sie nun eingeholt hatten? Oder ging es hier um etwas ganz Anderes, das sich ihr nicht erschloss?

Doch, Johanna musste zugeben, dass im Moment alle Spuren in Richtung Amerika führten, doch das mochte auch ein Zufall sein. Sie würde auf jeden Fall weitersuchen – und vielleicht hatte dieser Freiherr von Stengel schon bald etwas zu berichten. Immerhin hatte er ihr eine Ausfahrt versprochen, das tröstete und beruhigte sie für den Moment.

Doch das Treffen mit dem Freiherren brachte keine neuen Erkenntnisse, war dafür jedoch ein sehr angenehmer und anregender Zeitvertreib. Jene Grazia, die er tatsächlich als Anstandsdame mitbrachte, zeichnete sich vor allem dadurch aus, dass sie der Deutschen Sprache nicht mächtig war, so dass ungestörte Gespräche stattfinden konnten. Johanna verbrachte beinahe einen ganzen Tag mit dem jungen Mann und beide tauschten sich intensiv über ihr Leben aus. So erfuhr Johanna ganz nebenbei, dass Stephan von Stengel nicht verheiratet war. Er habe die Richtige noch nicht gefunden, hatte er ihr gestanden und sie dabei bedeutungsvoll angeblickt.

Zwar wusste er natürlich, dass sie verheiratet war, doch schien auch ihm die Möglichkeit plausibel, in Johanna schon bald eine Witwe sehen zu müssen. Durch die Blume deutete er ihr an, dass er in einem solchen Fall an ihrer Seite stehen würde, was Johanna einerseits freute, andererseits aber auch stark beunruhigte. Hatte denn niemand Hoffnung mehr, dass sie Clemens finden würden?

Johanna beschloss, mit Tante Philippa in Darmstadt Kontakt aufzunehmen – aus zweierlei Gründen: Zum einen wollte sie von ihr so viele Informationen wie möglich zu der Soldatengeschichte haben, zumal die Tante verwandtschaftsbedingt mit Hessen-Kassel korrespondierte, zum anderen erwog sie, ihre beiden Kinder in dieser unsicheren Situation zu den hessischen Verwandten zu schicken, um Tante Clara nicht unnötig lang zu belasten. Dieses Detail behielt sie allerdings für sich, da ihr Onkel sonst möglicherweise gekränkt gewesen wäre.

Eine kurze Depesche der Familie zu Eltz brachte neben den regelmäßigen Besuchen des Freiherren von Stengel in der Apotheke Anfang April ein wenig Licht in das Leben Johannas: Graf und Gräfin kündigten darin ihr Kommen zur Sommersaison an den Kurpfälzer Hof an. Graf Konrad wollte sich die neue Sternwarte[37] der Stadt anschauen, die Gräfin hingegen war gespannt auf die neuen Vorstellungen der Mannheimer Schule, die im Rahmen von musikalischen Akademien in Schwetzingen zur Aufführung kommen sollten.

Und in der Tat: Als es Mitte April endlich frühlingshaft warm wurde, bezogen die zu Eltz ihr Mannheimer Stadtpalais. Johanna war froh, mit Anna-Louise endlich eine weibliche Vertraute um sich herum zu wissen und sagte spontan zu, als diese ihr vorschlug, die Sommersaison gemeinsam mit den Ambergern in Schwetzingen zu verbringen.

Die zu Eltz hatten sich dazu mit ihrem Stab im *Weißen Schwan*

37 Die Sternwarte in Mannheim wurde 1774 fertig gestellt. Ihr Leiter war der Jesuitenpater Christian Mayer, ein intellektueller, der Kontakte in ganz Europa hatte. Er führte die Mannheimer Stunde ein (Aufzeichnungen von Wetterbeobachtungen alle 6 Stunden in ganz Europa) und entwarf zudem eine kleine und große Kurpfalzkarte.

schräg gegenüber des Marstalls eingemietet, und auch für Johanna würde es dort eine Kammer geben. Philipp Bechtler und Verschaffelt wollten beide in Mannheim bleiben – Philipp, da er ohnehin ständig zwischen Mannheim und Schwetzingen hin und her reisen musste, um den Hof mit Medikamenten aller Art zu versorgen, und Verschaffelt schob die Arbeiten in Oggersheim vor, um dem ihm verhassten Hofleben wenigstens für einen gewissen Zeitraum zu entkommen.

Am 2. Mai 1775 zog der Kurfürst im Laufe des Nachmittags prunkvoll und über den großen Platz vor dem Schloss in Schwetzingen ein. Wie immer standen alle Bürger Spalier und begrüßten ihren Landesherren lautstark. Die Schwetzinger liebten die Saison, da der kleine Ort durch das Spektakel unglaublich viel Geld über Vermietungen, Verköstigungen und die diversen Dienste bei Hofe verdiente.

Die meisten hatten dazu ihre Häuser hochpreisig an Höflinge vermietet und waren in die Zeltstadt vor den Toren gezogen. Der Empfang der Stadt verlief Jahr für Jahr ähnlich: Es gab die Einfahrt des Kurfürsten am Schlossplatz, 20 Reiter, die ihn begleiteten, und Soldaten, die im Ehrenhof strammstanden. Carl Theodor stieg in der Schlossdurchfahrt aus seinem Galawagen und verschwand im Schlossinneren. Nach und nach traf dann der Adel ein, der das Schlossgelände nur über das Dreibrückentor befahren durfte und die Kutschen am Schwarzmeerkanal parken musste.

Offiziell begann die Saison mit einer Aufführung am Sonntag, den 7. Mai im Theater von Schwetzingen. Johanna erfuhr aus den Erzählungen der Gräfin zu Eltz, wer sich neben der üblichen Hofentourage dazu im Schloss eingefunden hatte.

Dazu gehörten neben dem kursächsischen Geheim- und Finanzrat Graf Georg Reinhard von Wallwitz und Maximilian Joseph Freiherr von Bebenburg, seines Zeichens Kurkölnischer Kämmerer und Stimmvertreter im kurfürstlichen Rat zu Regensburg, auch Heinrich der 43. Reichsgraf und Herr zu Blauen, Graf Maximilian zu Leiningen Westerburg, die mittlerweile verwitwete Obristhofmeisterin Maria Leopoldina Gräfin von

Thurn und Taxis sowie zahlreiche Gattinnen, Hofdamen und Höflinge – und natürlich Vater und Sohn von Stengel.

Hauptgesprächsthema beim anschließenden Empfang war der jüngste Skandal bei Hofe: Demnach war der schwäbische Musiker Christian Daniel Schubart ganz plötzlich bei Hofe in Ungnade gefallen und überraschend abgereist.

Dabei hatte der ambitionierte und allseits beliebte Musikus noch am Tag zuvor wie so oft mit Carl Theodor im Badhaus musiziert und dabei freundschaftlich parliert, doch soll er sich dann am späteren Abend am Wirtshaustisch im *Roten Ochsen* lautstark über die Mannheimer Schule lustig gemacht haben – und in dieser Hinsicht verstand der Kurfürst nun einmal keinen Spaß. Nun spekulierte man allseits, wer wohl Nachfolger des unglücklichen Schwaben werden könnte.

Am Sonntag den 21. Mai gab es die erste musikalische Akademie, die bei herrlichstem Sonnenschein und mit Blick auf die farbenprächtigen Blumenrabatten des Schlossgartens im südlichen Zirkelsaal stattfand. Im Langen Saal warteten die Höflinge gespannt auf das Kurfürstliche Paar.

Man stand in kleinen Gruppen zusammen und versuchte dabei geschickt, sich in der Mitte des Saales an den Rändern des roten Teppichs zu platzieren, um ja nichts zu verpassen. Die Folge war ein allgemeines Drängeln und Hin- und Hereilen, das jedes Mal erst aufhörte, wenn Ihre Durchlauchten im Anmarsch waren.

Bis dahin ging es jedoch vor allem um eines: Man wollte unbedingt gesehen werden, seine neue Robe vorführen und wichtige Kontakte bei Hofe pflegen. Gegrüßt wurde untereinander per diskretem Handheben und einem zurückhaltendem Lächeln – die jeweilige Dosis signalisierte dabei Nähe oder Distanz. Die Damen gingen sogar noch einen Schritt weiter und verbargen ihre Gesichter hinter Fächern, die bei Bedarf auf- und zugeklappt wurden. Es gab tatsächlich eine eigene Fächersprache, mit der man durch den ganzen Saal Kontakte aufnehmen oder pflegen konnte!

Grinsend berichtete die Gräfin zu Eltz vom Dilemma der

Freifrau von Sturmfeder, die leider so kurzsichtig war, dass sie nur mit Hilfe ihrer Freundin zu Eltz „fächern“ konnte, was Johanna sehr amüsierte.

„Und die Musiker?“ Johanna dachte an ihren Clemens, der vor vielen Jahren selbst Teilnehmer bei solchen Spektakeln gewesen war.

„Ach, die Musiker.“ Die Gräfin zuckte die Schultern. „Es klingt ein wenig herablassend – aber bis das Kurfürstliche Paar eintrifft, interessiert sich eigentlich niemand für sie. Sie stehen am Ende des Saales herum und warten auf ihren Einsatz.“

Johanna schüttelte innerlich den Kopf. Aber so war es eben bei Hofe. Und sie konnte sich gut vorstellen, was die Gräfin weiter berichtete.

Als nämlich das Kurfürstenpaar mit einer offenen Kutsche vor dem Saal vorfuhr und der Kies unter den Kutschenrädern knirschte, wurde es augenblicklich ruhig im Saal. Jeder im Raum wandte sich den großen Fenstern zu und fiel in einen Hofknicks oder eine tiefe Verbeugung, als beide den Saal betraten.

Lautstark kündigte der Zeremonienmeister die Ankunft an: „Ihre Kurfürstliche Hoheit Carl Theodor, Pfalzgraf bei Rhein, des heiligen römischen Reichs Erz-Schatzmeister und Kurfürst, zu Jülich, Kleve und Berg Herzog, Fürst zu Moers, Marquis zu Bergen op Zoom, Graf zu Veldenz, Sponheim, der Mark Ravensberg und Herr zu Ravenstein nebst Gattin Elisabeth Auguste, Pfalzgräfin bei Rhein und Kurfürstin zu Jülich, Kleve und Berg Herzogin, Fürstin zu Moers, Marquise zu Bergen op Zoom, Gräfin zu Veldenz, Sponheim, der Mark und Ravensberg und Frau zu Ravenstein geben sich die Ehre!“

Die Anwesenden verharrten in Knicks und Diener, während das Paar den Saal durchschritt. Ihnen folgten in angemessenem Abstand Joseph Edler von Brük, Maximilian Joseph Freiherr von Bebenburg und Seine Exzellenz Freiherr von Zedtwitz sowie diverse Günstlinge, unter ihnen auch Stefan von Stengel. Nun kam Leben in die Musiker, die nach einer angemessenen Verbeugung damit begannen, ihre Instrumente ein letztes

Mal nachzustimmen.

Als das Kurfürstliche Paar in Sesseln auf dem kleinen Podest am oberen Saalende Platz genommen hatte, suchte auch der Hofadel die ihm zugewiesenen Stühle auf. Erst dann begannen die Leberons und die Wendling mit ihren musikalischen Darbietungen.[38]

An jenem Tag, das erfuhr Johanna von der Gräfin zu Eltz noch spät in der Nacht, wirkte der Kurfürst von Anfang an sichtlich angeschlagen. Er schwitzte über alle Maßen, war sehr blass und schwankte ein wenig beim Gehen, was allgemein Unruhe hervorrief. Die Kurfürstin flüsterte die ganze Zeit auf ihn ein – allerdings ließ sich hinterher aus Kreisen ihrer Hofdamen verlauten, dass ihre Worte alles andere als hilfreich gewesen seien.

Es hieß, sie hätte ihn stundenlang beschimpft und sein Unwohlsein als Folge zu intensiver Maitressenwirtschaft verurteilt. Verständlich, dass der Kurfürst davon nichts hören wollte. Die Aufregung um die Gesundheit Carl Theodors hatte mit seinem vorzeitigen Verlassen der Akademie einen vorläufigen Höhepunkt, wobei ihm Hofarzt de Winter hilfreich zur Seite stand. Vom Freiherrn von Stengel erfuhr Johanna später, dass dieser sofort einen Aderlass, kalte Umschläge und ein Klistier vornehmen ließ, was letztendlich das ausbrechende Fieber des Kurfürsten vorantrieb und seinen Zustand erheblich verschlechterte.

„Dieser altmodische Wundarzt!“ brach es aus Johanna heraus, als Stengel bei einem Besuch im Hause zu Eltz von den Vorfällen im Kabinett des Kurfürsten erzählte. „Hat denn wirklich immer noch keiner erkannt, wie schlecht dieser Medicus ist?“

„Doch, ich.“ Stephan Freiherr von Stengel beruhigte sie. „Und verabschieden muss ich mich kurzfristig auch von Euch, liebe Johanna. Der Kurfürst kehrt nach Mannheim zurück um dort weitere Ärzte konsultieren zu können. Ihr Freund Anton von

38 Quelle: Ludwig Finscher: Die Mannheimer Hofkapelle im Zeitalter Carl Theodors. Mannheim (1992), S. 25

Mai ist bereits ins Schloss gerufen worden."

„Gott sei Dank!" Johanna war ein wenig erleichtert.

„Werdet ihr bald wieder kommen? Und was ist mit dem Hof?"

„Der bleibt in Schwetzingen, so will es Ihre Durchlaucht. Nur einige wenige kommen mit nach Mannheim. Und ich verspreche Euch, Johanna", er nahm ihre Hand und sah ihr tief in die Augen, „sobald Besserung in Sicht ist, werde ich Euch hier wieder besuchen und Euch berichten, was ich über Euren Gatten in Erfahrung bringen konnte."

Johanna nickte freudig und verabschiedete sich mit den besten Wünschen von ihrem neuen Verehrer. Denn das war nicht nur ihr mittlerweile klar geworden: Stephan Freiherr von Stengel warb zart um sie – nie aufdringlich und wohl wissend, dass ihr Herz an Clemens hing. Außerdem sagte er ihr alle Unterstützung bei der Suche nach Clemens zu, so dass er nach kurzer Zeit auch in die Rolle eines treuen und engen Freundes gekommen war. Und Freunde, das fühlte Johanna, würde sie in der nächsten Zeit besonders dringend brauchen.

Nachdem der Kurfürst nach Mannheim gebracht worden war, versuchte der Hof so gut es ging die Saison im schönen Schwetzingen abzuhalten.

Doch der Landesherr fehlte allerorten und die sonst so vergnügte Stimmung wollte unter den Höflingen nicht aufkommen. Johanna vertrieb sich die Zeit mit ausgedehnten Spaziergängen und mehreren Besuchen in Heidelberg, wo sie das Wiedersehen mit ihren Kindern sichtlich genoss. Louisa und Francesco fühlten sich bei Tante Clara ausgesprochen wohl und äußerten eindeutig den Wunsch, noch bleiben zu dürfen. Da sich auch Clara gern und liebevoll um die beiden kümmerte, beschloss man, das Arrangement auf unbestimmte Zeit zu verlängern.

Schließlich war Heidelberg nicht aus der Welt und Johanna konnte ihre Kinder regelmäßig sehen.

Bei einem ihrer Besuche in der hübschen Neckarstadt traf sie auch Onkel Philipp, der mit sorgenvoller Mine in seinem kleinen Kabinett hinter der Apotheke chemische Gleichungen aufstellte. Bei Johannas Eintreten hob er den Kopf und schob hastig ein Blatt Papier beiseite.

„Neue Geheimnisse?“
Spöttisch musterte Johanna den Apotheker.

„Ja... nein,... also leider darf ich nicht...“ Onkel verhaspelte sich.

„Schon gut, Onkelchen, deine Loge, ich weiß.“

Philipp sprang auf. „Nein, bitte glaube mir Johanna, damit hat es nichts zu tun. Es geht hier um Medikamente für den Kurfürsten.“

„Geht es ihm immer noch so schlecht?“ Johanna hatte ein paar Tage nichts vom Freiherrn gehört, war also nicht im Bilde.

„Ja, leider.“ Philipp berichtete, dass Carl Theodor nicht einmal an Christi Himmelfahrt in der Kirche gewesen war. Damit war die Erkrankung öffentlich geworden. Man hatte vom Hofe aus sogar alle Kirchen zur Gesundbetung des Kurfürsten aufgefordert. Außerdem – und das war das eigentlich Beunruhigende – hatte man am Pfingstsonntag, dem 4. Juni, den designierten Thronfolger Christian IV. und seinen Neffen August zurück nach Mannheim beordert – ein schlechtes Zeichen.

„Sogar die Musiker, sonst ein lustiges Völkchen und als Beamte stets sicher in Brot und Arbeit, sind beunruhigt“, wusste Philipp aus erster Quelle zu berichten. „Sie fürchten beim Ableben Carl Theodors um ihre Anstellungen.“

„Und dich, was beunruhigt dich dabei genau?“ wollte Johanna nun doch wissen. „Weißt du, woran er erkrankt ist?“

„Liebes Kind, ich habe eine Vermutung.“ Philipp senkte den Kopf und die Stimme. „Und wenn diese Vermutung zutrifft, dann sind wir alle am Ende. Du solltest auch um sein Leben beten.“ Dann nahm er wieder an seinem kleinen Sekretär Platz und beachtete seine Nichte nicht weiter. Erschrocken lief Johanna zu Tante Clara, doch sie wusste auch nichts Näheres. „Mir gefällt nur nicht, dass dieser freundliche Freiherr jede Woche Tränke für den Kurfürsten holt“, stellte sie missbilligend fest.

„Ein gesunder Mensch braucht nämlich keine Medizin – ich

frage mich also, was dein Onkel ihm da immer wieder zusammenbraut." Das fragte sich Johanna auch – und mit Sorgenfalten im Gesicht machte sie sich am frühen Abend mit der Eilkutsche zurück auf den Weg nach Schwetzingen.

Doch schon bald gab es gute Nachrichten aus Mannheim: Dem Kurfürsten ging es seit dem 20. Juni deutlich besser und in Schwetzingen begann man damit, die Genesungsfeier zu planen. Zwar waren im Mai einige musikalische Akademien ausgefallen, aber nun sollte am kommenden Sonntag in Schwetzingen am Apollotheater ein großes Fest zur Rückkehr des Landesvaters gefeiert werden.

Das ganze Frühjahr hatte man fieberhaft am Naturtheater vor dem Tempel gearbeitet und ein großes Proszenium als Malerei aufgestellt und mit viel Stuck verziert. Zur siebten Abendstunde begann pünktlich das Programm vor dem Naturtheater mit der Oper *L´Arcadia Conservata* von Ignaz Holzbauer. Auf der Bühne standen unter anderem Anton Raaff, Dorothea Wendling, Battista Zonca, Franziska Danzi und Barbara Strasser.
Um halb neun waren die Gäste zu einem Grand Souper und zu einer anschließenden Illumination geladen. Das Souper nach der Oper fand im Speisesaal des Südzirkels statt – und Johanna war zum ersten Mal in ihrem Leben ganz nah dabei. Die Gräfin zu Eltz hatte dies möglich gemacht, indem sie Johanna kurzerhand als ihre Zofe mitnahm, die hinter ihrem Stuhl stehend dem Souper beiwohnen durfte.

Das Essen wurde durch einen Seitengang in den Vorraum des Speisesaals gebracht. Der erste Gang war bereits eingedeckt, als die Dienerschaft die Adligen zu den Plätzen begleitete. Zuvor war ein nicht unerheblicher Teil in Sänften durch den Schlossgarten getragen worden, wohl um das feine Schuhzeug nicht schmutzig zu machen, vermutete Johanna.

Sie wunderte sich ohnehin über den immensen Putz, den Frauen und Männer betrieben hatten, um hier beim Fest eine auffallende Erscheinung abzugeben.

Graf und Gräfin zu Eltz waren dabei ebenso wohltuende Ausnahmen, wie der Freiherr von Stengel, der in unmittelbarer

Nähe zum Kurfürsten saß. Er hatte Johanna fröhlich zugezwinkert, als er sie hinter den zu Eltz entdeckte – er freute sich sichtlich über ihre Anwesenheit.

Das Grand Souper begann mit einem Lobgedicht auf die Genesung des Kurfürsten – in mäßiger dichterischer Qualität, wie Johanna fand. Dann wurde das Glas mit einem dreifachen ‚Vivat Carl Theodor!' erhoben und in einem Zug leer getrunken. Es folgte ein mehrgängiges Essen, das vorwiegend aus Fleisch, Pasteten, Spargel und allerlei süßem Gebäck bestand.

Unwillkürlich erinnerte Johanna sich an eine Spargelgeschichte, die ihr Vater zu seinen Lebzeiten gern erzählt hatte, wenn er Johanna foppen wollte[39]. Schnell wischte sie die unappetitlichen Erinnerungen beiseite und ließ ihren Blick wieder durch den Saal gleiten.

Freudig bemerkte sie, dass von Stengel belustigt zu ihr herüberblinzelte. Ob er auch die andere Spargelgeschichte kannte, die bei Hofe immer wieder erzählt wurde und mit ihrem Vater zu tun hatte? Schon immer hatte der Pfälzische Hof in Mannheim und Schwetzingen wenig Vergnügen an zu fester Kost, man schätzte es gut durchgekocht, um die meist nur wenigen noch vorhandenen Zähne zu schonen.

Das galt auch für den Spargel – und nicht umsonst hatte sich die Kartoffel als Grundnahrungsmittel und Begleitung für den Spargel durchgesetzt. Seit einigen Jahrzehnten wurde das „weiße Gold der Kurpfalz" mittlerweile in Schwetzingen angebaut, und in der Zeit des Kurfürsten Carl Theodors war der Spargel längst hoffähig geworden.

Zur Vorbereitung der Sommersaison – und parallel zur beginnenden Erntezeit des Spargels – trafen sich jedes Jahr im April Mannheimer Hofbeamte an der so genannten Marschalltafel im Schwetzinger Schloss. Das waren zu Lebzeiten von Franz

39 Johanna hatte es nie geglaubt, was ihr Vater immer wieder behauptet hatte: Demnach benutzte man bei Hofe den Spargel zur Zahnpflege! Das Ganze sah alles andere als appetitlich aus und führte mitunter zu peinlichen Begebenheiten. Man löste dazu von schlecht geschälten Spargelstangen die zu festen Fasern und benutzte sie genau so, wie Johanna es von Zahnseide gewohnt war. Ihr Vater hatte stets in epischer Breite geschildert, wie allerorten an den Tafeln Männer und Frauen mit den nassen und spritzenden Fasern zwischen ihren ungepflegten und teilweise verfaulten Zähnen herumfuhrwerkten. Dabei blieb es nicht aus, dass Essenreste auf die Teller der Tischnachbarn spritzen oder gar – wie angeblich im Falle eines französischen geheimen Secretarius – ein ganzer Zahn abbrach und über den Tisch flog. Das faulige Fragment war damals im tiefen Decolleteé der betagten Gattin eines Hofkammerrates gelandet, die alles andere als erfreut reagierte.

Bechtler unter anderem der Obristjägermeister von Hacke, der Leiter der Hofvergnügungen von Wrede und der Kammerdiener des Kurfürsten Dominik Pierron gewesen, um nur einige zu nennen. Intern galt das erste Treffen als inoffizielle Eröffnung der Saison. Eine erhebliche Menge an gutem Pfälzer Wein wurde eigens angekauft und eine Abordnung der Mannheimer Hofküche war bereits vor Ort und hatte die werten Herren zu verköstigen.

Das königliche Spargel-Gemüse wurde dabei gleich stangenweise in großen Schüsseln serviert. Der Koch erhielt stets die Anweisung, einen ungeschälten Spargel mit zu kochen. Es galt als ausgemacht: Wer diesen Spargel erwischen sollte, bezahlte die ganze Zeche oder schlang ihn – ohne dass es die anderen merkten – bitter wie er war hinunter. Dabei soll es passiert sein, dass sich ein solcher Spargel im Schlund eines Adligen so festsetzte, dass dieser bereits blau anlief. Nur Dank der Gegenwart des damaligen Leibarztes des Kurfürsten, Johannas Vater Franz Bechtler, und dessen beherztem Eingreifen konnte Schlimmeres verhindert werden.

„Attention!" Die kurfürstlichen Tafeldecker bahnten sich ihren Weg vorbei an den hinter den geladenen Gästen stehenden Bediensteten und drängten auch Johanna zur Seite, was sie aus ihren Gedanken riss. Schon wieder wurden die Tischplatten mit samt Geschirr nach dem Spargelgang hinausgetragen und durch neu eingedeckte Tafeln ersetzt. Ihr Besteck hatten die Gäste allerdings selbst mitgebracht, was bei solchen Anlässen offenbar üblich war. Unendlich lang erschien ihr das kurfürstliche Galadiner, und ihre Gönnerin Gräfin zu Eltz gähnte immer häufiger verstohlen hinter ihrem Fächer. Zwar hatte Johanna zwischen den wenigen Malen, als sie Anna Louise Wein nachschenken musste, ausreichend Gelegenheit, die anwesenden Gäste zu studieren. Doch irgendwann wurde auch die Familie des Kurfürsten mit der Zweibrückener Bagage langweilig.

Auch die Gesandtschaften des Päpstlichen Stuhls sowie die Gesandten aus London und aus Dresden waren zwar prachtvoll herausgeputzt, jedoch reichlich uninteressant in ihrem Gebaren. Über 200 Kutschen dürften es gewesen sein, die Johanna rund um das Schloss gezählt hatte – ob irgendjemand der Gäste sie als Tochter des skandalumwitterten ehemaligen Leibarztes Carl Theodor erkannt hatte?

Und saßen hier an der Tafel vielleicht Höflinge, die etwas mit Clemens' Verschwinden zu tun hatten? Allein diese Gedanken halfen Johanna dabei, das lange Diner bei Hofe durchzustehen.

Nach der Illumination und dem großen Hofball, der bis spät in die Nacht ging, fiel Johanna todmüde in ihrer Kammer im Schwetzinger Domizil der zu Eltz auf ihr schmales Bett. Doch dann blieb ihr Blick im flackernden Kerzenlicht an einem Brief hängen, der dick versiegelt auf dem kleinen Tisch vor dem Fenster lag.

Hastig sprang sie auf und erstarrte im Angesicht der Schrift: Der Brief war von Clemens Santorini und aus Amberg nachgesandt worden.

Kapitel 6:

Zitternd starrte Johanna auf das Papier in ihrer Hand. Der Brief war mehrfach gefaltet, versiegelt und zusätzlich verschnürt. Das braune Band mit dem hellen Faden darin erkannte sie: Es stammte aus ihrer Küchenschublade in Amberg.

Ebenso wie die durchgestrichene Amberger Adresse der Santorinis und die offenbar nachträglich hinzugefügte Mannheimer Anschrift der Bechtlers war die Verschnürung ein erster konkreter Hinweis darauf, dass Clemens ihr tatsächlich nach seiner Abreise geschrieben hatte. Und offenbar war er davon ausgegangen, dass sie nach wie vor in Amberg auf seine Rückkehr wartete.

Johanna drehte den Brief immer noch ungeöffnet ins Licht ihrer kleinen Öllampe auf dem Tisch. Clemens hatte ihren Namen in gewohnt forscher Manier und in großen Lettern zu Papier gebracht. Seine Handschrift hatte immer etwas von Notenfolgen, fand Johanna, und es wurde ihr für einen Moment warm ums Herz. Doch dann stutzte sie: Was für ein merkwürdiges Siegel hatte er nur verwendet? Angestrengt versuchte sie, die in das Siegelwachs gedrückten Formen zu erkennen. Wie ein echtes Siegel sah das Ganze nicht aus, vielmehr wie ein paar manuell in das warme Wachs gedrückte Formen. Nur was stellten sie dar? Auf den ersten Blick sah die Form wie eine Vignette aus, auf der ein Wort stand.

Johanna kniff die Augen zusammen: *CREDO*[40] meinte sie entziffern zu können, allerdings wirkte das „D“ derart ausgefranst, dass sie sich nicht ganz sicher war. Außerdem – was sollte das? Die Santorinis besaßen kein Siegel dieser Art – und ein solch öffentliches Glaubensbekenntnis war ihrem Clemens völlig fremd. Sie musste sich geirrt haben. Dennoch erbrach sie das Siegel ganz vorsichtig, um es nicht zu verletzen. Sie würde es mit der Lupe ihres Onkels später genauer inspizieren. Viel wichtiger war ihr nun zu erfahren, was mit ihrem geliebten Gatten geschehen war.

40 Ital.: ich glaube

„Zeebrugge am Dreikönigstag des Jahres 1775..." begann der Brief in Clemens markanter Handschrift und Johanna erstarrte. Soweit sie sich erinnerte, hatte Verschaffelt den Namen der flämischen Hafenstadt in Zusammenhang mit dem Untergang des einen Soldatenschiffes erwähnt. Hastig flogen ihre Augen über die nächsten Zeilen: *„Meine liebe Johanna, nun ist es schon einige Tage her, dass ich Dich und unsere allerliebsten Kinder in Amberg zurücklassen musste. Sicherlich wirst Du Dich fragen, wohin ich so hastig gereist bin und vor allem wann ich zu Euch zurückkehre. Nun, meine geliebte Eule, Du kennst mich gut genug um zu wissen, dass nur wahrhaft dringliche Geschäfte mich zu dieser Hast ermutigen würden. Und so ist es auch: Man benötigt hier zwischen all den Soldaten mein Wissen um die Musik und die italienische Lebensfreude, wenngleich ich den letzten Schlüssel dazu selbst noch nicht gefunden habe, wie Du weißt. Aber dabei wirst Du mir in naher und ferner Zukunft sicherlich helfen können, damit wir mit unseren Kindern lange sorglos und in Frieden leben können..."*

Johanna zog die Stirn in Falten: Diese Zeilen waren äußerst merkwürdig. Wovon sprach Clemens nur? Warum nannte er sie plötzlich „Eule"? Und vor allem: Was genau meinte er mit dem „Schlüssel"? Ihr war klar, dass Clemens ihr zwischen den Zeilen etwas mitteilen wollte, doch sie verstand ihn einfach nicht. Vielleicht würde der Rest des Briefes aufschlussreicher sein.

„...Enrico ist übrigens ein freundlicher Geselle. Mit meiner Nonna verband ihn offenbar ein enges Band, das wohl noch zu Lebzeiten meines Vaters, Gott sei seiner Seele gnädig, geknüpft wurde. Möglicherweise wirst Du ihn einmal kennen lernen – und dann zögere nicht, ihm zu vertrauen. Dein Dich auf ewig liebender und stets auf Dich wartender Clemens"

Johanna wunderte sich immer mehr: Einen Enrico da Foti gab es doch gar nicht – und jetzt schrieb selbst Clemens davon! Nur die Erbschaftsangelegenheit erwähnte er nicht mehr, das war sehr merkwürdig.

Am meisten staunte sie jedoch über das Postscriptum ihres

Mannes, in dem er sie aufforderte: *„Und grüße mir Fritz, den alten Lumpen, der uns ganz sicher nur deshalb bewirten möchte, um von uns auch in diesem Jahr ein paar Gulden zu erhalten. Das wirst Du nun allein bewerkstelligen müssen – aber ich bin sicher, Du wirst mit ihm fertig.“*

Ratlos ließ Johanna das Papier in ihren Schoß sinken. Sie verstand, dass Clemens diesen Brief bewusst verschlüsselt hatte. Möglicherweise hatte er ihn unter Bewachung geschrieben – das war sogar wahrscheinlich. Denn warum sonst würde er sich so kryptisch ausdrücken?

Da der Brief ja offenbar schon am Dreikönigstag entstanden war, hatte Clemens demnach schnell erkannt, dass ihm übel mitgespielt worden war. Nur wieso hatte er sich aus Zeebrugge gemeldet? Von Soldaten war auch die Rede – war vielleicht doch etwas daran, dass man ihn nach Neu-England verschifft hatte? Nur wer? Und warum?

Johannas Augen füllten sich mit Tränen. Was, wenn er wirklich auf hoher See ertrunken wäre? Aber hätte sie davon als Witwe nicht irgendwie erfahren? Man hätte doch bei Hofe darüber geredet und zumindest Verschaffelt oder der Freiherr von Stengel hätten von dem Unglück erfahren. Nein, ihr Clemens lebte und vermutlich wollte irgendjemand nur, dass sie an seinen Tod glaubte. Was für eine unheimliche Geschichte, wie sollte sie nur weiterkommen mit ihren Nachforschungen? Johanna beschloss, am nächsten Tag in aller Frühe nach Mannheim zu fahren, um ihrem Onkel und wenn möglich auch Verschaffelt von dem Brief zu berichten – wenn sie nicht ohnehin davon wussten. Denn irgendjemand musste ihn ja in dieser Nacht in Schwetzingen in ihrer Kammer deponiert haben.

Johanna nahm die frühe Eilkutsche nach Mannheim und betrat die Apotheke ihres Onkels noch vor neun Uhr. Erstaunt blickte dieser auf, als sie die Tür schwungvoll aufdrückte.

„Johanna, was machst du denn hier? Ist irgendetwas passiert?“ Ein sorgenvoller Ausdruck war seiner ersten Freude gewichen.

Anstatt einer Antwort wedelte Johanna mit dem Brief. Fragend starrte Philipp sie an.

„Es geht nicht um eine Erbschaft, sondern um etwas anderes. Und dieser da Foti ist angeblich nett, schreibt Clemens aus Zeebrugge. Er nennt mich Eule, spricht von italienischer Lebensfreude und sagt, ich soll Fritz den Lumpen grüßen." Johanna holte tief Luft, ließ sich auf einen der Besucherstühle fallen, schlug die Hände vor ihr Gesicht und begann herzzerreißend zu schluchzen.

Erschrocken sprang ihr Onkel auf und eilte um die Ladentheke herum zu seiner Nichte.

„Johanna, was ist denn nur passiert?" Er strich ihr behutsam über den Kopf. „Wovon redest du eigentlich?" Vorsichtig nahm er ihr das Papier aus den Händen, faltete es auf und las selbst, während Johanna sich langsam wieder beruhigte.

„Das ist allerdings äußerst mysteriös." Philipp starrte ratlos auf den Brief. „Woher hast du ihn?"

„Ich dachte, du...." Johanna schloss die Augen, als sie erkannte, dass Philipp nichts von dem Schreiben wusste. Graf und Gräfin zu Eltz hatten am Morgen ebenfalls beteuert, nicht im Bilde zu sein, wie der Brief in Johannas Kammer im *Weißen Schwanen* gelangt war. Auch das Personal war anscheinend ahnungslos.

„Also gut", begann Onkel Philipp mit fester Stimme, „wir haben einiges zu klären. Wir müssen in Erfahrung bringen, wer dir den Brief gebracht hat, warum er so verspätet kam, was all der Unsinn darin bedeutet – und warum Clemens überhaupt in dieser Form Kontakt aufgenommen hat." Er schüttelte seine Nichte leicht, bis sie ihn ansah. „Johanna mein Kind, ich lasse sofort nach Verschaffelt schicken und wir setzen uns bei einer Tasse Kaffee oben ins Kabinett."

Knapp eine halbe Stunde später nahmen sie sich den Brief noch einmal vor. Glücklicherweise war Verschaffelt gerade für ein paar Tage von seiner Oggersheimer Baustelle nach Mannheim zurückgekehrt, um Bestellungen und andere Verpflichtungen zu erledigen, so dass er den Bechtlers sofort zur Verfügung stand. Auch er wusste nichts davon, wie der Brief von

Mannheim nach Schwetzingen gelangt sein könnte, so dass diese Frage zunächst verschoben wurde.

„Also gut, das Siegel." Verschaffelt griff nach der Lupe, die Philipp mitgebracht hatte. „Es ist eindeutig von Hand gestaltet worden, da hast du Recht, mein Kind." Er kniff die Augen zusammen und ließ die Lupe in unterschiedlichen Höhen über das Wachs gleiten.

„Da schau her!" Verschaffelt stieß einen leisen Pfiff aus. „Johanna, du hattest Recht. Das ‚D' erschien dir doch ein wenig ausgefranst, nicht wahr? Nun, seht doch..." Er schob das Papier mit der Lupe darüber zu Onkel Philipp und Johanna.

„Da steht ja noch etwas!" Verblüfft kniff der Apotheker seine Augen zusammen, um noch besser sehen zu können. „Ich erkenne ein ‚i' und ein ‚t' hinter dem ‚D'."

„Stimmt." Zufrieden faltete Verschaffelt die Hände vor seinem Bauch. „Und wisst ihr, was das bedeutet? Da steht gar nicht 'CREDO', sondern „CREDITO" – und das bedeutet, hier geht es um Geld und nicht um Glauben!"

„Aber..." Johanna schüttelte langsam den Kopf, „... was soll das nur?"

„Lass uns weiter lesen, liebes Kind, das finden wir heraus!" Onkel Philipp griff nach dem Brief. Offenbar war sein Spürsinn erwacht. „Beginnen wir ganz oben... also in Zeebrugge..."

„Von dort werden die Soldaten für die Engländer nach Amerika in den Krieg geschickt. Das ist allgemein bekannt." Verschaffelt trommelte mit den Fingern auf die Tischplatte. „Aber sagtest du nicht, liebe Johanna, dass man die schwarze Kutsche mit Clemens in Eberbach auf der Fahrt nach Norden gesehen hat? Dann wird er wohl kaum am 6. Jänner in Flandern gewesen sein können, nicht wahr?"

„Stimmt." Johanna richtete sich in ihrem Stuhl auf. „Und auf eine Seefahrt geht er im Brief nirgends ein." Erleichtert lächelte sie in die Runde. „Dann kann er also gar nicht auf dem Schiff gewesen sein, das..."

„Johanna, das war ohnehin nur ein Gerücht", unterbrach Verschaffelt sie, „bei Hofe weiß keiner davon, nicht wahr,

Philipp?“

Der Onkel nickte wissend.

„Gut“, begann Johanna erneut. „Nehmen wir also einmal an, Clemens war nie in Zeebrugge, warum schreibt er es dann?“

„Ganz einfach, weil er musste, um eine Spur zu verwischen, nehme ich an!“ Für Verschaffelt schien die Sache klar. „Und gleich darauf macht er dich doch auf diesen Widerspruch aufmerksam, indem er dich ‚Eule‘ nennt, was dich zu Recht verwundert hat. Aber denk nach, Kind: Die Eule steht für Klugheit und Weisheit – du sollst also deinen Kopf benutzen und die Worte richtig deuten.“ Er lachte leise in sich hinein. „Soviel Phantasie hätte ich ihm gar nicht zugetraut.“

Ehe Johanna empört aufmerken konnte, mischte sich Onkel Philipp wieder in das Gespräch ein: „Demnach haben die ‚wahrhaft dringlichen Geschäfte‘ also mit Geld zu tun – und zwar irgendwo nördlich der Kurpfalz. Nur was soll das mit dem Hinweis auf die vielen Soldaten? Hier gibt es derzeit keinen Krieg. Wird er möglicherweise in einer Garnisonsstadt festgehalten? Also in Mainz, Eberbach oder gar in Preußen?“

„Das passt nicht zusammen, nein.“ Johanna senkte den Kopf. „Was haben Musik und italienische Lebensfreude damit zu tun?“

Dieser Hinweis auf Italien...“ Verschaffelt kratzte sich nachdenklich am Kinn, „...das greift er später doch noch einmal auf, mit Enrico und seinem angeblichen Kontakt zu Clemens’ Nonna, was natürlich Unsinn ist....“ Er dachte scharf nach und Johanna unterbrach ihn nicht. „Und dann dieser Hinweis auf den alten Santorini, der ja nun wirklich ein windiger Hund gewesen ist....“

Plötzlich sprang Verschaffelt auf. „Ich hab’s! Es ist zumindest ine Idee.“

Er stützte sich mit beiden Händen vor Johanna und ihrem Onkel auf dem Holztisch ab und begann mit leiser Stimme: „Also, dieser Wink mit Italien und den Santorinis – ich glaube, es geht hier tatsächlich um eine Erbschaft. Er hat dich nicht belogen Johanna, nur geht es nicht um *seine* Erbschaft, sondern die der Medici." Verschaffelt machte eine bedeutungsvolle Pause und fuhr dann fort. „Dazu passt das komische Siegel, in dem er – recht versteckt – auf die Tatsache aufmerksam macht, dass Geld das Thema ist. Italienisches Geld wohlgemerkt, also das, was unter Clemens' Vater sozusagen verloren gegangen ist[41]. Nur hat Clemens ein Problem: Er weiß nicht, wo sich dieser Schatz befinden könnte. Das meint er mit dem ‚Schlüssel', den er nicht hat. Und du, Johanna, du sollst ihm dabei helfen, diesen Schlüssel zu finden, da ihr nur so – und das klingt in der Tat ein wenig bedrohlich – in Zukunft glücklich leben könnt!"

„Ich?" Johanna schluckte. „Aber was kann ich nur tun?"

„Deinen Verstand gebrauchen!" Auch Onkel Philipp war aufgesprungen und lief aufgeregt im Kabinett auf und ab. „Anton, du hast Recht. Und dieser Hinweis auf Enrico – sag Johanna, hatte Clemens in Amberg nicht eine Weile einen scheinbar freundlichen *Gesellen* im Orchester, der alle nach Strich und Faden betrogen hat? Die Wortwahl erscheint mir nämlich so ungewöhnlich für deinen Mann."

„Stimmt!" Johanna griff nach dem Brief. „Also warnt mich Clemens vor diesem Enrico da Foti – wer auch immer das ist – weil dieser in Machenschaften um das verschwundene Medici-Geld verwickelt ist. Und hier..." sie zeigte auf den vorletzten Absatz, „... er geht sogar davon aus, dass ich ihn einmal kennen lerne."

„Gut, soweit sehen wir klar, was dein Mann uns sagen will." Verschaffelt setzte sich wieder und Philipp tat es ihm nach. „Hier steht es ganz deutlich: Clemens wartet auf dich, Johanna, er geht also davon aus, dass wir ihn finden und ihm helfen. Nun, wir sind dabei."

Er wandte sich direkt an sie: „Hast du eine Ahnung, was das Postscriptum bedeuten könnte?"

41 Clemens Vater, der unter mysteriösen Umständen ums Leben gekommen ist, als Clemens noch ein kleiner Junge war, galt in vielen Kreisen als einer der Drahtzieher in Bezug auf den so genannten „Medici-Schatz". Bei dem Schatz selbst handelte es sich um nichts anderes als die Mitgift der Anna Maria Luisa Medici, Tochter des Cosimo III., die am 29. April 1691 den Kurfürsten Johann (Jan) Wilhelm (Wellem) geheiratet hatte. Ihre Mitgift, die sie damals mit nach Düsseldorf brachte, betrug allein in Bargeld 300.000 Scudi (etwa 300.000 €) und 100.000 Reichstaler in Juwelen. Nach dem Tod ihres Gatten reiste sie am 17. November 1717 zurück nach Florenz, wobei die Düsseldorfer ihr vertragsgemäß die Mitgift zurückzahlen mussten. Diese Rückzahlung erfolgte nie in vollem Umfang – und der Verbleib der fehlenden Summen und Juwelenwurde nie geklärt.

Johanna hob bedauernd die Schultern. „Leider gar nicht. Ich zerbreche mir seit Stunden den Kopf, wen er meinen könnte. Wir kennen keinen Fritz – weder in Amberg, noch hier in Mannheim. Ich habe keinen blassen Schimmer, um was es dabei geht."

„Hmmm." Ratlos blähte Onkel Philipp seine Backen. „Wir wissen jetzt also, warum dein Clemens möglicherweise verschwunden ist, dass er mit ziemlicher Sicherheit sogar noch lebt, denn tot nützt er in diesem Fall niemandem – und dass er irgendwo festgehalten wird und darauf wartet, gegen das Lösegeld des Medici-Schatzes frei zu kommen, vereinfacht ausgedrückt. Dazu gibt es einen windigen Enrico, vor dem wir uns in Acht nehmen sollten, und einen rätselhaften Bezug zu Soldaten. Und wir haben einen Fritz, den keiner kennt und einen Hinweis auf Zeebrugge, der falsch sein dürfte. Was können wir damit anfangen?"

Schweigend blickten sie sich an und jeder hing für einen Moment seinen Gedanken nach.

„Außerdem wissen wir immer noch nicht, wie der Brief von Mannheim nach Schwetzingen gekommen ist", schob Johanna beunruhigt hinterher.

„Ach", Verschaffelt winkte ab, „ich denke, das können wir vernachlässigen – für so etwas findet sich immer jemand, der für ein paar Münzen heimlich etwas erledigt." Er schnalzte mit der Zunge. „Nein, ich denke, wir müssen uns auf drei Fragen konzentrieren: Wo wird Clemens festgehalten, wer könnte uns bei der Suche helfen – und wie können wir dem Schatz auf die Spur kommen?"

„Ich würde noch eine Frage stellen, die meiner Meinung nach wichtig ist", ergänzte Onkel Philipp nachdenklich. „Wir sollten auch überlegen, wer das Geld und die Juwelen dringend brauchen könnte."

„Stimmt." Johanna und Verschaffelt antworteten unisono. Dann begann Johanna laut zu denken: „Also, an erster Stelle ist ganz sicher die Kurfürstin an dem Schmuck interessiert, das ist klar. Aber sie würde niemals so handeln."

„Nein, ganz sicher nicht“, bestätigte Verschaffelt. „Der Kurfürst schon eher, aber dann wüsste von Stengel irgendetwas. Und ich glaube nicht, dass er dich belügen würde, Johanna, oder schätze ich das falsch ein?“

Johanna errötete ein wenig und nickte. „Und was ist mit Hessen-Darmstadt? Gibt es da jemanden? Immerhin wurde die Kutsche auf dem Weg dorthin gesichtet.“ Ihr Ablenkungsmanöver hatte Erfolg.

„Also mir ist nichts bekannt“, antwortete ihr Onkel. „Aber ich werde einfach an deine Tante Philippa schreiben, sie ist doch immer bestens über alles, was in allerhöchsten Kreisen geschieht, informiert.“

„Bleiben noch die Zweibrückener“, ergänzte Verschaffelt mit gerunzelter Stirn. „Man sagt, sie brauchen immer Geld für ihre finanziellen Abenteuer. War da nicht einmal etwas mit einer misslungenen Lotterie? Außerdem steht Christian als Erbe stets im Schatten des Kurfürsten und ist auf seine finanziellen Zuwendungen angewiesen. Aber ehrlich gesagt passt so etwas nicht zu ihm – dafür ist seine Frau auch viel zu sympathisch und kennt ihre Wurzeln[42]. Da denke ich schon eher an seinen Neffen, diesen unangenehmen Herzog Carl August.“

„Carl August? Ich weiß nicht...“ befand Onkel Philipp. „Der ist doch ziemlich unbedeutend. Immer in der dritten Reihe – und sonderlich angesehen bei Hofe ist er auch nicht. Aber er plant Bauwerke wie ein Verrückter, das stimmt schon. Ein neues Schloss hier, eine neue Befestigung dort, also so einer braucht Geld. Nur ob er überhaupt etwas von dem Medici-Vermögen weiß?“

„Und wenn wir ganz woanders suchen müssen?“ wagte Johanna einen neuen Ansatz. „Bei Personen, die vielleicht gar nicht zu irgendwelchen Höfen gehören, sondern einfach nur ein privates Interesse haben? Adlige – oder Kaufleute, was auch immer...?“

„Unwahrscheinlich“, widersprach Verschaffelt energisch.

42 Maria Johanna, Comtesse de Forbach, geborene Camasse war ursprünglich Schauspielerin und Tänzerin. Auch Ihre Eltern waren Schauspieler u. a. am Mannheimer Hof.

„Sehr unwahrscheinlich. Da steckt meiner Meinung nach jemand dahinter, der sich genau mit den Umständen des Verschwindens dieser italienschen Mitgift auskennt oder zumindest weiß, wo er Informationen bekommt. Und das geht nur in allerhöchsten Kreisen."

„Das sehe ich auch so, Johanna", stimmte ihr Onkel seinem alten Freund zu. „Aber über das Thema ‚Geldsorgen' könnte ich nächste Woche beim Logentreffen einfach ein wenig plaudern. Das sind ja keine Geheimnisse in der Bruderschaft, wenn man über andere Höfe parliert. Vielleicht höre ich ja doch etwas oder bekomme einen unerwarteten interessanten Hinweis."

„Ja, tu das." Verschaffelt nickte. „Und ich habe demnächst ein Treffen mit der Kurfürstin. Sie will sich über den Stand der Planungen der Oggersheimer Kapelle erkundigen. Vielleicht ergibt sich über die Kostenfrage die Möglichkeit, die Situation bei anderen hohen Damen und Herren ins Gespräch zu bringen. Versprechen kann ich natürlich nichts, aber man weiß ja nie...."

Er machte eine kurze Pause und wandte sich dann an Johanna: „Was ist denn mit deinem Casanova? Der ist doch auch stets über alles bestens informiert, wenngleich seine ‚Kanäle'..." – er grinste anzüglich – „nicht immer die ehrenwertesten sind."

Johanna und ihr Onkel brachen in befreites Gelächter aus. „Stimmt", prustete Johanna und wischte sich ein paar Lachtränen aus dem Augenwinkel, „aber im Moment sind seine Kanäle lediglich nass und schmutzig."

Fragend blickten die beiden Männer Johanna an.

„Er hängt in Venedig fest", erklärte sie grinsend. „Und er langweilt sich mit irgendeiner Übersetzung herum. Sein einziger Zeitvertreib sind Gondelfahrten – und ich glaube kaum, dass ihn bei seinem Ruf dabei ehrenwerte Damen begleiten."

„Hat er dir in letzter Zeit gar nichts berichtet über Skandale an den Höfen diesseits und jenseits der Alpen?" hakte Verschaffelt noch einmal nach.

„Nein, leider nicht." Johanna schüttelte bedauernd den Kopf. „Das einzige, was ihm eine längere Passage im letzten Brief wert war, ist dieser junge Schriftsteller, ein Deutscher, der einen sehr skandalumwitterten Roman geschrieben haben muss. Goethe heißt er, angeblich ein Frankfurter."

„Was für ein Roman?" Verschaffelt war offenbar nicht im Bilde, während Onkel Philipp wissend nickte. „Ja, ja, darüber wurde auch schon im Tempel diskutiert. Ein gefährlicher Kerl, dieser Goethe, eine Bedrohung für unsere Familien, man sollte seine Schriften verbieten..." Erschrocken schlug er die Hand vor den Mund – er war gerade im Begriff gewesen, Logengeheimnisse auszuplaudern.

„So ein Blödsinn!" Johanna zog ihre Augenbrauen hoch, was ihre grauen Augen besonders schön zur Geltung brachte. „Das ist doch eine Liebesgeschichte, sagt Giacomo, und zwar eine sehr gute. Das konnte doch dieser Goethe nicht ahnen, dass sich deswegen junge Menschen umbringen!"

„Wie bitte?" Mit offenem Mund schaute Verschaffelt von Johanna zu Philipp. „Wegen eines Buches?"

„Ja, tatsächlich." In kurzen Zügen schilderte Onkel Philipp die heftigen Reaktionen, die *Die Leiden des jungen Werthers*[43] überall ausgelöst hatten.

„Es ist wirklich ein Skandal!" beendete er seine Ausführungen und fügte nach kurzem Innehalten hinzu: „Darüber redet auch unser Freund von Mai irgendwann im September glaube ich auf einer Veranstaltung in Heidelberg."

„Wirklich?" Interessiert fragte Johanna nach. „Über den Ro man?"

„Nein, soweit ich weiß, eher über die Gefahren, die von diesem Pamphlet für unsere Gesellschaft ausgehen." Er schürzte zufrieden die Lippen und fuhr fort: „Das wird aber auch Zeit, dass hier klare Worte gesprochen werden!"

43 Der Roman „Die Leiden des jungen Werthers" von Johann Wolfgang Goethe (1749-1832) erschien im Herbst 1774 zur Leipziger Buchmesse und wurde quasi über Nacht ein Bestseller. Der Briefroman um die unglückliche Liebe eines jungen Mannes war der zweite Erfolg des jungen Schriftstellers, allerdings erstmals in europäischen Dimensionen. Das tragische Ende mit dem Selbstmord des Protagonisten löste damals angeblich eine Selbstmordwelle aus; außerdem galt der Roman als zerstörerisch für Ehen und wurde auf allen gesellschaftlichen Ebenen sehr emotional und kontrovers diskutiert.

„Das würde ich mir auch gern anhören", murmelte Johanna, allerdings aus ganz anderen Beweggründen. Sie hatte sich nämlich – angeregt durch Casanovas Beschreibung – den Roman bereits beim Buchhändler Ataria bestellt und freute sich auf die Lektüre. Das verriet sie ihrem Onkel jedoch nicht, sondern ließ ihn in dem Glauben, auch sie wäre empört über das Buch. Den Vortrag ihres alten Gönners von Mai, das nahm sie sich vor, würde sie allerdings auf keinen Fall verpassen.

„Nun, zurück zu unserem eigentlichen Thema..." begann Verschaffelt das Gespräch wieder auf Clemens lenkend, „wie verfahren wir mit diesen merkwürdigen Hinweisen, die uns dein Mann zu den Soldaten gibt?"

„Ach, das ist gar nicht so schwer", warf Johanna selbstbewusst ein. „Da werde ich mich mit Hans von Hausen in Verbindung setzen." In wenigen Sätzen klärte sie Verschaffelt über ihre freundliche Reisebekanntschaft auf.

„Ich wollte ohnehin mit den Kindern und Tante Clara auf den Katharinenmarkt[44] in Wieblingen gehen, der demnächst aufgebaut wird. Ich werde Herrn von Hausen eine Nachricht in die Garnison nach Schwetzingen schicken und ihn um Begleitung bitten." Von Hausen war in der neuen Kaserne direkt am Zweibrückentor einquartiert, die erst im letzten Jahr modernisiert worden war.

Johanna, ihr Onkel und Verschaffelt beschlossen, es zunächst bei diesen Schritten zu belassen, um sich im Spätsommer wieder in Mannheim zu beratschlagen und die Ergebnisse ihrer Nachforschungen zu diskutieren. Die Frage nach dem Verbleib des Schatzes konnten sie derzeit ohnehin nicht klären – dazu fehlten ihnen einfach zu viele Informationen.

Außerdem wurde Johanna in Schwetzingen gebraucht, um bei der Gräfin zu Eltz ihre Zofendienste zu versehen, die eigentlich eher Freundschaftsdienste waren. Verschaffelt musste zurück auf seine Baustelle nach Oggersheim und Onkel Philipp hatte genug in Mannheim zu tun, um den Hof von

44 Einen Katharinenmarkt gab es in Wieblingen nicht. Vorbild ist hier der Schriesheimer Mathaisemarkt, der seit 1580 allerdings stets Ende Februar stattfand.

dort aus mit gesunden Tränken und Pillen zu versorgen. Zu Johannas großer Freude reagierte Hans von Hausen schnell und unkompliziert auf ihre Bitte um ein Treffen. *„Sehr gern verbringe ich mit Euch und Euren reizenden Kindern einen Nachmittag in Wieblingen...“* antwortete er mit einem Billet nach nur wenigen Tagen, *„und ich hoffe natürlich, dass Ihr Nachrichten von Eurem Gatten mitbringt.“*

Das konnte Johanna in der Tat, sie sah allerdings davon ab, ihm im Vorfeld davon zu berichten.

Als Johanna am vereinbarten Tag in der warmen Augustsonne mit ihren Kindern und Tante Clara zum Treffpunkt am Stand mit den Zuckerwaren eintraf, wartete Hans von Hausen bereits auf sie. Mit seinem breiten und jungenhaft-verschmitzten Lächeln begrüßte er zunächst formvollendet Tante Clara und dann Johanna mit dem angedeuteten Handkuss, um sich dann den aufgeregt zappelnden Kindern zuzuwenden.

„Bist du jetzt bei den richtigen Soldaten?“ Francesco war ganz aufgeregt, als er die prachtvolle Ausgehuniform ihrer ehemaligen Reisebegleitung studierte.

„Ja, das bin ich!“ Lachend nahm von Hausen Johannas Sohn auf den Arm und wirbelte ihn herum, was dieser mit einem vergnügten Quietschen quittierte.

„Macht ihr auch Krieg?“ Louisa mischte sich energisch in das Gespräch ein, indem sie Hans von Hausen am Schoß der Uniformjacken zupfte.

„Nein, keine Sorge, junge Frau.“ Der Soldat setzte Francesco wieder ab und bückte sich zu Johannas Tochter herunter. „Eigentlich sind wir im Moment nur so eine Art Schlosswache.“

„Ach so.“ Beruhigt wandte Louisa sich den Zuckerwaren zu, die der Stand hinter ihnen feilbot. Auch Francesco war schnell fasziniert von all den süßen Leckereien – und mit ausdrücklicher Ermahnung zum gründlichen Zähneputzen am Abend spendierte Johanna ihren Kindern eine Süßigkeit.

Dann schlenderten sie gemeinsam über den Markt, wobei gerade die Kinder immer wieder stehen blieben, um Dinge zu bestaunen. Es gab wirklich viel zu sehen auf dem Katharinenmarkt; Johanna hatte das während ihrer zehnjährigen Abwesenheit beinahe vergessen. Sie selbst war als Kind gern hier gewesen, um den großen Rummel mit Verkaufsbuden, Feuerschluckern, Akrobaten, Seiltänzern, einem großen Zelt mit Musik und jeder Menge Wein bis in den hintersten Winkel zu erkunden.

Es gab einen großen Vieh- und Pferdemarkt und eine kleine Schau mit allerlei Waren aus der Region: So wurde zum Beispiel Seife aus Heidelberg angeboten, Tuch aus Lyon, Salz aus Friedrichshall, Fayence aus Mosbach, getrocknetes Obst, Kleidung, Felle aller Art vom Dachs, Hasen oder Bär, Lederwaren von Täschnern aus Neckargemünd und Neckarsteinach, Zuckerwaren zu horrend teuren Preisen und – das war neu – ein mit Pferden betriebenes Karussell.

Dort endete der Spaziergang, da sowohl Francesco als auch Louisa von den Pferderücken nicht mehr herunter wollten. Während Tante Clara, die natürlich über den Zweck des Treffens im Bilde war, die Kinder im Auge behielt, konnten Hans von Hausen und Johanna sich an aller Ruhe austauschen.

„Und Ihr habt tatsächlich nichts, außer diesen Brief – und natürlich die Information, dass diese Kutsche bei Eberbach gesehen wurde?“ Hans von Hausen runzelte die Stirn. „Da stimmt doch etwas nicht. Ein Mann wie der Eure, immerhin ein Musiker, kann doch nicht einfach vom Erdboden verschwinden!“

„Tja, scheinbar doch.“ Johanna hielt den Kopf gesenkt und kämpfte mit den Tränen. Doch sie hatte sich schnell wieder in der Gewalt und konzentrierte sich darauf, was sie alles fragen wollte.

„Was wisst Ihr von Soldaten in Amerika? Immerhin erwähnt mein Mann in seinem Brief Zeebrugge“, begann sie gefasst.

Hans von Hausen wusste erstaunlich viel darüber und malte mit Worten ein buntes Bild von all jenen jungen Männern, die mehr oder weniger freiwillig im Dienste des englischen Königs Georg III. nach Nordamerika verschickt wurden.

Johanna erfuhr, dass sich seit neuestem vor allem der Landgraf von Hessen-Kassel am Handel mit den Soldaten beteiligte, da er ein Schwager des englischen Königs war – und dass sich das Ganze zu einem großen Geschäft entwickelt hatte.[45]

„Er bekommt pro Kopf eine Pauschale – und die Menge rechnet sich", stellte von Hausen anerkennend fest.

„Aber ist so etwas denn rechtens?" Johanna zweifelte, ob es für einen jungen Rekruten erstrebenswert war, auf einem anderen Kontinent in den Krieg für einen fremden König zu ziehen.

„Rechtens, was ist schon rechtens, wenn es um Krieg geht?" Der Ton des Soldaten hatte einen resignierten Unterton bekommen. Dennoch nahm er sich die Zeit, Johanna in die Geschichte dieses Geschäftsfeldes einzuweihen: „Eigentlich ist das Vermieten von Militär an fremde Staaten schon immer eine Methode, um an Geld zu kommen. Das haben die alten Römer schon gemacht und hier bei uns gibt es das eben auch, vor allem in den Hessischen Landgrafschaften."

Johanna horchte auf: „Wieso gerade in Hessen? Und wo genau? Es gibt doch Hessen-Darmstadt und Hessen-Kassel. Meine Tante Philippa aus Darmstadt hat mir noch nie davon erzählt."

„Nun, das ist kein Wunder." Johanna erhielt von Hans von Hausen einen kurzen Abriss der Geschichte, die in Sachen ‚Soldatenhandel' zur Vormachtstellung Hessen-Kassels geführt hatte. Zwar war ihr bekannt, dass Hessen einstmals ein recht großer Staat gewesen war, der durch eine Erbteilung im Jahr 1567 zu den beiden getrennten Residenzen in Darmstadt und in Kassel gekommen war.

Die Kasseler hatten dabei eindeutig den Kürzeren gezogen, da sich die geografische Lage abseits aller bedeutenden Handelsrouten befand, das Land keine eigenen Bodenschätze besaß und insgesamt mangels guter Böden eher arm war. Doch die Kasseler Landgrafen wussten sich frühzeitig zu helfen, indem sie sofort damit begannen, den vermeintlichen Mangel mit militärischer Präsenz auszugleichen, um im europäischen

45 Der so genannte „Soldatenhandel" fand tatsächlich über mehrere Jahrzehnte statt und war im späten 17. Jahrhundert gang und gäbe. Landgraf Friedrich II. von Hessen-Kassel begann allerdings erst ein Jahr später, also 1776 damit, seine Männer systematisch dafür zu rekrutieren und zu verleihen.

Staatengefüge mitreden zu können. Genau in dieser Tradition stand der Landgraf Friedrich II., der sich rühmen konnte, dass sein Land weit und breit den höchsten Anteil an Soldaten im Verhältnis zur Gesamtbevölkerung besaß.

So ein Heer musste natürlich unterhalten werden – was lag also näher, es in friedlichen Zeiten zu Hause an andere Herrscher zu vermieten? Dieser Handel war mittlerweile die wichtigste Einnahmequelle der Landgrafschaft Hessen-Kassel geworden – und der Landgraf selbst dadurch ein reicher Mann.

„Allerdings ist Friedrich so natürlich auch abhängig von anderen Staaten geworden“, schloss von Hausen seine Ausführungen ab. „Deshalb ist er bemüht, den Nachschub an Lebendmaterial nicht abreißen zu lassen.“ Der Soldat seufzte schwer.

„Dann stimmt also das Gerücht, dass viele Rekruten unfreiwillig in den Krieg nach Amerika gehen?“

Hans von Hausen zögerte einen Moment, nickte dann jedoch leise. „Ja, das ist wohl so, man hört manchmal schreckliche Geschichten. 15 hessische Infanterie-Einheiten, drei oder vier Grenadier-Bataillone, ein Artilleriecorps und unzählige Feldjäger sollen sich schon auf Seiten der Engländer in der neuen Welt schlagen. Unglaublich.“

„Und Musiker? Brauchen sie dort auch Musiker?“ Johanna stieß ihre Frage hastig aus.

„Naja, Trompeter für die Schlacht, und im Casino für die höheren Ränge ein wenig Unterhaltung, aber...“ Hans von Hausen lächelte Johanna an, „einen Pianisten wie Euren Clemens benötigt man in der Schlacht wohl kaum. Nein“, schloss er energisch, „ich denke nicht, dass Clemens nach Amerika gebracht worden ist.“

Erleichtert entspannte Johanna sich wieder. Das war auch ihre Einschätzung, doch aus dem Mund des erfahrenen Soldaten klang es beruhigender. „Was aber sollen dann die Hinweise auf die Soldaten in dem Brief?“ Ratlos blickte sie Hans von Hausen an.

„Zeigt noch einmal her.“ Der Soldat griff nach dem Brief und studierte ihn ausführlich. Dann formulierte er bedächtig:

„Also ich denke..., nein, ich bin mir fast sicher... Euer Clemens will Euch sagen, dass er irgendwo festgehalten wird, wo es vor Soldaten nur so wimmelt. Das könnte eine Garnison sein, eine bestimmte Stadt vielleicht auch, so etwas wie Potsdam in Preußen – oder eben ein Ort in Hessen-Kassel, Fritzlar vielleicht, Gießen, Ziegenhain oder Stadt Kassel. Ehrlich gesagt an diesen Orten würde ich weiter nach ihm suchen."

„Zumal die Uniform der Kutscher schon in diese Richtung wies", dachte Johanna laut nach. „Aber sagtet Ihr nicht, der Landgraf wäre ein reicher Mann?"

„Ja, zweifellos", bestätigte Hans von Hausen. „Doch er ist auch eitel und ehrgeizig. Man sagt, er hat große Pläne, seine Residenzstadt zu verschönern – und ob da das Kopfgeld der Soldaten auf Dauer reicht? Es wäre zumindest eine Idee, oder?"

Johanna stimmte ihm zu. Von Hausen hatte Recht. Außerdem mussten Sie ja irgendwo mit ihrer Suche beginnen. Sie bedankte sich bei ihrem Gesprächspartner für die vielen Informationen und begann, ihn nach seinem persönlichen Befinden zu befragen. Zu ihrem größten Erstaunen erfuhr sie dabei, dass der junge Adelige erwog, sich wieder zu verheiraten.

„Und wer ist die Auserwählte?" erkundigte Johanna sich neugierig.

„Das weiß ich noch gar nicht", antwortete Hans von Hausen lachend, „meine Heidelberger Ehevermittlerin steckt noch in der Auswahlphase."

„Ehevermittlerin?" Johanna war perplex. Davon hatte sie in der Neckarstadt noch nicht gehört. Sofort bezog sie Tante Clara in das Gespräch mit ein, die immer noch damit beschäftigt war, den Kindern neue Billets für das Pferdekarussell zu bezahlen. Doch sonderlich erbaut schien Clara nicht von der Wendung des Gespräches zu sein: „Ja, ja, Ihr meint sicherlich die Delph Dorothee."

Sie seufzte schwer. „Nun, sie soll ja doch recht erfolgreich sein mit ihren Vermittlungen. Wohl zu erwarten, in den Kreisen, in denen sie verkehrt..." Dann wandte Tante Clara sich wieder ab.

Johanna wunderte sich ein wenig, beschloss jedoch das Thema bei ihrer Tante auf später zu vertagen. Dafür erzählte Hans von Hausen ihr über seine neuen Pläne, auf Dauer im Umfeld des Hofes zu bleiben und noch einmal eine Familie zu gründen – nach dem tragischen Tod seiner Frau und dem Kind. „Übrigens befinde ich mich dabei in bester Gesellschaft“, fügte er stolz hinzu, „auch der berühmte Freiherr von Stengel, ein enger Vertrauter Ihrer Kurfürstlichen Durchlaucht Carl Theodor, soll ein Klient der Dame Delph sein.“

„Ach ja?“ Johannas Antwort fiel ein wenig spitz aus, doch das bemerkte Hans von Hausen nicht. Begeistert schilderte er das interessante Umfeld der Heidelberger Heiratsvermittlerin, doch Johanna war unaufmerksam und hing ihren eigenen Gedanken nach. Von einer geplanten Heirat hatte Stephan von Stengel bislang nichts erwähnt, das verunsicherte sie.

„... es soll ja sogar Hinweise geben, dass sie eine international tätige Spionin sei“, raunte Hans von Hausen ihr nun ins Ohr und ließ sie aufhorchen. Denn ganz gleich, ob etwas an dem Gerücht daran war – die Dame Delph schien überall Kontakte zu haben und in besten Kreisen wohl gelitten zu sein. Diesen Eindruck vermittelte ihr jedenfalls Hans von Hausen. Und genau dadurch wurde sie für Johanna interessant. Sie beschloss am Abend, wenn die Kinder im Bett lagen, ein ausführliches Gespräch darüber mit ihrer Tante zu führen.

Doch aus dem gemütlichen Plausch unter Frauen wurde nichts: Als bei Einbruch der Dämmerung endlich Ruhe in den Kinderkammern des Apothekerhauses der Bechtlers eingekehrt war und die Heiliggeistkirche gegenüber die neunte Stunde schlug, stand Onkel Philipp plötzlich überraschend im kleinen Salon. Er benötigte offenbar bestimmte Ingredienzien, die er nur im Heidelberger Stammsitz lagernd hatte und gesellte sich von daher mit einem Glas Wein zu den beiden Frauen. Johanna entschied sich trotzdem dafür, das scheinbar etwas heikle Thema der Dorothee Delph auf den Tisch zu bringen: „Tante Clara, nun red schon, wer ist diese Delph?“

Fragend schaute Onkel Philipp seine Frau an. „Wie kommt

Johanna jetzt darauf?“

Achselzuckend erzählte Clara ihrem Mann von den Erlebnissen am Nachmittag und Johanna ergänzte den Bericht mit den wichtigen Anregungen, die sie von Hans von Hausen erhalten hatte. Dennoch vergaß sie den eigentlichen Grund des Gespräches nicht und kam schnell wieder auf die Delph zurück.

„Also gut.“ Mit einem tiefen Seufzer rückte Tante Clara sich in ihrem Sessel zurecht und weihte ihre Nichte in die Machenschaften der Delph-Schwestern, wie sie offenbar von manchen verächtlich bezeichnet wurden, ein. Und so lernte Johanna zwei ganz erstaunliche Frauen kennen, die seit jeher in unmittelbarer Nähe zu Tante und Onkel lebten, Johanna jedoch noch nie über den Weg gelaufen waren.

Helene Dorothea Delph wurde am 9. Oktober 1728 in Schwalbach im Taunus geboren, ging also mit großen Schritten auf die fünfzig zu. Ihre Schwester Margarethe Susanna war etwas älter und mit einem Apotheker in Düsseldorf verheiratet. Es gab noch eine jüngere Schwester Sybille Elisabeth, mit der Dorothea, die schillerndste der drei Frauen, in Heidelberg ganz in der Nähe der Bechtlerschen Apotheke wohnte. Schon ihr Vater Johann Heinrich Delph, ein reformierter Pfarrer, hatte in Heidelberg studiert, wobei die Familie eigentlich, wie auch die Mutter Anna Gertrud Brinckmann, aus Düsseldorf stammte. Dorothea Delph, die von engen Freunden und ihrer Familie liebevoll Doro genannt wurde, hatte zwei Brüder: Georg Wilhelm, der im Sommer 1759 in Heidelberg am Kornmarkt als Krämer ansässig wurde und einen Stoffladen eröffnete, und einen weiteren Bruder, von dem man nichts Genaues wusste, da er bereits 1760 nach Ostindien ausgewandert war und Frau und Kinder in Heidelberg zurückgelassen hatten.

Dennoch schien der Familienzusammenhalt der Delphs sehr eng zu sein: So kümmerte sich Dorothea zusammen mit ihrer Schwester Sybille Elisabeth um den Haushalt des Bruders, während dieser seinen Laden führte. Im Frühjahr 1960, kurz nachdem der erste Bruder für immer in Ostindien verschwand, starb jedoch Georg Wilhelm tragischerweise und hinterließ den beiden unverheirateten Schwestern den Laden. Allen Erwartungen und Übernahmeangeboten zum Trotz behielten die beiden stattlichen Damen das Geschäft und verkauften dort Stoffe und Galanteriewaren. Doch dabei blieb es offenbar nicht: Denn auch Kaffee und Tee gingen illegal über die Ladentheke, was immer wieder Ärger mit der Stadt und der Krämerzunft nach sich zog.

„Aber wie ist das möglich, dass eine Frau sich offenbar so gut gegen alle durchsetzt – man mag ja von ihr denken, was man will?" Johanna versuchte sich ein Bild von Dorothea und ihrer Schwester zu machen und stellte fest, dass sie insgeheim Sympathie für die energische Frau empfand.

„Tja", antwortete Philipp missbilligend, „die richtigen Kontakte, die besten Informanten und stets zur passenden Zeit am richtigen Ort – das dürfte die Kurzfassung ihres Erfolgsrezeptes sein. Übrigen betrifft das nur Dorothea – ihre Schwester bleibt stets im Hintergrund."

Das hatte Johanna bereits verstanden, doch *warum* die ältere der beiden Schwestern diesen Erfolg hatte, war ihr immer noch nicht klar. Sie hakte nach: „Was für ein Mensch ist diese Doro denn? Immerhin scheint sie sich heute ja als Heiratsvermittlerin einen Namen gemacht zu haben. Das geschieht doch nicht von allein!"

„Da hast du Recht, mein Kind", seufzte Tante Clara, „aber diese Frau ist einfach sehr speziell." Sie machte eine kurze Pause und fuhr dann fort: „Sie war, als sie noch hauptberuflich das Schnittwarengeschäft mit Lyoner Seidenstoff betrieb, listig und energisch genug, Diebe zu wittern, zu fangen und einzuliefern.

Sie ist wissenschaftlich beinahe gelehrt, gleichzeitig fromm – und kein Gelehrter kann über die biblischen Wunder bessere Auskunft geben als sie, imponierend bis zur Lächerlichkeit. Sie hat viele Bekannte und knüpft dreist an. Zuweilen besucht sie den Schwärmer Jung-Stilling, um über seine Geisterseherei zu spotten, verehrt dagegen Lavater, Klopstock Haller, Gellert und den alten Rabener. Schwarzer Kaffee, und feinster

Marokko-Schnupftabak sind ihre Reizmittel. Übrigens verachtet sie alle Kleidermoden und geht stets in Spitzenhaube und Haartour mit einem vier Schuh langen, echten Rohr bewehrt, spazieren. Nicht umsonst wird sie in den Straßen von den Gassenbuben als Vogelscheuche beschimpft."[46]

„Wirklich, Johanna, die beiden Delph-Jungfern sind hier ein Kuriosum", ergänzte Johannas Onkel eifrig, „und eigentlich möchte kein ehrenwerter Bürger mit ihnen zu tun haben."

„Das ist aber sehr merkwürdig", befand Johanna, „wie ist es dann möglich, dass diese Doro als Heiratsvermittlerin tätig ist? Und das ja immerhin auch in höchsten Kreisen, wie ich heute erfahren habe." Provozierend wanderte ihr Blick zwischen Tante und Onkel hin und her.

„Also gut." Onkel Philipp gab sich einen Ruck. „Ja, es stimmt, die Delph Doro verkehrt erfolgreich in bester Gesellschaft. Nicht offiziell natürlich, bei Hofe ist sie selbstverständlich nicht zugelassen – aber dafür kommen die Höflinge zu ihr. Stets ganz diskret, versteht sich, aber sie kommen. Im Gepäck haben sie Heiratspläne, Kontaktwünsche und Informationen von Klatsch und Tratsch bis hin zu politisch brisanten Details.

All das wandert bei der Delph über den Ladentisch, den ihre Schwester pro forma weiterhin mit Stoffen und Galanteriewaren bestückt. Und die Delph weiß damit umzugehen: Sie schweigt wie ein Grab, wenn ihr Geheimnisse anvertraut werden, plaudert hingegen alles aus, was schnell die Runde machen soll, sie ist in der Lage, diskret Verbindungen herzustellen – und sie besitzt eine unglaubliche Menschenkenntnis. Wohl deshalb heißt es immer wieder, sie sei auch als Spionin tätig, was ich allerdings nicht glaube."

„Ja, aber das alles klingt doch wunderbar! Das scheint doch eine außergewöhnliche Frau zu sein! Warum habe ich sie noch nie bei euch gesehen?" Johanna wunderte sich.

„Wir verkehren nicht mit dieser Familie", erklärte Tante Clara mit leiser Stimme, „weil ihr Schwager es auf unsere Apotheke

46 Frei zitiert nach einer Beschreibung ihres Neffen, dem Heidelberger Apotheker Henklin, in: Hufschmid, Maximilian: Goethes Heidelberger Freundin Helene Dorothea Delph und ihre Angehörigen. In: Neues Archiv für die Geschichte der Stadt Heidelberg und der Kurpfalz, Bd. 11 Heidelberg (1924) S. 218 f

abgesehen hat."
„Wie bitte?" Johanna erstarrte. „Aber Onkel Philipp, Du bist Hofapotheker! Das Privileg muss erst einmal einer erhalten!"

„Stimmt." Onkel Philipp nickte nachdenklich. „Doch bei den guten Kontakten der Delph könnte es passieren, dass es mir irgendwann entzogen wird. Ein Fehler von mir – und die Konkurrenz steht auf dem Plan.

Es heißt, dass ihr Schwager in Düsseldorf schon lange auf mein Geschäft spekuliert und nur darauf wartet, dass ich irgendwann in Ungnade falle[47]. Aber da..." Onkel Philipp sprang auf und ballte die Faust, „da hat sich diese Bagage getäuscht! Einen Bechtler verdrängt man nicht!"

„Nun beruhige dich doch!" Tante Clara legte ihrem Mann die Hand auf die Schulter und drückte ihn sanft in den Sessel zurück. „Bislang ist ja noch nichts passiert. Und seit du bei den Freimaurern bist..." Sie verstummte und Johanna verstand plötzlich, was zumindest ein Grund ihres Onkels gewesen sein dürfte, der Loge beizutreten. Vermutlich erhoffte er sich so mehr Einfluss und vor allem Schutz. Sie wünschte inständig, dass er mit dieser Einschätzung richtig lag. Dennoch wurde ihr durch die Erzählungen der Bechtlers klar, dass sie Dorothea Delph unbedingt kennen lernen wollte. Denn vielleicht hatte sie eine Information oder eine Idee, wie sie ihren Clemens wieder finden würde.Verständlicherweise waren Onkel Philipp und Tante Clara alles andere als begeistert von der Idee. Eine Einladung der Delph lehnten sie sogar rigoros ab. Doch dann fiel Clara etwas ein: „Liebes, es gibt einen Weg, Dich der Delph zu nähern, ohne uns in Verlegenheit zu bringen."

„Ach ja? Wie denn?" Aufgeregt beugte Johanna sich vor.

„Sie veranstaltet einen Vortragsabend mit unserem Freund Mai, der leider auch bei ihr verkehrt." Die Tante seufzte tief. „Ich glaube, es geht um ein skandalöses Buch, das die Menschen zum Selbstmord auffordert."

„Die Leiden des jungen Werthers? Von Goethe? Ich habe

47 In der Tat übernahm ein Neffe der Dorothea Delph, Johann Heinrich Henking, die Hofapotheke in Heidelberg, allerdings erst im Jahr 1786.

davon gehört!“ Sie verschwieg wohlweislich, dass sie den Roman mittlerweile gelesen hatte und von Inhalt und Sprache geradezu begeistert war. „Onkel Philipp, du hast mir doch davon erzählt, nicht wahr?“

Der Apotheker nickte. „Ja, du hast Recht. Die Veranstaltung findet übrigens erst an Michaeli[48] statt. Du musst dich also noch ein wenig gedulden.“

„Das macht nichts, ich habe ohnehin noch bei den zu Eltz in Schwetzingen zu arbeiten.“ Zufrieden lehnte Johanna sich zurück, um dann noch einmal auf Dorothea Delph zurückzukommen. „Hat sie denn wirklich Erfolg mit ihren Heiratsvermittlungen?“

„Allerdings!“ In Tante Claras Stimme schwang gleichermaßen Bewunderung und Empörung mit. „Diesen Goethe beispielsweise, den hat sie mit einer reichen Bankierstochter, einer Schönemann aus Frankfurt zusammengebracht. Verlobt sollen die beiden sein. Ein Schriftsteller und eine Tochter aus besten Kreisen – das kann doch gar nicht gut gehen!“[49]

Das wurde ja immer interessanter! Johanna staunte nicht schlecht. Die Delph hatte also auch Kontakte in Frankfurter Bankierskreise, das konnte von Nutzen sein. Sie nahm sich vor, Dorothea Delph persönlich kennen zu lernen – dieser Vortrag über seinen Skandalroman würde die ideale Gelegenheit dazu bieten, unauffällig in Kontakt zu treten.

Bis dahin verbrachte Johanna noch einige Wochen im Dunstkreis der Schwetzinger Sommerfrische des Hofes – stets vertraut und in freundschaftlicher Verbundenheit mit Anna-Louise Gräfin zu Eltz. Von ihr erfuhr sie im Spätsommer, kurz bevor sie selbst nach Mannheim zurückkehren wollte und das gräfliche Paar seine Abreise nach Amberg zu planen begann, pikante Details zur neuesten Affäre des Kurfürsten, die tat-

48 Der Namenstag des Hl. Michael ist der 29. September.

49 Tante Clara lag hier mit ihrer Einschätzung richtig: In der Tat war auf Bemühungen der Delph im April 1775 die Verlobung der Lilly Schönemann mit Johann Wolfgang Goethe zustande gekommen. Da beide Brautleute aus Frankfurt stammten, dürften zumindest die Familien bereits voneinander gehört haben. Bereits im Juli oder August wurde diese Verlobung jedoch wiedergelöst, da beide Elternhäuser das Arrangement ablehnten. Goethe soll unter der erzwungenen Trennung sehr gelitten, das Vertrauen zu Doro jedoch nicht verloren haben. Die Episode findet später in zahlreichen Textpassagen von Dichtung und Wahrheit Einzug.

sächlich ein Politikum zu werden drohte. Schon im Juni hatte eine Adelsclique versucht, die überaus attraktive und durchaus kluge Gräfin Lerchenfeld als neue Maitresse des Kurfürsten zu installieren.

Die Lerchenfeld selbst war um viele Jahre jünger, als Carl Theodor, doch wie so oft war er blind für das Offensichtliche und glaubte an die Zukunft mit der jungen Dame. Einige Zeit schien es sogar, als wäre tatsächlich neues Glück im Schloss eingekehrt, als sich Stimmen mehrten, die auf die politische Gesinnung der Lerchenfeldschen Entourage hinwiesen.

Offenbar standen hinter der neuen Maitresse habsburgische Adlige, die ihren Einfluss bei Hofe mehren wollten – zum Leidwesen der Kurfürstin. Sie war nämlich pro französisch eingestellt und fand die neue Nähe ihres Gatten Richtung Österreich alles andere als erbaulich. Als ihr dann noch zugetragen wurde, dass sie in die Jülich-Bergischen Lande ins Exil verbannt werden sollte, platzte ihr der Kragen. Mit einem denkwürdigen Auftritt in Schwetzingen, zu dem sie eigens aus Oggersheim anreiste, machte sie dem Spuk ein Ende.

Es hieß, sie habe die Lerchenfeld eigenhändig aus dem Bett des Gatten vertrieben, doch das war natürlich nur ein Gerücht. Ganz sicher gelang es ihr jedoch, ihrem Mann die Augen über die vermeintlich uneigennützige Liebe der Lerchenfeld zu öffnen – und über die hinter den Schlafzimmertüren lauernden Habsburger Spione.

Die Lerchenfeld verließ den Hof jedenfalls alles andere als prunkvoll und wurde nach Spa verfrachtet. Es hieß zudem, dass August von Limburg-Stirum, seines Zeichens Bischof von Speyer, mit einem rührenden Brief auf Carl Theodor eingewirkt haben soll – doch dürfte das beherzte Eingreifen der Kurfürstin letztendlich ausschlaggebend gewesen sein.

Anna-Louise zu Eltz bestätigte Johanna auch, dass der Freiherr von Stengel tatsächlich auf der Suche nach einer angemessenen Gattin war und dabei die Unterstützung der Dorothea Delph gesucht hatte. Allerdings war der Stein nicht auf Initiative Stephans ins Rollen gekommen, sondern auf allerhöchsten Wunsch: Der Kurfürst höchstpersönlich hatte die baldige Vermählung seines unehelichen Sohnes und engen Vertrauten schlicht und ergreifend angeordnet. Das beruhigte Johanna ein wenig – hatte sie sich doch zunächst fast ein wenig hintergangen gefühlt, nachdem das Verhältnis zum Freiherren doch enger als üblich geworden war. Sie würde ihn bei Gelegenheit und ganz beiläufig darauf ansprechen, um ihn nicht in eine peinliche Situation zu bringen.

Mitte September kehrte Johanna nach Mannheim zurück. Gespannt wartete sie auf den Abend, an dem sie wieder mit Verschaffelt und Onkel Philipp beratschlagen wollte, wie es mit der Suche nach Clemens weitergehen sollte. Was hatten die beiden in Erfahrung bringen können? Gab es vielleicht eine erste Spur? Und vor allem: Wie schätzten sie die Vermutungen Hans von Hausens ein, dass Clemens sich in der Landgrafschaft Hessen-Kassel befinden könnte?

Doch sie wurde bitter enttäuscht: Onkel Philipp hatte praktisch nichts Neues herausgefunden, sah man einmal davon ab, dass er ein paar Höflinge mit Spielschulden benannte, die jedoch in keinerlei Beziehung zu der ganzen Geschichte standen. Außerdem wiederholte er das Gerücht, mehrere Mannheimer Musiker wären auf dem Weg nach Amerika ertrunken oder möglicherweise verschollen, konnte jedoch keine zuverlässige Quelle für diese Behauptungen nennen. Ansonsten war offenbar auch in der Loge die Lerchenfeld ein wichtiges Thema gewesen – und darüber durfte natürlich nichts nach außen dringen.

Etwas brauchbarer waren die Informationen, die Verschaffelt durch die Kurfürstin und einige ihrer Hofdamen einholen konnte. Demnach stieß es Elisabeth Auguste unangenehm auf, dass der Neffe des designierten Thronfolgers, Carl II. August von Zweibrücken, zahlreiche Prachtbauten plante.

Offenbar begründete er diese Aktivitäten mit der zu erwartenden Kurfürstenwürde seines Onkels Christian IV., Herzog von Pfalz-Zweibrücken – was Elisabeth Auguste nicht ganz zu Unrecht als groben Affront deutete. Immerhin befand man sich bei bester Gesundheit, und auch ihr Gatte, der ab und zu schwächelte, genas in der Regel schnell und ließ immer noch auf ein langes Leben hoffen. Dennoch hatte Carl II. August bereits damit begonnen, östlich von Homburg ein gigantisches Waldstück für ein wahres Prunkschloss zu roden, was natürlich erhebliche Kosten hervorrief.

Dazu presste er schon jetzt seine Untertanen aus, und das trug zu seiner ohnehin nicht allzu großen Beliebtheit keinesfalls bei. Jegliches Mittel an Geld zu kommen, war ihm Recht, womit er in den Augen Onkel Philipps ganz oben auf die Verdächtigenliste in Sachen Medici-Erbe rückte.

„Stellt euch nur vor, was Ihre Durchlaucht, die Kurfürstin, über Informanten erfahren hat", schloss Verschaffelt seinen Bericht ab. „Angeblich soll dort bei Homburg unter der Leitung eines Künstlers oder Baumeisters ein Bauwerk entstehen, das insgesamt vier Kilometer lang und damit das größte in Europa werden wird. Könnt ihr euch das vorstellen?" Verschaffelt schüttelte den Kopf und fuhr fort: „Ein Theater mit vier Bühnen soll es dort geben, eine Orangerie, Stallungen für 1000 Pferde und Zwinger für 1500 Jagdhunde. Sogar einen Menschenzoo plant dieser größenwahnsinnige Herzog – und dann natürlich Sammlungen kostbarer Gemälde, Bücher, Waffen, Münzen und Antiken. Carlsberg will er das Schloss nennen, ganz schön anmaßend."

„Soll dieser Herzog nicht auch ein leidenschaftlicher Jäger sein?" Onkel Philipp wusste anscheinend auch etwas über den Neffen des Thronfolgers.

„Stimmt, und das in zweierlei Hinsicht." Verschaffelt schnaubte unwillig. „Er jagt so viel und ungehemmt im weiteren Umfeld seiner Residenz, dass er den Bauern die Lebensgrundlage entzieht. Und dann natürlich die Frauen, die jagt er auch. Zurzeit stellt er angeblich einer Jugendliebe nach, die allerdings verheiratet ist. Eine unschöne Geschichte – und durchaus teuer. Denn er muss sie mit Geschenken geradezu überhäufen. Also wenn einer Geld braucht, dann dieser Zweibrückener Parvenü!"

Verschaffelt hatte sich regelrecht in Rage geredet. Erst als Johanna ihre Theorien zu Hessen-Kassel zum Besten gab, wurde er wieder ruhig und hörte aufmerksam zu. Ihr Onkel kannte die meisten Details zwar schon, fragte jedoch wie Verschaffelt immer wieder genau nach. Am Ende ihres Berichtes sah Johanna erwartungsvoll in die Runde: „Und, was glaubt Ihr, sollen wir in den Garnisonsstädten weitersuchen?"

Doch die beiden Männer teilten ihre Einschätzung nicht. „Wirklich Johanna", beschwor Verschaffelt sie, „da gibt es absolut keinen Bezug. Oder hat Clemens jemals dorthin Kontakt gehabt?"

Sie verneinte, gab aber nicht so schnell auf: „Und was ist mit der Kutsche und den Uniformen? Was mit dem eindeutigen Hinweis auf Soldaten in Clemens' Brief?"

„Auch die Zweibrückener beteiligen sich am Soldatenhandel", warf Onkel Philipp ein, und schob hastig hinterher: „Das ist aber noch streng geheim!"

„Dann ist Carl II. August unser Mann!" folgerte Verschaffelt lautstark. „Johanna, ich bin mir ganz sicher, dass wir Clemens irgendwo in Zweibrücken finden. Denk doch einmal nach: Von dort kam nie Gutes für eure Familie."

Johanna war es alles andere als Recht, dass Clemens' Ziehvater ausgerechnet auf die traurige Vergangenheit anspielen musste, wenngleich eine gewisse Parallelität nicht von der Hand zu weisen war. Immerhin war Dominik Pierron, der Intimfeind ihres Vaters und sein späteres Opfer, ebenfalls vom Zweibrückener Hof nach Mannheim gekommen.

Dort hatte er stets im Sinne des designierten Thronfolgers, also Herzog Christian intrigiert – und damit auch Johanna in Gefahr gebracht. Es war Pierron gewesen, der sie in jener tragischen Nacht, als Elisabeth Auguste den Thronfolger zur Welt brachte, gemeinsam mit Christian unter Druck gesetzt hatte, um das Überleben des Kindes zu verhindern.

Eine überflüssige Anstrengung, wie sich schon bald herausstellen sollte, da der leibliche Erbe die Strapazen der Geburt ohnehin nicht überlebte. Später hatte Pierron versucht, ihren

Vater bei Hofe in Misskredit zu bringen, was ihm beinahe gelungen war und mit dem schrecklichen Tod beider geendet war. Nein, von Zweibrücken kam nichts Gutes über den Rhein, da musste Johanna den beiden Männern Recht geben. Nur reichte das wirklich aus, um auf Clemens' Verbleib zu schließen? Ihr Verstand wehrte sich vehement.

„Vielleicht sind es ja auch die Nachfahren von Pierron?" brachte Onkel Philipp einen neuen Gedanken ins Spiel. „Er hat ja eine Frau und vier Kinder gehabt."[50]

„Ja genau", griff Verschaffelt den Faden auf, „was ist eigentlich aus der hässlichen Sippe geworden?"

„Also bitte!" Mit gespielter Empörung hob Onkel Philipp seinen Zeigefinger. „Nur weil Pierron ein Ausbund an Hässlichkeit war, muss das ja nicht auf die ganze Familie zutreffen. Aber, um deine Frage zu beantworten: Die Familie wohnt immer noch auf einem Gut in Freinsheim, soweit ich weiß. Im Übrigen sind alle großzügig durch kurfürstliche und herzogliche Zuwendungen abgesichert. An Mitteln fehlt es denen wohl kaum."

Johanna hatte die Unterhaltung schweigend verfolgt. Der Gedanke an Pierron löste ein unangenehmes Gefühl in ihr aus – und die Tatsache, dass es Nachfahren dieses bösen Geistes gab, erst recht. Ganz sicher würde man in Freinsheim über die Bechtlers und deren Nachfahren schlecht reden.

Als hätte er ihre Gedanken gelesen, sagte Philipp: „Mach dir keine Sorgen, Johanna, ich glaube nicht, dass von dort Gefahr droht. Aber ich werde mich diskret bei einigen Brüdern erkundigen, ob in letzter Zeit etwas Auffälliges in Freinsheim oder im Umfeld der Familie geschehen ist."

Dankbar schaute Johanna ihren Onkel an. Dann holte sie tief Luft und fragte: „Und was machen wir jetzt? Welcher Spur gehen wir nach? Sind wir überhaupt schon weiter gekommen?"

Verschaffelt nickte zuversichtlich. „Das sind wir mein Kind.

50 Dabei handelt es sich um Elisabeth Morgenstern und die Kinder Nikolaus Dominik Joseph, Franz Joseph Johannes, Maria Theresia Johanna Magdalena und Maria Katherina Josepha. Quelle: Görtz, Hans-Helmut: Das Freinsheimer Gottfried-Weber-Haus und seine Besitzer in kurpfälzischer Zeit. Freinsheim (2004), S. 27 f

Und ich schlage vor, dass wir dran bleiben: ich am Zweibrückener Hof, dein Onkel an den Pierrons und du..." er grinste anzüglich, „.du lässt dich von der Delph in die Welt der Kontakte und galanten Intrigen einführen."

Mit leiser Enttäuschung verabschiedete Johanna sich von Verschaffelt, während Philipp sich in sein Arbeitskabinett hinter der Apotheke zurückzog. Johanna hatte von dem Treffen mehr erwartet und fühlte sich plötzlich unendlich einsam und traurig. Was, wenn ihr Clemens wirklich verschollen blieb? Was sollte dann aus ihr und den Kindern werden? Versorgt wären sie ja durch Onkel Philipp und Tante Clara – doch Johanna fühlte sich zu jung dazu, als Witwe den Rest ihrer Tage schwarz gewandet hinter dem Tresen einer Apotheke zu stehen. Sie hatte so viel vor im Leben und in Amberg in den letzten Jahren erfolgreich eine Existenz als Hebamme und Heilkundige aufgebaut.

All das müsste sie wieder aufgeben, sollte Clemens nicht mehr zurückkehren. Wieso nur hatte er ihr nicht die Wahrheit erzählt und sie so in diese ausweglose Lage gebracht? Manchmal ertappte sie sich dabei, regelrecht voller Zorn an ihren Mann zu denken!

Um dem entgegen zu wirken, beschloss sie, in der warmen Abendsonne noch einen Spaziergang durch die Quadrate zu machen, das würde sie ablenken. Sie griff nach ihrem Umhang und öffnete die Tür. In den Gassen war viel los und ihr Blick glitt über das emsige Treiben vor der Apotheke. Dabei übersah sie den schweren Holzeimer, den die Magd offenbar vor dem Eingang vergessen hatte, als sie die Stufen putzen sollte. Ihr rechter Fuß schlug beim Hinabsteigen fest dagegen und laut polternd hüpfte der Eimer zunächst die Treppen hinab und dann über das unregelmäßige Pflaster ein paar Meter die Straße entlang.

Ein lautes Wiehern und ein kurzer Aufschrei unterbrachen das Poltern des Eimers – und Johanna nahm nur noch einen dunklen Schatten wahr, der erst durch die Luft flog und dann unmittelbar vor ihren Füßen unsanft auf dem Boden landete.

Es war ein Mann, und zwar ein recht stattlicher, der offenbar soeben von seinem scheuenden Pferd abgeworfen worden war. Erschrocken beugte Johanna sich hinab und erblickte die unglaublichsten bernsteinfarbenen Augen, die sie je in ihrem Leben gesehen hatte.

Der Mann starrte sie zunächst regungslos an, verzog daraufhin seinen Mund zu einem gequälten Lächeln und presste mühsam ein „Bonjour Madame“ hervor. Dann fielen seine Augen zu und sein Kopf kippte zur Seite.

Kapitel 7

„Schnell, holt Hilfe!" Johanna war aus ihrer ersten Erstarrung erwacht und blickte sich hektisch um. „Ruft meinen Onkel, den Apotheker" rief sie mit ungewohnt schriller Stimme in die Menge, die sich bereits um sie herum eingefunden hatte. Sanft schlug sie dem scheinbar Bewusstlosen auf die Wangen. „Ihr müsst aufwachen, hallo Monsieur, macht doch die Augen wieder auf!" Dabei bemerkte sie, dass er eine große Wunde am Kopf hatte und stark blutete.

Der Mann reagierte nicht. War er tot? Johannas Magen krampfte sich vor Entsetzen zusammen. Sie beugte sich ganz tief mit ihrem Kopf über das Gesicht des Mannes, um in Erfahrung zu bringen, ob er noch atmete. Erleichtert nahm sie einen leisen Lufthauch wahr und griff nach seinem Puls, der zwar schwach, aber immerhin spürbar war.

„Macht Platz, zur Seite!" Energisch bahnte Onkel Philipp sich den Weg durch die Menge der Schaulustigen und schob mit seiner Apothekertasche dabei manchen unsanft zur Seite. „Tretet zurück, der Mann braucht Hilfe!"

„Was ist passiert?" Mit leiser Stimme befragte er Johanna nach den Geschehnissen, während er routiniert Puls, Herzschlag und Atmung kontrollierte. Dann schob er dem Mann die Augenlider hoch und untersuchte die Pupillen. „Hmm. Das sieht mir ganz nach einem Trauma aus." Er wandte sich den Armen und Beinen zu. „Hat er außer dieser Platzwunde am Kopf irgendetwas gebrochen?"

Johanna zuckte mit den Schultern. Soweit hatte sie bislang gar nicht gedacht. Doch es sah nicht danach aus, alles schien am rechten Platz, auch verzog der Mann nicht sein Gesicht, als Onkel Philipp vorsichtig Arme und Beine anhob und bewegte.

„Nun, ich denke, er hat Glück gehabt bei seinem Sturz."

Nachdenklich musterte Johannas Onkel den groß gewachsenen Kerl, der dort vor seinen Eingangsstufen lag. „Wer das wohl sein mag? Ich habe ihn noch nie in den Quadraten oder gar bei Hofe gesehen."

Das fragte sich Johanna auch. Der Mann hatte französisch mit ihr gesprochen, das erklärte einiges. Während ihr Onkel die blutende Wunde reinigte und verband, betrachtete sie ihn genauer: Er war größer als die meisten Männer, die sie kannte. Sein Alter schätzte sie auf etwa 30 Jahre, wobei sein Körper die Energie der Jugend ausstrahlte.

Deutlich zeichneten sich seine kräftigen Beinmuskeln durch seine hellen Beinkleider ab – und seine ungewöhnlich breiten Schultern sprachen für einen muskulösen Oberkörper unter der ganz erstaunlichen Uniformjacke. Seine Livrée war tiefschwarz und mit einer filigran gestickten Borte gold verziert. Darunter trug er einen mit Arkanthusblättern verzierten Brustpanzer, aus dem am Halsausschnitt ein rotes Samttuch dekorativ herauswallte. Darüber fiel ein gepflegtes blütenweißes Böffchen, dass nun allerdings blutverschmiert war, verziert von einem Medaillon eines goldenen Löwenkopfes.
Über dem ganzen Ensemble trug er eine himmelblaue Schärpe mit einem auffälligen Lilienmuster darin; seine Taille wurde durch ein silberblaues Band zusätzlich betont. Auf seiner Brust lag ein Monokel an einer silbernen Kette, das den Sturz unbeschadet überstanden hatte.

Am auffälligsten war jedoch sein Gesicht: Unter dunklen und recht buschigen Augenbrauen, die ihm einen etwas verwegenen Gesichtsausdruck verliehen, gab es jene unverschämt schönen und großen bernsteinfarbenen Augen, die Johanna zunächst die Sprache geraubt hatten. Seine Nase war groß und markant – ebenso wie sein Mund, den volle und schwungvolle Lippen charakterisierten. Die raue Haut seiner Wangen verriet einen starken Bartwuchs, der regelmäßig einer Rasur zu Opfer fiel. Insgesamt war sein Teint eher dunkel, was das Strahlen seiner Augen noch mehr hervorhob. Seine mittelbraunen, offenbar leicht gelockten Haare trug er im Nacken zu einem dicken Zopf gebunden, wobei sich durch den Sturz einige Strähnen gelöst hatten. Ganz im Gegensatz zu vielen anderen Männern seines Alters schien er nicht unter Haarschwund zu leiden, auch wirkte seine Mähne gesund und gepflegt.

Unwillkürlich wanderte Johannas Blick zu seinen Händen und Schuhen – für sie stets ein sicheres Indiz dafür, wie es ein Mann mit der persönlichen Körperpflege hielt. Sie wurde nicht enttäuscht: Seine Reitstiefel glänzten sauber und seine Hände waren glatt, seine Fingernägel fein manikürt. Ihr fiel ein Siegelring auf, den der Mann an seiner rechten Hand trug, offenbar besaß seine Familie ein eigenes Wappen. Ein einfacher Soldat schien dieser Kerl also nicht zu sein.

„Wir müssen ihn hineintragen, er braucht Ruhe“, vernahm Johanna die Stimme ihres Onkels. Sie riss sich aus ihren Betrachtungen los.

„Wo sollen wir denn mit ihm hin? Und müssen wir nicht irgendjemanden benachrichtigen?“

„Sicher mein Kind, das werden wir auch. Aber zunächst muss der Mann wieder bei Bewusstsein sein. Also lauf geschwind und richte ihm die Liege in der unteren Dienstbotenkammer.“ Johanna verzog entsetzt das Gesicht. Der Raum war klein, düster und nicht besonders schön. Wollte ihr Onkel wirklich...?

„Anders geht es nicht, Johanna“, unterbrach Onkel Philipp ihre Gedanken. „Oder möchtest du ihn in deiner Kammer beherbergen?“

Johanna wurde rot bis zu den Haarwurzeln. Nichts lag ihr natürlich ferner, was dachte ihr Onkel nur? Aus den Augenwinkeln nahm sie sein Schmunzeln wahr, er hatte sie nur foppen wollen. Rasch raffte sie ihr Kleid und eilte die Stufen ins Bechtlerhaus hinauf.

Eine knappe halbe Stunde später stand das Pferd des Verunglückten im Stall der Bechtlers und er selbst lag ohne Stiefel und Uniform unter einer warmen Rosshaardecke auf einer frischen Bettstatt in der Dienstbotenkammer.

Philipp hatte den Kopfverband noch einmal erneuert und die Wunde genäht. Während Johanna abwartend im Türrahmen stand, versuchte ihr Onkel den Mann aus seiner tiefen Bewusstlosigkeit aufzuwecken. Dazu hielt er ihm abwechselnd eine Viole mit Riechsalz unter die Nase, rüttelte ihn vorsichtig an seinen Schultern und klopfte ihn immer wieder auf die

Wangen. Irgendwann öffnete der Mann endlich seine Augen und murmelte unverständliches Zeug vor sich hin.

„Hallo, mein Herr, wer seid Ihr?“ fragte ihn Onkel Philipp, doch der Mann starrte ihn nur fragend an.

„Ich bin Philipp Bechtler, der Hofapotheker“, versuchte es Johannas Onkel noch einmal in langsamen Worten. „Sie sind bei uns vor dem Haus vom Pferd gestürzt und haben sich am Kopf verletzt.“

„Mon dieu, mon cheval...“ stieß der Mann leise hervor. „et où est cette femme...“ Er stöhnte und presste seine Hand an den Kopf.

„Er fragt nach seinen Pferd und nach dir, glaube ich“, übersetzte Onkel Philipp und schaute Johanna forschend an. „Kennst du ihn etwa?“

„Ich habe ihn noch nie zuvor gesehen“, beteuerte sie und schob hinterher: „Er scheint Franzose zu sein.“ Sie betrat die Kammer und schob ihren Onkel ein wenig zur Seite. „Übrigens verstehe ich französisch, Onkelchen.“

„Entschuldige, Liebes, natürlich.“ Onkel Philipp seufzte. „Ich bin offenbar ein wenig durcheinander; die ganze Situation ist sehr ungewöhnlich. Wir müssen herausfinden, wer dieser Mann ist.“

Ein lautes Stöhnen unterbrach ihre Unterhaltung. „Mon tête, aiai, mon tête...“[51]

„Monsieur, versteht Ihr mich?“ Mit sanfter Stimme setzte Johanna sich auf die Bettkante und griff nach der Hand des Franzosen. „Vous me comprenez?“

„Oui Madame, jaja, isch verstehe Eusch.“ Er versuchte ein Lächeln, doch es gelang ihm nicht, da er offenbar unter starken Schmerzen litt. „Was ist passiert? Wo bin isch `ier?“

Johanna musste lächeln: Der Akzent des Mannes war einfach zu komisch. „Ihr seid in guten Händen, monsieur“, beeilte sie sich zu versichern. „Und ihr hattet großes Glück, dass Euer Pferd vor der Hofapotheke scheute. So seid ihr bestens versorgt.“

51 Franz.: „mein Kopf, aua, mein Kopf“

„Ah oui, isch erinnere misch..." Wieder rieb sich der Mann seinen schmerzenden Kopf. „Da war eine laute Ding, der fiel die Treppen `inab und machte meine Pferd Angst."

„Ja, der Eimer – es tut mir leid", erklärte Johanna zerknirscht. „Es war meine Schuld." Sie sah ihn prüfend an. „Habt Ihr große Schmerzen?"

„Ja." Der Mann versuchte ein Nicken, doch verzog sofort wieder schmerzverzerrt das Gesicht. „Sehr große Schmerzen. Meine Kopf platzt gleisch."

„Hier, trinkt das!" Onkel Philipp reichte dem Franzosen einen Becher. Johanna vermutete süßes Vitriol oder Schlafmohn darin und hielt den Mann auf. „Nein wartet noch, ich muss noch etwas wissen." Sie holte tief Luft und fragte hastig: „Wer seid Ihr und was habt Ihr hier vor unserer Tür gesucht?"

„Oh là là." Der Mann seufzte schwer. „Das ist nischt so leicht in einige Sätze zu sagen." Er versuchte sich aufzurichten, doch der Kopfschmerz hinderte ihn daran und er ließ sich wieder in die Kissen sinken. „Alors, meine Name. Isch bin Jean de la Frontière aus Metz in Frankreisch. Und isch bin `ier in eine diplomatische Mission." Er schloss die Augen und stöhnte leise. Es hatte keinen Sinn, ihn zu quälen – Johanna und ihr Onkel tauschten sich wortlos aus.

Vorsichtig flößte Johanna ihm den Trunk ein, während Philipp ihn im Rücken stützte. Gleich würde der Franzose ruhig schlafen können – alles andere hatte Zeit bis morgen.

„Ein französischer Adeliger in unserer Dienstbotenkammer!" Johanna schüttelte den Kopf, während sie leise die Tür hinter sich zuzog. „Was hast du dir nur dabei gedacht, Onkelchen?"

„In erster Linie geht es hier um die Gesundheit, mein Kind." Onkel Philipp klang sehr ernst. „Ich vermute, sein Kopf wird einige Tage brummen und ihm wird noch ordentlich übel werden – aufstehen darf er auf keinen Fall!"

„Aber wie stellst du dir das vor? Wir sind eine Apotheke und kein Krankenhaus! Und was, wenn ihn jemand vermisst bei Hofe?" Johanna konnte sich nicht so recht vorstellen, wie die kommenden Tage mit dem Fremden im Haus ablaufen sollten.

Außerdem machte sie sich Sorgen: Sie wussten ja noch gar nicht, was es mit diesem Jean de la Frontière auf sich hatte! War er ein ranghoher Soldat?

Seine Uniform war ihr gänzlich unbekannt, nur wirkte sie so prächtig, dass zumindest der Verdacht nahe lag, hier könnte eine wichtige Person incognito gereist sein. Und genau dieser Verdacht ließ ihr keine Ruhe – schließlich konnte alles auch mit dem Verschwinden ihres Gatten zu tun haben.

„Ach was, Johanna!“ Onkel Philipp winkte ab. „Mach dir keine Sorgen. Ich werde sofort einen Boten ins Schloss schicken und schon bald wissen wir mehr.“

„Aber der Hof weilt doch noch in Schwetzingen“, wandte Johanna ein.

„Stimmt. Allerdings ist der Freiherr von Stengel zur Zeit hier – er hätte heute Abend ohnehin die Tränke für den Kurfürsten geholt. Ich werde direkt nach ihm schicken.“ Philipp nickte zufrieden. „Wenn einer etwas über unseren unerwarteten Gast weiß, dann er.“ Johanna hoffte inständig, dass es diesmal keine schlechten Nachrichten waren.

Am späteren Abend klopfte der Freiherr an die Tür des Bechtlerhauses. Onkel Philipp ließ ihn ein und führte ihn in die Apotheke, wo Johanna bereits gespannt wartete. Sie freute sich über das unerwartet schnelle Wiedersehen, wenngleich sie immer noch ein wenig verärgert war, dass Stephan von Stengel bisher nichts über seine Heiratsabsichten hatte verlauten lassen. Ganz so offen, wie sie ihn eingeschätzt hatte, war er also doch nicht.

„Wo ist er?“ Der Freiherr kam schnell zur Sache, nachdem er Johanna höflich und mit einem warmen Lächeln im Gesicht begrüßt hatte.

Wortlos führte sie ihn zu der kleinen Kammer, öffnete vorsichtig die Tür und betrat den Raum mit einem großen Leuchter in der Hand, der ein flackerndes Licht auf den tief schlafenden Franzosen mit dem Kopfverband warf. Schweigend blickten sie auf den Mann hinab. Nach einer Weile begann von Stengel die Uniformtaschen des Mannes zu durchsuchen.

Johanna hatte die prächtige Kleidung nachlässig über einen Stuhl geworfen. Tatsächlich fand der Freiherr ein Schreiben. Er nickte Johanna zu und beide kehrten in den Apothekerladen zurück, wo Onkel Philipp mit gespannter Mine wartete.

„Nun", begann der Freiherr bedächtig, während er das Papier auseinanderfaltete und seine Augen über die Zeilen huschten, „dieser Mann in Eurer Obhut ist tatsächlich Jean de la Frontière. Dies ist ein Empfehlungsschreiben von Christian von Mannlich[52] aus Zweibrücken, der uns den Baron..." er räusperte sich demonstrativ „bei Hofe ankündigt. Ich hatte es bereits befürchtet." Er rümpfte die Nase und trommelte mit zwei Fingern auf die Theke.

„Befürchtet? Ja ist er denn gefährlich?" Ängstlich schaute Johanna ihn an. Wer war dieser Franzose?

„Nein, nein, macht Euch keine Sorgen." Stephan von Stengel schnaubte ein wenig abfällig. „Gefährlich ist dieser Kerl nur für liederliche Frauenzimmer – und da besteht bei Euch ja keine Gefahr, Johanna!" Er ließ seinen Blick wohlwollend über ihre Erscheinung gleiten und fuhr – diesmal an Onkel Philipp gewandt – fort: „Jean de la Frontière ist vermutlich im Auftrag des französischen Hofes hier.

Er gilt als geschickter Diplomat und Spion, wobei er seine Talente angeblich besonders in den Boudoirs der Hofdamen ausspielen soll. Das ist natürlich nur ein Gerücht, doch ein gewisser Ruf eilt ihm durchaus voraus." Er räusperte sich unangenehm berührt.

„Ja, und was will er ausgerechnet hier?" Johanna platzte mit ihrer Frage einfach so heraus, was einen strafenden Blick ihres Onkels zu Folge hatte. Doch der Freiherr bemerkte nichts davon, sondern antwortete geduldig: „Es heißt, er soll die Stimmung bei Hofe sondieren. Angeblich mobilisieren sich derzeit ja pro-habsburgische Kräfte – und das passt den Franzosen und übrigens auch den Zweibrückenern verständlicherweise nicht. Ich denke, er soll sich an die Kurfürstin halten, sie gilt ja

52 Johann Christian von Mannlich war Maler und Hofarchtiekt am Hofe in Zweibrücken. Als enger Vertrauter des Herzogen Christian und seinem Nachfolger Herzog Carl August berichtet er ausführlich über unsere Zeit, in: Mannlich, Johann Christian: Ein deutscher Maler und Hofmann, Berlin (1910), Kapitel 5 u. 6

als franzosenfreundlich. Das alles ist natürlich streng geheim." Er zwinkerte Johanna zu.

„Sollen wir in irgendeiner Weise speziell mit ihm verfahren?" formulierte Onkel Philipp ehrfürchtig. Es kam schließlich nicht alle Tage vor, dass ein derart ranghoher Diplomat und seines Zeichens nach Baron unter seinem Dach Quartier bezog – wenn auch nicht ganz freiwillig.

„Selbstverständlich werden wir ihn bequemer unterbringen, wenn er aufstehen darf", schob Johanna hastig hinterher. Sie war von Anfang an der Meinung gewesen, dass die kleine Kammer nicht angemessen war, doch ihr Onkel hatte ja darauf bestanden. Missbilligend schaute sie ihn an, was ihn zu einem Schulterzucken bewegte. „Hätten wir denn wissen können, wer das ist?"

„Macht Euch keine Sorgen wegen der Logis", besänftigte der Freiherr sie. „Dieser Franzose ist einiges gewohnt. Er soll nicht aus den allerbesten Verhältnissen kommen – und sein Adelstitel, nun ja, ist in Sachen Herkunft ein wenig fragwürdig." Er grinste süffisant und schob ein „Franzosen eben" hinterher.

Johanna gefiel die Wendung nicht, die das Gespräch genommen hatte. Schließlich war es ihre Schuld gewesen, dass der arme Kerl nun hier lag und vermutlich auch noch einige Tage liegen würde. Dafür konnte er nichts – und für seine Herkunft auch nicht. Sie verstand nicht, warum Stephan von Stengel, der sonst doch so wenig Dünkel zu haben schien, plötzlich von oben herab sprach. Dass passte nicht zu dem Bild, das sie bislang von ihm hatte. Sie beschloss ihm ein bisschen auf die Füße zu treten.

„Ist er verheiratet, dieser Baron?" fragte sie scheinheilig.

„Johanna!" Entsetzt starrte ihr Onkel sie an. „So etwas fragt man doch nicht."

„Ach, lasst nur", lächelte der Freiherr milde. „aber ich muss Euch enttäuschen: Man weiß es nicht so genau. Diesbezüglich umgibt ihn eine Mauer des Schweigens."

„Oh", nahm Johanna den Faden scheinbar unbedarft auf, „dann wird er ja möglicherweise wie viele andere auch die

Dame Delph in Heidelberg kontaktieren. Es heißt, sie vermittelt die besten Partien und hat hervorragende Kontakte."

Der Freiherr wurde feuerrot im Gesicht. „Äh, ja..." stammelte er und starrte auf seine Stiefelspitzen. „Ich bräuchte dann noch die Medizin für Seine Durchlaucht..."

„Sehrwohl." Mit einem fragenden Blick zu Johanna verschwand Onkel Philipp im Kabinett hinter dem Ladengeschäft, wo er sich lautstark zu schaffen machte. Peinliches Schweigen lag währenddessen über Johanna und Stephan von Stengel. Schließlich gab er sich einen Ruck und erklärte: „Ich, ...ich hätte Euch davon berichtet, bitte glaubt mir. Es ist mein Vater, der drängt – wenn es nach mir ginge..." Er sah Johanna tief in die Augen.

„Ist schon gut", beeilte diese sich zu sagen, „ich hatte kein Recht, Euch so zu kompromittieren. Es tut mir von Herzen leid." Ihr Gesicht hatte einen zerknirschten Ausdruck angenommen und sie schämte sich wirklich.

„Es ist nicht Eure Schuld, werte Johanna", er schluckte und schien seinen ganzen Mut zusammen zu nehmen, ehe er weiter sprach, „und wenn ich ehrlich bin – wobei ich natürlich weiß, dass Ihr weit davon entfernt seid, an so etwas auch nur zu denken, da ja Euer Gatte immer noch nicht..., aber wer weiß..." - er verhaspelte sich, während seine Finger zu einem wirren Knäuel verknotet waren.

„Voilà! Die Tränke für den Kurfürsten!" Onkel Philipp war gerade zur rechten Zeit mit einem sorgfältig verschnürten Paket in der Hand zurückgekehrt. Erleichtert atmete Johanna auf. Das war knapp gewesen, beinahe hätte der Freiherr sie beide in seiner Verwirrung in eine unsägliche Situation gebracht! Natürlich hatte sie bemerkt, dass er ihr seit einigen Wochen vorsichtig den Hof machte, aber stets im Bereich des Schicklichen und vor dem Hintergrund, dass Johanna ihren Mann suchte. Gott sei Dank war er nicht dazu gekommen etwas auszusprechen, das jedes weitere Treffen unmöglich gemacht hätte. Es war gerade noch einmal gut gegangen.

Freundlich wandte sie sich an von Stengel: „Ich danke Euch

für Eure Offenheit", – wobei Onkel Philipp natürlich nicht ahnen konnte, dass Johanna etwas ganz anderes meinte, als die Informationen über Jean de la Frontière. „Ich bin sicher", fuhr sie mit sanfter Stimme fort, „dass Ihr alles Erdenkliche für unser Wohlbefinden tätet. Das werden wir Euch nie vergessen. Doch lasst Euch nicht von Eurem Weg abbringen das wäre nicht rechtens."

Der Freiherr deutete eine Verbeugung an und verabschiedete sich höflich. Auf den Stufen drehte er sich noch einmal herum und fragte: „Johanna Santorini, würdet Ihr mir die Ehre erweisen, mich wieder einmal mit einer Anstandsdame in die Rheinauen zu einem Picknick zu begleiten? Der Herbst beschert uns sicherlich noch ein paar warme Tage."

„Sehr gerne!" Johanna freute sich. Stephan von Stengel hatte sie also verstanden und wollte dennoch in Kontakt bleiben. Mit einem warmen Gefühl im Herzen verschloss sie sorgsam die Tür. Dann plauderte sie noch ein wenig mit ihrem Onkel, besprach den Ablauf der nächsten Tage – immerhin hatten sie einen Kranken im Haus – und zog sich in ihr Kabinett zurück. Der letzte Gedanke, ehe sie einschlief, galt Jean de la Frontière. Ob er wirklich so ein Frauenheld war?

Am nächsten Morgen schlief der Franzose immer noch tief und fest. Dennoch wagte Johanna nicht, das Haus zu verlassen. Alle Bediensteten waren instruiert, ihr sofort Bescheid zu geben, wenn der Mann sich regte, doch bis mittags wartete sie vergebens. Da ihr Onkel geschäftlich unterwegs war, nutzte sie die Zeit für einen ausführlichen Brief an Casanova.

Sie berichtete ihm von den wenigen Fortschritten, die sie auf der Suche nach ihrem Mann bislang gemacht hatte und befragte ihn um seine Meinung zu den Zweibrückenern und den Kasselern als mögliche Entführer ihres Gatten. Dann berichtete sie in aller Ausführlichkeit von der Affäre um die arme Gräfin Lerchenfeld und von Dorothee Delph und ihrem Plan, die Dame schon bald persönlich kennen zu lernen. Auch den Freiherren erwähnte sie – und zu guter Letzt den Baron de la Frontière.

Ob Casanova von diesem Mann schon einmal gehört hatte?

Sie versiegelte das Schreiben und war gerade im Begriff, es einem Boten zu überreichen, der es in die nächste Poststation bringen sollte, als Kathi laut nach ihr rief: „Gnädsche Fraa, schnell er wacht uff!"

Johanna eilte in die Kammer, in der Jean de la Frontière gerade versuchte, sich aufzurichten.

„Nicht Herr Baron", rief sie, „Ihr müsst liegen bleiben, unbedingt!"

„Mon dieu, meine Kopf", stöhnte der Franzose und ließ sich langsam wieder in die Kissen sinken. „Was ist nur mit meine Kopf?"

„Ihr seid gestürzt, vielmehr vom Pferd abgeworfen worden", beeilte sich Johanna zu erklären, „und deshalb haben wir Euch hierher gebracht, es war der kürzeste Weg." Irgendwie musste sie diesem Franzosen klar machen, dass diese Kammer lediglich eine Notlösung war. Also fügte sie mit betont fröhlicher Stimme hinzu: „Sobald Ihr aufstehen dürft, werdet Ihr in eine komfortablere Kammer umziehen."

„Ah." Der Mann kniff die Augen ein wenig zusammen und suchte Johannas Blick. „Und wann wird das sein, ma chère?" Johanna schluckte ob der frechen Anrede. Sie beschloss dann jedoch, darüber hinweg zu sehen und Ruhe zu bewahren. „Vielleicht morgen schon, Herr Baron. Eure Wunde muss dazu geschlossen sein."

„Verstehe. Und wer seid Ihr?" Noch einmal schilderte Johanna dem Mann in kurzen Zügen die Ereignisse des Vorabends – ohne jedoch zu erwähnen, dass Stephan von Stengel bereits von seiner Ankunft erfahren hatte. Wozu auch: Mit den diplomatischen Verwicklungen hatte sie nichts zu tun – sah man einmal davon ab, dass sie in der Nacht das Empfehlungsschreiben wieder zurück in die Uniformjacke geschoben hatte. Der Franzose musterte sie während ihrer Erzählung fast ununterbrochen aus seinen herrlichen Augen und schwieg.

Verlegen hielt sie inne. „Langweile ich Euch oder strengt Euch mein Gerede an?"

„Mais non!“ Jean de la Frontière brachte den Ansatz eines Lächelns in sein Gesicht. „Im Gegenteil: Eure Worte sind très jolie, Madame. Und Ihr seid sehr charmant.“

Das konnte ja heiter werden. Johanna schüttelte innerlich den Kopf. Kaum konnte dieser Kerl wieder reden, wurde er aufdringlich. Von Stengel hatte Recht: Vor diesem Baron würde man sich in Acht nehmen müssen!

„Habt Ihr Hunger? Durst? Oder fehlt Euch sonst etwas, Herr Baron?“ Geschäftig begann sie damit, seine Uniform glatt zu streichen und zu ordnen. Am liebsten hätte sie genauer nach dem Löwenkopf gefragt, doch das verkniff sie sich wohlweislich. Nicht dass dieser Frauenheld auch noch glaubte, sie interessiere sich für ihn. Dennoch: Er besaß eine gewisse Anziehungskraft, das ließ sich nicht verleugnen.

„Ein Glas Wein wäre ganz wunderbar, Madame. Und etwas Wasser mit einem Tuch, isch möschte misch etwas refrecher...“ Bittend lächelt er Johanna an. Sie seufzte und rief nach Kathi: „Kathi, bring dem Baron bitte eine Waschschüssel und warmes Wasser. Gern auch von der guten Seife. Und...“ sie zögerte kurz, „und kümmere dich um seine Uniform und Leibwäsche.“

„Merci.“ Jean de la Frontière hatte die Augen schon wieder geschlossen. Ihm schien es wirklich nicht besonders gut zu gehen. Johanna beschloss, in Zukunft etwas freundlicher zu ihm zu sein. Mit einem Kopfnicken verabschiedete sie sich und zog sich in das Kabinett hinter der Apotheke zurück. Von dort aus hörte sie, was in der Kammer vor sich ging und hatte gleichzeitig den Verkaufsraum im Blick. Sie ließ ihren Blick durch das Arbeitszimmer ihres Onkels schweifen.

Wie damals bei ihrem Vater hingen überall getrocknete Kräuter und Heilpflanzen an den Wänden; auf den Truhen und in den Regalen standen Glasgefäße mit verschiedenen Flüssigkeiten. Was es wohl war, was der Kurfürst mit großer Regelmäßigkeit aus der Bechtlerischen Apotheke bezog?

Da Johanna ohnehin nichts Besseres zu tun hatte und in der Mittagszeit wohl auch keine Kunden in die Apotheke kommen würden, begann sie, die Schubladen und Fächer Onkel Philipps genauer zu untersuchen. Erstaunt stellte sie fest, dass vieles noch ganz ähnlich angeordnet war, wie zu Zeiten ihres Vaters. Sie fand sogar noch Pinzetten und Zangen, die das eingravierte Monogramm „FB“ für Franz Bechtler trugen.

Gerührt strich Johanna darüber – es war schön zu sehen, dass ihr Vater hier in Ehren gehalten wurde.

Während sie gedankenverloren alles wieder an seinen Platz räumte, stieß ihr Fuß unter dem Arbeitstisch an etwas Festes. Erstaunt schaute sie nach. Was lag dort ganz hinten in der Ecke an der Rückwand? Das dunkle Holz des Sekretärs ließ nichts erkennen. So griff sie nach einem Leuchter, um unter den Tisch zu kriechen. Es war eine kleine etwa einen Fuß breite und einen halben Fuß tiefe Kiste, die mit einem schweren Schloss versehen war. Ganz offensichtlich war sie bewusst so weit nach hinten geschoben worden, damit niemand sie entdeckte. Das war wirklich merkwürdig. Johanna griff nach der Kiste und zog sie hervor. Sie war ordentlich schwer und klapperte leise, als Johanna sie vorsichtig schüttelte.

Es waren eindeutig mehrere Dinge darin, die bei Bewegung aneinander stießen. Johanna hatte den Eindruck, dass es sich um Glasgefäße handelte, die in Stoff gewickelt waren, um bei Erschütterung größtmöglichen Schutz zu erhalten. Sicher war sie sich jedoch nicht – dazu hätte sie hineinschauen müssen. Doch genau daran hinderte sie das Schloss.

Johanna dachte nach. Der Schlüssel für ein solches Schloss war vermutlich aus Silber und besaß eine gewisse Größe. Sie konnte sich nicht daran erinnern, einen solchen an einem der Schlüsselbunde ihres Onkels gesehen zu haben. Also hatte Onkel Philipp ihn wahrscheinlich irgendwo versteckt. Nur wo? Ihre Neugier war geweckt und ihre Augen glitten langsam über Tische, Regale und Truhen. Es musste ein Versteck sein, das weder beim Saubermachen durch Kathi entdeckt werden würde, noch durch einen der Gehilfen, wenn ihr Onkel einige Tage nicht in der Apotheke weilte.

Plötzlich fiel ihr etwas ein: Ihr Vater hatte damals, als er noch lebte und diesen Raum selbst nutzte, einige wichtige Papiere und Rezepturen in einem Geheimfach in der großen Vitrine verwahrt. Einen Versuch war es zumindest wert. Johanna sprang auf. Männer waren nicht besonders einfallsreich, wenn es darum ging, Dinge zu verbergen, das hatte sie im Laufe ihrer Ehe selbst zur Genüge erfahren müssen.

Wie oft hatte sie Geschenke ihres Mannes schon vor Weihnachten gefunden, nur weil sie seine Kleidung aufräumen oder herumflatternde Noten verstauen wollte. Wenn sie Glück hatte, würde auch Onkel Philipp das Rad nicht neu erfunden haben!

Und sie hatte Glück: Das schmale Geheimfach war leer – mit Ausnahme eines mittelgroßen und kostbar verzierten Schlüssels, der exakt in das Schloss an der schweren Kiste passte. Johanna dachte kurz nach und verschloss dann sicherheitshalber die Tür zum Ladengeschäft. Nicht dass Onkel Philipp oder einer seiner Gesellen sie bei ihren sicherlich verbotenen Nachforschungen erwischte! Dann öffnete sie das Schloss und klappte den Deckel der Kiste auf.

Wie erwartet erblickte sie zunächst einige Lagen Samtstoff und darunter drei ebenfalls in Stoff eingewickelte unbeschriftete Vierkant-Glasflaschen, die sie nacheinander auspackte und vor sich auf den Arbeitstisch stellte. Darunter fand sie noch ein mehrfach gefaltetes Pergament mit handschriftlichen Aufzeichnungen, die nicht aus der Feder ihres Onkels stammten, das erkannte sie auf den ersten Blick. Neugierig begann sie zu lesen: Pastete nach August dem Starken zur Stärkung der Manneskraft Rezeptur: *Zur Vorbereitung eine drei Wochen lang abgehangene Wildente ohne Brust sowie vier Lebern, eine Hand voll mageres Schweinefleisch und einen Becher grünen Speck im Wolf zerkleinern. Die Farce mit Beifuß, Salbei, Nelke, Kümmel, Liebstöckel, Wacholder, Thymian, Majoran, Muskat und Lorbeer abschmecken und mit der zuvor entnommenen Entenbrust in eine Backform füllen.*

Das Ganze im heißen Wasserbad zur Mitternacht bis in den Morgen garen und dann auskühlen. Stürzen und mit Gelee aus Wildsud, Granatapfel, Port- und Rotwein überziehen.

Johanna schüttelte den Kopf. Was sollte das nur? Zur Stärkung der Manneskraft – so ein Unsinn! Sie faltete das Pergament sorgfältig zusammen und schob es zurück in die Kiste. Dann wandte sie sich den Glasflaschen zu. Die erste enthielt eine wässrige Flüssigkeit, deren Geruch Johanna sofort erkannte: Alraunenwasser. Sie fragte sich, was ihr Onkel damit vorhatte. Zur Herstellung, so stand es jedenfalls bei Brunschwig[53], musste man dazu die Wurzeln der Pflanze mit einem Stößel zerkleinern und dann destillieren.

Mit dem Alraunenwasser konnte man zum Beispiel Schläfen einreiben, um Kopfschmerzen zu behandeln. Viele sagten der Alraunenwurzel auch magische Kräfte zu und schnitzten sich die Pflanze zurecht, die tatsächlich oft menschliche Gestalt besaß, um sie als Amulett zu tragen, was Johanna als Aberglaube abtat. Ohnehin wurde ihrer Meinung nach die Wirkung dieser Pflanze maßlos überschätzt, sie galt unter modernen Medizinern als giftig und nicht besonders nützlich.

Die zweite Flasche enthielt lediglich ein feines gelbes Pulver. Zunächst rätselte Johanna, um was es sich handeln könnte, fand dann jedoch einen entscheidenden Hinweis auf dem Unterboden des Gefäßes, Arsenikón stand dort in griechischen Lettern, es war also Arsen. Erschrocken hielt Johanna die Luft an. Das Gift war zwar in schwacher Dosis unter Medizinern und Apothekern durchaus gebräuchlich, da es als ein gutes Mittel zur Kräftigung des Körper gehandelt wurde, doch in dieser Menge war es ihr in der Apotheke noch nicht untergekommen. Was machte ihr Onkel nur damit – und vor allem: Warum verbarg er es vor allen anderen?

Vielleicht würde die dritte Flasche darüber Auskunft geben, dachte sie sich und griff nach dem Gefäß. Es enthielt wiederum eine Flüssigkeit, die ganz leicht eingetrübt war. Sie hielt das Glas gegen das Licht, das durch das Fenster in den Raum fiel und stellte fest, dass sich winzige Schwebeteilchen in der Flüssigkeit befanden. Sie öffnete den Verschluss und roch vorsichtig daran. Dann schüttelte sie erstaunt den Kopf. Warum

53 Hyronimus Brunschwig: „Destillierbuch der rechten Kunst", Braunschweig um 1500

versteckte Onkel Philipp Lavendelwasser? Das gab es doch auf jedem Markt zu kaufen. Der Duft war eindeutig, doch ihr Misstrauen war geweckt. Spontan hielt sie das Glasgefäß über die eine Kerze des großen Leuchters, so dass sich die Flüssigkeit etwas erwärmte. Sie musste nicht lange warten: Schon einige Augenblicke später stieg ein auffälliger Knoblauchgeruch aus dem Fläschchen empor. Entsetzt hielt sie inne.

Das scheinbar harmlose Lavendelwasser war hochgiftig, denn es enthielt gelöstes Arsen – das bewies der Test eindeutig. Noch ihr Vater hatte ihr gezeigt, dass sich auf diese Weise schnell nachweisen ließ, ob ein Trank mit dem an sich geschmacksneutralen Arsen vergiftet war. Hastig verschloss Johanna die Flasche wieder und öffnete das Fenster. Allein die Dämpfe konnten schon zu Gesundheitsschädigungen führen, der Raum musste sofort gelüftet werden.

Am offenen Fenster atmete Johanna tief durch. Sie war verwirrt. Warum versteckte Onkel Philipp diese Mittel nur? Welches Geheimnis verbarg sich dahinter? Warum durften offenbar nicht einmal seine Gesellen davon wissen? Und vor allem: Wen behandelte ihr Onkel mit diesen gefährlichen Rezepturen? Plötzlich kam ihr ein Gedanke, der ihr regelrecht den Atem nahm: Konnte es möglich sein, dass ausgerechnet diese Kiste etwas mit den geheimnisvollen Medikamenten für den Kurfürsten zu tun hatte, die Freiherr von Stengel regelmäßig und sorgfältig von ihrem Onkel verpackt abholte? Doch was sollte damit behandelt werden? Arsen war bei regelmäßiger Einnahme schädlich und zerstörte den Körper von innen.

Sie rief sich die Symptome der Arsen-Vergiftung ins Gedächtnis und musste sich hinsetzen, da ihre Knie so sehr zu zittern begannen: Krämpfe, Übelkeit und Erbrechen waren meist die ersten Anzeichen, dann folgten Durchfall und schwere Koliken. Oft fühlte sich die Haut des Opfers dabei feucht und kalt an. Im schlimmsten Fall kam es durch das Gift zu inneren Blutungen und Organversagen.

Schleichende Vergiftungen hingegen brachten meist Hautveränderungen mit sich und führten zu Geschwüren und abgestorbenen Körperteilen. Fast alle Symptome trafen auf die letzte schwere Erkrankung des Kurfürsten zu.

Sogar die Hautveränderungen waren deutlich zu sehen – sein Gesicht war merkwürdig fleckig geworden. Konnte das wirklich wahr sein? War ihr Onkel Philipp möglicherweise für den schleichenden Tod des Kurfürsten verantwortlich? Und war der freundliche Freiherr von Stengel ein Mitwisser? Fassungslos schlug Johanna die Hände vor ihr Gesicht.

Was sollte sie nur mit diesem Wissen tun? Ihren Onkel direkt darauf ansprechen? Davor hatte sie Angst, schließlich musste sie dazu zugeben, ihm hinterher geschnüffelt zu haben. Und ob er ihr glauben würde, dass sie nur zufällig die Kiste entdeckt hatte, wagte sie zu bezweifeln. Sollte sie also doch besser gleich die Kurfürstin informieren? Dann würde sie allerdings riskieren, dass ihre Familie erneut in Ungnade fiel – und wer wusste schon, ob zu Recht? Nein, ein Gespräch mit ihrem Onkel war sicherlich der bessere Weg.

Johanna hoffte, dass sich dazu schnell eine Gelegenheit finden würde. Hastig legte sie die Glasflaschen zurück in die Kiste, verschloss diese sorgfältig, schob sie zurück unter den Sekretär und legte den Schlüssel wieder ins Geheimfach. Sie hatte gerade das Fenster geschlossen und war im Begriff, die Tür wieder zu entriegeln, als lautes Kichern sie aufhorchen ließ.

„Iwo, der Herr Baron, isch ben doch ner e afach Maagd!“ Kathis Stimme klang schriller als gewöhnlich. Was ging dort nur vor? Entschlossen trat Johanna hinaus in den Flur. Kathi huschte mit hochrotem Kopf an ihr vorbei. Dieser Franzose brachte wirklich alles durcheinander!

„Euch scheint es ja besser zu gehen, Herr Baron!“ Johannas Stimme hatte ein scharfen Unterton, was dem Franzosen nicht entgehen konnte. Unschuldig lächelnd blickte er von seinem Lager zur Tür, wo Johanna sich zornig aufgebaut hatte.

„Eure Kathi ist sehr freundlisch“, erklärte er mit sanfter Stimme. „Isch `abe ihr nur nach ihr Name gefragt. Das `at sie ein wenig aufgeregt.“

„Soso.“ Johanna zog die Augenbrauen hoch. Sie konnte sich lebhaft vorstellen, mit welchem Blick der Baron ihre Kathi dabei angeschaut hatte und beschloss, den ungebetenen Gast in Zukunft besser im Auge zu behalten.

„Kathi, richte dem Baron die frühere Stube von Amalie! Er wird heute noch dort hinaufziehen.“ Ihre Stimme duldete keinen Widerspruch.

„Oh là là, isch werde bei Amalie liegen...“ Jean de la Frontière schnalzte genussvoll mit der Zunge.

„Jetzt ist aber Schluss!“ Johanna wusste selbst nicht, woher sie den Mut nahm, den Baron so anzufahren. Doch mit der anzüglichen Bemerkung zu Amalie war er einen Schritt zu weit gegangen. Sie trat direkt an sein Bett, stemmte die Fäuste in die Hüften und fauchte: „Meine Schwester Amalie ist seit zehn Jahren tot. Sie starb, weil sie sich unerfahren auf einen angeblich hochrangigen Soldaten einließ, der so wie Ihr auch einen Adelstitel trug. Er hat sie betrogen, ausgenutzt, schlecht versorgt und dann ohne richtige medizinische Versorgung sterben lassen. Sie hatte nicht das Glück wie Ihr, werter Herr Baron, schnell fachkundige Hilfe zu bekommen.

Und nun entschuldigt mich!“ Sie machte auf dem Absatz kehrt und knallte die Kammertür hinter sich zu. Dann hastete sie Stufen nach oben, ließ sich bäuchlings auf ihr Bett fallen und trommelte mit den Fäusten auf die Tagesdecke. Hatte sich denn die ganze Welt gegen sie verschworen?

Laute Männerstimmen im Flur verrieten ihr kurze Zeit später, dass Onkel Philipp mit seinem Gehilfen zurückgekommen war. Johanna strich ihr Kleid glatt und lief ihm entgegen. Mit leiser Stimme schilderte sie ihm die Vorkommnisse mit dem Baron. Auch Philipp Bechtler war daraufhin der Meinung, dass der Kranke im Obergeschoss besser aufgehoben war und gemeinsam mit seinem Gesellen transportierte er Jean de la Frontière in Amalies frühere Stube.

Was er dort mit dem Baron besprach, wusste Johanna nicht; sie bemerkte lediglich, dass Jean de la Frontière sie fortan mit höchstem Respekt behandelte und Kathi nicht mehr in

Verlegenheit brachte. Als er eine knappe Woche später wieder einigermaßen genesen war und sich anschickte, das Bechtlerische Haus zu verlassen, war beinahe etwas wie ein freundschaftliches Verhältnis entstanden, da er sich stets höflich nach ihrem Befinden erkundigt hatte und ihr im Gegenzug den einen oder anderen höchst vergnüglichen Schwank aus seinem bewegten Leben erzählt hatte.

Johanna war sich dabei nie wirklich klar, ob es sein ulkiger Akzent, seine lebhafte Art zu erzählen oder seine faszinierenden Augen waren, die die Unterhaltungen mit ihm so anregend machten – sie wusste lediglich, dass sie diesen Franzosen irgendwie mochte.

„Würdet Ihr mir die Ehre erweisen, misch wieder einmal in Eurem `aus zu empfangen?“ fragte der Baron sie zum Abschied.

„Gern“, antwortete Johanna lächelnd, „doch in nächster Zeit wohl kaum, da ich zu meiner Tante nach Heidelberg fahren werde. Dort werde ich die Bekanntschaft der Dame Delph machen, worauf ich sehr gespannt bin.“

„La Dame Delph, quelle surprise!“ Jean de la Frontière lachte über das ganze Gesicht. „Bitte grüßt meine alte Freundin – isch werde sie `offentlich auch bald besuchen können.“

„Ihr kennt Dorothee Delph?“ Verblüfft starrte Johanna den Baron an. Scheinbar war sie weit und breit die einzige, die bislang nicht mit der Heidelberger Krämerin zu tun hatte.

„Mais oui, Madame, wer kennt sie nicht?“ Der Baron zwinkerte ihr zu. „Sie wird Eusch gefallen, da bin isch misch sehr sischer.“ Dann schwang er sich auf sein Pferd, das bereits vor dem Bechtlerhaus auf ihn wartete und trabte durch die Straße davon.

Zu Michaeli zeigte der Herbst seine ganze Pracht. Am Tag zuvor war Johanna mit der Postkutsche in Heidelberg eingetroffen, nachdem sie in Schwetzingen noch Graf und Gräfin zu Eltz verabschiedet hatte, die zurück nach Amberg gereist waren. Man versprach sich in Kontakt zu bleiben – vor allem im Hinblick auf Clemens. Außerdem würde Anna-Louise nach dem

Haus der Santorinis schauen lassen, schließlich sollte Johanna irgendwann über ihre Rückkehr in die Oberpfalz nachdenken. Dennoch hatte sie beim Abschied klammheimlich festgestellt, dass sie sich in der Kurpfalz mittlerweile schon wieder heimisch fühlte und – sollte Clemens nicht mehr auftauchen – wohl in der Obhut von Onkel Philipp und Tante Clara bleiben würde. Sie bedauerte diese Entwicklung, zumal ihre Kinder im ländlichen Amberg sicherlich gesünder und freier aufwachsen würden, doch so ganz allein und ohne Mann erschien ihr die bayerische Wahlheimat zu einsam.

Johanna hütete sich allerdings, ihrer Gönnerin von diesen Gedanken zu erzählen; ja nicht einmal die Bechtlers ahnten, was in ihr vorging. Wann genau diese Idee in ihr gereift war, konnte Johanna gar nicht sagen. Die Bekanntschaft mit dem Freiherren von Stengel und dem Baron de la Frontière hatten jedoch ganz sicher damit zu tun. Bald ein Jahr war ihr Ehemann nun verschwunden – und Johanna spürte diesen Verlust nicht nur als Familienmensch und Partnerin, sondern auch als Frau.

Ihr fehlte ein Mann an ihrer Seite, mit dem sie sich austauschen konnte, der sie ernst nahm, ihr den Hof machte und ihr das Gefühl gab, etwas Besonderes zu sein. Clemens hatte das über viele Jahre geschafft, wenngleich seine kleinen Eskapaden der letzte Jahre manchen Schatten über die Ehe der Santorinis geworfen hatten.

Sie hatten trotzdem immer wieder zueinander gefunden – nur was würde nun werden, wenn ihr Mann plötzlich wiederkäme? Wie würde sich ihr Verhältnis nach der ersten Wiedersehensfreude entwickeln? Würde sie ihm seine Geheimniskrämerei in den Tagen vor seinem Verschwinden verzeihen können? Hätten seine Erlebnisse möglicherweise Einfluss auf das weitere gemeinsame Leben?

Immer häufiger ertappte Johanna sich dabei, dass sie ihr Leben mit Clemens und manches von seinem Verhalten hinterfragte. War es normal, dass Eheleute im Laufe der Jahre weniger aufmerksam miteinander umgingen? Auch Tante Clara und Onkel Philipp wirkten nicht mehr so innig, wie noch vor zehn Jahren. War Johanna deshalb empfänglich für die zarten Avancen eines Freiherren von Stengel, die ohnehin keine Zukunft hatten? Und hatte sie aus diesem Mangel heraus mit heimlichem Spaß manches zweideutige Wortgefecht mit dem charmanten französischen Baron ausgetragen?

Sie wusste es nicht. Als sie jedoch am 28. September auf dem Heidelberger Marktplatz aus der Postkutsche stieg und in freudiger Erwartung zu Tante Clara und ihren Kindern in die prächtige Hofapotheke eilte, war ihr eines klar geworden: Sie würde weiter nach ihrem Gatten suchen, doch sie musste sich auch eine zeitliche Grenze setzen, um nicht in Gefahr zu laufen, den Rest ihres Lebens einem Phantom hinterher zu jagen.

Im Haus der Bechtlers an der Heiliggeistkirche hatte sich einiges getan, stellte Johanna nach der überschwänglichen Begrüßung durch Louisa und Francesco fest.

„Mama, Mama, wir haben jetzt einen Hauslehrer!" berichtete ihre Tochter ihr stolz.

„Jaaa, der is nur für uns!" krähte Francesco aufgeregt und hüpfte von einem Bein auf das andere. Offenbar hatte Tante Clara eine gute Wahl getroffen.

„Du wirst ihn morgen kennen lernen", beeilte ihre Tante sich zu sagen. „Philipp und ich waren der Meinung, dass bei deinen Kindern langsam wieder so etwas wie Alltag einkehren sollte."

Johanna nickte schweigend. So hatten also auch die Bechtlers ganz ähnliche Gedanken gehabt und entsprechend gehandelt. Die Kinder brauchten einen geregelten Tagesablauf – und ganz besonders Louisa durfte in ihrem Bildungshunger nicht allein gelassen werden.

Es wurde wirklich Zeit, dass sie sich wieder intensiver mit den Belangen ihrer Kinder beschäftigte, doch Tante Clara zerstreute ihre Bedenken und Sorgen: „Johannalein, dafür hat man eine Familie. Und wir kümmern uns ja gern, da wir keine eigenen Kinder haben." Sie seufzte schwer, das hatte sie ihr ganzen Leben nicht verwinden können. „Er wird dir gefallen, dieser Herr Lehrbach; er hat hervorragende Referenzen, kommt mit deinen Kindern gut klar und spricht sogar italienisch!"

„Italienisch?" Johanna staunte – der Name klang doch sehr deutsch.

„Ja, er ist von einer Mailänder Gouvernante aufgezogen worden", erklärte Tante Clara begeistert. „Und er hat hervorragende Manieren."

Das konnte Johanna nur bestätigen, als sie den jungen Mann am folgenden Tag persönlich kennenlernte. Mit ruhiger Stimme und einem freundlichen Lächeln stellte er sich ihr vor und schilderte in kurzen Zügen seinen Werdegang. Demnach war er zunächst in Brixen aufgewachsen, wo seine Eltern ein kleineres Gut besaßen. Das erklärte natürlich den Bezug zu Italien. Zum Studium war er nach Weimar, Leipzig und schließlich vor einigen Jahren nach Frankfurt gekommen, wo er die Bekanntschaft eines Heidelberger Kunst- und Antiquarienhändlers gemacht hatte. Über ihn hatte er von den Bechtlers und den beiden Kindern gehört.

Kurzerhand hatte er bei Tante Clara und Onkel Philipp vorgesprochen, einen guten Eindruck hinterlassen und man war sich einig geworden. Er fand in der Nachbarschaft ein kleines Zimmer zur Untermiete und begann schon am folgenden Tag mit dem Unterricht, der erstaunlicherweise auch Francesco viel Freude machte.

Johanna war ihrer Tante und ihrem Onkel sehr dankbar. Wie schön es doch war, eine Familie zu haben! Tante Clara schien in ihrer Rolle als Ersatzmutter förmlich aufzublühen und auch ihr Onkel erwies sich in dieser Hinsicht als verantwortungsbewusst und vorausschauend. Dennoch würde sie mit ihm endlich ein Gespräch unter vier Augen führen müssen, um Gewissheit über den geheimnisvollen Giftvorrat zu bekommen. Bislang hatte sich dazu keine Gelegenheit ergeben.

Doch zu dem Vortrag von Anton von Mai am heutigen Abend hatte er sich angekündigt; offenbar wollte auch er die neusten Erkenntnisse zum Skandalroman dieses jungen Goethe und den Folgen nicht verpassen. Immerhin in dieser Hinsicht waren Johanna und ihr Onkel sich einig – allerdings verfolgte

Johanna noch ein zweites Ziel: Sie wollte unbedingt Dorothee Delph treffen, die diesen Vortragsabend organisiert hatte. Das verschwieg sie jedoch wohlweislich.

Am Abend schien sich ganz Heidelberg im neuen Anatomiesaal der Universität einzufinden. Johanna erkannte zahlreiche Gesichter als Kunden der Apotheke oder aus dem Bekanntenkreis ihrer Familie. Höflich grüßte sie nach links und rechts, während sie sich ihren Weg nach vorn durch die Stuhlreihen bahnte. Sie freute sich auf ihren einstigen Lehrer Anton von Mai, war allerdings in Anbetracht seines heutigen Vortragthemas ein wenig skeptisch.

Die Gefahren tendenziöser Literatur für unsere Jugend lautete der Titel, und weiter hatte auf der Einladung gestanden: *Selbstmord als Folge – warum ,Die Leiden des jungen Werther' in den Giftschrank gehören*. Was meinte von Mai damit nur?

„Ah, die junge Bechtlerin!" Anton von Mai hatte Johanna entdeckt und streckte ihr beide Hände entgegen, die sie freudig ergriff. „Wie schön Euch hier zu sehen, Johanna. Habt Ihr auch schon von diesem Goethe gehört?"

Johanna nickte vage, traute sich jedoch nicht, ihre Begeisterung über das umstrittene Werk zuzugeben. Auch blieb nicht viel Zeit für ein Gespräch mit dem Professor, da er von allen Seiten begrüßt und angesprochen wurde. Johanna freute sich, dass der Arzt mittlerweile ein derart hohes Ansehen genoss – waren seine Anfänge vor mehr als zehn Jahren in Mannheim doch erheblichen Widerständen ausgesetzt gewesen.

Erst durch die Unterstützung der Kurfürstin höchstpersönlich, die zur Finanzierung der Mannheimer Hebammenschule eigens den Hebammenorden ins Leben gerufen hatte, konnte von Mai seine medizinischen Forschungen und Einrichtungen realisieren. Mittlerweile war er als angesehener Professor an der Universität tätig, was das große Interesse an seinem Vortrag erklärte.

„Johanna, darf ich dir die Veranstalterin dieses Abends vorstellen?" Anton von Mai wies auf eine auffällig gekleidete ältere Dame, die sich ihnen näherte. „Doro, meine Liebe, das ist Johanna Santorini, die Nichte unseres Hofapothekers. Ich möchte sie Euch persönlich ans Herz legen, sie ist eine besonders kluge und lebenserfahrene Frau."

Johanna errötete über das Kompliment ihres früheren Lehrers, wurde aber schnell durch das ungewöhnliche Gebaren der Dame Delph abgelenkt. „Wunderbar, ganz wunderbar!" Überschwänglich kam die Frau auf sie zu und nahm sie in den Arm. „Ich habe bereits so viel von Euch gehört, meine Liebe. Ganz tragisch mit Eurem Gatten, wirklich, ich bedaure Euch von tiefsten Herzen."

Johanna war sprachlos. Sie wusste weder, was sie sagen, noch wie sie auf diese Begrüßung reagieren sollte. Doch die Delph schien ihre Verlegenheit gar nicht zu bemerken, sondern redete ununterbrochen weiter auf sie ein. „Ihr müsst wissen, dass ich ganz und gar mit Euch fiebere, was die Suche nach Eurem Gatten betrifft. Was haltet Ihr von der Zweibrückener Theorie?

Also ich kann mir das durchaus vorstellen, dass der Herzog.... aber nein, heute Abend sollt Ihr dieses Thema einmal vergessen, schließlich geht es um Literatur und einen der größten Dichter unserer Zeit..." Sie neigte ihren Kopf noch näher zu Johanna und fuhr mit gesenkter Stimme fort:

„Also ich bewundere ihn ja, diesen Goethe, ein guter Freund übrigens, aber das ist der Herr Professor auch, warum soll ich also nicht beiden Raum geben für ihre Ideen, es ist ohnehin schwer als allein stehende Frau, aber wem sage ich das, das wisst Ihr nun ja nur zu gut..." Sie sah sich suchend um und schob Johanna, die bislang noch kein Wort gesagt hatte, auf einen freien Platz in der ersten Reihe. „Hier, nehmt hier Platz, ich werde später bei Euch sitzen, wir müssen uns unbedingt austauschen." Und fort war sie, bereits wieder im Gespräch mit anderen Gästen.

Fassungslos schaute Johanna ihr nach. Dorothee Delph war keine normale Frau, sondern eine Erscheinung! Kein Wunder, dass Tante Clara stets ein wenig abfällig über sie redete und Onkel Philipp die Augen verdrehte, wenn das Gespräch auf die

Heidelberger Krämerin kam. Die Delph war exzentrisch, anstrengend und einnehmend.

Dazu unmöglich gekleidet – teuer, aber für ihr Alter viel zu auffällig, zu stark geschminkt und stets ein wenig zu laut. Dennoch: Jeder schien sie zu kennen und sogar Anton von Mai war ihr in freundschaftlicher Weise zugetan. Ganz offensichtlich verfügte sie über das gewisse Etwas, das ihr trotz ihrer bürgerlichen Herkunft Zugang zur Gesellschaft ermöglichte. Außerdem versprühte sie eine Energie, die Johanna schlagartig verdeutlichte, dass hier die perfekte Ehevermittlerin unterwegs war. Einmal in den Fängen der Delph – und die baldige Hochzeit war gesichert.

Außerdem schien sie allerhand mitzubekommen – woher hatte sie die Information, dass Clemens möglicherweise in Zweibrücken war? Johannas Herz begann aufgeregt zu klopfen und ihre Gedanken kreisten wild umher. Sie hatte plötzlich das Gefühl, einen wichtigen Schritt weiter gekommen zu sein – sie wusste nur noch nicht, in welche Richtung.

Auf den Vortrag des Professors konnte sie sich entsprechend schlecht konzentrieren. Sie bekam wohl mit, dass Anton von Mai sich vehement gegen das literarische Werk dieses Jugend verführenden Johann Wolfgang Goethe wandte, seine langwierigen Argumentationen gingen jedoch weitgehend an ihr vorbei. Erst als er auf die vielen Selbstmorde zu sprechen kam, die sich angeblich als Folge des Skandalromans ereignet hatten, wurde sie aufmerksamer.

Der Professor hielt sich nämlich weniger mit den Umständen der bekannten Selbsttötungen auf, sondern konzentrierte sich mehr auf die Todesart. Johanna musste innerlich grinsen: Da kam eindeutig der Mediziner durch! Detailliert und ungerührt beschrieb von Mai die unterschiedlichen Todesarten, die durch Erhängen, Ertränken, Verbluten oder Vergiften möglich waren.

„Arsen, hütet Euch vor Arsen!“ proklamierte er mit gehobenem Zeigefinger, „denn das ist der schlimmste Tod!“ Johanna richtete sich auf. Schon wieder Arsen – das schien interessant zu werden. Und in der Tat begann der Professor nun ausführlich auf das ‚Mode-Gift', wie er es bezeichnete, einzugehen. Johanna staunte nicht schlecht über das, was sie erfuhr:

So wurde die hochgiftige Substanz offenbar auch nicht nur in Todes- oder Tötungsabsicht verwendet, sondern auch zur Stärkung der Manneskraft – und das ging regelmäßig schief.

„Wer glaubt, durch Arsentränke potenter zu werden, steht am Rande des Abgrundes!" rief er mahnend in die Runde und fügte betont ruhig hinzu: „Und wer weiß, welches der Opfer von Selbsttötung eigentlich nur etwas für die eigene Kraft tun wollte."

Unauffällig suchte Johanna den Blick ihres Onkels, der mit Tante Clara einige Reihen hinter ihr Platz genommen hatte. Er war totenbleich und starrte zu Boden. Also doch! Hinter der verschlossenen Kiste in Philipps Apotheke verbarg sich also wirklich ein schreckliches Geheimnis! Warum sonst hatte ihr Onkel nie darüber geredet und reagierte nun so betroffen?
Sie würde ihn darauf ansprechen, noch heute Nacht, ehe etwas Furchtbares geschehen konnte. Unruhig rutschte Johanna auf ihrem Stuhl hin und her, was der Dame Delph neben ihr nicht entging. Aufmerksam blickte sie zu Johanna hinüber und legte ihr beruhigend die Hand auf den Arm.

„Regt Euch nicht auf, Frau Santorini, ich sehe das auch ganz anders. Dieser Goethe ist ein Genie, viele Menschen haben das nur noch nicht erkannt."

Dankbar lächelte Johanna die ältere Frau an ihrer Seite an und ließ sie so in dem Glauben, ihre Unruhe ginge auf von Mais Goethe-Schmähungen zurück. So musste sie wenigstens nichts weiter erklären.

„Wollt Ihr ihn kennen lernen, den großen Meister und Wirrkopf?" flüsterte Dorothee Delph ihr unerwartet ins Ohr.

„Wen, Goethe?" Johanna hielt den Atem an. Wie war das möglich?

„Ja, er ist ab morgen mein Gast. Findet Euch einfach an Allerheiligen in meinem Salon ein. Wir werden unter uns sein und können dann über alles reden." Aufmunternd zwinkerte die

Dame Delph sie an und wandte sich dann wieder den Ausführungen des Professors zu, während Johanna in einer Mischung aus Verblüffung, Neugierde und Fassungslosigkeit in ihrem Stuhl zurücksank.

An den Rest des Vortrages konnte Johanna sich hinterher nicht mehr erinnern. Schweigend lief sie neben ihrer Tante durch den lauen Herbstabend nach Hause. Onkel Philipp unterhielt sich noch mit einigen Zuhörern und Anton von Mai und wollte später nachkommen. Auch Tante Clara war auffallend wortkarg, was offenbar damit zu tun hatte, dass Johanna sich günstig über die Dame Delph geäußert hatte. „Warte nur, bis du sie näher kennst“, warnte ihre Tante sie, nachdem Johanna von der Einladung berichtet hatte, „und sei auf der Hut!“

Das war Johanna in jedem Fall, genau genommen hatte sie sogar das Gefühl, seit Monaten immerzu wachsam sein zu müssen! Wieder überfiel sie das beklemmende Gefühl der Einsamkeit, das sie seit einiger Zeit beschlich, wenn sie über ihr Leben nachdachte. War dies der Beginn einer Seelenkrankheit, wie sie häufiger bei Frauen in besseren Kreisen vorkam? Sie hoffte nicht.

Anders als Tante Clara ging Johanna nach ihrer Heimkehr nicht sofort in ihr Bett, sondern setzte sich noch mit einem Glas Wein in das Arbeitskabinett ihres Onkels. Wenn er heimkam würde er sehen, dass Licht brannte – und Johanna konnte dann die Gelegenheit ergreifen, mit ihm über die geheimnisvolle Kiste zu sprechen. Bereits kurze Zeit später traf Philipp ein. Ohne Umschweife kam sie auf das Thema zu sprechen und erfuhr nach einigem Zögern eine Geschichte, die so unglaublich war, dass es ihr den Atem nahm: Demnach versorgte ihr Onkel Ihre Durchlaucht, den Kurfürstin.

Seit mehreren Jahren Woche für Woche, sofern er am Mannheimer Hof weilte, mit einem Trank, der Potenz steigernd wirken sollte – auf ausdrücklichen Wunsch Carl Theodors selbst. Offenbar war es in allerhöchsten Kreisen durchaus üblich, hier der Natur nachzuhelfen, um dem mittlerweile ausufernden

Maitressenwesen gerecht zu werden. Ein Kurfürst, der im Boudoir versagte, war undenkbar – und folglich bestand Carl Theodor auf die heimliche Unterstützung seines Hofapothekers. Das eigentliche Problem daran war die Zusammensetzung des Tranks: Der Kurfürst hatte nämlich von den Erfolgen gehört, die eine vorsichtige Arsenbehandlung bei Waldarbeitern nach sich gezogen hatte, die geradezu übermenschlich gestärkt Höchstleistungen unter schwersten Bedingungen gebracht hatten.

Hinzu kam ein offenbar großes Interesse an August, dem Starken, dessen Vielweiberei geradezu legendäre Züge trug und der, so war es dem Kurfürsten zumindest kolportiert worden, ebenfalls auf Arsen als Mittel der Wahl gesetzt hatte. Warnende Worte seines Hofapothekers wies Carl Theodor ungeduldig ab und damit hatte Philipp praktisch keine andere Chance, als den teuflischen Trank zu bereiten – es sei denn, er wollte sein Amt verlieren.

Immerhin bemühte er sich um eine Minimaldosierung, die allerdings nicht zu gering ausfallen durfte, da der Kurfürst stets mit der bekannten Erhitzungsprobe zu überprüfen pflegte, ob auch ausreichend Wirkstoff im Trank erhalten war. Immerhin hatte Johannas Onkel es geschafft, ihm einen zweiten Saft unterzujubeln, der versteckt hinter angeblich aphrosidierend wirkender Alraune ein sanftes Gegengift enthielt. Dennoch: Ob er wollte oder nicht, Onkel Philipp war aktiv am schleichenden Gifttod seines Landesherren beteiligt und war sich dessen auch bewusst.

„Jedes Unwohlsein Carl Theodors macht mich schier wahnsinnig“, gab ihr Onkel mit zitternder Stimme zu, „stets denke ich, jetzt habe ich ihn umgebracht!“

„Und von Stengel, was weiß er davon?“ Immernoch entsetzt fragte Johanna nach.

„Der weiß gar nichts, Gott sei Dank.“ Onkel Philipp seufzte schwer. „Genau genommen weiß niemand, nicht einmal deine Tante davon, außer mir und dem Kurfürsten. Der Freiherr hat zudem allerhöchste Anweisung, Stillschweigen über die Medikamente zu wahren und die leeren Vierkantgläser stets zur Apotheke zurückbringen zu lassen. Er glaubt, ich braue dem Kurfürsten einen Gesundheitstrank."

„Oh Gott, liebster Onkel, wo bist du da nur hinein geraten?" Johanna stand auf und nahm ihn in den Arm. Wie ein Ertrinkender klammerte er sich an sie. „Verstehst du jetzt, warum ich zu den Freimaurern bin?"

Johanna nickte. Ihr war einiges klar geworden. Das Schlimmste in ihren Augen war jedoch die Tatsache, dass der Kurfürst tatsächlich erste Vergiftungssymptome zeigte. Wo sollte das nur hinführen? Plötzlich fiel ihr noch etwas ein: „Was ist mit der Kurfürstin?" Elisabeth Auguste war bekannt dafür, dass sie stets über die Schlafzimmer-Aktivitäten ihres untreuen Gatten informiert war. Wie weit reichte ihr Spionagenetz wirklich?

„Nun, sie ahnt sicherlich etwas." Onkel Philipp zuckte resigniert mit den Schultern. „Doch von dort droht, denke ich, keine Gefahr. Sie dürfte eher erleichtert sein, wenn ihr treuloser Gatte einmal daniederliegt. Sie ist zwar gerne Landesmutter, doch ihren Mann hasst sie mittlerweile. Vermutlich würde sie ihm sämtliche Nebenwirkungen von Herzen gönnen."

Fieberhaft begann Johanna nachzudenken, wie sie ihren Onkel aus seiner misslichen Lage befreien könnte. Gemeinsam diskutierten sie verschiedene Vorschläge, doch eine Lösung fanden sie nicht. Philipp Bechtler war so eng in das Intrigennetz rund um den Hof eingespannt, dass er einfach nicht mehr herauskam. Sein einziger Schutz war tatsächlich die Loge, die ihn zumindest vor Verleumdungen oder neidvollen Anschuldigungen bewahrte. Inwieweit ihr Onkel jedoch wirklich von jeglicher Schuld freigesprochen bliebe, sollte der Kurfürst doch einmal einer seiner ständigen Erkrankungen erliegen, wagte Johanna nicht vorauszusagen.

Nein, ihr Onkel tat bereits alles, was in seiner Macht stand, um das drohende Damoklesschwert oben zu halten – die Zeit allein würde entscheiden, ob und wann es hinabstürzte.

So schwer es ihr auch fiel, Johanna beschloss in dieser Angelegenheit nicht mehr mit Philipp zu reden. Ändern konnte sie ohnehin nichts und für ihren Onkel war ihr Schweigen sicherlich angenehmer. Also versuchte sie ihre Zeit in Heidelberg so unbeschwert wie möglich mit den Kindern zu verbringen, mit Tante Clara das eine oder andere Nützliche und Schmückende einzukaufen und dem Hauslehrer unauffällig auf die Finger zu schauen.

Allerdings machte dieser seine Sache wirklich gut, so dass Johanna stets einen halben Tag für ihre eigenen Belange hatte. Dazu zählte in erster Linie der Kontakt zu Dorothee Delph.

Zwei Tage nach dem Vortrag im Anatomiesaal machte sie sich zum ersten Mal auf den Weg zur Dame Delph. Das Wetter hatte umgeschlagen und es war empfindlich kalt geworden.

Noch am Tag zuvor war sie mit ihren Kindern auf einen herrlichen Herbstspaziergang in den Neckarwiesen gewesen, doch mit dieser Idylle schien es nun vorbei zu sein. Die ungemütliche und dunkle Jahreszeit hatte begonnen.

Dorothee Delph wohnte für ihre Verhältnisse angemessen in der Haspelgasse. Früher hatte sie gemeinsam mit ihrer Schwester über dem Krämerladen gewohnt, doch mittlerweile war sie gesellschaftlich derart aufgestiegen, dass ein repräsentativeres Domizil notwendig geworden war.

In freudiger Erwartung stieg Johanna die drei Stufen zum Eingang hinauf und klopfte. Den Geräuschen nach konnte sie schon von außen erkennen, dass sich die Küche hier wie bei vielen anderen Häusern auch im Souterrain befand – vermutlich neben den Lagerräumen. Kurze Zeit später steckte ein Dienstmädchen den Kopf heraus, bat sie hinein und nahm Johanna den Wollumhang ab, den sie gegen die Novemberkälte umgelegt hatte. Eine Stiege führte hinauf in einen Vorraum. Johanna hatte kaum Zeit, sich in der kunstvoll dekorierten Diele umzuschauen, als die Hausherrin bereits durch eine seitliche Tür hineinstürmte und Johanna lautstark begrüßte.

„Johanna, werte Freundin, wie schön. Wir haben Euch schon erwartet!“ Irritiert starrte Johanna die Dame Delph an. Freundin? Sie waren doch keine Freundinnen! Doch das fröhliche Lachen im Gesicht der Delph zerstreute ihre Bedenken umgehend und sie überreichte mit ein paar freundlichen Worten die Schachtel Pralinen, die sie tags zuvor in der Hofconfiserie erworben hatte. Dann ließ sie sich in den Salon führen, einen hellen Raum mit vier Fenstern zur Straße und zwei entzückenden Paravants an den Wänden. Bei ihrem Eintritt sprang ein junger Mann auf und verbeugte sich höflich.

„Johann Wolfgang Goethe mein Name – und Ihr müsst Johanna Santorini sein. Ich habe schon einiges von Euch gehört." Er blickte sie aufmerksam an.

„Ja, die bin ich", antwortete sie leise und ärgerte sich darüber, dass ihr keine bessere Antwort einfiel. Immerhin stand ihr ein berühmter Literat gegenüber und sie wäre gern geistreicher gewesen. Doch Dank der entwaffnend überschwänglichen Art von Dorothee Delph entstand keine peinliche Pause und Johannas kurzfristige Verlegenheit fiel nicht weiter auf.

„Nehmt doch Platz, werte Johanna – ich darf doch Johanna sagen, nicht wahr?" Ohne eine Antwort abzuwarten, plauderte die Delph weiter: „Nennt mich einfach Doro, das machen alle Freunde des Hauses. So, werter Goethe, das ist sie also, jene Johanna Santorini, die ihren Mann sucht, dabei einem Freiherren von Stengel den Kopf verdreht, unserem französischen Baron de la Frontière zu schwärmerischen Reden hinreißt und mit Casanova in Kontakt stehen soll – habe ich Euch zu viel versprochen?"

Belustigt hob der junge Dichter die Augenbrauen. „Casanova? Ist er nicht schon ein wenig zu alt?"

„Wozu zu alt?" Johanna beschloss, auf den frechen Ton Goethes einzugehen.

Er stutzte für einen Moment. „Äh... touché!" Dann lächelte der Dichter anerkennend und fragte er: „Pflegt Ihr wirklich eine Brieffreundschaft mit diesem Schwerenöter?"

„Ja, und zwar eine sehr nette", beeilte Johanna sich zu versichern. „Wir tauschen uns über alles aus, was uns beschäftigt – übrigens auch über Euch, werter Goethe."

„Ach ja?" Er lächelte verschmitzt.

„Habe ich dann *Euch* oder *ihn* beschäftigt?"

„Nun, Ihr habt ihn beschäftigt und mich begeistert. Allerdings bislang nur mit dem geschriebenen Wort, Eurem *Werther* meine ich." Sie machte eine kurze Pause und fügte hinzu: „Casanova gefiel Euer Werk übrigens auch."

Man sah Goethe die Freude über das Lob an. Doch seine Gedanken blieben nicht lange daran hängen und er griff den Faden zügig wieder auf: „Dann muss ich mich wohl bemühen, Euch auch in natura zu überzeugen, werte Johanna, nicht wahr?"

„Oh nein, nur nicht das!" mischte die Delph sich in das Gespräch ein. „Eine Verwirrung pro Saison reicht mir, lieber Freund." Tadelnd sah sie zu Goethe hinüber, der sichtlich verlegen und ein wenig bedrückt auf seine Füße schaute.

„Ihr müsst nämlich wissen, werte Johanna", fuhr die Delph fort, „dass unser Dichter gerade seine Verlobung gelöst hat..."

„Musste!" fiel Goethe ihr ins Wort, „ich musste sie lösen!"

Fragend und ein wenig peinlich berührt blickte Johanna zu Doro Delph. Der Ton in diesem Salon war ausgesprochen freizügig, das war für Johanna außerhalb ihrer eigenen vier Wäne neu. Die Delph bemerkte ihre Unsicherheit und erklärte ungeniert: „Ja, es ist eine Tragödie, Johanna. Stellt Euch vor: Zwei Liebende – in diesem Fall unser Goethe und die Tochter eines alten frankfurter Freundes, Lili Schönemann, möchten den Bund fürs Leben eingehen – und die Eltern sind gegen das viel versprechende Arrangement.

Dabei passte alles so gut..." Sie schüttelte missbilligend den Kopf. „Einmal abgesehen von dem Kummer, den die jungen Menschen nun haben." Sie seufzte schwer.

„Ist schon gut, werte Doro, ich werde mich damit abfinden." Goethe nickte ihr mit bekümmertem Gesichtsausdruck zu. „Und wie ich Euch kenne, werdet Ihr bald eine neue Option haben, nicht wahr?" Er wirkte nicht sonderlich begeistert.

„Allerdings!" Die Dame Delph richtete sich in ihrem Sessel auf. „Ein Freigeist und Kreativer wie Ihr, werter Goethe, braucht Kontinuität, Stabilität und ein gemütliches Heim.
Nur so werdet Ihr weiter schaffen können."

„Und meine Reisen?" Goethe wandte sich Johanna zu. „Ihr müsst wissen, ich befinde mich gerade auf einer Grand Tour nach Italien."

Ehe Johanna etwas dazu sagen konnte, schnalzte die Delph unwillig mit der Zunge. „Ts ts, das ist nun wirklich ein falscher Zeitpunkt, nur an Euer Vergnügen zu denken, werter Goethe! Bedenkt, was Euch hier am mannheimer Hof geboten würde. Ihr solltet Eure Reise schon machen, aber dann in der Gegend bleiben. Schon morgen werdet Ihr wissen, was ich meine. Ich habe Obristhofmeisters von Wrede mit seinen beiden ganz entzückenden Töchtern – beide übrigens noch unverheiratet – zum Diner gebeten, die Familie hat eine vorzügliche Stellung bei Hofe..."[54]

„Ach bitte, liebe Doro, verschont mich!" Goethe war alles andere als begeistert. „Von der Eheplanung habe ich vorerst genug. Italien, die Wiege unserer Kultur ruft – und dem möchte ich nachgehen. Lassen wir das also." Er wandte sich Johanna zu, die der Unterhaltung mit Erstaunen gefolgt war. So lief das also mit der Heiratsvermittlung! Ob von Stengel hier ähnlich wie Handelsware durch den Salon gereicht wurde?

54 Das Engagement der Dorothee Delph für eine Verbindung Goethes mit einer Wrede-Tochter entspricht den Tatsachen. Goethe erwähnt diese Episode später in seiner Autobiografie Aus meinem Leben. Dichtung und Wahrheit: „Ich ward wohl empfangen und in manche Familie eingeführt, wie ich mir denn in dem Hause des Oberforstmeisters von Wrede sehr wohlgefiel. Die Eltern waren anständig behagliche Personen, die eine Tochter ähnelte Friederiken. Es war gerade die Zeit der Weinlese, das Wetter schön und alle die elsassischen Gefühle lebten in dem schönen Rhein- und Neckartale in mir wieder auf. Ich hatte diese Zeit an mir und andern Wunderliches erlebt, aber es war noch alles im Werden, kein Resultat des Lebens hatte sich in mir hervorgetan, und das Unendliche, was ich gewahrt hatte, verwirrte mich vielmehr. Aber in Gesellschaft war ich noch wie sonst, ja vielleicht gefälliger und unterhaltender. Hier, unter diesem freien Himmel, unter den frohen Menschen, suchte ich die alten Spiele wieder auf, die der Jugend immer neu und reizend bleiben. Eine frühere noch nicht erloschene Liebe im Herzen, erregte ich Anteil ohne es zu wollen, auch wenn ich sie verschwieg, und so ward ich auch in diesem Kreise bald einheimisch, ja notwendig, und vergaß, daß ich nach ein paar verschwätzten Abenden meine Reise fortzusetzen den Plan hatte. Demoiselle Delph war eine von den Personen, die, ohne gerade intrigant zu sein, immer ein Geschäft haben, andere beschäftigen und bald diese bald jene Zwecke durchführen wollen. Sie hatte eine tüchtige Freundschaft zu mir gefaßt, und konnte mich um so eher verleiten länger zu verweilen, da ich in ihrem Hause wohnte, wo sie meinem Dableiben allerlei Vergnügliches vorhalten, und meiner Abreise allerlei Hindernisse in den Weg legen konnte. Wenn ich das Gespräch auf Lili lenken woll te, war sie nicht so gefällig und teilnehmend, wie ich gehofft hatte. Sie lobte vielmehr unsern beiderseitigen Vorsatz, uns unter den bewandten Umständen zu trennen, und behauptete, man müsse sich in das Unvermeidliche ergeben, das Unmögliche aus dem Sinne schlagen, und sich nach einem neuen Lebensinteresse umsehn. Planvoll, wie sie war, hatte sie dies nicht dem Zufall überlassen wollen, sondern sich schon zu meinem künftigen Unterkommen einen Entwurf gebildet, aus dem ich nun wohl sah, dass ihre letzte Einladung nach Heidelberg nicht so absichtlos gewesen, als es schien. (...) Kurfürst Carl Theodor nämlich, der für die Künste und Wissenschaften so viel getan, residierte noch zu Mannheim, und gerade weil der Hof katholisch, das Land aber protestantisch war, so hatte die letzte Partei alle Ursache, sich durch rüstige und hoffnungsvolle Männer zu verstärken. Nun sollte ich in Gottes Namen nach Italien gehen und dort meine Einsichten in dem Kunstfach ausbilden, indessen wolle man für mich arbeiten, es werde sich bei meiner Rückkunft ausweisen, ob die aufkeimende Neigung der Fräulein von Wrede gewachsen oder erloschen, und ob es rätlich sei, durch die Verbindung mit einer angesehnen Familie, mich und mein Glück in einem neuen Vaterlande zu begründen."

„Werte Johanna, erzählt, wie kam es zu Euren Bekanntschaften mit Casanova und diesem Jean de la Frontière?"

Johanna lachte und schilderte vergnügt ihre erste Begegnung mit dem italienischen Lebemann in der Postkutsche von Mannheim nach Heidelberg vor mehr als 10 Jahren. „Er hat mich in Liebesdingen beraten. Gut beraten sogar. Ich hatte großen Liebeskummer in Bezug auf meinen Clemens und er hat meine seelische Verfassung sofort erkannt.

Wir kamen ins Gespräch und er hat mir spontan geholfen, einen Brief an Clemens zu verfassen. Dieser Brief", sie lächelte in Erinnerung an jene aufregende Zeit, „dieser Brief hat dann den Stein ins Rollen gebracht und heute sind wir immer noch glücklich verheiratet." Ihr Blick verdüsterte sich allerdings bei diesen Worten und Doro Delph ergriff mitfühlend ihre Hand.

„Es tut uns so leid, meine Liebe, was Euch widerfahren ist. Wirklich, wir empfinden mit Euch. Über Euren Mann müssen wir später unbedingt noch reden." Sie nahm einen Schluck Tee aus einer zarten Porzellantasse und bot Johanna ein feines Petit Fours an, das diese jedoch dankend ablehnte.

Dann hakte sie nach: „Und unser Baron? Man sagt, er hätte vor Euch im Staub gelegen!" Verschmitzt grinste sie Johanna an, was ihre vielen Lachfältchen im Gesicht besonders gut zur Geltung brachte.

„Naja", Johanna konnte sich ein Lachen kaum verbeißen, diese Doro war wirklich unglaublich! „Ganz so war es nicht. Ein polternder Eimer brachte sein Pferd zum Scheuen und er stürzte ausgerechnet vor unserem Haus." Sie erzählte, wie ihr Onkel den Baron medizinisch versorgt hatte und welch vergnügliche Zeit sie letztendlich mit dem hohen Gast in der Mannheimer Apothekenfiliale hatten.

„Ja, ja, er ist schon ein Filou, unser Jean." Die Delph schüttelte wissend den Kopf. „Kennt Ihr seine wirkliche Geschichte?" Auch Goethe verneinte, was die Gastgeberin zu einer ausführlichen Beschreibung der Herkunft des französischen Barons verleitete. So erfuhr Johanna, dass Jean de la Frontière eigentlich gar nicht von Adel war, sondern ursprünglich ein einfacher

Landjunker aus der Gegend von Metz. Irgendwie hatte er es geschafft, eine Unsumme von Geld in der Staatlotterie unter Ludwig XV. zu gewinnen. Neu ausstaffiert und mit dem Flair des Reichtums umgeben hatte er sich dann gezielt bei einer adligen Dame in Paris Benimm beibringen lassen. Offenbar mit Erfolg, das fand auch Johanna, denn seine Umgangsformen waren mit Ausnahme seiner kleinen Frechheiten, die er sich gern erlaubte, perfekt. Jene Pariser Adelige, die Jean unter die Fittiche genommen hatte, floh schließlich vor ihrem Gatten nach Zweibrücken und nahm Jean mit – warum, wusste niemand so genau. Möglicherweise war dem Ehemann das Verhältnis seiner Frau zu dem sehr viel jüngeren Jean übel aufgestoßen, aber das war reine Spekulation.

In Zweibrücken allerdings kam Schwung in die Karriere des einstigen Landjunkers, denn die Adelige, die sich nun Madame de St. Germain nannte, führte den hübschen Jean als Baron de la Frontière in die Gesellschaft ein.

„Es heißt", schloss Dorothee Delph ihre Ausführungen ab, „sein Name ‚de la Frontière' stamme daher, dass er bei Frauen andauernd Grenzen überschreitet – aber das ist natürlich ein Gerücht."

Johanna und Goethe mussten ob dieser abenteuerlichen Erzählung beide lachen. Die Delph hatte eine umwerfende Art, Dinge anschaulich zu schildern und man hörte ihr einfach gern zu. Johanna stellte fest, dass sie sich im Salon der Dame wohl fühlte.

„Madame, ein Bote..." Ein junges Mädchen mit weißer Dienstbotenhaube steckte seinen Kopf durch die halb geöffnete Tür in den Salon. Die Delph erhob sich würdevoll und entschuldigte sich bei ihren Gästen. Johanna und Goethe blieben allein im Salon zurück. Den Dichter schien das allerdings nicht zu stören – im Gegenteil. Offenbar hatte er das Bedürfnis, seine seelische Situation, die von Doro zuvor recht pragmatisch geschildert worden war, vor Johanna etwas genauer auszuführen.

„Die Demoiselle Delph kannte und liebte Lili von Jugend auf", begann er erneut mit seiner Geschichte. „Sie hatte die Gabe, die Gelegenheit zu ersehen, und wenn sie die Gesinnungen der Personen zwischen Zweifel und Entschluss schwanken sah, wenn alles auf Entschiedenheit ankam, so wusste sie eine solche Kraft der Charaktertüchtigkeit einzusetzen, dass es ihr nicht leicht misslang, ihr Vorhaben auszuführen.

Eigentlich hatte sie keine egoistischen Zwecke; etwas getan, etwas vollbracht, besonders eine Heirat gestiftet zu haben, war ihr schon Belohnung. Unsern Zustand hatte sie längst durchblickt, bei wiederholtem Hiersein durchforscht, so dass sie sich endlich überzeugte, diese Neigung sei zu begünstigen, diese Vorsätze, redlich aber nicht genugsam verfolgt und angegriffen, müssten unterstützt und dieser kleine Roman fördersamst abgeschlossen werden."[55]

Johanna staunte. Der Dichter schwelgte in Erinnerungen und sprach plötzlich in einer Art und Weise, wie es in Büchern zu finden war. Sein Ausdruck war eigenartig erwachsen für einen jungen Mann, den Johanna auf allerhöchstens Ende zwanzig schätzte. Unwillkürlich fühlte sie sich an den *Werther* erinnert, dessen Sprache sie von der ersten Zeile an fasziniert hatte.
Sie nickte Goethe aufmunternd zu – solange die Delph beschäftigt war, sollte er ruhig weiter erzählen.

Der Dichter kam ihrer Aufforderung gern nach. „Ja, ja, seit vielen Jahren hatte unsere Freundin das Vertrauen von Lilis Mutter; in meinem Hause durch mich eingeführt, hatte sie sich den Eltern angenehm zu machen gewusst; denn gerade dieses barsche Wesen ist in einer Reichsstadt nicht widerwärtig und, mit Verstand im Hintergrunde, sogar willkommen.

Sie kannte sehr wohl unsre Wünsche, unsre Hoffnungen, ihre Lust zu wirken sah darin einen Auftrag; kurz, sie unterhandelte mit den Eltern. Wie sie es begonnen, wie sie die Schwierigkeiten, die sich ihr entgegen stellen mochten, beseitigte, – genug, sie trat eines Abends zu uns und bringt die Einwilligung. ‚Gebt euch die Hände!' rief sie, mit ihrem pathetisch gebieterischen Wesen. Ich stand gegen Lili über und reichte meine

55 Diese und die nachfolgenden Worte Johann Wolfgang von Goethes sind frei zitiert nach seiner zwischen 1808 und 1831 entstandenen Autobiographie Aus meinem Leben. Dichtung und Wahrheit

Hand dar, sie legte die ihre, zwar nicht zaudernd, aber doch langsam, hinein, nach einem tiefen Atemholen fielen wir einander lebhaft in die Arme."

Goethe seufzte schwer. Offenbar war er über den Verlust seiner Verlobten doch noch nicht hinweg gekommen, vermutete Johanna.

„Habt Ihr Euch gut amüsiert?" Die Gastgeberin kehrte in den Salon zurück.Johanna und der Dichter sahen sich an und lächelten.

„Nun gut, dann kommen wir jetzt zu ernsteren Themen." Wie ein Offizier übernahm Dorothee Delph wieder das Zepter und lenkte das Gespräch in eine andere Richtung.

„Ich habe gehört, Ihr vermutet Euren Gatten in Zweibrücken?" In wenigen Worten erklärte sie Goethe die Umstände von Clemens' Verschwinden, über die sie erstaunlich gut informiert war. Dann wandte sie sich wieder Johanna zu. „Der Baron de la Frontière hat dort bereits nachforschen lassen, aber Ihre Durchlaucht Herzog Christian ist darüber nicht informiert."

„Ja, weiß er denn irgendetwas über meinen Mann?" Johanna geriet ins Stottern. „Der Herzog? Nun..." Doro lächelte süffisant, „.... es heißt, seine Gemahlin Gräfin Forbach habe vor Jahren eine Schwäche für Euren Clemens gehabt, damals, als er noch Musiker am Mannheimer Hof war." Sie machte eine bedeutungsvolle Pause. „Folglich dürfte es ihm gar nicht recht sein, Euren Gatten in der Nähe zu wissen, nicht wahr?"
Johanna überhörte den in den Worten der Delph versteckten Stachel bewusst und fragte nach: „Und woher kennt der Baron diese Details?"

Doro ließ ein perlendes Lachen durch den Raum klingen. „Das, mein Liebe, liegt doch auf der Hand! Die Gräfin Forbach war ja, wie wir alle wissen, nicht immer eine Dame von Stand. Jean kennt sie noch aus alten Pariser Tagen. Sie müssen ein aufregendes Paar gewesen sein!"

„Ach so." Johanna nickte nachdenklich. Dann wagte sie einen Versuch: „Werte Doro, so verratet mir doch, wo Ihr meinen geliebten Gatten vermutet?“

„Nun...“ Sichtlich geschmeichelt über so viel Aufmerksamkeit in dieser dringlichen Angelegenheit brachte sich die Gastgeberin auf ihrem Sessel in Position. Sie zupfte geziert an ihren Halstuch herum, räusperte sich und begann: „Zunächst einmal glaube ich nicht, wie es hinter Eurem Rücken, werte Johanna, gern kolportiert wird, dass es hier um eine Frauengeschichte geht.“ Davon hatte Johanna zwar noch nichts gehört, sie schwieg jedoch wohlweislich, um den Erzählfluss der Dame Delph nicht zu unterbrechen.

„Euer Clemens, das wisst Ihr natürlich selbst am besten, kommt in der Damenwelt gut an, doch er scheint Euch ja treu ergeben zu sein. Zumindest hat man mir davon aus oberpfälzer Kreisen berichtet.“

Johanna musste sofort an die Freifrau von Löwenthal denken und sie ballte innerlich die Fäuste. Waren Clemens’ kleine Eskapaden also tatsächlich bis in die Kurpfalz durchgedrungen? So unbedeutend konnten sie also doch nicht gewesen sein! Dennoch versuchte sie, ein freundliches Lächeln in ihr Gesicht zu zaubern, schließlich wollte sie mehr von der Dame Delph erfahren.

„Nein, nein“, fuhr Doro fort, „hier geht es zweifelsohne um Geld. Um viel Geld sogar.“

Johanna erstarrte. Was wusste man in diesem Salon darüber?

„Ja“, redete die Delph unterdes weiter, „in Frankfurter Bankierskreisen, zu denen ich wie Ihr wisst gute Kontakte pflege, ist man sich sogar sicher, dass es um die verlorenen Juwelen der letzten Medici geht, jener verstorben Witwe von Jan Wellem, Gott sei ihren Seelen gnädig.“

Sie hob ihre Hände beschwörend und beugte sich zu Johanna hinüber: „Euer Clemens weiß etwas über den Verbleib all des Schmuckes und Goldes, davon ist man bei Hofe überzeugt!“

„Wer?“ Johanna hielt den Atem an.

„Die Kurfürsten. Die Älteren von Stand. Und die Bankiers natürlich.“

„Die Kurfürsten?“ Es gab doch nur einen in Mannheim – was

erzählte die Delph nur?

„Ja, auch der sächsische Kurfürst Karl August – unser Freund Goethe hier kennt ihn bereits – weiß um die Entführung, und an den Höfen in Zweibrücken, Karlsruhe, Darmstadt und Kassel, so wurde es mir jedenfalls berichtet, spricht man auch davon. In Bankenkreisen gilt es übrigens als Gewissheit, dass Euer Gatte mehr über den Verbleib der Medici-Juwelen weiß, als Euch offenbar bekannt ist. Und glaubt mir, werte Johanna", sie flüsterte nun beinahe, „hier geht es um so unvorstellbar viel Gold und Juwelen, dass sich insgeheim vermutlich jeder Fürstenhof dafür interessieren dürfte. Euer Clemens ist also – einmal positiv ausgedrückt – ein begehrter Mann. Und übrigens derzeit wohl kaum in Lebensgefahr. Denn wer schlachtet schon einen Goldesel." Sie kicherte.

Johanna schwieg. Von einer Erbschaftsangelegenheit hatte ihr Mann damals gesprochen – nur sie selbst wäre nie auf diese Dimensionen gekommen. Verschaffelt hatte einen Zusammenhang mit dem Medici-Nachlass angedeutet – und auch er verkehrte ja bei Hofe. Nur, wenn Clemens wirklich etwas über den Verbleib dieses Schatzes wusste, warum hatte er ihr nie davon erzählt? Das war doch wichtig! Nein, sie war sich sicher, dass Clemens eben *nicht* genau wusste, wo sich diese Gelder befanden. Plötzlich sah sie klarer: Genau das war vermutlich das Problem! Clemens konnte niemandem etwas dazu sagen, da er selbst keine sicheren Informationen hatte, natürlich! Möglicherweise vermutete er etwas, aber...

„Grämt Euch nicht, liebste Johanna, er wird wieder auftauchen, Euer Clemens." Die Delph war hinter sie getreten und hatte die Hände auf ihre Schultern gelegt.

„Stimmt, denn nur lebend ist der den Gierschlunden von Nutzen!" Goethe lächelte sie aufmunternd an. „Ich werde auf meiner Reise die Ohren offen halten und Euch berichten, wenn mir etwas in dieser Angelegenheit zugetragen wird.
Erlaubt Ihr mir, mich bei Euch in der Apotheke noch einmal persönlich zu verabschieden, wenn ich Heidelberg gen Süden verlasse?"

Johanna nickte freundlich. Dann erhob sie sich hastig, sie brauchte frische Luft. Artig bedankte sie sich bei ihrer Gastgeberin und versprach, den Kontakt aufrecht zu erhalten. Goethe verabschiedete sich von ihr formvollendet mit einem Handkuss und erneuerte noch einmal seinen Wunsch, vor seiner Abreise bei ihr vorzusprechen. Dann verließ sie das Delphsche Haus und ging langsam über den Wind gepeitschten Marktplatz zurück zur Hofapotheke.

Dort wurde sie von Tante Clara, Onkel Philipp und den Kindern bereits erwartet. Die Ablenkung tat ihr gut und sie verbrachten einen gemütlichen Tag mit gemeinsamen Spielen und allerlei Gebäck. Währenddessen erzählte sie begeistert von dem jungen Goethe, der so wunderbar mit der Sprache umgehen konnte. Die Delph erwähnte sie nur am Rande und verschwieg dabei die von ihr geäußerten Theorien zu Clemens Verschwinden. Die Krämerin war bei den Bechtlers nicht beliebt, man würde ihre Worte folglich sofort infrage stellen.

Erst am Abend konnte sich Johanna noch einmal gedanklich mit den Neuigkeiten befassen, die sie im Salon Delph erfahren hatte. Unglücklicherweise lag der geheimnisvolle Brief von Clemens in ihrem Nachttisch in Mannheim – zu gerne hätte sie ihn noch einmal gelesen. Vielleicht fand sich doch ein Hinweis auf ein Versteck darin und sie hatten es bislang nur übersehen. Denn dieser Erklärungsansatz erschien ihr mittlerweile am plausibelsten: Clemens wurde deshalb an einem unbekannten Ort festgehalten, da er zwar offenbar um diesen Schatz wusste, jedoch das Versteck nicht kannte. Offenbar erwartete man von ihm eine Lösung oder zumindest irgendwelche Aktivitäten, die zu dem Versteck führen könnten. Bei diesem Gedanken erstarrte Johanna vor Schreck.

Soweit hatte sie noch gar nicht gedacht! Rechnete man etwa damit, dass sie als treu sorgende Gattin die Entführer auf die Spur brachte? Dann war auch sie in höchster Gefahr! Und sollte im Brief von Clemens der entscheidende Hinweis verborgen sein, durfte dieses Dokument niemals in fremde Hände gelangen. Warum war sie nur so nachlässig gewesen und hatte das

Papier in ihrem Mannheimer Kabinett liegen lassen?

Sie würde so schnell wie möglich in die Residenzstadt zurückkehren müssen. Ein erneutes Treffen mit Goethe oder der Dame Delph war für sie plötzlich nebensächlich geworden. Schon am folgenden Morgen sprach sie mit Onkel und Tante über ihre geplante Abreise, die sie mit einem dringenden Besuch in der Mannheimer Hebammenschule begründete, den sie angeblich mit Anton von Mai verabredet hatte.

Sie hoffte inständig, dass diese kleine Notlüge nicht herauskam, denn beide hatten erwartet, dass sie einige Wochen bei ihren Kindern blieb. Doch da Johanna diese durch Tante Clara und den neuen Hauslehrer Lehrbach gut versorgt sah, konnte sie mit ruhigem Gewissen fahren.

Die Bechtlers überredeten sie allerdings noch für zwei Nächte in Heidelberg zu bleiben, um gemeinsam mit den Kindern die ersten Weihnachtsküchle zu backen, so dass es dann doch noch zu einem erneuten Treffen mit Johann Wolfgang Goethe kam.

Zwei Tage nach ihrem Kennenlernen im Salon der Dorothee Delph stand der junge Dichter plötzlich in aller Herrgottsfrühe und in Reisekleidung in der Bechtlerschen Hofapotheke, wo Johanna gerade neue Kräutertränke in eine Vitrine einsortierte.

„Herr Goethe, Ihr seid aber früh unterwegs!“ Johanna kam aus dem hinteren Kabinett in den Laden vor und lächelte ihn an. „Euch fehlt doch hoffentlich nichts?“

„Nein, werte Johanna, nein. Ich reise nur ab.“ Er beugte sich zu ihr über den Ladentisch hinüber. „Und das wollte ich nicht, ohne mich noch einmal bei Euch zu empfehlen.“

„Nun, dann grüßt Italien, die ferne Heimat meines Mannes, von mir“, sagte sie lächelnd, „und kommt vor allem heil und am besten mit einem neuen Roman zurück!“

„Wohl kaum, wohl kaum.“ Der Dichter schaute sie mit einem zerknirschten Gesichtsausdruck an. „Ich mache die Grand Tour jetzt nämlich gar nicht.“

Fragend blickte Johanna ihn an. Vor zwei Tagen hatte er ihr

doch noch von Italien erzählt!

„Eine Einladung ist der Grund. Nach Weimar. Und die kann und möchte ich nicht ausschlagen." Er senkte die Stimme: „Sie kommt von Karl August höchstpersönlich."

„Dem Kurfürsten?" Dieser Goethe war noch bedeutender, als Johanna dachte.

„Ja. Er will Weimar zu einem Musentempel machen. Bedeutender sogar als Mannheim. Und mich braucht er dazu, sagt er." Mit stolz geschwellter Brust strahlte der junge Mann Johanna an.

„Und Doro... ich meine... die Heiratspläne...?" Johanna verhaspelte sich bei ihrer indiskreten Nachfrage.

„Ach Gott, diese elenden Ehestiftungen!" Goethe schnaufte verächtlich. „Und was die Demoiselle Delph betrifft – nun, wir trennen uns nicht gütlich."

„Wie bitte?" Was meine Goethe nur? Johanna kam hinter dem Ladentisch hervor, bot dem Dichter einen Stuhl an und setzte sich zu ihm. Um diese Uhrzeit war ohnehin noch keine Kundschaft zu erwarten. „Erzählt, wenn Ihr mögt", forderte sie ihn auf.

Das ließ der junge Man sich nicht zweimal sagen. In blumigen Worten schilderte er das nette, aber nicht ganz unbeschwerte Treffen mit der Familie zu Wrede und die Zielstrebigkeit, mit der Dorothee Delph wieder einmal vorgegangen war. „Dieses alles lehnte ich zwar nicht ab, allein mein planloses Wesen konnte sich mit der Planmäßigkeit meiner Freundin nicht ganz vereinigen."[56] Offenbar hatten beide im Anschluss im Salon lange Gespräche miteinander geführt.

„Bis tief in die Nacht hinein hatte Demoiselle Delph mir ihre Pläne und was man für mich zu tun willens war, im einzelnen dargestellt, und ich konnte nicht anders als dankbar solche Gesinnungen verehren, obgleich die Absicht eines gewissen Kreises, sich durch mich und meine mögliche Gunst bei Hofe zu verstärken, nicht ganz zu verkennen war.

Wir trennten uns erst gegen eins. Ich hatte nicht lange aber

56 Diese und auch die nachfolgende Worte Goethes sind frei zitiert nach Dichtung und Wahrheit.

tief geschlafen, als das Horn eines Postillons mich weckte, der reitend vor dem Hause hielt. Bald darauf erschien Demoiselle Delph mit einem Licht und Brief in den Händen und trat vor mein Lager. ‚Da haben wir's!' rief sie aus. ‚Lesen Sie, sagen Sie mir, was es ist. Gewiß kommt es von den Weimarischen. Ist es eine Einladung, so folgen Sie ihr nicht, und erinnern sich an unsre Gespräche.' Ich bat sie um das Licht und um eine Viertelstunde Einsamkeit. Sie verließ mich ungern. Ohne den Brief zu eröffnen, sah ich eine Weile vor mich hin."

Natürlich war in dem Brief die von der Delph so gefürchtete Einladung gewesen, die all ihre Mannheimer Pläne mit Goethe zunichte machen sollte. Doch leicht war dem Dichter, das versicherte er Johanna treuherzig, die Entscheidung nicht gefallen: „So sehr sich auch mein Verstand und Gemüt gleich auf diese Seite neigte, so fehlte es doch meiner neuen Richtung auch nicht an einem bedeutenden Gegengewicht. Mein Vater hatte mir einen gar hübschen Reiseplan für Italien aufgesetzt und mir eine kleine Bibliothek mitgegeben, durch die ich mich vorbereiten und an Ort und Stelle leiten könnte. In müßigen Stunden hatte ich bisher keine andere Unterhaltung gehabt, sogar auf meiner letzten kleinen Reise im Wagen nichts anders gedacht. Jene herrlichen Gegenstände, die ich von Jugend auf durch Erzählung und Nachbildung aller Art kennen gelernt, sammelten sich vor meiner Seele, und ich kannte nichts Erwünschteres, als mich ihnen zu nähern."

Dennoch hatte Goethe sich für Weimar entschieden und hatte dies dann auch seiner Gastgeberin und freundschaftlichen Gönnerin mitgeteilt:

„Meine Beste, reden Sie mir nichts ein, ich bin entschlossen zurückzukehren; die Gründe habe ich selbst bei mir abgewogen, sie zu wiederholen würde nichts fruchten. Der Entschluss am Ende muss gefasst werden, und wer soll ihn fassen als der, den er zuletzt angeht?"

„Und wie hat sie reagiert?" Johanna konnte sich die Enttäuschung von Doro gut vorstellen.

„Nun ja...", druckste Goethe ein wenig herum, „ich war bewegt, sie auch, und es gab eine heftige Szene, die ich dadurch endigte, dass ich meinem Burschen befahl, Post zu bestellen. Vergebens bat ich meine Wirtin, sich zu beruhigen und den scherzhaften Abschied, den ich gestern abend bei der Gesellschaft genommen hatte, in einen wahren zu verwandeln, zu bedenken, dass es nur auf einen Besuch, auf eine Aufwartung für kurze Zeit angesehen sei, dass meine italienische Reise nicht aufgehoben, meine Rückkehr hier her nicht abgeschnitten sei. Sie wollte von nichts wissen!

Der Wagen stand vor der Tür, aufgepackt war, der Postillon ließ das gewöhnliche Zeichen der Ungeduld erschallen, ich riss mich los, sie wollte mich noch nicht fahren lassen, und brachte künstlich genug die Argumente der Gegenwart vor, so dass ich endlich leidenschaftlich und begeistert die Worte Egmonts ausrief:

Kind, Kind! nicht weiter! Wie von unsichtbaren Geistern gepeitscht, gehen die Sonnenpferde der Zeit mit unsers Schicksals leichtem Wagen durch, und uns bleibt nichts, als mutig gefasst, die Zügel festzuhalten und bald rechts, bald links, vom Steine hier, vom Sturze da, die Räder abzulenken. Wohin es geht, wer weiss es? Erinnert er sich doch kaum, woher er kam.“[57]

Johanna hatte Mühe, sich das Lachen zu verbeißen. Was für Szene hatte sich nur wenige Häuser weiter abgespielt! Eine aufgeregte ältere Dame, die sich vermutlich laut lamentierend am jungen Dichter festkrallte, während dieser in höchster Bedrängnis Verse rezitierte – zu gern wäre sie Zeugin gewesen! Sie fasste sich wieder und legte ihre Hand freundschaftlich auf Goethes Arm. „Und nun, werdet ihr im Streit bleiben?“

„Ach was, Doro beruhigt sich wieder.“ Zuversichtlich lächelte Goethe sie an. „Wir kennen uns seit langem, sie ist stets etwas überschwänglich, wie Ihr ja sicherlich auch schon bemerkt habt. Ich werde nun nach Weimar reisen und ihr von dort höflichst schreiben. Vielleicht könnt Ihr ja auch ein gutes Wort für mich bei Doro einlegen?“

57 ebenda

Johanna nickt. „Gern. Aber im Gegenzug hört Ihr Euch am Hofe in Weimar und auf Eurer Reise dorthin nach meinem Mann um, einverstanden?“

„Einverstanden!“ Der Dichter sprang auf und verbeugte sich. „Ich wünsche Euch viel Glück auf Eurer Suche – und...“ er zwinkerte Johanna an, „nehmt Euch vor diesem französischen Baron in Acht.“

„Danke, das werde ich“, erwiderte Johanna lachend, „sorgt Euch nicht.“

Johann Wolfgang Goethe wollte gerade die Apotheke verlassen, als Hauslehrer Lehrbach den Laden betrat. Verblüfft hielt der Dichter vor dem anderen Mann inne. „Kennen wir uns nicht?“

Der Hauslehrer schüttelte den Kopf. „Ich wüsste nicht, woher.“

„Bei den Schönemanns in Frankfurt, ganz sicher, da haben wir uns schon einmal gesehen. Goethe ist mein Name. Sie müssen sich doch erinnern!“

Doch Lehrbach zuckte mit den Schultern. „Es tut mir leid. Ein Irrtum vermutlich.“ Er nickte Johanna zu und zog sich eilig wieder zurück. Goethe wandte sich noch einmal um: „Ich bin mir ganz sicher: Dieser Mann befand sich im Kontor von Lilis Vater, als ich ihn einmal besuchte. Dass er sich daran nicht erinnert... Nun ja, ich verlasse Euch jetzt, werte Johanna, Das Glück sei Euch hold!“

Schwungvoll ließ er die Tür hinter sich zufallen und eilte mit großen Schritten zu seiner Kutsche hinüber. Johanna blieb nachdenklich zurück. Zum einen hätte sie gern noch mehr Zeit mit Goethe verbracht, der wirklich ein erstaunlich unterhaltsamer und sprachgewandter Gesellschafter war.

Zum anderen wunderte sie sich aber auch über ihren Hauslehrer, der ja tatsächlich zuvor in Frankfurt gewesen war. Dass er sich ausgerechnet an diesen wundervollen Dichter nicht erinnern konnte – merkwürdig. Ein Kunde betrat die Apotheke und lenkte Johanna ab.

Am Abend hatte sie die Begebenheit vergessen, da mit Beginn des kalten Wetters ganz Heidelberg unter Schnupfen zu leiden schien und in der Apotheke Hochbetrieb gewesen war. Erschöpft fiel sie zur Nacht in ihr Bett, um in aller Frühe am nächsten Morgen mit dem Packen zu beginnen. Sie nahm die Mittags-Postkutsche nach Mannheim, nachdem sie ihren Kindern versprochen hatte, spätestens zum ersten Advent wieder da zu sein.

Doch es sollte anders kommen: Was anfangs nur als Gerücht durch die Mannheimer Quadrate waberte, wurde am 6. November 1775 offiziell verkündet: Herzog Christian von Zweibrücken, der designierte Nachfolger und Erbe Ihrer Durchlaucht, dem Kurfürsten Carl Theodor, war am Vortag überraschend gestorben – wie es hieß, bei einem Jagdunfall. In das Hofleben war unerwartet Bewegung gekommen und Johanna sah sich veranlasst, Weihnachten und den Jahreswechsel mit ihren Kindern in Mannheim zu verbringen.

Kapitel 8

Durch den Tod des designierten Thronfolgers Christian von Zweibrücken geriet alles andere in Vergessenheit – nicht nur bei Hofe in Mannheim, sondern auch im Haushalt der Bechtlers. Zwar hatte Johanna bei ihrer Rückkehr in die Quadratestadt sofort nach dem geheimnisvollen Brief ihres Gatten geschaut und ihn dann sorgfältig in einem Geheimfach unter ihrer Bettstatt verstaut, doch an weitere Nachforschungen im Umkreis des Hofes war derzeit nicht zu denken.

Denn dort ging es zu wie in einem Bienenstock: Niemand hatte mit einem Hinscheiden Christians vor dem Ableben des Kurfürsten gerechnet – galt er doch als gesund und vital, was man in letzter Zeit von Carl Theodor nicht hatte sagen können. Umso mehr kursierten Gerüchte und Vermutungen durch die Säle und Kabinette der Höflinge, die sich nun neue strategische Verbündete und Allianzen suchen mussten.

Von ihrem Onkel erfuhr Johanna erst Ende November, dass Christian nicht – wie zunächst kolportiert – durch einen mysteriösen Jagdunfall gestorben war, sondern als Folge eines Lungenleidens.

Demnach hatte sich der begeisterte Jäger noch im Oktober auf der Jagd am Petersberg, seiner Sommerresidenz, befunden, war dort jedoch zum ersten Mal erkrankt. Wenige Tage später hatte sich der Herzog wieder stark genug gefühlt, ein Bergwerk zu besuchen, da ihn Mineralien, Erze und Gesteine seit jeher faszinierten.

Sein immenses Interesse an der Alchemie war allgemein bekannt und Anlass für mancherlei Gerüchte, wenn in seinem Umfeld überraschend jemand das Zeitliche segnete. Wohl zu Unrecht, beteuerte Onkel Philipp bei seiner Schilderung gegenüber Johanna, denn aus dem einstigen Griesgram und chronischen Neider war in den vergangenen zehn Jahren an der Seite seiner mutigen und fröhlichen Gattin ein umgänglicher Landesherr geworden, der erstaunlich viel für seine

Untertanen ermöglicht ermöglicht hatte[58] .

Beim Verlassen jenes Bergwerks jedenfalls hatte der Herzog plötzlich über starke Halsschmerzen geklagt und wurde zurück in die Sommerresidenz gebracht.

Der sofort konsultierte Arzt aus dem nahe gelegenen Zweibrücken, ein an sich als ‚Bauernarzt' verschriener Eigenbrödler namens Koch, durfte seine Ideen von Heilung und Selbstheilung jedoch nur wenige Stunden an den Mann bringen und wurde dann auf allerhöchsten Befehl wieder entfernt.

„Es ist ein Jammer, dieser Doktor Koch hätte das Leben des Thronfolgers retten können", bedauerte Philipp Bechtler die Entwicklungen am Zweibrücker Hof. „Aber die höfische Rangfolge musste ja gewahrt werden, koste es, was es wolle!"

Erstaunt fragte Johanna nach: „Wie meinst du das, Onkel Philipp?"

„Nun, ich glaube, dass dieser einfache Landarzt sehr viel mehr von Medizin versteht, als die meisten Doctores bei Hofe." Bekümmert zuckte er mit den Schultern, ehe er fortfuhr: „Das kennst du doch auch noch von deinen Vater, Johannalein: Wer andere Ideen vertritt, wird daran gehindert, wo es nur geht. Und genau das passiert diesem Koch seit Jahren. Dabei hat er dem Hofmaler Mannlich[59] , der lange mit der Auszehrung gekämpft hat, das Leben gerettet."

Offenbar hatte Koch dem Höfling geraten, alle von anderen Ärzten verschriebenen Mittelchen abzusetzen und stattdessen auf die Selbstheilung des Körpers zu achten. Das Wunder geschah: Mannlich ging es binnen Wochenfrist wieder besser und kurze Zeit später war er vollständig genesen.

Dennoch war Bauernarzt Koch bei Hofe nicht gern gesehen. Philipp Bechtler vermutete wohl zu Recht, dass dafür nicht zuletzt die mangelnden Umgangsformen des jungen Arztes verantwortlich waren. Der Apotheker stand mit Koch jedoch

58 Herzog Christian unterhielt in Zweibrücken u. a. eine noch heute bestehende Pferdezucht, führte den Kartoffelanbau ein, rief eine Lotterie ins Leben, baute eine Vorstadt und gestaltet die ganze Stadt neu; außerdem errichtete er eine Porzellanmanufaktur. Hinzu kam ein überdurchschnittliches Engagement im Armenwesen, und er ließ Schulen bauen und Kranke versorgen

59 Johann Christian von Mannlich (1741-1822) war Hofmaler von Herzog Christian IV. von Pfalz-Zweibrücken und avancierte unter seinem Nachfolger sogar zum Hofarchitekten.

regelmäßig in Kontakt und belieferte ihn immer wieder mit Pillen und Tränken – und kam so in den Genuss von Neuigkeiten aus Zweibrücken.

So hatte er erfahren, dass es Hofarzt Algardi war, der bis zuletzt am Bett des todkranken Herzogs gewacht hatte.

„Aber Algardi ist doch schon steinalt!“ entfuhr es Johanna entsetzt. „Praktiziert er denn immer noch?“ Sie kannte ihn von früher – war er es doch gewesen, an dessen Seite sie die dramatische Geburt des sofort danach verstorbenen Thronfolgers vierzehn Jahre zuvor im Schwetzinger Schloss erlebt hatte.

„Auf Anordnung Ihrer Durchlaucht, des Kurfürsten, ja“, bestätigte Philipp bedauernd. „Aber es ist ihm nicht gut bekommen. Die Zweibrückener waren so entsetzt über den unerwarteten Tod ihres Landesfürsten, dass sie Algardi tatsächlich lynchen wollten!“

„Um Gottes Willen, der Ärmste.“ Johanna schüttelte den Kopf. Doch die Empörung der Zweibrückener konnte sie gut nachvollziehen. Wer verlor schon gern einen beliebten Förderer und Landesvater?

„Herzog Christian wusste allerdings, dass er wohl sterben würde“, bemerkte Philipp Bechtler nachdenklich. „Es heißt, er habe noch kurz vor seinem Tod ganze Aktenbündel im Kamin verbrannt, während im Vorzimmer schon der Hof wartete.“

„Und was waren das für Akten?“ Johanna horchte interessiert auf.

„Das weiß keiner so genau. Aber in Hofkreisen vermutet man, dass es um seine Frau und ihre zweifelhafte Herkunft ging. Vermutlich wollte er sie und seine Kinder so für die Zukunft absichern.

Denn vor seinem Neffen dürfte niemand sicher sein, ein übler Machtmensch, der vor nichts zurückschreckt!“

In der Tat sollte sich schon bald herausstellen, dass der neue Thronfolger des Kurfürsten seine unerwartete, aber vermutlich lang erhoffte Machtposition genüsslich ausnutzen sollte. Carl August Herzog von Pfalz-Zweibrücken war der einzig infrage kommende Nachfolger seines Onkels Christian, dessen

Kinder aufgrund der unstandesgemäßen Herkunft seiner Gattin nie Anrecht auf diesen Status hatten.

Sein Vater Friedrich Michael war einst der Günstling Elisabeth Augustes gewesen, allerdings schon 1767 gestorben. Dessen mäßigendes Gemüt fehlte fortan in der Familie und Carl August entwickelte sich zu einem regelrechten Despoten, dessen Beiname in Folge schon bald „Hundskerl" war, da er seine Hundemeute mehr als alles andere liebte.

Es wurde in diesem Zusammenhang sogar erzählt, dass einer seiner Jagdhunde bei einem Jagdausflug über ein Kind hergefallen sein soll. Als der Jagdaufseher das Tier von dem Kind fernhalten wollte, hätte Carl August dem Aufseher mit den Worten „Lass dem Tierchen sein Pläsierchen" befohlen, das Tier gewähren zu lassen – was ein erschütterndes Bild von seinem Charakter widerspiegelte.

Kaum war sein Onkel in aller Feierlichkeit beigesetzt worden, begann Carl August zu handeln: Er entließ noch vor Weihnachten sämtliche Hofbeamten von Christian und behielt lediglich Ludwig von Esebeck in seinen Diensten, der allerdings mit seiner früheren Liebe Karoline von Gayling verheiratet war. Diese wiederum wurde nun seine offizielle Maitresse – und ihr geprellter Gatte zur Entschädigung Berater des Herzogs.

Und nicht nur das: Denn in Windeseile platzierte von Esebeck seine gesamte Verwandtschaft in einflussreiche Posten am Hofe. Auch Karoline von Gayling machte zum Jahresende noch eine steile Karriere, indem Carl August sie kurzerhand zur Oberhofmeisterin am Hofe seiner Frau beförderte, was Amalie von Sachsen verständlicherweise schwer zu schaffen machte. Sie hatte ohnehin kein leichtes Leben an der Seite ihres Gatten:

Als fromme Katholikin missfiel ihr sein protziger Lebensstil ebenso wie die Tatsache, dass seine Maitresse Protestantin war. Außerdem hatte sich der erhoffte Kindersegen nicht eingestellt – auf einem einzigen Sohn ruhten nun alle Hoffnungen des Landes, was ihre Stellung bei Hofe nicht gerade begünstigte.

Während man sich in Hofkreisen intensiv mit den jüngsten Entwicklungen in Zweibrücken beschäftigte und darum bemüht war, eigene Interessen in Stellung zu bringen, befasste Johanna sich mit ganz anderen Dingen: Weihnachten stand vor der Tür. Immer wieder musste sie in jenen Tagen daran denken, dass zum Christfest im Jahr zuvor ihr Leben aus den Fugen geraten war und sie seither keine nennenswerten Erfolge bei der Suche nach ihrem Mann erzielt hatte.

Wie würden Louisa und Francesco das erste Weihnachtsfest ohne ihren Vater wohl verkraften? Ob auch Clemens voller Wehmut an seine Familie dachte? Nicht einmal der kurze Besuch des Freiherren von Stengel konnte Johanna aus ihren trüben Gedanken holen – zumal dieser nur wenige Minuten Zeit für seinen Abstecher in der Apotheke mitbrachte.

„Werte Johanna, Ihr könnt Euch sicherlich vorstellen, dass nun bei Hofe allerlei zu tun ist", erklärte er ihr mit einem bedauernden Achselzucken. „Der Kurfürst steht noch ganz im Schock über den Tod des Herzogs – und dass er dessen Nachfolger nicht besonders mag, ist ja allgemein bekannt."

Johanna war klar, was dies für viele Höflinge bedeutete: Einerseits ging es stets darum, beim regierenden Fürsten in der Gunst zu stehen.

Andererseits war nun ein heimlicher Intimfeind des Kurfürsten sein designierter Nachfolger, den es ebenfalls frühzeitig zu umschmeicheln galt – nur durfte Carl Theodor davon möglichst nichts mitbekommen. Kein einfaches Unterfangen, und Johanna war wieder einmal froh, nicht im unmittelbaren Umfeld des Hofes leben zu müssen.

Von Stengel hingegen hatte keine Wahl: Als zwar illegitimer aber leiblicher Sohn und engster Berater des Kurfürsten war seine Position klar definiert. In diesen Tagen beschäftigte er sich vor allem damit, zu beobachten, politische Neigungen zu erkennen und zu bewerten.

Immerhin trug sein unermüdlicher Einsatz zum Jahresende Früchte: Er wurde von Carl Theodor zum „Wirklichen Regierungsrat" mit Sitz und Stimme in der Regierung ernannt, was in seinem jungen Alter etwas durchaus Besonderes war. Vermutlich wollte der Kurfürst so ein vertrauenswürdiges Gegengewicht zum Zweibrückener Thronfolger aufbauen, was für den Freiherren eine große Ehre, aber auch eine schwierige Aufgabe war.

„An meine Heirat ist folglich derzeit nicht zu denken", verriet er Johanna zum Abschied schmunzelnd. „Ich habe ja nicht einmal Zeit, mir eine Braut anzuschauen!"

Johanna lächelte nachsichtig. „Ihr sollt sie auch nicht anschauen, sondern wenn möglich kennen und lieben lernen!"

„Ich weiß", seufzte von Stengel, „Ihr habt ja Recht. Doch einfach wird das nicht werden, wo ich doch schon das Idealbild von einer Frau an meiner Seite gefunden habe."

Er sah Johanna so tief in die Augen, dass sie ihren Blick senken musste. Es war charmant von ihm, ihr seine tiefe Sympathie immer wieder zu zeigen, ohne dabei die Regeln der Schicklichkeit zu verletzen, doch es schmerzte Johanna auch ein wenig. Zum einen wurde ihr dadurch stets bewusst, dass ihr ein Mann als Partner fehlte, zum anderen bemerkte sie jedoch auch, dass sie sich zunehmend mit dem Gedanken anfreundete, in Zukunft nicht mehr mit Clemens zu leben, sondern vielleicht auch einen anderen Mann in ihr Leben zu lassen. Von Stengel wäre sicherlich ein Partner, mit dem es sich gut auskommen ließe – doch er war und blieb für eine Bürgerliche wie sie unerreichbar.

„Feiert ein schönes Weihnachtsfest mit Eurer Familie, Johanna", nahm der Freiherr das Gespräch wieder auf. „Ich denke, ich werde erst im Neuen Jahr wieder in Mannheim sein. Eine wichtige diplomatische Mission führt mich schon morgen nach München."

„Oh!" Johanna konnte ihre Enttäuschung nicht verbergen, was von Stengel sichtlich freute. „Dann gehabt Euch wohl. Und eine gute Reise wünsche ich Euch."

„Danke." Er verbeugte sich kurz und wandte sich schon zum Gehen, als er innehielt und in seine Westentasche griff. Er zog ein kleines dunkelblaues Samtsäckchen heraus und drückte es

Johanna hastig in die Hand.

„Hier, ein kleines Geschenk für Euch." Sein Gesicht lief dunkelrot an, doch er sprach tapfer weiter: „Es soll Euch Glück bringen im nächsten Jahr. Nein, nein, nehmt es, es kommt von Herzen."

Ehe Johanna etwas erwidern konnte, fiel die Tür der Apotheke hinter von Stengel zu. Verwirrt starrte sie auf das Stoffsäckchen in ihrer Hand. Was wohl darin war? Mit zitternden Fingern und klopfendem Herzen begann sie damit, die Verschlusskordel zu lösen. Dann hielt sie den Atem an und zog ein goldenes Armkettchen heraus.

Die feine Juwelierarbeit legte sich wie ein weiches Band auf ihre Haut und gab den Blick auf einen mit bunten Edelsteinen besetzten Anhänger frei: ein vierblättriges Kleeblatt. Johanna biss sich auf die Unterlippe. Das hatte von Stengel mit dem Glück also gemeint, einen kostbaren Glücksbringer.

Es war weniger der materielle Wert dieses Geschenks, der sie freute, sondern die Geste an sich. Der Freiherr zeigte ihr so offen seine tiefe Verbundenheit, ohne sie in Bedrängnis zu bringen. Denn ob sie das zarte Schmuckstück tragen würde, war ihr überlassen. Johanna atmete tief durch.

Dann wand sie die Kette um ihr linkes Handgelenk und verschloss sie sorgsam. Sie würde Glück brauchen im nächsten Jahr – was sprach also dagegen, das Geschenk eines wahrhaft guten Freundes dafür zu nutzen?

Die wenigen verbleibenden Tage bis Weihnachten vergingen wie im Fluge. Glücklicherweise hatte Tante Clara die gesamte Weihnachtsbäckerei übernommen.

Sie wollte in der Woche vor Heiligabend mit den Kindern, dem Hauslehrer und allerlei Gebäck nach Mannheim kommen, wo die Bechtlers das Christfest und den Jahreswechsel gemeinsam verbringen würden.

So hatte Johanna ausreichend Zeit, ihre Weihnachtskorrespondenz an Freunde und Verwandte in Darmstadt, Heidelberg, Schwetzingen, Mannheim und Amberg zu erledigen und kleine Geschenke für ihre Kinder, Onkel und Tante und den

Hauslehrer zu besorgen.

An Anton Verschaffelt schickte sie mit einer humorvollen Note eine Ausgabe von Goethes *Werther*, und auch Hans von Hausen und Dorothee Delph vergaß sie nicht: Beide erhielten ein von ihr selbst kreiertes Duftwasser.

Am Freitag vor Heiligabend kam Tante Clara mit den Kindern und Hauslehrer Lehrbach in Mannheim an. Der junge Mann musste für die nächsten Tage mit der Kammer hinter der Küche im Erdgeschoss vorlieb nehmen, während Tante Clara zu den Kindern ins Dachgeschoss zog.

Onkel Philipp blieb im Gästezimmer, da zu erwarten war, dass er während der Feiertage bei Hofe gebraucht werden würde und unruhige Nächte auf ihn zukamen. Johanna genoss den Trubel im Haus und überhörte das Stöhnen Kathis über die Mehrarbeit aufgrund der vielen Gäste – gab ihr all das doch das Gefühl, im Schoße der Familie häusliches Glück zu erleben, auch ohne Clemens.

Sie plante gemeinsam mit ihrer Tante den Ablauf und das Essen der Feiertage, sammelte die Weihnachtspost, die erst zu den Feiertagen geöffnet werden würde und kümmerte sich um das Schmücken des Christbaumes.

Endlich war es so weit: Nach dem obligatorischen Kirchgang, der in Mannheim bereits am Nachmittag stattfand, betraten Louisa und Francesco mit den anderen das zum Weihnachtszimmer verwandelte Speisekabinett und staunten über den entzückend dekorierten Baum im Lichterglanz und die darunter liegenden Päckchen und Briefe.

„Hat Papa uns auch etwas geschickt?“ In Francescos Augen lag eine bange Frage.

Johanna nahm ihren Sohn in den Arm und drückte ihn fest.

„Nein, mein Kleiner, das war leider nicht möglich.“ Sie kämpfte mit den Tränen. „Aber er denkt ganz fest an uns, ganz bestimmt.“

„Und wir an ihn, nicht wahr, Mama?“ Tapfer lächelte Louisa sie an.

„Aber natürlich, wir alle! Lasst uns ein Weihnachtslied für

ihn singen.“ Sie nickte Tante Clara und Onkel Philipp zu und begann mit heller Stimme „Es ist ein Ros’ entsprungen“ zu intonieren, in das die anderen schnell einfielen.
Auch Hauslehrer Lehrbach, der sich dezent im Hintergrund hielt, brachte seinen klaren und erstaunlich wohlklingenden Tenor ein, so dass in Sekundenschnelle eine ausgesprochen feierliche Stimmung entstand.

Während Kathi knicksend Weihnachtsgebäck anbot, durften die Kinder ihre Päckchen auspacken. Louisa schrie vor Freude über einen Federhalter und ein leeres Tagebuch – Johanna hatte ihr einen Herzenswunsch erfüllt. Francesco hingegen versank in andächtiges Schweigen, als er den Bausatz für eine Kutsche ausgepackte, den Johanna bei einem Schreiner in den Quadraten erstanden hatte.

Er würde für die nächsten Stunden beschäftigt sein – und Hauslehrer Lehrbach oder Onkel Philipp vermutlich mit ihm. Obwohl Johanna immer wieder an Clemens denken musste, verging der Abend erstaunlich vergnügt.

Die Kinder hatten von zahlreichen Freunden der Bechtlers ebenfalls kleine Aufmerksamkeiten erhalten – und Onkel Philipp hatte beiden ein Schachspiel geschenkt, in dessen Geheimnisse er zunächst die wissbegierige Louisa einweihte.
Johanna und die beiden Bechtlers hatten sich gegenseitig allerlei Nützliches für den Alltag und einige Bücher geschenkt – und Hauslehrer Lehrbach war von allen mit einem neun Ranzen für seine Hefte und Bücher beglückt worden.

Spät am Abend, nachdem die Hälfte der Weihnachtsgans die Mägen gefüllt hatte, die Kinder bereits erschöpft und zufrieden im Bett lagen, Hauslehrer Lehrbach sich diskret in seine Kammer zurückgezogen hatte und Johanna mit Onkel und Tante noch bei einem Glas Rotwein zusammen saß, war endlich Zeit dazu, die ungeöffneten Briefe und Weihnachtsgrüße zu lesen, die noch unter dem Christbaum lagen.

Auch Tante Clara und Onkel Philipp hatten einen ordentlichen Postberg zu bewältigen – als Betreiber der Hofapotheke bekamen sie Billets aus dem ganzen Land.

Johanna begann mit den Grußkarten, die von Johann Wolfgang Goethe, Tante Philippa, Dorothee Delph und Hans von Hausen eingetroffen waren. Goethe bedankte sich in blumigen Worten noch einmal für die netten Gespräche mit ihr und informierte sie kurz darüber, dass am Hof in Weimar nichts über den Verbleib ihres Clemens bekannt war.

Doch hatte er auf seiner Reise bei Hanau von einer Dame zweifelhafter Herkunft erfahren, dass es in Kassel angeblich politische Gefangene gab, die mit allerlei Komfort und Damenbesuchen bei Laune gehalten wurden. Allerdings schätzte Goethe die Aussagen dieser Frau, die offenbar eine Strecke in der Postkutsche mit ihm verbrachte, als nicht besonders glaubwürdig ein – er hatte den Eindruck, dass sie sich interessant machen wollte.

Aber man wusste ja nie, vielleicht war etwas an der Geschichte wahr, schließlich war Johanna an jeder kleinen Spur interessiert.

Nachdenklich legte Johanna das Billet des Dichters beiseite. Wenn es bei Clemens geheimnisvollem Verschwinden wirklich um den verschollenen Schatz der Medici ging, konnte man ihn durchaus als „politischen Gefangenen“ bezeichnen.

Das Detail mit den Damenbesuchen kam jedoch auch ihr ziemlich an den Haaren herbeigezogen vor – vermutlich hatte Goethe Recht mit seiner Skepsis. Dennoch: Sie würde diesen Hinweis später mit Onkel und Tante besprechen.

Von Tante Philippa aus Darmstadt war ein ausführlicher Brief gekommen, in dem sich die alte Dame in epischer Breite über die hessischen Subsidientruppen für Amerika ausließ.

Ihre vornehme Herkunft ließ sie spürbar naserümpfend über diese Geschäftspraktiken der Nachbarn aus Hessen-Kassel berichten, deren Vorgehen sie keinesfalls guthieß.

„Kindchen, ich bin ja so froh, dass ich keine Söhne im besten Alter mehr habe“, schrieb sie abschließend zu diesem Thema, *„denn dann müsste ich mir ernsthaft Sorgen machen. Es heißt, Landgraf Friedrich steckt jeden, der einem Anwerber über den Weg läuft, in eine Soldatenuniform und lässt ihn sofort zum*

nächsten Sammelplatz bringen, ob er will oder nicht. Folglich ist es nicht die allerbeste Gesellschaft, die nach Übersee verschifft wird – und in Neuengland soll die Dersertationsrate entsprechend hoch sein. Nur was tun die armen Kerle dann da drüben in dem wilden Land? Ich frage mich immer häufiger, in was für einer Zeit wir eigentlich leben...“

Johanna lächelte traurig. Ihre Tante war alt geworden, das verriet nicht nur das zittrige Schriftbild. Von Clemens hatte auch Philippa nichts gehört, doch die geheimnisvolle Kutsche, in der ihr Mann verschwunden war, hatte man in Hessen-Darmstadt tatsächlich gesehen! Das war endlich einmal ein konkreter Hinweis und Johanna las die Passage aufgeregt laut vor: „Hier, hört selbst, was die Tante schreibt: *‚Die Kutsche hat in Groß-Gerau in großer Eile die Pferde gewechselt und soll dann weiter Richtung Gießen gefahren sein. Dort oben verlor sich ihre Spur, es heißt aber, dass sie von einer Gießener Herberge weiter Richtung Norden verschwunden sei.‘* Onkel Philipp, findest Du nicht auch, das deutet auf Hessen-Kassel?“ Schnell berichtete Johanna von Goethes Erlebnis in der Postkutsche.

„Ich weiß nicht, mein Kind.“ Philipp Bechtler rieb sich nachdenklich das Kinn. „Mir ist einfach nicht klar, welchen Bezug dein Mann ausgerechnet dorthin haben sollte. Aber natürlich, wir sollten der Spur irgendwie nachgehen.“

Johanna seufzte. Ihr Onkel hatte natürlich Recht. Nur weil der Landgraf dort im entfernten Norden krumme Geschäfte mit armen Soldaten machte, musste er noch längst kein Entführer von Musikern sein – warum auch? Und vor allem: Was hätte er in diesem Zusammenhang mit einem passionierten Pianisten anfangen sollen?

Sie legte den Brief ihrer Tante, der mit warmen Worten und den allerbesten Wünschen für die ganze Familie endete, beiseite und wandte sich der Grußkarte der Dame Delph zu.

Diese hatte jedoch nur wenige Zeilen geschrieben, dafür allerdings die Hoffnung geäußert, Johanna demnächst einmal wieder persönlich zu treffen. Johanna fragte sich, ob die Heiratsvermittlerin möglicherweise verärgert war, da sich Goethe so offensichtlich um sie bemüht hatte, doch deutete ihre Wortwahl nicht darauf hin. Sie hatte eher den Eindruck, Doro Delph hatte so viele Karten schreiben müssen, dass sie sich in diesem Fall – ganz gegen ihr Naturell – auf wenige Worte beschränkte.

Von Hans von Hausen und dem Freiherrn von Stengel waren Pralinen abgegeben worden, an die lediglich ein kurzer Gruß für die ganze Familie geheftet war. Beide hatten allerdings kleine Päckchen mit Süßigkeiten für die Kinder beigelegt, was Johanna besonders freute. Das Armkettchen des Freiherren, das bislang niemand an ihrem Handgelenk bemerkt hatte, trug sie seit jenem letzten Treffen Tag und Nacht.

Sie hatte das Gefühl, ihm so näher zu sein und seine Fürsorge und seinen Schutz zu spüren, so albern ihr das eigentlich vorkam. Dennoch: Der Freiherr war ihr über alle Standesgrenzen hinweg ein guter Freund und vielleicht sogar ein wenig mehr geworden – und das war in Johannas derzeitiger Situation ein ganz besonderer Schatz.

Seufzend griff sie nach dem nächsten Brief. Er war mit einer goldenen Kordel verschnürt und die Anschrift mit schnörkeliger Handschrift geschrieben. Das Papier war dick und von hoher Qualität. Von wem mochte das Billet nur sein? Neugierig faltete Johanna den Brief auseinander und begann zu grinsen. Die kunstvolle Unterschrift nahm fast die Hälfte des Platzes ein und warf ein bezeichnendes Licht auf die Eitelkeit des Absenders. Aber immerhin: Baron Jean de la Frontière hatte an sie gedacht und bedankte sich noch einmal artig für die gute Pflege im Hause Bechtler. *„Es wäre mir eine große Freude, chère Madame Santorini, hieß es abschließend im Postscriptum, wenn ich bei erneuter Residence in Mannheim vais avoir la permission d'aller rendre mes devoirs à vous."* Johanna musste kichern, dieser Franzose drückte sich wirklich sehr umständlich aus. Das hatte sie noch niemand gefragt, ob er von ihr die Erlaubnis bekäme, ihr seine Aufwartung machen zu dürfen, das war einfach zu komisch! Nicht einmal der Freiherr, der an sich etwas steif und schüchtern war, benutzte derart blumige Worte, um sich mit ihr zu verabreden. Dennoch: Bei aller Belustigung freute Johanna sich auf ein Wiedersehen mit dem Baron – sie hatte die frechen Wortwechsel und den leisen Flirt mit dem gut aussehenden Franzosen insgeheim genossen. Sie war gespannt, wann er im Bechtlerhaus vorsprechen würde. Aus dem Brief ging allerdings nicht hervor, wo er sich derzeit aufhielt.

Ganz zum Schluss, als Johanna alle Grußkarten und Billets gelesen hatte, griff sie nach dem schweren Brief von Giacomo Casanova. Sie hatte lange auf eine Antwort des Italieners gewartet und freute sich nun umso mehr auf die offensichtlich mehrseitigen literarischen Ergüsse des alternden Schwerenöters. Ob er Neuigkeiten für sie hatte? Mit seinen oft recht intimen Kontakten zu sämtlichen Höfen nördlich und südlich der Alpen war er in der Vergangenheit stets gut informiert gewesen, wenn sich irgendwo etwas Merkwürdiges tat und Johanna hoffte, nun vielleicht einen entscheidenden Hinweis zu Clemens' Verbleib zu bekommen. Und selbst wenn das nicht der Fall war – ein Brief von Casanova war immer allerhöchster Lesegenuss, weswegen sie sich die Lektüre ganz bewusst bis zum Schluss aufgehoben hatte.

„Liebe Freundin", begann der Brief, der in Venedig am 15. Dezember datiert war, *„wieder einmal war ich zutiefst berührt und beeindruckt, welcherlei Unwegsamkeiten Euer Leben doch mit sich bringt. Ihr habt wirklich viel zu leisten, Johanna, und ich hoffe, dass ich Euch zumindest ein wenig dabei helfen kann, damit Ihr die Weihnachtstage und den Jahreswechsel in aller Ruhe begehen könnt..."*

Johanna lächelte. Casanova war einer der mitfühlendsten Menschen, den sie kannte – kein Wunder, dass die Frauen seine Gesellschaft genossen, und das auch ohne Intimitäten!

Sie überflog die nächsten Zeilen, in denen er ihre Familie grüßen ließ und ein paar Worte über seine grauen und langweiligen Wintertage im tristen Venedig verlor, ehe er sich mit den Entwicklungen am Mannheimer Hof und dem Verschwinden

Clemens' befasste.
„...Ihr hattet mich nach meiner Einschätzung gefragt, wo möglicherweise in absehbarer Zeit besondere pecuniäre Bedürfnisse auftreten könnten – ein guter Denkansatz, wie mir scheint. Nun, nach den bedauerlichen Veränderungen in Zweibrücken, die ich im Detail von der entzückenden Madame de G., einer Vertrauten der Gräfin Forbach, berichtet bekommen habe, erscheint mir der neue Thronfolger als durchaus geeigneter Kandidat für eine „Einladung" Eures Gatten.

Er scheint ein arger Verschwender zu sein und wird alle Möglichkeiten nutzen, zu Geld zu kommen. Allerdings frage ich mich in diesem Zusammenhang, inwieweit der verstorbene Herzog mit in die Angelegenheit involviert war und habe doch arge Bedenken. Schließlich stand er in den letzten Jahren recht gut mit Eurem Onkel, da dieser stets von der Gräfin protegiert wurde..."

Das war Johanna neu. Onkel Philipp hatte Kontakt zur Gräfin Forbach? Warum nur? Sie würde ihn später dazu befragen.

„...Weitaus schlüssiger erscheint mir Euer Hinweis auf Hessen-Kassel. Ich habe mich dort vorsichtig erkundigt und zwei interessante Billets erhalten: So schreibt Madame de S. (ihr Name tut nichts zur Sache, aber sie ist eine Schönheit!), dass der Landgraf ihr bei einem intimen Déjeuner verraten habe, kurz vor der Entdeckung eines großen Schatzes zu stehen, der ihn zum bedeutendsten Herrscher Europas machen könnte. Das ist natürlich Hybris – ein bedeutender Mann braucht wie wir wissen mehr als Geld, und Landgraf Friedrich ist von Natur aus nicht besonders üppig ausgestattet, wie mir jene Dame ebenfalls verriet. Dennoch: Der kleine Fritz brüstet sich und baut ja, wie wir wissen, einen Prunkbau nach dem anderen. Ihr solltet Euch also durchaus fragen, werte Freundin, ob das allein durch den zugegebenermaßen einträglichen Soldatenhandel zu bewältigen ist. Und noch etwas kommt hinzu: Es besteht offenbar eine rege Ausflugstätigkeit des Landgrafen in eine seiner Wasserfesten. Angeblich veranstaltet er neuerdings auf Schloss Ziegenhain regelmäßig kleinere

Gesellschaften, wobei seine Begleitung vor allem weiblich und nicht immer die kultivierteste sein soll. Es heißt auch, dass in seiner Kutsche mehrmals die Gräfin P. gesehen worden sein soll, die ja für ihre Spionagetätigkeiten an einigen Höfen bekannt und nicht wohlgelitten ist. Schloss Ziegenhain, das ist Euch möglicherweise nicht geläufig, ist eine Festung des Landgrafen, in der er politische Gefangene und unerwünschte Nebenbuhler festhält. Ich selbst kenne diesen Ort glücklicherweise nicht, aber wie auch immer, werte Johanna, den Landgrafen solltet Ihr im Auge behalten..."

Nachdenklich ließ Johanna den Brief sinken. Irgendetwas an den Zeilen des Italieners machte sie stutzig. Sie las den Abschnitt noch einmal, grinste über die verborgene Frechheit darin, an der Manneskraft des Landgrafen zu zweifeln, und überlegte angestrengt, ob sie schon einmal etwas von diesem Wasserschloss gehört hatte.

Doch so sehr sie auch nachdachte, ihr fiel weder etwas auf, noch ein. Seufzend las Johanna also weiter, wenngleich Casanovas Kommentare zur Affäre Lerchenfeld nicht mehr aktuell waren, da man die Dame bereits an einen unbekannten Ort verbracht hatte. Erst als Johanna der Name Dorothee Delph aus den fein säuberlich geschriebenen Zeilen entgegen sprang, konzentrierte sie sich wieder voll auf die Worte ihres alten Freundes:

„...Dass Ihr nun endlich die göttliche Dame Delph kennen gelernt habt, ist mir eine große Freude! Ich gebe zu, ihr Ruf ist nicht allerorten der beste, doch sie ist es wert, gekannt zu werden, glaubt einem alten Menschenkenner. Sie hat mir übrigens von Euren Treffen geschrieben – den werten Goethe scheint Ihr ja mächtig beeindruckt zu haben, liebe Freundin. Und nicht nur ihn, wie mir nun auch die liebe Doro kolportiert, denn offenbar hat der von Euch bereits erwähnte Freiherr von Stengel die emsige Ehestifterin gebeten, in seiner Braut-Angelegenheit Ruhe zu bewahren, da er sich über eine zwar nicht standesgemäße, aber herzensbindende Affinität klar werden müsse. Seine Reaktion auf die Nennung Eures Namens in diesem Zu-

sammenhang war eindeutiger, als erklärende Worte es je sein könnten, verriet mir die gute Doro. Im Übrigen, falls Ihr Euch fragt, liebste Freundin, welcher Natur meine Verbindung zur Dame Delph sein könnten, möchte ich Euch mitteilen, dass sie nie galanter Art waren. Demoiselle Delph ist eine hinreißende Gesellschafterin, eine wundervolle Gastgeberin und von ganz erstaunlicher Begabung, wenn es darum geht, Menschen zusammen zu bringen – doch sie selbst entspricht leider gar nicht dem Ideal einer für mich begehrenswerten Frau. Bitte verzeiht meine offenen Worte, doch es war mir in diesem Fall ein Bedürfnis, dies klar zu stellen..."

Johanna kicherte leise vor sich hin. Allein die Vorstellung, dass sich ihr feinsinniger italienischer Freund mit dem Hang zur dezenten Andeutung und möglichst unauffälliger Galanterie für die eher laute und vor allem unglaublich ausstaffierte Dorothee interessieren könnte, überstieg ihre Vorstellungskraft.

Sie wäre nie auf die Idee gekommen, Giacomo Casanova mit der Delph in eine intimere Verbindung zu bringen – doch ihrem Freund war es offenbar wichtig, das noch einmal zu betonen. Sie nahm die letzte Seite seines Briefes in die Hand und las weiter: *„...Was Eure zugegebenermaßen ungewöhnliche Begegnung mit dem Baron de la Frontière betrifft – auch dies erfuhr ich im Detail von unserer gemeinsamen Freundin Dorothee – so möchte ich Euch gleichermaßen warnen und beglückwünschen. Ihr verwundert Euch darüber? Nun, ich werde es Euch erklären, verbunden mit dem freundschaftlichen Rat, in dieser Sache Eurem Herz nicht zu trauen, dafür Eurem Verstand zu folgen und wenn es dazu kommen sollte, Eurer Leidenschaft nachzugeben."*

Johanna schüttelte ungläubig den Kopf. Was sollte das denn? Neugierig nahm sie den Faden wieder auf:

„...Vergebt mir meine Direktheit in dieser Sache, es scheint mir jedoch dringlich, liebe Freundin. Der Baron, der ja von Haus aus wie Ihr sicherlich wisst gar keiner ist, ist ein Schwerenöter und Herzensbrecher, aber leider kein stiller Genießer. Hat

er das Herz einer Dame erobert, ist es ihm ein geradezu unanständiges Bedürfnis, darüber zu plaudern – sehr zum Leidwesen mancher Liebenden. Je hochrangiger die Eroberung, desto gesprächiger unser Baron. Es ist ganz erstaunlich, dass ihn diese Unart bislang nur jeweils kurze Zeiten in den Karzer gebracht hat!"

Johanna hörte förmlich die Empörung, die sich hinter Casanovas Worten verbarg – hatte er doch das Pech gehabt, häufiger in Ungnade und hinter Gittern zu verweilen. Dennoch, was er über den Franzosen schrieb, war sehr aufschlussreich.

„...Nun hörte ich jedoch, dass Ihr den Baron sehr beeindruckt habt, werte Freundin, und zwar durch Euren wachen Verstand und die Tatsache, dass Ihr Euch nicht allzu empfänglich für seinen sehr französischen Charme zeigtet. Einmal abgesehen davon, dass mich das persönlich sehr freut, denke ich, Ihr solltet dennoch die Bekanntschaft pflegen. Denn wenn jemand in Eurem Umfeld etwas über die wahren Geheimnisse der Mächtigen erfährt, dann ist es jener Jean, der in allen Boudoirs der Höfe ein meist gern gesehener Gast ist. Ich spreche da aus Erfahrung, so unangenehm mir dieses Geständnis vor Euch auch ist, aber es sind die Frauen, die im Rausch der Lust die größten Mysterien preisgeben. So bleibt mit ihm in Verbindung, nutzt die Sympathie, die er für Euch empfindet und hört stets genau zu, was er erzählt. Und noch etwas, liebe Johanna: Solltet Ihr das heimliche Bedürfnis haben, als Frau höchste Wonnen zu genießen, ist jener Franzose ganz sicher eine gute Wahl – vorausgesetzt, Euer Herz bleibt aus dem Spiel..."

Johanna riss die Augen auf. Empfahl ihr Freund hier tatsächlich ein Schäferstündchen mit Jean de la Frontière? So etwas konnte sich nur Casanova einfallen lassen und erlauben – Tante und Onkel durften diesen Brief jedenfalls nicht in die Finger bekommen. Und Clemens... – ihr wurde siedend heiß.

Jetzt hatte sie über all die neuen Menschen in ihrem Umfeld doch tatsächlich vergessen, in Casanovas Brief nach weiteren Hinweisen zum Aufenthaltsort ihres Mannes zu suchen.

Sie überflog die Seiten noch einmal, stieß jedoch auf nichts

Neues. Hastig faltete sie die Papiere zusammen und wandte sich an Onkel Philipp, der bedächtig eine neue Flasche Rotwein entkorkte.

„Sag, Onkelchen, was verbindet dich eigentlich mit der Gräfin Forbach?“

Philipp Bechtler starrte seine Nichte sprachlos an. Tante Clara setzte sich in ihrem Sessel aufrecht hin und beobachtete das Geschehen. Endlich fing sich Onkel Philipp und fragte irritiert nach: „Was meinst du, Johannalein?“

„Nun, du hast ja in den letzten Jahren einiges mit ihr zu tun gehabt – und ich wüsste gern, welcher Art eure Verbindung war.“ Ihr Ton fiel schärfer aus als beabsichtigt, verfehlte seine Wirkung jedoch nicht.

„Hmm, also eigentlich darf ich darüber gar nicht sprechen...“ Onkel Philipp schluckte und blickte hilflos zu seiner Frau hinüber, ehe er sich einen Ruck gab und mit fester Stimme fortfuhr: „Aber jetzt, wo Herzog Christian nicht mehr lebt, spielt es wohl keine Rolle mehr. Die Gräfin hat mich im Einverständnis mit ihrem Gatten konsultiert, da sie keine Kinder mehr bekommen wollte. Sie hatte aufgrund ihrer Herkunft Angst um die Zukunft ihrer Nachkommen – und das wohl zu Recht, wie sich jetzt schon zeigt.“

„Wie meinst du das?“ Johanna wusste nicht, wovon ihr Onkel sprach.

„Naja, es war abzusehen, dass der Tod ihres Gatten ihren Stand bei Hofe in Zweibrücken verschlechtern würde.

Und genau das ist bereits eingetreten. Die arme Gräfin lebt mittleweile irgendwo auf dem Land auf ihrem Witwensitz, hat nur noch wenig Kontakt zu anderen Höflingen und ihre Söhne, das ist wirklich tragisch, sind im Begriff als Soldaten nach Amerika verschickt zu werden.“ Onkel Philipp nickte kummervoll.

„Wie bitte? Wer hat das denn angeordnet? Da will doch niemand freiwillig hin, oder?“ Johanna wunderte sich.

„Carl August natürlich, der üble Lump. Er will sie loswerden – obwohl er nach dem Tod seines Vaters wie ein Bruder mit Jünglingen aufwachsen durfte. Nun hat er womöglich Angst vor ihnen, da sie – ganz im Gegensatz zu ihm – beim Volk beliebt sind. Also verschifft er sie, wohl in der Hoffnung, dass sie nie zurückkehren." Philipp Bechtler griff sichtlich erbost nach seinem Weinglas und nahm einen tiefen Schluck daraus.

„Aber er kann sie doch nicht als einfache Soldaten verschicken!" mischte sich Tante Clara in das Gespräch ein, „Schließlich war ihr Vater der Thronfolger!"

„Nein, natürlich nicht", bestätigte ihr Mann, „das würde nicht einmal er können und wagen. Sie ziehen mit dem Regiment Royal Deux Ponts: Christian von Forbach als Kommandeur, sein Bruder Wilhelm als sein Stellvertreter."[60]

„Ach so." Johanna überlegte einen Augenblick. „Dann hatte Verschaffelt also Recht, als er behauptete, dass auch die Zweibrückener Soldaten an die Engländer verkaufen, nicht wahr?"

„Verkaufen ist nicht ganz der richtige Ausdruck", korrigierte Onkel Philipp sie, „es ist eher eine Leihgabe. Und natürlich trotzdem ein einträgliches Geschäft.

Aber ich kann dich beruhigen", fügte er ihre Gedanken lesend hinzu, „dein Clemens ist nicht dabei.

Ich habe der Gräfin auf ihren Landsitz an der französischen Grenze einen Brief per Boten zukommen lassen können und gewagt, sie direkt zu fragen. Sie ist mir dankbar für meine Diskretion all die vergangenen Jahre und hat mir zugesichert, dass Clemens Santorini nie in Zweibrücken war, solange Herzog Christian dort herrschte. Ich denke, wir können ihr vertrauen."

„Einen Boten? Wen hast du geschickt?" Da Johanna von Anfang an nicht so recht an die Zweibrückener Theorie geglaubt hatte, interessierte sie dieses Detail deutlich mehr.

Onkel Philipp zog die Augenbrauen hoch und lächelte nach-

60 Das Regiment Royal Deux Ponts gab es tatsächlich, allerdings wurde es 1780 nach Übersee geschickt. Ludwig XVI. sandte 1780 auf Drängen von Benjamin Franklin, der deshalb 1776 nach Paris gekommen war, sechs französische Regimenter zur Unterstützung von General Washington nach Amerika; drei der Regimenter waren aus Deutschen rekrutiert, eines davon das Regiment Royal Deux Ponts. Nach einem Winterquartier 1779/80 in der Bretagne wurde das Regiment am 4. April 1780 in Brest eingeschifft.
Kommandeur des Regiments war Christian von Forbach (*1752 +1817), sein Bruder Wilhelm war sein Stellvertreter. Beide waren Söhne von Herzog Christian IV. aus seiner morganatischen Ehe mit der Gräfin Marianne von Frobach.

sichtig. „Du willst es immer ganz genau wissen, nicht wahr? Bist halt eine echte Bechtlerin Johanna.“ Er räusperte sich. „Nun, es war der Baron. Der französische Baron, den wir gepflegt haben.“

„Jean de la Frontière?“ Johanna fiel sein Brief wieder ein. „Ach ja, er hat uns zu Weihnachten geschrieben und lässt alle herzlich grüßen. Und er würde uns gern bei Gelegenheit einmal wieder seine Aufwartung machen.“ Sie hütete sich allerdings, den Brief an Tante und Onkel weiter zu reichen – zu eindeutig ging aus den verschnörkelten Zeilen hervor, dass es dem Franzosen bei seinem geplanten Besuch vor allem um sie selbst ging. Schnell berichtete sie auch von anderen Weihnachtsbriefen, richtete Grüße aus oder las Passagen vor.

Dann wies sie auf Casanovas Idee hin, sich in Sachen Clemens doch einmal genauer mit dem Landgraf Friedrich II. von Hessen-Kassel zu befassen – zumal auch Goethe eine merkwürdige Geschichte aus der Landgrafschaft erzählt hatte.

„Kennst du die Wasserfestung Ziegenhain?“ fragte Johanna ih ren Onkel, doch dieser schüttelte den Kopf. „Nein, davon habe ich noch nie gehört. Woher dieser Casanova nur immer seine detaillierten Kenntnisse hat?“

Johanna grinste, während Tante Clara unwillig mit der Zunge schnalzte. „Also das möchte ich lieber nicht so genau wissen“, ließ sie sich spitz vernehmen. Philipp konnte sich daraufhin das Lachen kaum verkneifen.

Er fing sich jedoch unter dem strafenden Blick seiner Frau schnell wieder und sagte: „Wir sollten Verschaffelt fragen, wenn er wieder in Mannheim ist. Ich denke, zu den Namenstagen des Kurfürstlichen Paares ist er da. Es soll nämlich ein großes Feuerwerk geben und da braucht man ihn sicher bei der Planung.“

„Ein Feuerwerk?“ Johanna bekam leuchtende Augen. „Wie schön! Das schauen wir uns auch an, nicht wahr? Und dann fragen wir ihn nach dieser Wasserfestung, das erscheint mir eine gute Idee.“

Doch Johanna sollte nicht in den Genuss des Lichtspektakels

kommen, über das in den Quadraten noch Wochen später andächtig geredet wurde. Denn kurz nach dem Dreikönigstag wurde sie zum ersten Mal in ihrem Leben richtig krank.

Den Silvesterabend hatte sie noch gemeinsam mit den Kindern, Tante und Onkel, Hauslehrer Lehrbach und einem der Apothekergesellen mit Bleigießen und dem obligatorischen Saumagenessen verbracht, doch schon am Neujahrsmorgen bemerkte sie aufkommende Halsschmerzen und einen leichten Schnupfen.

Wenige Tage später kam hohes Fieber hinzu und sie musste geschwächt das Bett hüten. Onkel Philipp ordnete daraufhin sofort die Abreise seiner Frau mit den Kindern und dem Hauslehrer an – lediglich er selbst und die treue Kathi durften Johannas Kabinett betreten, um sie zu pflegen und zu versorgen. Wohl auch als Folge all der Aufregungen des vergangenen Jahres verlief die Erkältung und daraus resultierende Entzündung der Lunge besonders schwer und erst Anfang März konnte Johanna wieder langsam aufstehen und kurze Spaziergänge in der Frühlingssonne machen. Sie hatte stark abgenommen und wurde deshalb von Kathi mit reichhaltigen Speisen versorgt, bis sie zu Ostern wieder zu ihrer alten Kraft und Schönheit zurückgefunden hatte.

Sofort stattete sie ihren Kindern einen Besuch ab, deren Freude riesengroß war. Johanna hatte Francesco und Louisa sehr vermisst, allerdings eingesehen, dass die Ansteckungsgefahr zu hoch war.

Umso inniger feierten sie ihr Wiedersehen, als Johanna mit allerlei Osterüberraschungen plötzlich in der Heidelberger Hofapotheke stand.

Beim Anblick von Lehrbach, dem Hauslehrer, der sie ebenfalls mit warmen Worten begrüßte, fiel ihr dabei wieder ein, dass Goethe geglaubt hatte, ihn zu kennen – und sie beschloss spontan, der Sache nachzugehen, indem sie der Dame Delph am nächsten Tag einen unangekündigten Besuch abstattete. Auch Dorothee zeigte sich erleichtert darüber, dass Johanna wieder genesen war, hatte allerdings – von ihr zutiefst bedauert – nur einige Minuten Zeit für ihren unerwarteten Gast. Dennoch nahmen sie kurz im Salon Platz und Johanna fragte nach Goethe und seinen Heiratsambitionen.

„Hört mir auf, liebe Johanna", winkte die Delph daraufhin ab, „diesem Manne ist nicht zu helfen! Er will doch tatsächlich in Weimar bleiben, um in Thüringen der Kultur und den Wissenschaften auf die Sprünge zu helfen! Hoffentlich verlässt ihn dort die Muse nicht, es wäre ein großer Verlust für uns alle!" Sie verdrehte ihre Augen theatralisch Richtung Himmel und seufzte schwer. Dann wandte sie sich interessiert Johanna zu: „Und Ihr, wie geht es Euch? Seid Ihr immer noch auf der Suche nach Eurem Gatten?"

Johanna nickte und sprach die Delph ohne Umschweife auf die Wasserfestung Ziegenhain an. Ob Doro wusste, was es damit auf sich hatte? Doch sie hatte Pech, nicht einmal die Dame Delph war besonders gut über das Treiben am Kasseler Hof informiert. Allerdings gab sie Johanna einen interessanten Hinweis: „Ihr solltet den Baron de la Frontière danach fragen, liebe Freundin. Er soll in engem Kontakt mit diesem amerikanischen Diplomat stehen, der zurzeit in Paris weilt und die neue Welt vertritt. Er wird mit allen Fürsten Kontakt haben, die Soldaten in die neue Welt schicken, davon kann man ausgehen. Benjamin Franklin ist sein Name – und er scheint überall für großes Aufsehen zu sorgen[61]."

Johanna hatte bislang noch nicht von einem Diplomaten namens Franklin gehört, sie kannte allerdings einen Naturwissenschaftler mit gleichem Namen. Er war vor vielen Jahren in aller Munde gewesen, weil er den Blitzableiter erfunden hatte – ein Segen für viele Gebäude und auch auf dem Schwetzinger Schloss zu finden. Ob er mit dem anderen Franklin verwandt war?

Ehe Johanna sich wieder verabschiedete, fragte sie Doro schnell noch nach Goethes Beobachtung zu ihrem Hauslehrer aus: „Sagt, werte Doro, hat unser guter Johann Wolfgang Goethe ein gutes Personengedächtnis?"

61 In der Tat hielt Franklin sich im Namen der Amerikaner 1776 in Paris auf.

„Selbstverständlich hat er das!“ Dorothee Delph lachte vergnügt. „Wie sonst sollte er in der Lage sein, derart pointierte Beschreibungen seiner Mitmenschen abzugeben.“ Sie hielt inne und hakte nach: „Warum fragt Ihr das, Johanna?“

„Nun“, Johanna kaute nachdenklich auf ihrer Unterlippe, „er glaubte in dem Hauslehrer meiner Kinder eine Person wieder zu treffen, die er aus Frankfurt kannte – doch unser Lehrbach behauptet, Goethe nie zuvor gesehen zu haben. Ist das nicht merkwürdig?“

„Das ist es, in der Tat.“ Die Dame Delph war hellhörig geworden. „Ich werde ihn mir einmal persönlich anschauen, denn wie Ihr wisst, kenne auch ich mich in Frankfurt gut aus. Ich lasse Euch wissen, was ich herausfinde!“

Die beiden Frauen verabschiedeten sich herzlich voneinander und Johanna kehrte ins Bechtlerhaus zurück. Ihr blieben noch ein paar Tage mit ihren Kindern und zur Erholung, dann wollte sie nach Mannheim zurückkehren.

Sie hatte ihrem Onkel versprochen, die Apotheke dort zu führen, außerdem wartete sie immer noch auf einen Besuch des französischen Barons.

Zwar hatte jener – wie übrigens auch Freiherr von Stengel – in der Zwischenzeit mehrmals bei Philipp Bechtler vorgesprochen, doch war aufgrund Johannas schwerer Erkrankung an ein Zusammentreffen nicht zu denken gewesen. Das sollte sich nun schnellstmöglich ändern, fand Johanna.

Der Freiherr machte ihr als erster seine Aufwartung. Sie verbrachten einen herrlichen Frühlingsnachmittag auf dem Balkon des Bechtlerhauses und tauschten dabei die neusten Neuigkeiten aus. Johanna hatte allerdings weit weniger zu berichten als von Stengel, der im Zuge seiner erweiterten Regierungsmitarbeit sehr viel zwischen München und Mannheim unterwegs war. Der Freiherr strahlte jedoch über das ganze Gesicht, als Johanna ihm sein Armkettchen zeigte, das sie trug und bekam gleich darauf einen bekümmerten Ausdruck.

„Was ist mit Euch?“ Johanna legte ihm sanft die Hand auf den Arm. „Macht Euch doch keine Gedanken, lieber Freiherr, es ist gut so, wie es zwischen uns steht. Ich genieße Eure tiefe Freundschaft und nichts wäre mir ferner, als mehr von Euch zu erwarten."

„Aber das ist es ja gerade, liebe Johanna!" Stephan von Stengel war aufgesprungen und fuchtelte ungestüm mit seinen Armen herum. „Ihr hättet wahrlich mehr verdient, edel und aufrichtig wie Ihr seid. Ihr wisst, dass ich Euch sehr schätze, mehr als schätze, also was ich eigentlich meine...äh..." Er verhaspelte sich und ließ sich wieder auf seinen Stuhl fallen.

„Lasst nur." Traurig lächelte Johanna ihn an.

„Aber Ihr sollt erfahren, was mich bewegt!" Ernst griff von Stengel nach Johannas Hand. „Ihr seid mir ans Herz gewachsen, liebe Johanna, doch für Gefühle ist in meinem Stand leider kein Platz. Stellt Euch vor..." – aus seinen Augen sprang Johanna förmlich seine Empörung entgegen – „... stellt Euch vor, man hat mir eine mögliche Braut empfohlen, die fast noch ein Kind ist! Marianne[62] heißt sie, mehr weiß ich nicht von ihr. Ich habe vorerst die Arbeit vorgeschoben und eine Heirat vor dem nächsten Jahr ausgeschlossen. Ach, was erzähle ich Euch da eigentlich...?"

„Kennt Ihr Benjamin Franklin?" Johanna wollte so schnell wie möglich das Thema wechseln und griff nach dem erstbesten Strohalm.

„Franklin, natürlich, wer kennt ihn nicht, diesen alten Fuchs." Die Ablenkung war gelungen und der Freiherr nickte anerkennend. „Ein ausgezeichneter Diplomat, integer und klug."

„Ich meine nicht den Diplomaten, sondern den Wissenschaftler. Sind die zwei verwandt?" Johanna verfiel ganz bewusst in einen Plauderton.

Von Stengel lachte. „Das ist ein und derselbe! Ein Hans-in-allen-Gassen sozusagen. Er schreibt, erfindet, forscht, druckt, verlegt und vermittelt wissenschaftliches und politisches Gedankengut – ein unglaublich aufgeklärter Geist. Ich bewundere ihn."

„Ach so." Johanna staunte, dieser Franklin schien wirklich ein

62 Stephan von Stengel heiratete Marianne von Blesen 1784.

besonderer Mensch zu sein. „Ja kennt Ihr ihn denn persönlich?“ Johanna versuchte ihre Aufregung zu unterdrücken.

„Nein, leider nicht. Wir trafen uns einmal auf einem Empfang in London, doch zu einem direkten Austausch kam es nicht.“ Von Stengel überlegte einen Moment, während Johanna versuchte, ihre Enttäuschung herunter zu schlucken.

„Er weilt allerdings zurzeit in diplomatischer Mission in Frankreich“, fuhr der Freiherr unterdessen fort. „Möglicherweise wird er auch in deutsche Lande kommen. Dann wäre Mannheim natürlich ganz sicher dabei. Wir sind ja dank Ihrer Durchlaucht eine Stadt der Wissenschaften.“

Johanna lächelte insgeheim. Klang da der Stolz des Sohnes über den Vater aus dem Freiherren heraus? Ob er ahnte, dass sie etwas von der unaussprechlichen Verwandtschaft der beiden wusste? Sie hütete sich allerdings, davon zu sprechen – von Stengel hätte das ganz bestimmt als Indiskretion wahrgenommen.

Geschickt lenkte sie das Gespräch auf Themen rund um Wissenschaft und Medizin, das war unverfänglicher. Beiden gelang es auf diese Weise, intensiven Austausch ohne Konventionsverletzung zu erleben und sie genossen die Zeit miteinander sichtlich. Als der Freiherr sich am späten Nachmittag von ihr verabschiedete, versprachen sich beide, schon bald wieder zusammen zu kommen, um diese außergewöhnliche und tiefe Freundschaft weiter zu pflegen.

Nur wenige Wochen später, in denen Johanna sich ausführlich mit den Beständen und Bestellungen für die Apotheke beschäftigt hatte, kündigte endlich Baron Jean de la Frontière sein Kommen an. Unglücklicherweise befand sich Onkel Philipp ausgerechnet in jenen Tagen bereits in Schwetzingen, um die Ankunft des Hofes im Mai dort vorzubereiten, so dass sie eigentlich aus Anstandsgründen hätte ablehnen müssen. Doch sie überlegte es sich anders und bat kurz entschlossen Kathi, an jenem Tag als Anstandsdame zu fungieren und während der Anwesenheit des Barons in der Nähe zu bleiben.

„Der wird Aich scho nix dun, gnädsche Fra“, bemerkte Kathi

dazu augenzwinkernd, „der hot nämlich ordentlich Respekt vor Aich!“

An jenem Tag verwandte Johanna allergrößte Aufmerksamkeit auf ihre Kleidung. Schließlich galt es, aus ihm wichtige Informationen heraus zu bekommen – und ihre weibliche Eitelkeit wollte dem französischen Charmeur einfach gefallen. Was hatte Casanova ihr noch geraten? Das Herz ausschalten, den Verstand benutzen und Leidenschaft zu lassen. Sie schalt sich selbst ob ihrer unziemlichen Gedanken, bemerkte jedoch, dass ihr Herz aufgeregt zu klopfen begann.

„Ma chère, quelle joie![63]“ Jean de la Frontière begrüßte Johanna mit einem formvollendeten Handkuss und überreichte ihr ein längliches Paket, das in französisches Zeitungspapier eingeschlagen war. Fragend blickte sie den Baron an.

„Eine surprise[64] für Eusch, isch `abe es aus Paris mitgebracht. Isch `offe, es trifft Euren goût.[65]“ Er lächelte sie strahlend an, so dass seine bernsteinfarbenen Augen funkelten.

„Vielen Dank, Monsieur le Baron, aber das wäre doch nicht nötig gewesen...“. Verwirrt bat Johanna ihn in das obere Speisekabinett, wo Kathi eine Tafel mit dampfendem Kaffee und verschiedenem Gebäck und Pralinen gerichtet hatte.

Während die Köchin Kaffee einschenkte und dazu Zucker reichte, schwiegen Johanna und der Franzose – wenn auch aus unterschiedlichen Gründen. Jean de la Frontière nutzte die Gelegenheit, seine Gastgeberin ausführlich zu betrachten, was Johanna natürlich nicht entging und sie innerlich in helle Aufregung versetzte. Johanna hingegen überlegte fieberhaft, wie sie die peinliche Stille überwinden könnte und was sich wohl in dem recht schweren, aber weichen Paket befand, das der Baron ihr überreicht hatte. Wäre es unziemlich, einfach hinein zu schauen?

Als hätte der Franzose ihre Gedanken gelesen, forderte er sie ungeniert auf sein Geschenk auszupacken, nachdem Kathi das Kabinett verlassen hatte: „Isch bin einfach zu neugierig,

63 Franz.: „Meine Liebe, welch eine Freude!“
64 franz.: Überraschung
65 franz.: Geschmack

ob es Eusch gefällt", gestand er ihr, „isch `abe es mit grande passion[66] ausgesucht."

Johanna schluckte, während sich ihre Gedanken förmlich überschlugen. Jetzt sprach dieser Kerl also auch schon von Leidenschaft – hatten sich denn alle gegen sie verschworen? Vorsichtig löste sie die Verschnürung des Paketes und faltete das Zeitungspapier auseinander. Dabei entging ihr nicht, dass auf der Titelseite ein langer Bericht über den Besuch des amerikanischen Gesandten Benjamin Franklin in der französischen Hauptstadt stand. Konnte das ein Zufall sein? Doch de la Frontière schien ihre Aufregung und Irritation nicht zu bemerken. Sie legte das Papier beiseite, um es später genauer zu studieren. Außerdem war sie augenblicklich abgelenkt, als sie den Inhalt des Päckchens erkannte: Der Baron hatte ihr einige Meter feinste französische Seide geschenkt, die in Farbnuancen zwischen Silbergrau und einem warmen Grün changierte. In den Stoff eingewebt waren zarte florale Ranken, die ihn kostbar bestickt erscheinen ließen. Sprachlos glitt ihre Hand über das herrliche Gewebe und tauchte in das leise Rascheln der Seide ein.

„Und, gefällt es Eusch?" Der Franzose hielt es nicht mehr aus und zappelte unruhig auf seinem Stuhl hin und her.

„Es... es ist ein Traum, so wunderschön... ich habe noch nie..." Johanna unterbrach ihr Stammeln und schaute ihrem Gast direkt in die Augen. „Jean de la Frontière, ich weiß zwar nicht, wie ich zu dieser Ehre komme, aber seid versichert, dass ich noch nie zuvor einen solch kostbaren Stoff in den Händen gehalten habe. Ich danke Euch von Herzen. Nur, warum...?"

Er lächelte sie verschmitzt an und griff über den Tisch nach ihrer Hand, die immer noch in der prachtvollen Seide umherfuhr. „Alors, weil isch Eusch zu großem Dank bin verpflichtet. Und weil Ihr eine tapfere und mutige Frau seid. Und...", er machte eine bedeutungsvolle Pause und strich ihr dabei über den Handrücken, so dass Johanna ganz warm wurde, „und weil Ihr eine schöne Frau seid, für die der schönste Stoff ge-

66 franz.: große Leidenschaft

rade gut genug ist. Isch `abe diese Seide bei einem `Ändler in Paris gesehen und sofort an Eusch gedacht, ma chère. Er `at die Farbe Eurer Augen, wisst Ihr..."

Johanna verschlug es die Sprache. Verlegen zog sie ihre Hand zurück und lächelte hilflos. Was sollte sie darauf nur antworten? Dieser Franzose verwirrte sie zutiefst – machte er ihr auf besonders einfallsreiche Weise den Hof, war er einfach nur sehr feinfühlig und dankbar oder ein unglaublich frecher Abenteurer? Denn in der Tat, dass musste Johanna zugeben, passte der kostbare Stoff ganz ausgezeichnet zu ihr. Das silbrige Grau entsprach tatsächlich in etwa der Farbe ihrer Augen und das changierende Spiel mit den Grünnuancen harmonierte außergewöhnlich gut mit ihren dunkelblonden, wilden Locken, in die sich im Laufe der Jahre ein feiner Rotstich eingeschlichen hatte. Konnte ein Mann derart aufmerksam sein? Was mochten diese Stofflagen nur gekostet haben? Das Geschenk war viel zu teuer – würde sie jemals angemessen darauf reagieren können? Was erwartete der Baron nun von ihr? Musste sie sich in irgendeiner Form erkenntlich zeigen? Allein der Gedanke an diese Option ließ Johannas Gesicht und Hals schamrot anlaufen, was ihrem Gegenüber nicht entging. Er half ihr in ihrer Not: „Ma chère, macht Eusch keine schleschten Gedanken. Isch verehre Eusch, das gebe isch offen zu, abe´ isch bin ein Ehrenmann, croyez-moi[67], Madame. Isch `atte wirklisch Eure Augen vor mir, als isch ganz zufällisch diese Seide entdeckte. Es war eine spontane Idee, ce cadeau[68], es sollte Eusch Freude und keinen Gram bereiten. Werdet Ihr es annehmen?"

Zerknirscht blickte der Franzose zu Johanna hinüber, die sich vor Verlegenheit wand. Ihr gelang heute wirklich gar nichts: Erst bekam sie ein wundervolles Geschenk, für das sie sich nicht einmal recht bedankt hatte – und nun entschuldigte sich der Baron auch noch dafür bei ihr. Sie befand sich in einer unmöglichen Situation, das war ihr klar, und ihr fiel nichts ein, um da wieder herauszukommen.

67 Franz.: glauben Sie mir
68 Franz.: dieses Geschenk

Glücklicherweise steckte Kathi in diesem Moment ihren Kopf zur Tür herein und fragte lautstark: „Ihr hebt geschelld gnädsche Fra? Nit? Oh, dann entschuldischt, ich hör wohl scho Geschpenster." So schnell, wie sie gekommen war, verschwand sie auch wieder.

Jean de la Frontière lachte leise vor sich hin. „Ihr `abt sie angewiesen, nach uns zu schauen, n'est-ce pas[69]?" Dann beugte er sich ein wenig zu Johanna über den Tisch hinüber, sah ihr tief in die Augen und fragte leise: „Wovor fürschtet Ihr Eusch, Madame? Isch werde nie etwas tun, das Ihr nischt auch möschtet, das verspreche isch Eusch."

Johanna schluckte. Der Baron las ihre Gedanken aus ihrem Gesicht ab, wie aus einem offenen Buch. War sie so leicht zu durchschauen? Offenbar, denn Jean de la Frontière nahm den Faden noch einmal auf.

„`ört mir zu Madame, isch `abe Eusch etwas Wischtiges zu sagen." Er zupfte seine Manschetten zurecht und fuhr fort: „Isch liebe die Frauen, besonders die Schönen und Klugen, wie Ihr es seid. Abe´ isch `abe auch Respekt und möschte niemanden kompromittieren." Noch einmal unterbrach er seinen Redefluss und räusperte sich. „Isch werde offen zu Eusch sprechen, ma chère, Ihr `abt es verdient. Und isch möschte Eusch eine Offerte machen, die, dass müsst Ihr mir glauben, von `erzen kommt: Solltet Ihr Euren Mann nischt finden, kommt mit mir. Isch zeige Eusch Paris, das Leben und l`amour. Isch werde immer für Eusch da sein, Jo`anna, das verspresche isch."

In einer Mischung aus Fassungslosigkeit und Faszination starrte Johanna den Mann an, der sie nun treuherzig anlächelte und verschwörerisch mit den Augen blinzelte. Träumte sie oder war das eben tatsächlich ein unmoralisches Angebot? Hatte er ihr wirklich vorgeschlagen, sozusagen „bei Bedarf" an seine Seite zu eilen, als eine Art – ja was denn eigentlich? Wie gut, dass Tante Clara in der Nähe war! Doch so konnte das nicht weitergehen, das Gespräch entglitt ihr immer mehr. Johanna gab sich einen Ruck, versuchte es mit einem annä-

69 Franz: nicht wahr

hernd neutralen Gesichtsausdruck, was ihr allerdings nicht besonders gut gelang und sagte mit fester Stimme: „Monsieur de Baron, Eure Offenheit ehrt und verwirrt mich, ich gebe es zu. Ich bin zwar nicht von Stand, besitze aber *An*stand, falls Ihr versteht, was ich meine. Daher bitte ich Euch um Zurückhaltung, denn wie Ihr Euch denken könnt, bin ich immer noch auf der Suche nach meinem geliebten Clemens. Habt Ihr vielleicht Neuigkeiten in dieser Angelegenheit für mich?" Bewusst sprach sie nicht mehr über die Seide, doch als ihr Blick auf das Papier fiel, in das der kostbare Stoff eingewickelt gewesen war, fiel Ihr Franklin wieder ein. Hastig schob sie hinterher: „Und kennt Ihr Benjamin Franklin?"

Der Baron respektierte ihre Antwort tatsächlich und fiel sofort in ihren sachlich-freundschaftlichen Ton mit ein. Zumindest stand er zu seinem Wort, bemerkte Johanna angenehm überrascht, und entspannte sich zusehends.

„Mon ami[70] Benjamin? Naturellement, isch kenne ihn gut!" In epischer Breite begann de la Frontière seine persönlichen Begegnungen mit dem Amerikaner zu schildern und Johanna staunte nicht schlecht. Denn selbst wenn die Hälfte seiner Ausführungen hinzugedichtet gewesen wären, bliebe unter dem Strich eine beinahe freundschaftlich zu nennende Beziehung zwischen beiden Männern, die auf den ersten Blick unterschiedlicher hätten kaum sein können – einmal abgesehen von der Altersdifferenz.

„Wir mögen uns, da wir beide das Abenteuer lieben", erklärte der Franzose ihr, als er ihr Erstaunen bemerkte. „Er `at wie isch sein Leben selbst genommen in die `and und `at Spaß daran, neue Wege zu ge`en."

Johanna verstand, was der Baron ihr in seinem ulkigen Deutsch zu verdeutlichen versuchte. Sie waren tatsächlich beide Abenteurer, jeder auf seine Art. Das Leben an der Seite solcher Männer war für eine Frau sicherlich anstrengend, aber auch sehr aufregend. Schnell wischte sie den Gedanken beiseite. Sie hatte ihre wichtigste Frage noch nicht gestellt:

70 Franz.: Mein Freund

„Verzeiht meine Neugier, Monsieur le Baron, aber glaubt Ihr, dieser Monsieur Franklin kennt vielleicht Schloss Ziegenhain?“

„Die Soldatenfestung bei Stadt Kassel? Isch kenne diese Schloss! Bien sûr, ma chère. Es ist très modern und voll von jungen Soldaten. Wieso interessiert Ihr Eusch dafür? Es ist weit weg Mann`eim”, wunderte sich der Baron.

„Ja, aber es ist eine Festung.“ Johanna zögerte kurz, beschloss dann jedoch, offen zu sein. „Es besteht die Möglichkeit, dass mein Mann dort gefangen gehalten wird. Vom Landgrafen. Und der ist interessiert an einem Schatz, den mein Mann angeblich hat oder etwas über dessen Verbleib weiß, aber das stimmt gar nicht, denn dann wüsste ich darüber Bescheid. Ich muss irgendwie herausfinden, ob etwas dran ist an dem Gerücht – habt Ihr vielleicht eine Idee?“

Die Worte waren aus Johanna nur so herausgesprudelt. Atemlos wartete sie auf die Antwort des Franzosen.

Dieser kratzte sich zunächst nachdenklich am Kopf, zupfte zum wiederholten Mal an seinem blütenweißen Manschetten herum, schürzte dann die Lippen und trommelte auf dem Tisch herum. Dann begann er laut zu denken: „Bon, das ist eine Option, warum nischt? Dieser Friedrisch von `essen-Kassel braucht Geld, ganz sischer. Er liebt das Leben und die Kultur. Er baut und feiert immerzu. Dabei `eiraten sie immer diese `ässlischen Prusse-Prinzessinen dort oben. La vie est triste avec cettes femmes[71]. Aber dadurch es gibt keine Verbindung nach Mann`eim oder Bayern. Wer kennt schon diesen Landgrafen. Das ist eine gute Tarnung. Und alle glauben, er verdient seine Reischtum mit seine Soldaten...“ Der Baron wiegte nachdenklich den Kopf, während Johanna gespannt wartete.

„Oui, isch würde der Sache nachge`en, ma chere, Ihr `abt Rescht. Und isch“, er griff erneut nach Johannas Hand, die sie ihm diesmal nicht entzog, „und isch werde Eusch dabei `elfen.“

„Danke!“ Erleichtert sprang Johanna auf. „Und was werdet Ihr tun?“

Während Johanna zum ersten Mal an diesem Nachmittag be-

71 Franz.: Das Leben mit diesen Frauen ist triste

herzt nach einem Gebäckstück griff, ließ sie sich von Jean de la Frontière seinen soeben gefassten Plan erklären. Es passte gut, dass Franklin derzeit in Paris war, denn diese Tatsache würde der Baron nutzen, um seinen Verpflichtungen am Zweibrückener Hof zu entkommen. Am neuen Thronfolger und seiner Hofentourage ließ der Baron bei dieser Gelegenheit kein gutes Haar: Konnte man seinen Worten Glauben schenken, so war Carl August ein neidischer, eitler und raffgieriger Zeitgenosse, der seine Umwelt terrorisierte und aus dem sonst so vergnügten Hofleben ein Intrigennetz gespannt hatte, das vielen Menschen schier den Atem nahm. Die Gräfin Forbach konnte sich seiner Einschätzung nach glücklich schätzen, diesem Moloch entkommen zu sein – und er, Jean de la Frontière würde den Zweibrückenern nun auch gern den Rücken zukehren.

„Isch werde dem schrecklischen `erzog sagen, dass isch in Kassel für ihn wischtige Kontakte knüpfen möschte, um das Geschäft mit den Soldaten noch ertragreischer zu machen. Das wird ihm gefallen."

Johanna nickte. Der Plan klang vernünftig. Ihr war klar, dass es in der Konsequenz eine Weile dauern würde, bis sie Jean de la Frontière wieder sah, doch dann brachte er ihr hoffentlich gute Neuigkeiten. Sie hatte ihn falsch eingeschätzt, als unterhaltsam zwar, aber ein wenig oberflächlich, doch darunter schlug ein mitfühlendes Herz. Wie konnte sie ihm ihre Dankbarkeit nur zeigen? Da fiel ihr etwas ein: „Jean", sie benutzte ganz bewusst seinen Vornamen, auch wenn ihr das eigentlich nicht zustand, „Jean, seid versichert, dass ich Euch unendlich dankbar für Eure Hilfe bin." Sie griff nach der Seide, erhob sich und ging um den Tisch herum. Als sie vor ihm stand, ließ sie den Soff in einer langen Bahn vor ihrem Körper hinunterfallen und drapierte ihn um sich herum. Dann fuhr sie fort: „Und wenn Ihr zurückkehrt, werde ich Euch hier in meinem neuen Kleid empfangen – ich hoffe es wird Euch auch gefallen!"

„Ganz sischer, ma chère, isch bin entzückt." Auch der Baron hatte sich von seinem Stuhl erhoben. Er nahm Johannas freie Hand und küsste sie, was ihr Herz fast zum Zerspringen brachte. „Ihr seid wundervoll“, raunte der Franzose ihr noch ins Ohr, verbeugte sich kurz und verschwand durch die Tür hinaus ins Treppenhaus. Johanna hörte noch, wie Kathi sich mit schriller Stimme von ihm verabschiedete und die schwere Haustür hinter ihm ins Schloss fiel. Sie trat ein paar Schritte vor und schaute durch das große Fenster hinaus auf die Straße. Jean de la Frontière schwang sich vor der Eingangstreppe auf sein Pferd, das dort unter der Obhut eines Knechtes auf ihn gewartet hatte und war gerade in Begriff, davon zu reiten, als er noch einmal seinen Kopf hob. Erschrocken wollte Johanna zurückweichen, doch es war zu spät, er hatte sie bereits entdeckt. Er zwinkerte ihr frech zu und hob die Hand zum Gruß. Dann gab er seinem Pferd die Sporen und ritt eilig in Richtung Schloss davon.

Nachdenklich ließ Johanna ihren Blick über den kleinen Platz vor dem Haus streifen, immer noch den prächtigen Seidenstoff in der Hand. Der Flieder blühte und die Menschen genossen die warmen Sonnenstrahlen, das sah man ihnen deutlich an. Das Leben konnte so schön sein, wenn man glücklich war – und trotz aller Schwierigkeiten fühlte auch Johanna in diesem Moment so etwas wie Glück. War es nicht ganz unglaublich, dass sich zwei der interessantesten Männer bei Hofe um sie bemühten? Sicher, ihr Verstand sagte ihr, dass sie verheiratet war und einen liebenden Gatten hatte, doch ihr Herz fühlte sich mit Stephan von Stengel verbunden, das spürte sie immer wieder. Nur was war es, das zu diesen Hitzewallungen führte, wenn der Baron ihr tief in die Augen blickte? Es war etwas anderes, als beim Freiherren, etwas Bedrohlicheres. War das die Leidenschaft, von der Casanova geschrieben hatte? Entsetzt stieß Johanna die Luft aus. Sie würde sich vor dem Franzosen noch mehr in Acht nehmen müssen.

Während der Hof zur Sommersaison wieder einmal nach Schwetzingen übersiedelte, kehrte in den Mannheimer Quadraten sommerliche Ruhe ein. Johanna konnte sich so auf ihre mittlerweile recht zahlreiche Korrespondenz konzentrieren und einige Veränderungen in der Apotheke vornehmen. So schaffte sie ein paar neue Schubladenschränke an, in denen die Medikamente sicherer verwahrt werden konnten. Außerdem besuchte sie regelmäßig die Mannheimer Hebammenschule[72], an der sie vor vielen Jahren ihr Handwerk gelernt hatte. Dort konnte sie, wie die Jahre zuvor in Amberg, ihr Wissen weitergeben und so mit dem guten Gefühl leben, sinnvolle Arbeit zu leisten. Durch die lange Abwesenheit des Gründers Anton von Mai lag in der Lehranstalt ohnehin einiges im Argen und Johanna bemühte sich engagiert, die Zustände für die niederkommenden Frauen wieder zu bessern.

Ansonsten verbrachte sie ihre Zeit mit Warten: Auf Jean de la Frontière, der vermutlich erst im Herbst wieder nach Mannheim kommen würde, da er auch noch in Paris zu tun hatte, auf Verschaffelt, mit dem sie gern alle Neuigkeiten diskutiert hätte, auf von Stengel, der sich wie von ihm angekündigt überall aufhielt, nur nicht in Mannheim – und auf irgendeinen Hinweis, der Bewegung in die festgefahrene Suche nach Clemens bringen könnte.

Dieser kam im August, kurz nachdem es in der Sternwarte gebrannt hatte. Johanna war gemeinsam mit ihrem Onkel Philipp Zeuge des Spektakels gewesen, das wochenlang die Gemüter erregte. An jenem Abend des 31. Juli 1776 hatte sie mit ihrem Onkel einen Spaziergang durch die Quadrate gemacht, als plötzlich lautes Geschrei aus der Richtung vom Schloss zu ihnen drang. „Es brennt, es brennt, zu Hilfe!“ konnten sie verstehen und sahen schon bald den hellen Schein, der eindeutig von der Sternwarte[73] kam. Das obere Stüberl, indem Professor Christian Mayer auch zu wohnen pflegte, brannte lichterloh. Schnell stellte sich heraus, dass zwar wichtiges Material und Aufzeichnungen des Professors ein Raub der Flammen geworden waren, Menschenleben jedoch nicht beklagt wurden. Und etwas anderes kam ans Licht der Öffentlichkeit, etwas,

72 Nach der unglücklichen Geburt des Kindes des Kurfürstenpaars lässt Carl-Theodor 1766 zur Verbesserung des Hebammenwesens ein Entbindungshaus im heutigen Quadrat N 6 in Mannheim einrichten.

73 Die neue Mannheimer Sternwarte war in jenen Jahren eine Sensation. Es lag ein Besucherbuch aus, in das man sich als Bildungsbürger unbedingt eintragen musste. Hier wohnte und arbeitete der Heidelberger Professor für Experimentalphysik Christian Mayer, der unter andrem 1777 als erster Doppelsterne entdeckte und sie damals Fixsterntrabanten nannte.

das den Kurfürsten sehr erboste: Auslöser für den Brand war nämlich ein unachtsamer Umgang mit Kerzen während eines heimlichen Trinkgelages gewesen, das Mayer mit ein paar Kumpanen anlässlich des Geburtstages von Ignatius von Loyola veranstaltet hatte! Dies war umso pikanter, da Loyola und sein jesuitisches Gedankengut eindeutig in Ungnade waren. Mayer hatte sich bei Hofe also einigen unangenehmen Fragen zu stellen. Da die Warte zum Zeitpunkt des Brandes jedoch noch nicht ganz fertig gestellt war, hielt sich der materielle Schaden in Grenzen. Der Skandal war allerdings nicht zu vermeiden.

Am nächsten Morgen war, durch das nächtliche Geschehen alarmiert, Verschaffelt nach Mannheim zurückgekehrt, während Johannas Onkel in aller Frühe wieder nach Schwetzingen abreisen musste. Dass Verschaffelt so schnell in der Quadratestadt eintraf, lag auf der Hand – schließlich war er an der Planung beteiligt gewesen, wenngleich sein großer Konkurrent Nicolas de Pigage letztendlich den Zuschlag bekommen hatte. Vermutlich wollte er sich die Brandschäden genauer ansehen.

Just an jenem Tag erreicht Johanna ein Brief von Dorothee Delph. Gespannt brach sie das Siegel und faltete das Papier auf. Hatte die Heiratsvermittlerin vielleicht etwas herausgefunden? Hastig flogen ihre Augen über die mit schwungvoller Schrift geschriebenen Zeilen: *„Liebste Freundin, in aller Kürze, da ich mich schon bald auf diplomatische Mission nach Karlsruhe begeben werde, eine wichtige Nachricht für Euch: Behaltet Euren Hauslehrer im Auge! Goethe lag richtig – auch ich kenne ihn, und zwar als begabten Tenor, der einmal im Hause Schönemann brillierte. Sein Name war allerdings ein anderer, etwas Italienisches glaube ich. Und er trug einen Bart, daher die Verwunderung des Dichters. Gehabt Euch wohl, Madame, auf ein baldiges Wiedersehen!"*

Erschrocken ließ Johanna den Brief sinken. Lehrbach hatte sie also angelogen – warum nur? Was hatte er zu verbergen? Ein Tenor, das war möglich, schließlich war Johanna am Heiligen Abend seine erstaunlich schöne Gesangsstimme aufgefallen.

Doch warum verbarg er sein Talent? Das machte keinen Sinn. Allerdings – Johanna runzelte die Stirn – als Musiker hätte der angebliche Hauslehrer durchaus die Gelegenheit gehabt, Clemens kennen zu lernen. Und hatte nicht auch dieser Lehrbach italienische Wurzeln? Das wäre ein doppelter Anknüpfungspunkt und Clemens freute sich stets über den Kontakt zu Landsmännern. Wer weiß, vielleicht hatte er den Tenor in Regensburg getroffen – Johanna wusste nicht viel über seine Musikerkollegen in der alten Reichsstadt. In Amberg wäre ihr eine solche Bekanntschaft ganz sicher nicht entgangen, nur gegen Clemens' Regensburger Ambitionen hatte sie sich innerlich immer gewehrt. Sie ärgerte sich nun darüber, da ihr auffiel, dass sie eigentlich gar nicht genau wusste, was ihr Mann während seiner Aufenthalte in der alten Stadt an der Donau unternommen hatte, sah man einmal von der Musik ab. Sie war eifersüchtig gewesen – und das hatte möglicherweise ihren Blick auf ein wichtiges Detail verstellt.

Ihre Gedanken kehrten zum Hauslehrer ihrer Kinder zurück. Waren Louisa und Francesco in Gefahr? Als Lehrer machte dieser Lehrbach eine gute Arbeit und die Kinder mochten ihn. Doch was wollte er wirklich von ihrer Familie? Ging es überhaupt um Clemens, oder hatte er seine Frankfurter Beziehung zu den Schönemanns aus anderen Gründen verschwiegen? Waren es persönliche Angelegenheiten, die dahinter standen? Hatte er sich, auch so etwas kam vor, unstandesgemäß in die Tochter des Hauses verliebt? Immerhin hatten die Schönemanns doch die Verlobung ihrer Tochter mit Johann Wolfgang Goethe gelöst. Doch Johanna verwarf den Gedanken wieder. Die Schönemanns waren eine angesehene Familie in Frankfurts bester Gesellschaft – was hatte dort ein Lehrbach zu suchen, es sei denn als Bediensteter? War er der Gesangslehrer von Lily gewesen? Alle Töchter aus gutem Hause erhielten heutzutage Gesangsunterricht. Johanna erinnerte sich mit Schaudern an ihre eigenen Stunden zu jener Zeit, als sie Clemens gerade kennen gelernt hatte. Glücklicherweise war dies nur ein kurzes Intermezzo gewesen, denn sie hatte weder

Freude daran noch ein überdurchschnittliches Talent gehabt.

Noch einmal las Johanna Dorothees Zeilen. Irgendetwas stimmte mit Lehrbach nicht, denn warum hätte er sonst Goethes Wiedererkennen verleugnet? Es sprach doch gar nichts gegen einen Kontakt zu den Schönemanns, einer derart bekannten Bankiersfamilie. Sie stockte. Richtig, Lilys Vater war ein Bankier. Ein sehr bedeutender sogar. Er führte ein großes Bankhaus. War das etwa der springende Punkt? Wenn es bei Clemens Entführung um viel Geld ging, dann musste es auch irgendwo sein. In einer Bank zum Beispiel. Johanna fasste in Gedanken noch einmal zusammen, welche Details mit Clemens zu tun haben könnte: Lehrbach war Italiener. Er war wenn nicht ein ausgebildeter, dann zumindest ein sehr talentierter Sänger. Und er hatte für eine Zeit lang Kontakt zu einem Bankier gesucht. Einem Frankfurter Bankier. Die freie Reichsstadt lag, das kam noch hinzu, inmitten hessischer Gebiete. Was hatte das alles zu bedeuten?

Am liebsten wäre Johanna sofort mit der nächsten Postkutsche nach Heidelberg geeilt, um den Hauslehrer zur Rede zu stellen, doch das war leider nicht möglich. Sie musste ihren Onkel in der Apotheke vertreten, da dieser immer wieder nach Schwetzingen gerufen wurde, wo der Hof feierte und seine Unpässlichkeiten bekam. Also entschied sie sich zumindest dafür, ihre Tante in einem Brief zu warnen. Sie würde ein wachsames Auge auf den Hauslehrer haben und dafür sorgen, dass ihre Kinder fortan nicht mehr allein mit ihm waren. Eine unmittelbare Gefahr schien von Lehrbach jedoch ohnehin nicht auszugehen – schließlich hätte er schon unzählige Male die Gelegenheit gehabt, ihre Kinder zu entführen oder andere Verbrechen zu begehen. Das beruhigte Johanna ein wenig und ließ sie zu dem Schluss kommen, dass es ihm wohl eher darum ging, durch die Nähe zur Familie Dinge in Erfahrung zu bringen. Johanna nicke unwillkürlich. Ja, das klang schlüssig. Sie teilte ihrer Tante auch diesen Verdacht mit und kündigte ihr Kommen an, sobald Onkel Philipp sie in Mannheim nicht mehr brauchte. Dann schickte sie Kathi mit dem ordentlich versiegelten Billet zur Poststation, damit es so schnell wie möglich in Heidelberg ankam.

Wie von Johanna insgeheim erhofft, stand Verschaffelt wenige Tage später in der Apotheke. Sie hatten sich geraume Zeit nicht gesehen und Johanna war erschrocken darüber, wie müde Clemens Ziehvater aussah.

„Geht es dir nicht gut? Bist du krank?“ Mitfühlend bot sie ihm einen Stuhl an und ließ Kathi eine Tasse Kaffee für den Gast bringen.

Doch Verschaffelt klagte nur ein wenig. Offenbar stand er beim Bau der Wallfahrtskirche in Oggersheim, die er vor allem für Kurfürstin Elisabeth Auguste errichtete, unter großem Zeitdruck. Die Kurfürsten wollten das Gotteshaus unbedingt im kommenden Jahr weihen lassen – koste es, was es wolle.

„Und, ist es zu schaffen?“ Johanna stellte die Frage aus reiner Höflichkeit. Verschaffelt war ein erfahrener Architekt und Künstler, selbstredend würde er den gestellten Termin halten!

„Nun“, er verzog das Gesicht abfällig, „wenn unser Herr Hofastronom in Zukunft nicht mehr über den Dächern der Stadt zündelt, dann ist es zu schaffen!“

Johanna lachte. Wenigstens hatte Verschaffelt bei aller beruflichen Anstrengung seinen sarkastischen Humor nicht verloren, den sie so schätzte. Außerdem war er scharfsinniger als die meisten seiner Zeitgenossen, ein Umstand, den sie genoss und gerade im Hinblick auf die Suche nach Clemens nutzen wollte. Schnell weihte sie ihn in die neusten Entwicklungen ein. Er hörte aufmerksam zu, ohne sie einziges Mal zu unterbrechen.

„Also gut“. Verschaffelt räusperte sich, als Johanna mit ihrem Bericht geendet hatte. „Fassen wir einmal zusammen: Es gibt eine Festung in Hessen-Kassel, in der sich verdächtige Dinge tun. Einen Landgraf, der Geld braucht. Wir haben mehrere unabhängig voneinander bestehende Berichte darüber. Dann dieser Lehrbach, der vermutlich etwas herausfinden möchte und Kontakt zu einem Bankier gesucht hat. Und es kommt noch etwas hinzu: Es gilt bei Hofkreisen als sicher, dass es diesen Medici-Schatz irgendwo gibt, in dessen Verschwinden Clemens leiblicher Vater wie auch immer involviert war. Da Clemens sein einziger Nachkomme ist, ruhen alle Augen auf ihm. Nur ist er seit geraumer Zeit verschwunden und es stellt sich zurecht die Frage, unter wessen Obhut er sich nun befindet. Ihre Kurfürstliche Durchlaucht Elisabeth Auguste macht sich, so scheint es mir jedenfalls, einige Sorgen darüber. Schließlich ist sie davon überzeugt, dass ihr ein Großteil des Schatzes zusteht."

Fragend sah Johanna Verschaffelt an. Woher wusste er das? Hatten sie etwa darüber miteinander geredet? Das wäre sehr ungewöhnlich.

„Sie hat mich natürlich nicht direkt darauf angesprochen", antwortete er ihr auf die unausgesprochene Frage. „Dazu würde sich Ihre Durchlaucht nicht herablassen." Er lächelte wissend. „Aber bei ihrem letzten Besuch auf der Baustelle trug sie demonstrativ diese unglaublichen Perlen, die sämtliche Blicke auf sich zogen. Du weißt schon, Johanna, jene, riesigen und unbezahlbaren Gehänge, die sie auch auf dem entzückenden Gemälde[74] trägt." Johanna nickte. Man nannte die auffälligen weißen Tropfen im Volksmund auch „Medici-Perlen".

„Naja", fuhr Verschaffelt fort, „es war schon ungewöhnlich, dieser Auftritt, und auch ich habe die Luft angehalten, was sie ganz offensichtlich auch damit bezweckte. Denn während sie mir ihre Hand zum Kuss reichte und sich dabei wegen des vielen Baustellenstaubes ein zartes Tuch vor Mund und Nase hielt, hörte ich sie mit leiser Stimme zu mir sagen: ‚Ja, sie sind ganz prachtvoll, nicht wahr? Er könnte mit seinen familiären Beziehungen dafür Sorgen, dass auch die anderen Stücke dieser Herkunft zu ihrem rechtmäßigen Besitzer gelangen. Er würde großzügig entlohnt und würde seiner Gebieterin eine ganz außerordentliche Freude machen.' Ich wusste natür-

74 Gemeint ist das Ölbild des Künstlers Heinrich Carl Brandt aus dem Kurpfälzischen Museum in Heidelberg. Es zeigt die Kurfürstin in den 1770er Jahren, sie trägt die Perlen der Medici – besonders auffällig sind die Tropfperlen – als Ohrring. Kess blickt sie den Betrachter an, aufgestützt mit der rechten Hand am Kopf und mit der linken eine Kaffeetasse haltend. Das Bild wurde bereits bei dem ersten Roman der Autoren „Nichts ist ein Kleinigkeit bei Hofe" als Cover verwendet.

lich genau, wovon sie sprach. Johanna, Elisabeth Auguste ist davon überzeugt, dass dein Clemens über den Verbleib des Schatzes im Bilde ist!“

„Mein Gott, aber er ist es nicht!“ Johanna war aufgesprungen und lief im Laden auf und ab. Verschaffelt verfolgte sie aufmerksam mit seinem Blick.

„Denk nach, Johanna. Was hat Clemens dir jemals über sein mögliches Familiengeheimnis verraten?“

„Nichts, gar nichts! Das heißt...“ Johanna hielt abrupt inne.

„Ja?“ Verschaffelt starrte sie gespannt an.

„Naja, dieser Gang, erinnerst du dich nicht? Im Schwetzinger Schloss damals, als Vater und Amelie noch lebten.“ Johannas Stimme überschlug sich beinahe, als sie sich plötzlich an die Nacht mit Clemens im Schlosspark erinnerte. „Er hatte damals etwas gesucht, was mit seiner Familie zu tun hatte. Und wir sind doch eingebrochen hinter den Zirkelsälen und in einen Gang hinab gefallen. Es war schrecklich. Bei der Suche nach einem Ausgang haben wir Kisten, allerlei Gerümpel und diese Bronzeplatte im Boden gefunden. Sie trug ein Medea-Relief, was Clemens damals sehr aufregte, da es seiner Meinung nach mit den Medici zu tun hatte. Aber wir konnten nicht genauer nachschauen, da Pierron plötzlich erschien und wir uns ganz schnell verstecken mussten. Wir wollten später noch einmal dorthin, doch es ist uns nie gelungen: Erst starb Amelie, dann war Clemens mehr als ein Jahr bei seiner sterbenden Nonna in Italien – und dann passierte das Schreckliche mit Vater und wir mussten aus Mannheim verschwinden.“

Sie unterbrach ihren Redefluss und baute sich vor Verschaffelt auf, ehe sie fortfuhr: „Wir müssen da noch einmal hinein. Wir müssen diesen Gang finden. Da ist etwas, ganz sicher, was mit diesem Schatz zu tun hat. Wie konnte ich das nur so vollständig vergessen?“ Johanna schlug sich an den Kopf und ließ sich auf einen leeren Stuhl fallen.

„So beruhige dich doch, mein Kind!“ Verschaffelt redete mit sanfter Stimme auf sie ein. „Kein Wunder, dass du nicht mehr daran gedacht hast. Es war keine schöne Zeit für deine Familie, an so etwas denkt man nicht gern zurück. Kannst du mir beschreiben, wo dieser Gang war?“

Johanna versuchte, sich zu erinnern. Sie griff nach einem Papier und fertigte eine Skizze an, um besser verdeutlichen zu können, von welchem Teil im Schlosspark sie sprach. „Ganz genau weiß ich es natürlich nicht“, musste sie zugeben, „es war Nacht damals und der Gang wechselte mehrmals seine Richtung.“

Verschaffelt rieb sich nachdenklich das Kinn. „Johannalein, das kann eigentlich gar nicht sein, was du mir hier aufgezeichnet hast. Glaub mir, wenn einer sich dort unten auskennt, dann bin ich es. Immerhin laufen die Versorgungsrohre für die Brunnen durch diese alten Abwassergänge, die noch aus der Zeit von Jan Wellem stammen. Aber Kisten oder ein Bronzerelief habe ich da unten noch nie gesehen.“ Er schüttelte langsam den Kopf. „Hmmm. Es gibt eigentlich nur zwei Räume, in denen Gerümpel gelagert wird: Der eine liegt unter der Schlossküche hinter dem Seepferdchengarten. Er wird auch als Kühlkeller benutzt und passt schon rein geografisch nicht zu deiner Beschreibung. Der andere Raum liegt in etwa hier...“ Verschaffelt skizzierte mit wenigen Strichen das Schloss und die beiden Zirkelbauten auf ein weiteres leeres Blatt. „Hier unter dem ersten Raum des südlichen Zirkelkomplexes. Das könnte einigermaßen passen, denke ich. Aber wenn schon damals Pierron diesen Raum kannte, wird man dort unten wohl kaum auf einen Schatz treffen.“

Johanna nickte. Verschaffelt schätzte die Situation wohl richtig ein. Wenn einer damals als geldgierig und intrigant galt, dann war es der ehemalige Kammerdiener des Kurfürsten! Einen Schatz hätte er mit seiner langen Nase ganz sicher sofort aufgespürt. Dennoch, etwas musste in jenem Gang sein, das Clemens damals für wichtig befunden hatte, auch wenn sie nie wieder dorthin zurückgekehrt waren.

„Wir müssen trotzdem noch einmal in diesen Gang“, forderte Johanna mit fester Stimme. „Begleitest du mich?“

„Ich? Ich soll freiwillig hinunter in die stinkenden Kanäle?“

Verschaffelt schüttelte sich vor Ekel.

„Bitte!“ Flehentlich sah sie den alten Freund der Bechtlers an. „Bitte geh du mit mir. Onkel Philipp mag ich nicht fragen – er wird sich nicht trauen. Er hat immer Angst in irgendetwas hinein gezogen zu werden.“

„Also gut.“ Verschaffelt gab nach. „Ich werde dich begleiten, zumal ich im Besitz einiger Schlüssel für Eisentüren unter den Brunnen bin. Wir müssen also nirgends einbrechen. Die einzige Bedingung, die ich stelle, ist folgende: Wir machen unseren Ausflug wieder bei Nacht und erst, wenn der Hof das Schloss verlassen hat.“

Johanna stimmte ihm erleichtert zu. Zwar konnte sie es kaum erwarten, sich diese Bronzeplatte noch einmal genauer anzuschauen, doch war daran nicht zu denken, wenn die Sommersaison in Schwetzingen abgehalten wurde. Sie würde sich also noch ein paar Wochen gedulden müssen.

Die Zeit bis dahin verbrachte Johanna ihrem Empfinden nach vor allem bei der Schneiderin. Denn wie versprochen ließ sie sich aus der kostbaren Seide, die Jean de la Frontière ihr geschenkt hatte, eine prachtvolle Robe nähen. Eigentlich hasste Johanna das Stillstehen bei den Anproben, doch ein Blick in den Spiegel überzeugte sie jedes Mal davon, dass es sich lohnte: Sie hatte nie zuvor ein Kleidungsstück besessen, dass ihre Vorzüge so gut zur Geltung brachte, wie dieser wundervolle Stoff. Hoffentlich würde das Ergebnis auch dem Baron gefallen.

Endlich war der Hof nach Mannheim zurückgekehrt und auch die letzten Bediensteten hatten ihre Domizile in der kleinen Sommerresidenz verlassen. Ungeduldig wartete Johanna auf eine Nachricht von Verschaffelt. Dann eines Abends Anfang November klopfte der Bildhauer und Architekt an die Tür der Bechtler-Apotheke. Johanna hatte ihren Onkel inzwischen in die Pläne eingeweiht und richtig mit ihrer Vermutung gelegen, dass Philipp auf keinen Fall bereit gewesen wäre, die alten Gänge mit seiner Nichte zu erkunden. Doch er unterstütze sie bei aller Sorge, denn auch er erinnerte sich an jene Nacht vor vielen Jahren, als Johanna und Clemens heimlich den Schlossgarten besucht hatten. „Passt auf euch auf und seid vorsichtig!" rief er ihnen hinterher, als sie die unauffällige Kutsche bestiegen, die Verschaffelt eigens für diesen Zweck angemietet hatte.

Die Fahrt nach Schwetzingen verlief weitgehend schweigend. Sowohl Johanna als auch Verschaffelt hingen ihren Gedanken nach, die erst unterbrochen wurden, als das Gefährt mit einem Ruck in der Nähe des Schwetzinger Gesandtenhauses anhielt. Verschaffelt wies den Kutscher an, zu warten, und näherte sich mit Johanna dem breiten Schlossgraben, der vor dem prachtvollen Gebäude entlang floss.

„Hier!" Verschaffelt wies Johanna flüsternd auf einige Stufen hin, die an jener Stelle hinunter zum Wasser gingen, an der der Bach in einen Tunnel verschwand. „Hier müssen wir hinab, es gibt einen Weg. Oben kommen wir nicht mehr hinein, seit der Garten eingezäunt ist.[75]" Er führte Johanna hinein in den dunklen Gang, wo ein schmaler Steg neben dem Bachlauf entlang errichtet worden war. Nach einigen Metern zündete er eine Laterne an. „Alles in Ordnung?" Er wandte sich zu Johanna um, die schweigend nickte. „Gut, dann folge mir weiter."

Immer wieder musste Johanna mit ihrem Kopf in gebückter Haltung den gusseisernen Kerzenhalterungen ausweichen, die in regelmäßigen Abständen an der tonnenförmigen Wand befestigt waren. Sie wunderte sich, dass in vielen von ihnen halb angebrannte Kerzen steckten – offenbar wurde dieser geheime Gang tatsächlich benutzt! Sie fragte sich allerdings, von wem, denn es roch hier unten sehr unangenehm; außerdem glaubte sie wiederholt im flackernden Licht Ratten zu sehen, die sich vor den ungebetenen Besuchern in Sicherheit brachten. Wenn sie nur nicht ausglitt oder mit ihrem Umhang irgendwo hängen blieb und dann in die stinkende Brühe fiel!

Plötzlich verlangsamte Verschaffelt seinen Schritt. „So", flüs-

75 Der Schwetzinger Schlossgarten war stets der Öffentlichkeit zugänglich gewesen, bis Carl Theodor ihn am 10. November 1774 einzäunen ließ. Grund dürfte die allgemein zunehmende Privatisierung der Gesellschaft gewesen sein, auch wurde der Bestand des Gartens immer kostbarer, was sicherlich manchen Räuber oder Strauchdieb auf den Plan gerufen hatte.

terte er und hielt seine Laterne hoch. „Wenn ich mich nicht verrechnet habe, müsste hier in etwa der Abzweig sein." Er begann aufmerksam die Wand zu studieren und ging dabei langsam weiter. Johanna schwieg, sie hatte ohnehin die Orientierung verloren und keinerlei Idee, wo sie sich gerade befanden.

„Da, da ist es!" Aufgeregt winkte Verschaffelt sie zu sich. In einer Wandnische führten zwei Stufen hinauf zu einer unauffälligen eisernen Tür. „Das ist eine von denen, die dieser fette Schmied aus Altlussheim gefertigt hat, ganz schlechte Qualität", murmelte er vor sich hin. „Und alle haben das gleiche Schloss!" schob er triumphierend nach und zog einen großen eisernen Schlüssel unter seinem Umhang hervor, der tatsächlich passte. Quietschend ließ sich die Tür aufschieben.

„Wo sind wir eigentlich?" fragte Johanna mit gesenkter Stimme, als sie hinter ihm den schmalen und dunklen Gang betrat.

„Genau unter dem Schlossaltan[76]", raunte Verschaffelt ihr zu, „und dieser Gang teilt sich gleich sternförmig. Der zweite von links müsste, wen ich mich nicht irre, zum südlichen Zirkelbau führen."

Tatsächlich gelangten sie wenige Meter weiter an einen kleinen unterirdischen Platz, von dem einige Gänge abzweigten. Es erschien Johanna wie eine kleine Ewigkeit, bis sie erneut vor einer kleinen Eisentür standen, die sich ebenfalls mühelos mit Verschaffelts Schlüssel öffnen ließ. Nachdem sie hindurch getreten war, stockte ihr der Atem. Sie standen genau in jenem Raum, in dem Pierron sie und Clemens damals überrascht hatte! Alles schien ihr unverändert: Die unordentlich gestapelten Kisten und Truhen an den Wänden des hohen Gewölbes, der eigenartig modrige Geruch und das flackernde Licht – genau so war es auch mit Clemens gewesen. Nur wo war diese Bronzeplatte? Angestrengt ließ sie ihre Augen im Licht der Laterne über den Boden streifen. „Da ist sie!" Vor lauter Aufregung vergaß Johanna zu flüstern und schlug erschrocken die Hand vor den Mund. Ihre Stimme hallte Dumpf von den Wänden

76 Der Schlossaltan ist der weitläufige Bereich zwischen dem Schloss und dem Gartenparterre. Darunter befindet sich noch heute der alte, im frühen 18. Jahrhundert kanalisierte Burggraben, in dem sich die beiden Protagonisten aufhalten.

wider. Dann eilte sie in die Mitte des Raumes und begann, mit ihren festen Schuhen eine dicke Schmutzschicht beiseite zu schieben. Neugierig kam Verschaffelt hinzu und hielt die Laterne dicht über das nur noch an wenigen Stellen schimmernde Metall, das nun zum Vorschein kam.

„Hast du das gesucht, Johanna?“ Sie nickte schweigend und starrte hinab. Die Platte hatte einen Durchmesser von nur wenigen Handflächen und trug in der Mitte ein Wappen, auf dem der Griff befestigt war, über den Johanna damals gestolpert war.

„Das Medici-Wappen, du hast Recht.“ Verschaffelt schnalzte anerkennend mit seiner Zunge. Deutlich erkannte man die sechs Kugeln. Um das Wappen herum kam unter der Staubschicht die tragische Medea zutage, die ihre Kinder tötete. „Und was ist das hier?“ Verschaffelt deutete auf ein Viereck am linken Rand der Platte.

„Keine Ahnung. Leuchte mir einmal näher.“ Johanna beugte sich tief über die Platte. „Sieht aus wie ein Karomuster. Ich glaube, es wurde nachträglich eingeritzt, den Anschein macht es jedenfalls.“

„Zeig her!“ Auch Verschaffelt studierte das nicht einmal handtellergroße Zeichen. „Hmm, da stehen Zahlen drin. Ich zeichne es schnell ab, warte.“ Er zog ein Papier aus seiner Umhangtasche und einen Bleistiftstummel. Nach kurzer Zeit hatte er eine Kopie angefertigt.

„So, und nun lass uns schauen, ob etwas darunter liegt.“ Beherzt griff Verschaffelt nach dem eisernen Griff auf der Platte und zog daran.

„Warte ich helfe dir!“ Johanna packte mit an. Gemeinsam gelang es ihnen, die Platte ein wenig zu verschieben, so dass sie das Loch darunter erkennen konnten. Verschaffelt leuchtete mit der Laterne hinein, doch es war leer.

„Nichts. Rein gar nichts.“ Johanna war enttäuscht. Doch was hatte sie eigentlich erwartet? Dass hier ein Schatz liegen würde? Sie beschlossen, die Platte an ihren ursprünglichen Platz zurück zu schieben und sahen sich dann noch einmal gründlich in dem Gewölbe um. Die Kisten schienen alle leer zu sein – was auch immer einmal in ihnen gewesen sein mochte. Sie trugen allerdings sämtlich schwere Schlösser, die nun offen standen; es muss sich also einst um etwas Kostbares gehandelt haben. Dennoch: Auf einen Schatz deutete hier nichts mehr hin, sah man einmal vom Wappen der Medici ab. Das war in der Tat ein Hinweis, fand auch Verschaffelt. „Und wir haben das magische Quadrat."

„Das was?" fragte Johanna verständnislos nach.

„Diese Karos mit den Zahlen darin, die du entdeckt hast. Es ist ein magisches Quadrat. Aber damit stimmt etwas nicht." Verschaffelt kratzte sich am Kopf. „Komm Kind, lass uns hier verschwinden, ich erkläre es dir zuhause, das ist sicherer."

Auch in der Kutsche auf dem Weg zurück nach Mannheim hüllte Verschaffelt sich über das Quadrat in Schweigen. Er schien jedoch intensiv nachzudenken, so dass Johanna es nicht wagte, ihn zu unterbrechen. Endlich hielt die Kutsche vor dem Bechtlerhaus, wo Philipp, der gewartet zu haben schien, sofort die Tür öffnete: „Und, habt ihr etwas gefunden?"

„Wie man es nimmt." Während sie die Stufen hinauf ins Speisekabinett stiegen, informierte Verschaffelt den Apotheker in kurzen Sätzen über das Ergebnis ihres nächtlichen Ausflugs. „Der Hinweis auf die Medici ist klar gegeben", fasste er zusammen, „wir müssen allerdings herausfinden, was es mit dem magischen Quadrat auf sich hat."

Er breitete das Papier auf dem Tisch aus und strich es glatt. Alle starrten auf die geheimnisvollen Zahlen.

16	3	2	13
5	10	11	8
9	6	7	12
4	14	15	1

„Bitte, so erklärt mir doch, worum es hier eigentlich geht!“ Ungeduldig wanderte Johannas Blick zwischen den beiden Männern hin und her. Offenbar schien Onkel Philipp genau im Bilde zu sein, warum dieses Quadrat Verschaffelts Aufmerksamkeit so fesselte.

„Ganz einfach, Johanna, weil es nur auf den ersten Blick ein magisches Quadrat ist, und zwar das von Albrecht Dürer aus dem Stich *Melancholia*, dem berühmten deutschen Künstler und Wissenschaftler.“ Philipp kaute auf seiner Unterlippe herum. „Und was genau bedeutet das?“ Johanna rutschte ungeduldig auf dem Stuhl hin und her. „Was ist ein magisches Quadrat – und warum ist das hier dann doch keins?“

„Hör zu, Liebes.“ Onkel Philipp griff nach einem Stift. „Ein so genanntes ‚magisches Quadrat‘ besteht aus quadratisch angeordneten Zahlen, deren Summen sowohl in den waagerechten Zeilen, als auch in den senkrechten Spalten und der beiden Diagonalen gleich ist. Kannst du mir folgen?“

Johanna nickte und rechnete schnell nach, was Verschaffelt von der Bronzeplatte abgeschrieben hatte. „Also die Zeilen ergeben tatsächlich alle 34, das ist ja ganz erstaunlich.“ Sie schüttelte verblüfft den Kopf und zählte weiter. „Die Diagonalen auch! Aber halt...“ Johanna ließ ihren Finger über das Papier gleiten, „...hier stimmt etwas nicht: Die zweite und dritte Spalte kommen auf 33 und 35 in den Summen. Das meintet ihr also?“ „Ja, du hast es erfasst.“ Zufrieden zückte Verschaffelt erneut seinen Bleistift. „Schau her, das Original von Dürer, der dieses Quadrat in einem Bild verwendet, sieht nämlich so aus...“ Er zeichnete mit schnellem Strich ein weiteres Quadrat. „Schau, so ist es richtig.“

16	3	2	13
5	10	11	8
9	6	7	12
4	15	14	1

Johanna verstand. Die Summen stimmten jetzt. „Und was hatte das alles bei Dürer zu bedeuten?“ Ihre Neugier war geweckt.

„Ach, da gibt es unzählige Deutungen, liebes Kind“, begann Onkel Philipp. „ Es gibt noch zahlreiche Summen mehr darin, die auf 34 kommen, aber ich denke, das führt hier zu weit. Die vier Eckquadrate gehören zum Beispiel dazu. Naja, das vielleicht noch: In der Mitte der letzten Zeile erscheint beim korrekten Quadrat die Zahl 1514. Das ist das Jahr, in dem Dürer den Kupferstich wohl gedruckt haben dürfte. Und die 4 und die 1 jeweils seitlich davon könnten die Buchstaben im Alphabet bezeichnen, also das D und das A – und das sind nun einmal die Initialen des Künstlers! Ganz schön durchdacht, nicht wahr?“

„Allerdings.“ Johanna war schwer beeindruckt. „Nur was bedeutet das jetzt für unser Quadrat hier?“ Sie wies auf die erste Zeichnung.

„Tja, genau das müssen wir herausfinden.“ Verschaffelt starrte gebannt auf das Papier. „Es betrifft ja eigentlich zunächst nur die beiden mittleren Spalten, die nun abweichen. Könnte es nicht sein...“, er kritzelte ein paar Zahlen an den Rand des Zettels, „könnte es nicht sein, dass diese Zahlenfolge etwas zu bedeuten hat?“

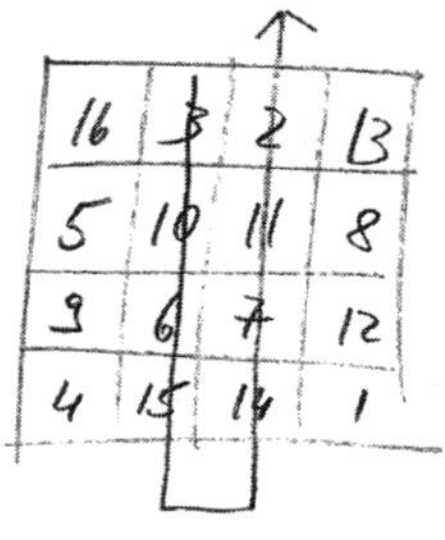

„3106141577112“, las Johanna laut vor. „Das sind zwölf Ziffern. Warum hast du die Spalten erst von oben nach unten und dann wieder von unten nach oben aneinander gereiht?“

„Weil sie mich in dieser Form spontan an die Anordnung der Medici-Kugeln auf dem Wappen erinnert haben." Verschaffelt zuckte die Schultern. „Es ist zumindest eine Idee, nicht wahr?"

„Ja, und eine ziemlich gute!" Aufgeregt schnappte Johannas Onkel sich das Papier. „Zwölf Ziffern. Genau doppelt so viel wie Kugeln. Und genau die Länge einer Schließfachnummer!"

Sprachlos schauten Johanna und Verschaffelt Onkel Philipp an.

„Jetzt schaut mich nicht so entgeistert an! Ja, ich kenne mich da ein wenig aus." Onkel Philipp schien etwas verlegen, doch sprach hastig weiter: „Ich habe auch ein Schließfach bei einer Bank. Für ein paar kostbare Medikamente und Tinkturen, die ich hier nicht lagern möchte. Bei Johann Jakob Willemer in Frankfurt. Von ihm weiß ich, dass die Willemers, die Hollwegs, die Metzlers und die Bansas[77] ein ähnliches System zur Verschlüsselung benutzen. Und dazu gehört auch eine zwölfstellige Schließfachnummer!"

„Die Schönemanns! Dieser Lehrbach! Jetzt wird mir einiges klar!" Johanna sprang auf. „Natürlich, deshalb war er dort, er wollte herausfinden, ob der Bankier etwas davon wusste. Wahrscheinlich war er auch bei allen anderen. Und das ist es auch, was sie von Clemens wollen, diese Nummer, wer auch immer dahinter steckt! Nur dass Clemens von dem Quadrat nichts weiß, denn das haben wir damals nicht gesehen. Wahrscheinlich hofft Lehrbach, etwas von mir oder euch heraus zu finden. Sein Pech nur, dass er in Heidelberg festsitzt..." Sie hielt inne und stützte sich mit beiden Händen auf der Tischplatte auf. Die beiden Männer sagten noch immer kein Wort.

Johanna holte tief Luft und stellte mit energischem Ton fest: „Frankfurt. Der Schatz ist in Frankfurt. In irgendeinem Schließfach. Wir müssen sofort dorthin!"

77 Bankiersfamilien im Frankfurt des 18. Jahrhunderts

Kapitel 9

Johanna, ihr Onkel und Verschaffelt diskutierten noch lange in jener Nacht. Sie wäre am liebsten sofort nach Frankfurt aufgebrochen, doch Philipp Bechtler bremste seine Nichte: „Johanna, das führt zu nichts, wenn du einfach hinfährst, ohne mehr zu wissen. Außerdem ist das ohne weiteres gar nicht möglich – du brauchst einige Passierscheine für die Reise. Und woher sollen die kommen?"

„Lass nur Philipp, das regle ich schon", wiegelte Verschaffelt ab. „Das dürfte keine größeren Schwierigkeiten machen, da ich derzeit ohnehin ständig für die Kurfürstin unterwegs bin." Er überlegte einen Augenblick und fuhr dann fort: „Ich denke ohnehin, dass es sicherer wäre, wenn ich Johanna begleite. Ich habe häufiger in Frankfurt zu tun, das würde niemanden wundern."

„Das klingt vernünftig." Onkel Philipp schien erleichtert. „Du weißt doch Johanna, meine schwierige Stellung bei Hofe lässt mir nur wenig Freiraum für private Angelegenheiten."

„Schon gut Onkelchen, du brauchst dich nicht entschuldigen." Johanna verstand ihn. Philipp Bechtler konnte es sich einfach nicht leisten, noch einmal in eine Geschichte hinein gezogen zu werden, die in komplizierter Beziehung zum Hof stand. Und sollte es wirklich um den Medici-Schatz gehen, wäre der Hof in jedem Fall involviert, in welcher Form auch immer. Über die Konsequenzen einer solchen Entdeckung mochte Johanna sich vorerst auch noch Gedanken machen. Es war ihrer Einschätzung nach nämlich völlig offen, ob sie für einen konkreten Hinweis auf den Verbleib der Juwelen oder den Fund derselben bestraft oder belohnt werden würden.

„Wir können auch nicht einfach so losfahren, mein Kind", begann Verschaffelt erneut. „Vorher müssen wir herausfinden, in welcher Bank sich das Schließfach mit dieser Nummer – er deutete auf das Papier – befinden könnte."

„Aber warum besuchen wir die Häuser nicht einfach nacheinander und fragen nach? So viele sind es doch auch nicht, die infrage kommen, oder?“ Leise Enttäuschung machte sich in Johanna breit. Musste denn immer alles so kompliziert sein?

„Nun, ich denke, es dürften so an die zwanzig Bankhäuser sein, das ist eine ganze Menge. Frankfurt hat sich in den letzten Jahrzehnten zu einem Zentrum für Geldgeschäfte entwickelt.“ Veschaffelt faltete seine Hände vor dem Bauch und lehnte sich zurück. „Das Problem ist, dass wir möglichst wenig Aufsehen erregen sollten, meine Liebe. Und das schafft man nicht, wenn man von Tür zu Tür eilt und mit einer geheimnisvollen Zahlenkombination winkt. Bankgeschäfte leben von der Diskretion.“

„Stimmt“, mische sich nun auch Johannas Onkel wieder ein. „Es dürfte nicht gerade seriös wirken, wenn der vermeintliche Besitzer eines Bankschließfaches nicht einmal die Bank kennt, in der sein Vermögen lagert.“ Er grinste schief.

Johanna seufzte. Diesen Argumenten hatte sie nichts entgegen zu setzen. „Und wie wollen wir also vorgehen?“

„Nun“, Verschaffelt zog beim Denken die Stirn in Falten, „ich habe einen Auftraggeber in der Nähe von Frankfurt. Ein reicher Jude, sehr gebildet und auch im Geldgeschäft tätig. Er legt sich gerade einen hübschen Garten an und hat bei mir ein kleines Denkmal bestellt. Geschmack hat er also. Ich werde ihn um eine diskrete Auskunft bitten.“

„Aber darfst du das überhaupt? Ich meine, du baust doch gerade für die Kurfürstin – erlaubt sie dir, andere Aufträge zeitgleich abzuwickeln?“ Johanna hatte den springenden Punkt sofort erkannt und Verschaffelt musste lächeln.

„Nein, eigentlich nicht. Aber mein Auftraggeber hat der Wallfahrtskirche in Oggersheim eine großzügige Spende zukommen lassen – und die kleine Ausnahme war möglich. Ihre Durchlaucht die Kurfürstin war hoch entzückt über diese Gabe der Nächstenliebe.“ Verschaffelt lachte verschmitzt.

„Ein Jude? Der für eine katholische Wallfahrtskirche spendet?“ Onkel Philipp starrte Verschaffelt mit offenem Mund an. „Gibt es so etwas überhaupt?“

„Oh ja, häufiger als man denkt.“ Der Architekt zuckte mit den

Schultern. „Letztendlich wollen ja alle gut leben, sich mit schönen Dingen umgeben – da spielt die Religion keine Rolle, denke ich. Wie dem auch sei", er kam zurück zum Thema, „dieser Auftraggeber von mir wird für uns die passende Bank, wenn es denn wirklich in Frankfurt sein soll, herausfinden. Und bis dahin müssen wir uns noch gedulden.

Den Schlüssel haben wir zwar schon, nur das Schloss fehlt noch." Verschaffelt blickte Beifall heischend in die Runde, sein Schlusswort gefiel ihm selbst.

„Schlüssel! Das ist das Stichwort!" Johanna sprang auf und verschwand in ihrem Kabinett. Kurze Zeit später kam sie zurück und wedelte triumphierend mit einem vergilbten Blatt Papier. „Hier, davon schreibt auch Clemens in diesem geheimnisvollen Brief! Hört selbst: *‚Man benötigt hier (...) mein Wissen (...), wenngleich ich den letzten Schlüssel dazu selbst noch nicht gefunden habe.'* Seht ihr, er wollte mir genau das mitteilen! Nur dass er offenbar weiß, wo sich das dazugehörige Schloss befindet. Ärgerlich, dass er uns keinen Hinweis gibt." Sie las den Brief noch zweimal durch, zuckte dann jedoch mit den Schultern. „Also gut, dann warten wir eben wieder einmal."

Tröstend legte Onkel Philipp ihr den Arm um die Schultern. „Johanna, wir sind auf dem richtigen Weg, glaube mir. Nur noch ein wenig Geduld – und dann werden wir auch Clemens finden. Ich bin mir ganz sicher!"

„Genau", bestätigte auch Verschaffelt. „Und bis wir Neuigkeiten aus Frankfurt bekommen, kümmern wir uns um diesen Hauslehrer Lehrbach und seine Lügen. Philipp, du fährst doch morgen nach Heidelberg – was hältst du davon, mit ihm ein Gespräch unter vier Augen zu führen?"

Doch dazu kam es nicht mehr. Denn als Philipp Bechtler am nächsten Abend am Heidelberger Marktplatz aus seiner Kutsche stieg und seine Frau ihm die Tür öffnete, stürzten ihm Francesco und Louisa entgegen: „Er ist weg, einfach so weggegangen!" Francescos Stimme überschlug sich vor Empörung. „Und nicht einmal auf Wiedersehen hat er uns gesagt. Ich finde das so gemein." Louisa klang traurig. „Wann kommt Mama wieder?"

Johanna ärgerte sich über sich selbst, als Onkel Philipp ihr bei seiner Rückkehr vom Verschwinden des Hauslehrers berichtete. Sie hätte doch sofort hinfahren sollen – nun war eine wichtige Chance vertan! Fluchend räumte sie in der Apotheke Glasflaschen ins Regal, die gefährlich zu klimpern begannen.

„Johanna, nun beruhige dich doch! Wir werden einen neuen Lehrer für die Kinder finden!" Philipp Bechtler machte sich ernsthafte Sorgen um seine kostbaren Apothekerfläschchen.

„Ach, darum geht es doch gar nicht!"

Johanna schnaubte unwillig. „Ich wollte doch herausfinden, ob es sich bei Lehrbach vielleicht um diesen Enrico da Foti handeln könnte, den Clemens erwähnt hatte. Und nun habe ich es verpasst!" Klirrend fiel eine Flasche auf den Steinboden hinab und ein weißes Pulver stieg als Staub auf. Erschrocken hielt Johanna inne.

Glücklicherweise war es nur Talkum, aber dennoch: Das Pulver war ruiniert und die Flasche in tausend Splitter zerbrochen. Zerknirscht bat sie ihren Onkel um Entschuldigung und beeilte sich, den Boden zu säubern.

„Johanna, setz dich einmal zu mir. Ich möchte etwas mit dir besprechen." Philipp Bechtler hatte abgewartet, bis seine Nichte damit fertig war, den Boden zu wischen und die Glassplitter aufzusammeln. Als sie mit fragendem Blick neben ihm auf dem Stuhl im Verkaufsraum der Apotheke Platz nahm, sank ihm der Mut. Wie sollte er ihr nur beibringen, was er mit seiner Frau ausführlich besprochen hatte? Johanna würde das alles bestimmt falsch verstehen, befürchtete er.

Doch er täuschte sich: Denn Johanna hörte aufmerksam zu und nickte zwischendurch immer wieder, als ihr Onkel ihr dazu riet, den Amberger Haushalt, der nun schon fast zwei Jahre verlassen war, weitgehend aufzulösen und wieder nach Mannheim zu ziehen.

„Weißt du, mein Kind, es geht uns nicht darum, dass du mit deinem alten Leben brichst, aber für die Kinder wäre es einfach so besser, die Situation zu akzeptieren“, fasste Philipp die Überlegungen zusammen, die ihn mit Tante Clara seit geraumer Zeit beschäftigten. „Louisa und Francesco fühlen sich wohl in Heidelberg – und unser Haus ist groß genug. Du könntest dir dort die obere Wohnung einrichten, einen Teil deiner privaten Dinge unterbringen, und selbstverständlich dein Kabinett hier in Mannheim behalten. Schließlich ist dies das alte Haus deines Vaters.“ Er schluckte bei der Erinnerung an seinen so tragisch verstorbenen Bruder Franz.

„Und noch etwas kommt hinzu: Clara und ich sind nicht mehr die Jüngsten und haben keine leiblichen Nachkommen. Ihr seid unsere Familie, du und die Kinder... und natürlich Clemens“, schob er eilig nach. „Behalte euer Haus in Amberg, wenn dir das wichtig ist, doch löse den Haushalt auf. Ich bin sicher, du kannst bei deiner Freundin Anna-Louise Gräfin zu Eltz das eine oder andere sperrige Möbelstück unterstellen, bis klar ist, was die nächsten Jahre für dich und deine Familie bringen. Was meinst du?“

Erwartungsvoll blickte Philipp Bechtler seine Nichte an. Johanna hatte seinen Worten schweigend und konzentriert gelauscht. Mit leiser Stimme fragte sie ihn nach einer Weile: „Glaubst du, ich könnte das alles vor Weihnachten noch schaffen?“

„Ganz sicher, mein Kind.“ Erleichtert strich er ihr über das Haar. „Du brichst noch diese Woche auf und mietest in Amberg zwei große Lastkutschen für den Rücktransport. Zwei zuverlässige Bedienstete des Freiherren von Stengel werden dich zu deinem Schutz und als Hilfe begleiten, das habe ich bereits organisiert.“

„Der Freiherr? Du hast von Stengel getroffen?“ Johanna wunderte sich. Warum hatte er nicht bei ihr vorgesprochen? Wenn er schon in Mannheim war, was in letzter Zeit ohnehin nur selten der Fall war, hatte sie doch mit seinem Besuch gerechnet.

„Ja, aber nur kurz.“ Philipp Bechtler lächelte in sich hinein. Ihm war die Affinität zwischen dem hohen Regierungsbeamten und seiner Nichte nicht entgangen.

„Er besuchte mich dieser Tage in der Apotheke in Heidelberg auf der Durchreise, um von dort Medikamente für Carl Theodor mitzunehmen. Der Kurfürst veranstaltet nämlich gerade eine große Jagd im Neckartal."

„Ach so." Das klang schlüssig, hinterließ aber dennoch einen kleinen Stachel bei Johanna. Stephan von Stengel hielt sich in der Kurpfalz auf und hatte offenbar nicht das Bedürfnis, sie zu sehen, nun gut.

„Ich soll dich übrigens ganz herzlich von ihm grüßen." Johannas Onkel klang betont beiläufig.

„Ach ja?" Sie gab vor, etwas in ihrer Rocktasche zu suchen und beugte den Kopf tief hinab. Warum musste sie nur immer erröten, wenn das Gespräch auf den Freiherren kam? Hoffentlich bemerkte Onkel Philipp ihre Verlegenheit nicht; zumindest ließ er sich nichts anmerken.

„Nun, dann sollten wir damit beginnen, meine Abreise zu planen, nicht wahr?" Johanna stand auf und lehnte sich gegen die Ladentheke, nachdem sie sich wieder gefangen hatte. „Was wohl die Kinder dazu sagen werden?"

„Ich glaube, die zwei werden sich freuen!" Onkel Philipp lä chelte sie aufmunternd an. „Dein Francesco hat schon viele Spielkameraden in der Nachbarschaft gefunden – und Louisa, du weißt ja wie sie ist, hat sich ganz gezielt zwei Freundinnen gesucht, die wie sie gern lesen und schreiben."

Johanna nickte und freute sich. Ihre Kinder hatten sich wirklich gut in Heidelberg eingelebt, es wäre wirklich schwierig, sie wieder nach Amberg zu verpflanzen – zumal ja noch gar nicht klar war, ob sie und Clemens jemals wieder gemeinsam dort leben würden. Die Entscheidung, den Amberger Haushalt aufzulösen, war klug und weitsichtig von ihrem Onkel.

Sie würde sofort einen Brief an den Graf und die Gräfin zu Eltz vorausschicken, damit alles für ihre Ankunft in der Oberpfalz vorbereitet wäre. Und zu Weihnachten schon würde sie – ganz wie Onkel Philipp es vorausgesagt hatte – gemeinsam mit ihrer Familie im Schein der Kerzen feiern.

In dieser Hinsicht hatte sich Philipp Bechtler jedoch getäuscht.

Der Winter 1776/77, der mit einer Schnee- und Eisfront von Osten über das Land hereinbrach, war einer der härtesten, den Mitteleuropa seit Jahrzehnten erlebt hatte. Innerhalb weniger Tage versank alles von der Westküste Frankreichs bis tief hinein in das russische Reich unter einer dicken Schnee- und Eisschicht und klirrender Kälte. Johanna hatte die Vorboten dieses frühen Wintereinbruchs bereits auf der Reise nach Amberg gespürt, da die Kutsche, in der sie mit den beiden freundlichen Bediensteten aus dem Haushalt des Freiherren reiste, einem pfeifenden und unangenehm schneidenden Wind entgegenfuhr.

Sie hatten Amberg jedoch noch rechtzeitig am 20. November erreicht – genau einen Tag, bevor das Unwetter losging. Glücklicherweise hatte die Gräfin zu Eltz dafür gesorgt, dass die Speisekammer in Johannas Amberger Stadthaus gefüllt war, ausreichend Brennholz gelagert und die Kamine geheizt waren, so dass niemand hungern oder frieren musste. Bis zum Beginn der Adventszeit ging Johanna sogar noch davon aus, ihr Aufenthalt in der alten Heimat würde sich wetterbedingt nur verzögern, doch wenige Tage vor Weihnachten war auch ihr klar geworden, dass an eine Rückreise nach Mannheim nicht im Entferntesten zu denken war.

Der Schnee türmte sich meterhoch in den Gassen, Flüsse und Seen waren bis auf den Grund zugefroren, die Waren in den Geschäften wurden allerorten knapp und die Menschen blieben aus Angst vor Erfrierung in ihren Häusern.

Heiligabend ließ Anna-Louise Gräfin zu Eltz Johanna mit einem Schlitten ins gräfliche Palais holen – sie sollte dort im Kreise der Familie und Kinder, die sie als Hebamme mit zur Welt gebracht hatte, die Feiertage verbringen. Die beiden Gehilfen des Freiherrn von Stengel blieben im Haus der Santorinis, wo sie gemeinsam mit einem Knecht und einem Küchenmädchen darauf achteten, dass die Feuer in den Öfen und Kaminen nicht erloschen. Johanna hatte ihnen zudem einen ordentlichen Braten und besinnliche Getränke spendiert, so dass auch sie zum Fest nicht darben mussten.

Unglücklicherweise kam seit geraumer Zeit keine Postkutsche mehr nach Amberg; die Wege waren komplett von Schnee versperrt. Aus diesem Grund hatte Johanna nicht einmal ihre Weihnachtspost los senden können, für die sie in der Zwangspause ausreichend Zeit gehabt hatte – es würden eben Neujahrsbriefe werden. Auch von ihrer Familie traf kein Gruß in Amberg ein. Johanna vermutete, dass die Kurpfalz ebenfalls unter dem Wintereinbruch zu leiden hatte, schließlich war man dort die Kälte überhaupt nicht gewöhnt.

Keiner konnte jedoch damit rechnen, dass in der Oberpfalz erst Mitte Februar langsam die Temperatur steigen würde und die Schnee- und Eismassen endlich zum Schmelzen brachte. Danach wurde das ganze Ausmaß der Katastrophe bewusst: Zahlreiche Menschen waren sogar in ihren Häusern erfroren, da das Brennholz nicht ausgereicht hatte, die Wege für Nachschub jedoch versperrt waren. Viele Wildtiere hatten ihr Leben verloren – und sogar Häuser waren unter der Last zusammengebrochen.

Als sich Johanna endlich Anfang März mit zwei Lastkutschen im Konvoi auf die beschwerliche Rückreise über teils noch gefrorene und teils vom Schmelzwasser aufgeweichte Straßen machte, konnte sie sehen, dass tatsächlich das ganze Land – und nicht nur die frostige Oberpfalz – einen entsetzlichen Winter erlebt haben musste. Mit den ersten warmen Strahlen der Frühlingssonne folgte dann sofort der nächste Unbill für die Menschen: Durch die immensen Schneemassen entstand eine viel zu große Menge an Schmelzwasser, so dass nun die Flüsse großflächig über die Ufer traten.

Mehrmals musste Johannas Reisegesellschaft dadurch die Reiseroute ändern, was letztendlich mehr als eine Woche Zeit kostete. Als Ende März dann endlich das Heidelberger Schloss zu sehen war, nachdem sie ungeplant über Aglasterhausen, Langenzell, Bammental, Gaiberg und den Königstuhl anreisen mussten, weinte Johanna vor Freude und Erschöpfung.

Während sie die Holzpalisaden passierten, die das halb verfallene Schlossareal vor Eindringlingen schützen sollten, rechnete sie im Stillen nach: Sie hatte ihre Kinder fast vier Monate nicht mehr gesehen und hatte das Gefühl, das Leben war seit November an ihr vorbeigegangen.

Das Wiedersehen mit Louisa und Francesco war sehr bewegend. Beide hatten sich große Sorgen um ihre Mutter gemacht, da nicht einmal zum Christfest ein Lebenszeichen von Johanna gekommen war. Vergeblich hatten Tante Clara und Onkel Philipp versucht, den Kindern die Lage zu erklären und sie zu beruhigen, doch die Ängste der kleinen Santorinis ließen kaum nach.

Beide litten wochenlang unter Alpträumen, Schlafstörungen und waren extrem anhänglich, was im Hinblick auf die Tatsache, dass erst der Vater und nun die Mutter verschwunden waren, ein durchaus nachvollziehbares Verhalten war. Umso größer war die Freude, als Johanna durchgefroren, aber glücklich die Bechtlerapotheke an der Heidelberger Heiliggeistkirche betrat und ihre Kinder in die Arme schließen konnte.

Johanna verbrachte zwei Wochen mit Louisa, Francesco und Tante Clara in der idyllischen Stadt am Neckar. Zuvor schickte sie allerdings die beiden Bediensteten des Freiherren von Stengel zurück in seinen Haushalt – mit einer großzügigen Entlohnung für ihre Hilfe und Zuverlässigkeit während des ungeplanten langen Winters in der Oberpfalz.

Dann richtete sie sich über der Apotheke zwei eigene Zimmer neben denen der Kinder ein und überlegte gemeinsam mit ihrer Tante, wo und wie sie die zur Zeit überflüssigen Möbelstücke aus Amberg unterbringen konnten, die Johanna auf den beiden Kutschen mitgebracht hatte. In der nach dem langen Winter besonders schönen Frühlingssonne unternahm sie ausgedehnte Spaziergänge und Ausflüge mit den Kindern und sprach verhältnismäßig offen mit ihnen über die eigene Zukunft – mit oder ohne Clemens.

Natürlich glaubten beide immer noch ganz fest an eine Rückkehr ihres Vaters – und das war ja auch richtig so – doch Johanna ließ zum ersten Mal vorsichtig anklingen, dass es auch anders kommen könnte. Denn ihr war klar geworden, wie groß in den nun mehr als zwei Jahren Trennung der Abstand zwischen ihr und Clemens geworden war – verstärkt durch das immer noch ungeklärte Geheimnis seiner vermeintlichen Unehrlichkeit und des scheinbar doch vorhandenen Schatzes, mit dem er irgendwie zu tun hatte.

Sie ahnte, dass es ihr schwer fallen würde, ihm noch einmal im Leben vollständig zu vertrauen, so wie sie es damals zum Zeitpunkt ihrer Hochzeit getan hatte. Und ob es möglich war, ohne diese feste Basis eine zufriedene Ehe bis ans Lebensende zu führen, wusste sie nicht. Diese Gedanken teilte sie natürlich nicht mit Louisa und Francesco, doch mit Tante Clara führte sie einige intensive Gespräche über das Thema.

Zwei Wochen nach ihrer Ankunft in Heidelberg machte Johanna sich dann mit dem restlichen Mobiliar auf den Weg nach Mannheim, wo Onkel Philipp sie bereits erwartete. Dort erfuhr sie die wichtigsten Neuigkeiten vom Hof, die im etwas verschlafenen Heidelberg nicht zum Tagesthema auf den Märkten und in den Gassen gehörten.

Denn ganz im Gegensatz zu den Zeiten ihrer Kindheit hatte sich Heidelberg mittlerweile deutlich von Mannheim abgesondert. Seit der Hof in der Neckarstadt nicht mehr residierte, hatte sich dort eine ganz eigene Bürgerschaft entwickeln können, die sich vor allem um das Universitätsleben herum bewegte und den Hof eher mit Skepsis oder gar Abscheu betrachtete. Johanna fühlte sich erstaunlich wohl in dieser Atmosphäre und fuhr mit entsprechend gemischten Gefühlen zurück in die Residenzstadt.

Dort hatte sich seit dem Jahreswechsel einiges ereignet. So stand Mannheim noch ganz im Bann der Festivitäten, die nachträglich zu Elisabeth Augustes Geburtstag veranstaltet worden waren. Der 17. Januar, der eigentliche Jubeltag, war in der Kurpfalz ebenso verschneit gewesen, wie in Amberg, so dass die große Gala kurzerhand verschoben werden musste. Doch Ende Februar war es soweit: Zur Gala und Gratulation erschien alles, was bei Hofe Rang und Namen hatte, in Prachtkleidung. Schon früh am Morgen pünktlich um zehn nach neun, so sah es das Protokoll vor, standen die Höflinge zum Handkuss bei der Kurfürstin an. Um elf fand der obligatorische Gottesdienst in der Schlosskapelle statt, wobei die Leibgarde beim Eintreten des Kurfürstlichen Paares in die Kirche Spalier stand. Der Prälat von Kaipersheim zelebrierte die Messe und anschließend ging es zur öffentlichen Tafel. In diesem Jahr nahmen 40 ausgewählte Personen teil – unter ihnen zum ersten Mal auch der Freiherr von Stengel, obwohl er von der Kurfürstin nicht allzu gut gelitten war.

Dann war das Große Appartement gefolgt, bei dem man sich am verabredeten Ort im Mannheimer Schloss zur Konversation traf und auf die Aufwartung der Herrschaft wartete. Johanna kannte solche Veranstaltungen aus der Zeit, als sie mit ihrem Vater als Hofmedicus vor Ort sein musste, um diverse Unpässlichkeiten als Folge von Völlerei, zu eng geschnürten Korsetts oder Trunkenheit zu behandeln.

Doch bei Elisabeth Augustes Geburtstagsgala war wohl alles im Rahmen geblieben, erfuhr sie von Onkel Philipp, und am Nachmittag sah man sich in der Hofoper ein Singspiel von Günther von Schwarzburg in drei Aufzügen an. Der Höhepunkt des Festes hätte dann ein großes Feuerwerk am Neckarufer sein sollen, was in der Vorbereitung aufgrund des immensen Hochwassers schon recht aufwendig gewesen war – und dann buchstäblich ins Wasser fiel, da just in jener Nacht am 28. Februar eine Schiffsbrücke durch die Fluten zum Einsturz gebracht worden war.

Da dabei ein Kutscher mit seinem Pferd in die reißenden und kalten Fluten gestürzt war, ordnete Elisabeth Auguste kurzerhand an, auf das Spektakel zu verzichten und den armen Hinterbliebenen eine großzügige Spende zukommen zu lassen. Offenbar hatte sie dieses Einzelschicksal berührt, was sie allerdings nicht davon abhalten ließ, die vielen am Feuerwerk bereits im Vorfeld beschäftigten Brandmeister nicht zu bezahlen – man konnte ja schließlich kein Spektakel genießen.

Zu Beginn des Jahres 1777 hatte zudem eine Bürgerzählung in Mannheim stattgefunden. Auf Anordnung des Kurfürsten wurden pro Quadrat, aber auch in den Außenbezirken der Stadt sämtliche Einwohner, Familien und wichtige Gebäude erfasst. Böse Zungen behaupteten, dass Ihre Durchlaucht auf diese Weise zu mehr Einnahmen durch pro Kopfabgaben kommen wollte. Was auch immer hinter der Zählung stand – das Ergebnis zeigte deutlich, dass aus der Residenzstadt an Rhein und Neckar mittlerweile eine recht bedeutende Metropole mit 5.080 Familien, 25.353 Seelen, zwölf Kirchen, zwei Klöstern, einer Synagoge, acht Pfarr-, 18 Schul- und 1.519 bürgerlichen Häusern, 30 öffentlichen gemeinstädtischen Gebäuden, 75 Scheunen und zwei Schiffbrücken[78] geworden war, wobei eine der Brücken erst wieder aufgebaut werden musste.

Und noch etwas erfuhr Johanna von ihrem Onkel, als sie nach ihrer Ankunft in den Quadraten die Kutschen entladen und die Möbelstücke verstaut hatten: Verschaffelt hatte Neuigkeiten aus Frankfurt übermittelt.

„Es handelt sich bei der Zahlenkombination aus dem magischen Quadrat tatsächlich um die Nummer eines Bankschließfachs“, flüsterte er ihr beim Abendessen zu.

„Dieser Jude hat offenbar ziemlich schnell herausgefunden, dass diese Zahlenkombinationen im Bankhaus Rottermann verwendet werden. Es scheint, als habe jeder Bankier ein eigenes System, was sich in bestimmten Zahlen manifestiert.“

„Das ist ja phantastisch!“ Johanna konnte es kaum fassen. „Dieser Verschaffelt ist ein Genie, findest du nicht, Onkelchen?“ Sie schüttelte ungläubig lächelnd den Kopf. „Da finden wir ein Viereck mit ein paar Zahlen darin – und er entdeckt sofort die tiefere Bedeutung. Ich kann es gar nicht glauben.“

„Ja, ich war auch ziemlich erstaunt“, gab Philipp Bechtler zu. „Ehrlich gesagt habe ich es bis zuletzt nicht für möglich gehalten, dass die Lösung so einfach ist.“

Johanna runzelte die Stirn. „Einfach? Ich bitte dich, immerhin haben wir lange danach gesucht. Und es stellt sich nun natürlich die Frage, was wir in dem Schließfach finden.“

„Und ob ihr überhaupt so weit kommt, Liebes, auch das sollte

78 Mörz, Stefan: Aufgeklärter Absolutismus in der Kurpfalz, Stuttgart (1991), S. 441

man bedenken“, ergänzte ihr Onkel.

„Wie meinst du das?“ Verständnislos blickte Johanna ihn an.

„Nun ja, wenn ich Verschaffelt richtig verstanden habe, dann gibt es das Bankhaus Rottermann bereits in der vierten Generation. Es gehört also zu den alten, ehrwürdigen Einrichtungen dieser Art – und ich denke, es wird nicht einfach sein, zu einem Schließfach zu gelangen, dessen Eigentümer man nicht ist. Auch wenn man die Nummer hat.“

Johanna schwieg bedrückt. Daran hatte sie noch gar nicht gedacht. Mit Banken hatte sie bislang keine größeren Erfahrungen gemacht – um Vermögensdinge kümmerte sich Clemens. Aber vielleicht war ihr Mann ja der Besitzer des Schließfaches?

„Unwahrscheinlich.“ Onkel Philipp schüttelte den Kopf. „Dann wäre er schon längst wieder da und hätte dir nicht diesen kryptischen Brief geschrieben.

Nein, nein, mein Kind, über diesem Schließfach liegt irgendein Geheimnis, wahrscheinlich auch etwas Unrechtes, das irgendwie mit der Familie deines Clemens zu tun hat. Ich hoffe, wir finden es schnell heraus, damit die unsägliche Situation, in der du dich seit langem befindest, endlich einmal ein Ende hat!“ Onkel Philipp hatte sich regelrecht in Rage geredet.

„Schon gut, liebster Onkel, so beruhige dich doch.“ Johanna legte ihm beschwichtigend eine Hand auf den Arm. „Wann will Verschaffelt denn mit mir nach Frankfurt fahren? Ich kann es kaum erwarten, wie du dir denken kannst!“

Philipp Bechtler lächelte seine Nichte nachsichtig an. „Da wirst du dich leider noch ein wenig gedulden müssen, Johannalein. Die Brücken entlang der Bergstraße sind noch nicht alle wieder instand gesetzt, an Reisen ist derzeit noch nicht zu denken. Außerdem muss Verschaffelt noch die erforderlichen Passierscheine besorgen, was möglichst unauffällig vonstatten gehen soll. Keine Ahnung, was er der Kurfürstin erzählen wird, doch gerade sie sollte keinen Wind von der Angelegenheit bekommen, nicht wahr?“

Johanna nickte, ihr Onkel hatte Recht. Denn wenn jemand bei Hofe am Schatz der Medici interessiert war, dann Elisabeth

Auguste – das hatte ihr letztes Zusammentreffen mit Verschaffelt deutlich gezeigt.

„Und wann..." begann Johanna erneut, doch ihr Onkel unterbrach sie: „Anfang Mai, Verschaffelt rechnet Anfang Mai mit den Papieren."

Johanna seufzte. Wieder musste sie warten. Bestand ihr Leben eigentlich nur noch aus Warten?

„Ach ja, das hier ist auch noch für dich angekommen. Mit der Post aus Bruchsal." Onkel Philipp reichte ihr ein Billet, das Johanna mit fragendem Blick entgegen nahm. Doch die Schrift verriet den Absender sofort.

„Es ist von der Dame Delph", erklärte sie Onkel Philipp, während sie das Siegel brach. „Sie erzählte mir vor einigen Monaten, dass sie am Badischen Hof zu tun hatte."

Philipp Bechtler schob seine Augenbrauen hoch und schnaufte hörbar. „Die Dame Delph... am badische Hof, soso..."

Johanna lächelte nachsichtig. „Ich weiß, dass ihr Doro nicht mögt. Ich aber schätze sie. Sie hat mir geholfen, wann immer es ging – und sie hat mir Johann Wolfgang Goethe vorgestellt. Allein das macht sie für mich zu einer Freundin, denn dieser junge Dichter ist ein Erlebnis!"

Ihr Onkel schwieg daraufhin und ließ Johanna in Ruhe den Brief auffalten und lesen. *„Verehrte Johanna",* begann Dorothee mit ihrer schwingvollen Schnörkelschrift, *„ich hatte Euch vor diesem grässlichen Winter darüber informiert, dass Euer Hauslehrer vorgibt, etwas zu sein, das er nicht ist. Diese Angelegenheit ließ mir einfach keine Ruhe, zu sehr seid Ihr mir ans Herz gewachsen, werte Freundin..."*

Johanna grinste in sich hinein. Diese Doro war wirklich eine merkwürdige Vertraute geworden, so exaltiert und schrill sie auch wirken mochte.

„...Über die Schönemanns, denen ich ja nicht erst seit Goethes vergeblichen Ambitionen verbunden bin, habe ich einiges über diesen angeblichen Herrn Lehrbach herausgefunden. Er ist in Frankfurt als wandernder Tenor in Erscheinung getreten, indem er einem Haus stets für einige Wochen die Treue hielt.

Dabei versuchte er – meist allerdings vergeblich – persönlich mit den Familienmitgliedern ins Gespräch zu kommen, was allgemein unangenehm auffiel und als aufdringlich empfunden wurde. Er nannte sich Enrico da Fiore und besaß eine erstaunlich gut ausgebildete Singstimme, weswegen niemand an seiner Herkunft zweifelte. Dennoch war er nicht allzu beliebt in jenen Kreisen; er missachtete die Convention, was ihm zum Nachteil gereichte. Übrigens verkehrte er stets in Bankiersfamilien, was allerdings in Frankfurt auf der Hand liegt, nicht wahr?"

Johanna ließ das Papier in ihren Schoß sinken. Enrico da Fiore, das konnte doch kein Zufall sein, so ähnlich wie der Name klang. In wenigen Sätzen informierte sie ihren Onkel über den Inhalt des Briefes.

„Und wir haben es verpasst, ihn zu schnappen!" Johanna ärgerte sich immer noch über das unerwartete Verschwinden des Hauslehrers.

„Ach, wer weiß." Philipp Bechtler zuckte mit den Schultern. „Wahrscheinlich war er ohnehin nur ein Handlanger von jemandem – so jung wie er war. Der steckt bestimmt nicht hinter dem Verschwinden deines Mannes."

Johanna holte tief Luft. „Hoffentlich hast du Recht, Onkelchen. Ich würde sonst meines Lebens nicht mehr froh werden." Dann las sie die restlichen Zeilen des Briefes, in dem Doro ihr wortreich alles Gute wünschte, ein Treffen im Sommer avisierte und darauf hinwies, dass sie selbst erst im Juni wieder in Heidelberg eintreffen würde, da *„pikante diplomatische Herausforderungen"* sie am Badener Hof unverzichtbar machten. Johanna grinste und freute sich jetzt schon auf die Geschichte, die sich hinter diesen geheimnisvollen Worten verbarg.

Das ungeduldige Warten auf Verschaffelt wurde durch ein Ereignis unterbrochen, dass Johanna bislang nur vom Hörensagen kannte und eigentlich auch nie recht geglaubt hatte: Die Kurpfalz wurde von einem Erdbeben heimgesucht. Am 5. April stand Johanna gerade in der Apotheke und wollte für

Professor Wayss, einen Wissenschaftler der Akademie, eine Tinktur gegen Hautausschläge zusammenstellen, als plötzlich und zuerst nur ganz leise die Gläser in den Schränken zu klingen begannen. Was Anfangs nur ein singender und heller Ton war, steigerte sich zu einem bedrohlichen Klappern, Klimpern und hinterher sogar Dröhnen, während der Boden des Ladens zu zittern anfing und die Möbelstücke in den Scharnieren ächzten.

„Ein Erdbeben![79] Schützt Euren Kopf!" Der Professor machte Johanna vor, wie sie ihre Arme über dem Kopf verschränken sollte, doch sie war so erschrocken, dass sie nicht reagierte. Sprachlos stemmte sie sich gegen den vibrierenden Boden und lauschte dem Lärm, der um sie herum entstanden war. Ob die Schränke mit den feinen Glasgefäßen dem Druck und der Bewegung standhalten würden?

Schon wenige Augenblicke später war der Spuk vorbei. Schweigend wartete Johanna noch einige Momente und starrte dann zu Professor Wayss hinüber. „Habt Ihr so etwas schon einmal erlebt?" Ihr zitterten die Knie.

„Ja, auf einer Reise in Apulien, da gibt es häufiger Erdbeben." Der ältere Herr ließ seine Arme sinken. „Sie sind aber sehr viel heftiger dort unten, es stürzen sogar Steingebäude ein und Menschen flüchten auf die Straßen."

„Mein Gott, das ist ja furchtbar! Hoffentlich ist hier in der Stadt nichts passiert!" Ängstlich schaute sie zur Tür. Ob es den Kindern in Heidelberg gut ging?

„Macht Euch keine Sorgen, Frau Santorini, hier ist noch nie etwas Schlimmes bei einem Erdbeben geschehen. Meist bemerkt man sie gar nicht, aber sie kommen vor." Professor Wayss griff nach dem Päckchen, das Johanna ihm gedankenverloren über die Ladentheke gereicht hatte und zählte ein paar Münzen ab. „Und kümmert Euch bloß nicht darum, was die alten Weiber in den Straßen dazu sagen werden – das ewige Lamento von göttlichen Zeichen, alles Unsinn!" Er verbeugte sich höflich und verließ das Geschäft.

79 Das Erdbeben in Mannheim am 5.4.1777 hat tatsächlich stattgefunden.

Kurze Zeit später eilte Johanna hinter ihm her nach draußen. Wie erwartet schienen alle Menschen aus den Häusern geeilt zu sein und überall sprach man über das außergewöhnliche Ereignis. Zu Schaden war allerdings niemand gekommen, stellte sich schnell heraus, lediglich ein Pferd der Schlosswache hatte gescheut und seinen Reiter abgeworfen.

Dennoch hielt sich in den Quadraten hartnäckig das Gerücht, ein solches Erdbeben sei ein ganz schlechtes Omen für das Jahr – und sicherlich würde schon bald etwas geschehen, dass die Welt verändern könnte oder die bestehende Ordnung zumindest ins Wanken bringen würde.

Ausgerechnet für Johanna traf dies dann bereits wenige Tage später zu, und sie musste unwillkürlich an die Prophezeiungen der Marktweiber in den Quadraten denken: Jean de la Frontière kündigte nämlich seinen Besuch an und bat darum, mit ihr allein eine Ausfahrt mit der Kutsche zu machen, da er ihr wichtige Neuigkeiten zu übermitteln hätte.

Johanna versetzte das geplante Rendevous doppelt in Aufregung, da sie nicht nur mit Informationen über Schloss Ziegenhain und den möglicherweise bestehenden Zusammenhang mit Clemens' Verschwinden rechnete, sondern auch wusste, dass der Franzose ihr Gefühlsleben in Unordnung bringen würde, ganz gleich, wie sie sich verhielt. Da konnte sie sich immer wieder einreden, wie eitel, aufdringlich und frech dieser Kerl war – als Mann war er leider unwiderstehlich.

Wie versprochen schlüpfte Johanna an jenem warmen Apriltag in ihr neues Kleid, das sie sich aus der Seide des Barons hatte anfertigen lassen. Sie brauchte nicht in den Spiegel zu schauen, um zu wissen, dass sie umwerfend darin aussah. Das enge Mieder brachte ihre schmale Taille vorzüglich zur Geltung und die Farbe des Stoffes harmonierte mit ihren Augen, den Haaren und ihrem zarten Teint.

Da das Kleid tief dekolletiert war – darauf hatte die Schneiderin mit Verweis auf die aktuelle Mode bestanden – entschied Johanna sich für einen hauchdünnen zartgrünen Chiffonschal, den sie sich zusätzlich um die Schultern wand. Aufgrund ihrer täglichen Arbeit in der Apotheke und der Hebammenschule war sie es einfach nicht gewohnt, tiefe Ausschnitte zu tragen und der freie Blick auf den Ansatz ihrer nach den Schwangerschaften üppiger gewordenen Brust verunsicherte sie.

Dennoch: Für Baron de la Frontière überwand sie ihre Scham und machte sich sorgfältig zurecht. Sie steckte ihre wilden Locken hoch, befestigte kleine Smaragde an ihren Ohren und legte die kostbaren Perlen um, die Clemens ihr einst zur Verlobung geschenkt hatte. Ganz gegen ihre Gewohnheit trug sie einen Hauch Rouge auf die Wangen auf und entschied sich für einen zarten Jasminduft als dezentes Parfum.

Insgeheim war sie froh, dass Onkel Philipp an jenem Mittag nicht im Haus war – er hätte sicherlich über ihre Aufmachung gestaunt und sich seinen Teil gedacht. Lediglich Kathi lief ihr über den Weg und versank, ganz gegen ihre Gewohnheit, für einen kurzen Moment in andächtiges Schweigen, ehe sie laut ausrief: „Naa, gnädische Fraa, gugemol do, schee wie die Froileins von Schtand. Na dass ich des noch erlewe derf! Na, wie schee, net ze glawe.“

Johanna flüchtete die Treppe hinab in den Vorraum der Apotheke. Wenn sich sogar ihre Köchin zu Bemerkungen hinreißen ließ – war sie vielleicht doch zu auffällig gekleidet? Doch für Veränderungen war es nun zu spät, der Baron fuhr mit einer eleganten Kutsche vor. Hastig und nicht sehr damenhaft eilte Johanna aus dem Haus und die Stufen hinab.

Sie wollte so wenig wie möglich Aufsehen in der Nachbarschaft erregen, doch der Baron ließ es sich nicht nehmen, sie in aller Öffentlichkeit neben der Kutsche förmlich mit einem Handkuss zu begrüßen und sie dann anerkennend von Kopf bis Fuß zu betrachten. Lächelnd öffnete er den Verschlag und half Johanna in die Kutsche hinein, ehe er auf der anderen Seite neben ihr Platz nahm und dem Kutscher ein Zeichen gab. Sanft schwingend setzte sich das Gefährt in Bewegung.

„Ihr seht umwerfend aus, Jo`anna. Genau das `abe isch vor mir gese`en, als isch die Seide damals in Paris zum ersten Mal in der `and `ielt.“ Er ließ seinen Blick noch einmal über ihre Gestalt gleiten, wobei Johanna nicht entging, dass er eine Spur länger bei ihrem Dekollete verharrte. Verlegen raffte sie ihren Schal über der Brust und stotterte: „Wo... wo fahren wir eigentlich hin?"

Jean de la Frontière lehnte sich entspannt in die weichen Lederpolster zurück und strahlte sie an. „Isch dachte mir, wir machen einen Ausflug zur Aumühle auf der anderen Rheinseite. Dort man isst sehr gut, der Wein schmeckt und wir können uns ungestört unter`alten. Isch war nämlich in Kassel und `abe interessante Details über einen ge`eimnisvollen Gefangenen in der Wasserfeste Ziegen`ain erfahren."

Gespannt richtete Johanna sich auf, ihre Verlegenheit war wie weggeblasen. „Ist Clemens dort? So erzählt doch!"

„Das weiß isch nicht ganz sischer, aber es könnte durchaus sein." Der Franzose berichtete Johanna in aller Ausführlichkeit von seinem ausgedehnten Besuch in der Landgrafschaft Hessen-Kassel. So erfuhr sie einiges über das Hofleben von Landgraf Friedrich II., an dem Jean de la Frontière kein gutes Haar ließ. Eitel und verschwenderisch sei der Herrscher über eine nicht besonders reiche Landgrafschaft – und mit dem Soldatenhandel versuche er, seine riesigen Bauvorhaben und seine Maitressen zu finanzieren.

Bei Hofe, wo er durch ein Empfehlungsschreiben des Herzogs von Zweibrücken zugelassen war, hatte der Baron dann erfahren, dass sich auf Schloss Ziegenhain merkwürdige Dinge taten. Angeblich saß dort im Turmverlies seit vielen Monaten, einige sprachen sogar von Jahren, ein Gefangener, dessen Namen niemand kannte und der ihn auch nicht preisgab.

Er lebte dort einigermaßen komfortabel, jedoch ohne Kontakt zur Außenwelt. Besuch erhielt er lediglich vom Landgrafen höchstpersönlich, ab und zu von einem fremden Medicus – und immer wieder auch von Damen mit zweifelhaftem Ruf.

„Aber das könnte doch jeder sein!" entfuhr es Johanna. „Wie kommt Ihr darauf, dass Clemens dort oben sitzt?"

„Nun, es gibt da ein Detail, das mich `at stutzig gemacht", antwortete Jean de la Frontière nachdenklich. „Man `at ihm nämlich vor einiger Zeit ein Instrument in sein Gefängnis gebracht, das ist sehr ungewöhnlich, da es wirklich schwer war, dort `inauf in den Turm zu tragen." Er machte eine bedeutungsvolle Pause und Johanna starrte ihn fragend an.

„Ein Piano, der Landgraf `at ihm ein Piano in sein Verlies gestellt. Ist das nicht seltsam?"

Das war es in der Tat. Johanna spürte ein Kribbeln im Bauch, das diesmal nicht von der Anwesenheit des Franzosen herrührte, sondern aus dem Gefühl heraus, ihrem Mann endlich auf der Spur zu sein.

„Es heißt, er spielt wunderschön und sehr, sehr traurig." Der Baron hatte so leise gesprochen, dass Johanna ihn kaum verstanden hatte.

„Und warum? Was soll das alles?" Johanna schluckte.

„Es tut mir sehr leid, Eusch das sagen zu müssen, ma chère, aber isch `abe aus erster `and erfahren, dass die Damenbesuche ihm auf galante Weise ein Ge`eimnis entlocken sollten und das Piano ihn am Leben `alten. Man `at mir auch kolportiert, dass ce Monsieur sehr viel Wein trinkt, zu viel `eißt es."

Johanna überlegte kurz und platzte dann heraus: „Ihr wollt mir also sagen, Monsieur le Baron, dass dieser Mann, der dort im Turmverlies der Wasserfestung Ziegenhain ein Gefangener und möglicherweise mein Gatte Clemens ist, mit Huren, Wein und Musik bei Laune gehalten wird, um ihm irgendetwas zu entlocken?"

„Oui, so könnte man es auch sagen." Der Franzose zog belustigt die Augenbrauen hoch. „Allerdings `ätte isch es niemals gewagt, so vor Eusch zu sprechen, Madame."

„Und was soll ich Eurer Meinung jetzt tun?" Johannas Stimme klang plötzlich matt und müde.

„`infahren – und isch werde Eusch begleiten, ma chère." Der Baron hatte ihre Hand ergriffen und blickte sie treuherzig an. Johanna dachte fieberhaft nach: Das war natürlich eine Möglichkeit, aber war es nicht sinnvoller, zuerst auf den Inhalt des Bankschließfaches zu warten?

Vielleicht würde sie genau jene Information benötigen, um

ihren Mann aus seinem Gefängnis zu befreien, wenn es denn überhaupt Clemens war, den man dort festhielt. Andererseits hatte der Baron sich als Begleitung angeboten, was sicherlich von Nutzen war und angenehm allemal, doch wollte sie ihn in ihre Überlegungen nicht bis ins Detail einweihen – irgendetwas hielt sie davon ab.

Sie traute ihm zwar mittlerweile, dennoch blieb sie vorsichtig. Also ging sie mit warmen Worten auf sein Angebot ein, bat jedoch um Aufschub bis zum Sommer, da – und das stimmte in gewisser Weise ja auch – sie noch auf andere wichtige Informationen wartete. Dann, das versprach sie dem Baron, würde sie, vorausgesetzt seine freundliche Offerte bestünde immer noch, gern auf seinen Vorschlag zurückkommen.

Jean de la Frontière war entzückt. Vermutlich wertete er auch die Tatsache, dass Johanna sich ein wenig zögerlich verhielt, als es um ein Wiedersehen mit Clemens ging, als Vorteil für sich selbst. In der Folge legte der charmante Franzose sich ordentlich ins Zeug und Johanna kam so in den Genuss eines wundervollen Nachmittags mit zahlreichen Komplimenten, Aufmerksamkeiten aber auch interessanten Gesprächen zu ganz unterschiedlichen Themen.

Immer wieder berührte Jean sie dabei scheinbar rein zufällig am Arm oder nahm ihre Hand in die seine, was ihr jedes Mal einen wohligen Schauer durch den Körper trieb. Ob es letztendlich die beiden Gläser schweren Rotweins waren, die Johanna in der Aumühle getrunken hatte, die strahlenden Augen ihrer umwerfenden Begleitung oder die einmalige Atmosphäre eines wunderschönen Frühlingstages, die dazu führten, dass sie sich auf der Rückfahrt von ihm küssen ließ, wusste sie später nicht mehr.

Das einzige, was ihr klar wurde, war eine unangenehme Wahrheit, die sie selbst kaum ertrug: Johanna hatte sich unsterblich in Jean de la Frontière verliebt.

Doch sie sollte ihren aufregenden Verehrer vorerst nicht wieder sehen. Im Auftrag der Kurfürstin wurde Jean nach Düsseldorf geschickt, um dort diplomatische Dienste zu versehen. Er hoffte, im Spätsommer wieder in der Kurpfalz zu sein, konnte es Johanna jedoch nicht versprechen.

Traurig winkte sie ihm nach, als er sich einige Tage später bei ihr verabschiedete und ihr dabei – ohne das Onkel Philipp es mitbekam – einen leidenschaftlichen Kuss im Dunkel der Bechtlerchen Diele gab. Glücklicherweise wurde Johanna jedoch schnell abgelenkt, da kurze Zeit danach der Hof nach Schwetzingen zur Sommerfrische aufbrach und Verschaffelt die geplante Reise nach Frankfurt ankündigte.

Es war ein stiller und dunstiger Maimorgen, an dem sich Verschaffelts Kutsche mit Johanna als Begleitung auf den Weg an der Bergstraße entlang nach Norden machte. Die Stadt schlief noch, lediglich die Torwachen taten ihren Dienst und ließen sie anstandslos passieren. Noch einmal besprachen Johanna und Verschaffelt auf der Fahrt, wie sie vorgehen würden: Dass Johanna als naiv-unschuldige Frau und Erbin des Schließfaches sich nicht so gut auskennt, Verschaffelt ihr als Onkel Freund der Familie zur Seite steht – und dass man die Diskretion der Bank auch in Zukunft schätzen würde.

Es klang eigentlich nicht besonders kompliziert – dennoch beschlich Johanna ein mulmiges Gefühl, als sie das imposante Sandsteingebäude in der Frankfurter Innenstadt unweit der Paulskirche betraten. Sie hatte den Eindruck, alle starrten sie an – vom Pförtner, der sie brummend einließ, über den Bankgehilfen, der sie in einen Warteraum führte, bis hin zum Bankier Rotterman, der sie höchstpersönlich mit in sein Kabinett geleitete. Dort ließ er sich von Verschaffelt die Passierscheine zeigen und stellte detaillierte Fragen zur Herkunft und zum Begehr der beiden. Ein unauffälliger Schreiber im Hintergrund notierte ihre Antworten.

Offenbar war man hier sehr gewissenhaft. Johanna antwortete wahrheitsgemäß, hütete sich jedoch davor, auch nur ein Sterbenswörtchen über die Herkunft der Schließfachnummer zu verraten.

„Ich hab die Nummer geerbt", beteuerte sie mit betont leiser und zarter Stimme, „und jetzt möchte ich für meine Kinder wissen, was sich in diesem Bankfach befindet."

„Und Ihr habt gar keine Ahnung, um was es sich handeln könnte?" Bankier Rottermann schaute sie aufmerksam an. „Ihr müsst wissen, dass seit mehr als 30 oder vielleicht sogar 40 Jahren niemand an diesem Fach war. Das ist auch in unserem Haus sehr ungewöhnlich – zumal die Miete auf hundert Jahre im Voraus bezahlt worden ist."

Johanna schüttelte den Kopf und senkte die Augen. Wann hatte dieses Versteckspiel endlich ein Ende? Jetzt waren sie so nah an der Lösung und wurden schon wieder aufgehalten. Was hatte es nur mit diesem Schließfach auf sich?

In diesem Moment erhob sich Rottermann. „Nun gut, gnädige Frau. Jetzt benötige ich nur noch die Losung, dann bekommt Ihr den Schlüssel.

Bitte notiert sie hier, das Papier wird dann nach Prüfung selbstverständlich sofort wieder vernichtet – und zwar in Eurem Beisein eigenhändig von mir."

Er schob ihr einen leeren Zettel hinüber und starrte sie erwartungsvoll an.

„Die Losung?" Erschrocken warf Johanna Verschaffelt einen Blick zu. Sie brauchten eine Losung? Darauf war sie nicht vorbereitet. Ihre Hände wurden schweißnass und ihre Wangen begannen zu glühen. Was sollte sie nur antworten? Sie kannte keine Losung!

„Johannalein." Verschaffelts Stimme klang süßlich und er zwinkerte ihr bedeutungsvoll zu. „Hast du sie jetzt etwa schon wieder vergessen?" Er wandte sich dem Bankier zu und bat ihn: „Würdte Ihr uns bitte einen Moment allein lassen? Sie ist eine Frau und so schnell verwirrt. Gebt uns bitte einige Minuten, damit sie sich wieder erinnert."

Rottermann stutze ein wenig, doch verließ er dann gemeinsam mit seinem Gehilfen den Raum. Krachend fiel die schwere Holztür zu einem Kabinett hinter ihnen zu. Johanna sackte auf ihrem Stuhl in sich zusammen und begann aufs heftigste zu schluchzen.

„Es ist alles meine Schuld... jetzt stehen wir hier wie

Verbrecher...und du verlierst deinen guten Ruf... was sollen wir denn jetzt nur machen?"

„Scharf nachdenken, Johanna." Verschaffelt schüttelte sie leicht. „Psst, hör auf, bitte. Johanna, reiß dich zusammen! Dumm, das wir das nicht bedacht haben. Man braucht immer eine Losung für ein Bankschließfach – wie konnte ich das nur vergessen. Und jetzt überlege genau: Was könnte mit dieser Nummer, der Geschichte von Clemens Familie oder vielleicht den Medici zusammenhängen? Denk nach, Johanna, es ist wichtig!"

Johanna rieb sich die Schläfen. Wie sollte sie das nur schaffen? Aber sie bemühte sich und rief sich ins Gedächtnis zurück, was Clemens damals, als sie sich kennen gelernt hatten, über die da Fotis erzählt hatte, wie die erste Nacht im Schlossgarten verlief. Was hatte ihn damals an der Bronzeplatte so in Aufregung versetzt? Das magische Quadrat war ihnen in jener Nacht doch gar nicht aufgefallen. Aber das Motiv – und das hatte er schon einmal erwähnt, in Zusammenhang mit einem Wandteppich. Wie hatte er sie in seinem Brief genannt? Eule. Sie sollte also ihren Verstand benutzen.

Was hatte er zum Schluss geschrieben? *„...damit wir mit unseren Kindern lange sorglos und zufrieden leben können."* Sie rief sich die Zeilen noch einmal vor Augen. Das „wir" hatte er doppelt überschrieben, sie hatte eigentlich nie überlegt, warum. Vielleicht sollte sie es beim Lesen betonen. Damit *wir* mit unseren Kindern...

Johanna richtete sich schlagartig auf. Natürlich, das konnte es sein. Clemens und sie sollten sorglos und zufrieden mit den eigenen Kindern leben – auf der Bronzeplatte war jedoch Medea dargstellt, die ihre gemeinsamen Kinder, die sie mit Jason bekam, einst getötet hatte. In Johanna machte sich eine große Ruhe breit. Sie war sich auf einmal ganz sicher.

„Jason und Medea. Das ist die Losung." Sie kritzelte die Worte auf das Papier und bat Verschaffelt, der andächtig schwieg, den Bankier und seinen Gehilfen wieder hereinzuholen.
Rottermann warf nur einen kurzen Blick auf den Zettel, lächel-

te erleichtert und warf ihn sofort in das Kaminfeuer hinter sich, wo das Papier sich in Windeseile auflöste. Dann nickte er Johanna und Verschaffelt aufmunternd zu. „Meindl, führ er unsere Gäste in den Sicherheitskeller. Hier ist die Schließfachnummer, sie dürfen passieren."

Freundlich verabschiedete er sich. Johanna folgte gemeinsam mit Verschaffelt dem stillen Schreiber durch einen langen Gang ins Innere des Gebäudes. Dann ging es alte Steinstufen hinab, die nur schlecht durch einige wenige Laternen beleuchtet waren, doch ein seitliches Geländer gab zumindest Halt. Sie passierten zwei doppelt verriegelte Sicherheitstüren und gelangten in einen hohen und düsteren Gewölbekeller, dessen Wände nur grob verputzt waren.

An den Stirnseiten befanden sich zahlreiche Türen unterschiedlicher Größen, in der Wand und in der Mitte des Raumes stand ein Tisch mit zwei Stühlen davor. Der Bankgehilfe zündete mehrere Kerzen an, so dass der unheimliche Raum etwas heller wurde, in dem Johanna zu frösteln begonnen hatte. Dann wies er auf die größte Tür an einer der Stirnwände und deutete auf die goldene Nummer, die im Dämmerlicht kaum zu erkennen, darauf angebracht war.

„Euer Schließfach, gnädige Frau. Hier ist der Schlüssel. Wenn Ihr fertig seid, zieht an jener Klingel dort, ich lasse Euch dann wieder heraus.

Aufmunternd nickte Verschaffelt ihr zu, nachdem der Mann das Gewölbe verlassen hatte. „Schließ es auf. Es gehört dir, du wusstest die richtige Losung – wie auch immer du darauf gekommen bist."

Langsam ging Johanna zur Stirnseite hinüber; Verschaffelt folgte ihr in gebührendem Abstand. Sie steckte den Schlüssel in das Schloss, was etwas mühsam und stockend vonstatten ging. Hier war in der Tat seit langem niemand mehr zugange gewesen. Der Schlüssel ließ sich nur mit einiger Anstrengung drehen, bis ein leises Klicken irgendwann das gelungene Öffnen des Schlosses verriet. Langsam zog Johanna mit dem Schlüssel die schwere Tür auf, während Verschaffelt in das

Verließ hinein leuchtete. Gleich vorne an stand eine etwa zwei Fuß breite Kiste. Johanna griff hinein und hob vorsichtig den Deckel. Ihr entfuhr ein leiser Aufschrei, als sie das Funkeln der Juwelen erblickte, die darunter zum Vorschein kamen.

Verschaffelt hatte den Atem angehalten und schnaufte nach einer Ewigkeit laut aus. Hastig leuchtete er tiefer in das Schließfach hinein, wo noch mehrere solcher Kisten standen. An den Seiten des Gewölbes lehnten, wie achtlos abgestellt, Ölbilder mit mythologischen Themen, außerdem türmten sich zahlreiche Säcke, die offenbar mit Münzen gefüllt waren, dazwischen.

Johanna öffnete einen dieser Säcke und griff hinein. „Gold“, keuchte sie, „es sind alles Golddukaten.“ Fasziniert starrte sie in das Schließfach, griff weit hinein, öffnete immer wieder eine der Kisten und ließ Perlen, Brillianten oder andere Edelsteingeschmeide durch ihre Hände gleiten.

Verschaffelt hingegen kletterte einfach in die Gruft und füllte hastig ein Säckchen, das er aus seinem Umhang zog, bis an den Rand mit Golddukaten. „Was tust du da?“ Johanna fand nicht, dass er ein Recht dazu hatte, sich an diesem immensen Reichtum zu bedienen. Doch er erklärte ihr barsch: „Das ist das einzige, was ich für dich tun kann, Johanna. Du darfst davon nichts nehmen, an diesem Schatz klebt Blut, glaube mir.“ Er blickte ihr ernst ins Gesicht. „Ich kenne einen Teil des Schmuckes, auch der Bilder.

Sie stammen aus Benrath und die Juwelen trug einst die Medici-Braut des Jan Wellem. Das ist der verschollene Medici-Schatz. Wir haben ihn tatsächlich gefunden. Aber wir werden nichts davon haben – außer vielleicht die Möglichkeit, deinen Mann mit diesem Wissen zu finden und befreien zu können. Ansonsten gehören die Juwelen nicht in unsere Hände.“

„Und wem gehören sie dann?“ Johannas Stimme überschlug sich vor Aufregung. Es war *ihr* Schließfach – und nur sie kannte auch die Losung!

„Dem Kurfürsten natürlich. Der Schatz gehört seiner Familie. Oder den Medici, wenn es sie in Italien noch gibt.“ Er zuckte mit der Schulter und kroch aus dem Schließfach wieder heraus.

„Und Elisabeth Auguste? Wollte sie den Schmuck nicht haben?“ Johanna erinnerte sich an Verschaffelts Worte.

„Stimmt, das möchte sie. Sie glaubt, die Juwelen stehen ihr zu. Als weibliches Familienmitglied und Landesmutter – da hat sie in gewisser Weise Recht – und als Schmerzensgeld für eine unglückliche Ehe und ein eintöniges Leben an der Seite eines maitressensüchtigen Mannes. Das sagt sie so natürlich nicht, aber sie denkt es, davon bin ich überzeugt.“ Verschaffelt verstaute den prall gefüllten Beutel mit den Goldmünzen sorgsam unter seinem Umhang.

„Und was machen wir jetzt?“ Sehnsüchtig starrte Johanna immer noch auf die prachtvollen Juwelen.

„Nichts.“ Verschaffelt klang sehr bestimmt. „Wir schließen das Fach wieder, verstecken die Nummer gut und behalten die Losung für uns. Unser Wissen ist jetzt Macht – aber auch eine große Gefahr. Denk an Clemens – ich vermute, seine Entführer haben gehofft, mit ihm hier stehen zu können.“

Johanna nickte und warf einen bedauernden Blick auf die Schätze. Dann schob sie die Tür des Schließfachs wieder zu und verschloss das Fach sorgfältig. „Gut, dann gehen wir also.“ Sie schniefte und stapfte auf die schwere Eisentür zu.

Auf ihr Klingeln öffnete sich diese sofort – sie waren doch wohl nicht belauscht worden? Doch die Tür war so dick, dass dies unmöglich schien. Dennoch hatte Johanna das Gefühl, sicher gehen zu wollen. Im Vestibül der Bank bat sie noch einmal darum, Bankier Rottermann unter vier Augen sprechen zu dürfen und ließ einen entgeisterten Verschaffelt in der Vorhalle stehen. Erst später, als sie bereits in der Kutsche auf der Rückfahrt saßen, fragte er vorsichtig nach.

„Was ich noch mit Rottermann besprochen habe?“ Sie grinste ihn verschwörerisch an. „Ach, eigentlich nichts Besonderes. Ich habe nur die Losung verändert – man kann ja nie wissen!“

Wie klug Johanna damit gehandelt hatte, zeigte sich bereits wenige Tage nach ihrer Rückkehr nach Mannheim.

Sie hatten kaum Onkel Philipp in die Geheimnisse des Frankfurter Schließfaches eingeweiht und den Plan für gut befunden, dass Johanna später im Sommer oder Herbst mit dem Baron de la Frontière als sichere Begleitung nach Ziegenhain reisen sollte, um den Hinweisen zu Clemens nachzugehen, als ihnen dämmerte, dass der Besuch in Frankfurt bei Hofe nicht unbemerkt geblieben war.

Das erste ganz deutliche Indiz dafür war der Besuch eines ihr gänzlich unbekannten Edelmannes in der Apotheke, als Johanna wieder einmal allein war, da ihr Onkel bei Hofe in Schwetzingen zu tun hatte. Der feine Herr trug eine Maske, möglicherweise um sein Incognito zu wahren und blickte sich zunächst interessiert im Verkaufsraum um, ehe er sich auf die Ladentheke stützte und Johanna scharf ansah.

„Sie weiß etwas, das sie nicht wissen darf", polterte er los. Johanna erschrak. Was wollte dieser Mann von ihr? Sie war allein im Haus, konnte also auch niemanden zu Hilfe rufen.

„Gib sie mir die Nummer und die Losung – und ihrem Mann geschieht nichts." Er hatte seine Stimme zu einem drohenden Flüstern gesenkt. „Sonst wird es ihr und ihrem Musikus übel ergehen."

Johanna schluckte und nahm allen Mut zusammen: „Was wisst Ihr über den Verbleib meines Gatten, edler Herr?"

Der Mann lächelte süffisant. „Nun, er wartet in der Nähe von Schloss Carlsberg[80] darauf, dass sie Vernunft zeigt. Und er lässt sie herzlich grüßen – sie soll mir alles sagen, was sie weiß." Der Kerl lachte meckernd und ließ seinen Blick mit Kennermine an ihr herab gleiten.

Johannas Gedanken arbeiteten fieberhaft. Schloss Carlsberg lag im Herzogtum Zweibrücken. Wer war dieser Kerl? Ein Gehilfe des Thronfolgers vermutlich, von Carl August, dem unbeliebten Nachfolger Herzog Christians. Man redete allerorten über seine gigantischen Bauprojekte. Und ausgerechnet dort

80 Der Herzog erwarb den Luisenhof auf dem Buchenberg bei Sanddorf, einem Ortsteil von Homburg in Wirklichkeit erst ein Jahr später. Er ließ ihn umbauen, und mit der Zeit entstand daraus das nach ihm benannte Schloss Karlsberg, eine der größten Anlagen des ausgehenden 18. Jahrhunderts in Mitteleuropa. Durch den Maler und Generalbaudirektor Johann Christian von Mannlich wurde eine vorzügliche Gemäldesammlung aufgebaut, die später einen der Grundstöcke der Alten Pinakothek in München bildete.

sollte Clemens irgendwo in Gefangenschaft sein?
Wo war er denn die Zeit über, als Christian noch in Zweibrücken herrschte? Irgendetwas passte nicht zusammen, das spürte sie genau. Am wenigsten überzeugte sie der angebliche Gruß ihres Mannes und die Bitte, alles zu verraten, was sie wusste. Nein, das klang nicht nach Clemens Santorini!
Instinktiv fasste sie einen Entschluss und antwortete mit zitternder Stimme: „Edler Herr, verzeiht, aber singt mein geliebter Gatte immer noch Abend für Abend seine italienischen Hirtenlieder? Er hat so eine schöne Stimme..."

Der Edelmann stutzte kurz, fing sich jedoch schnell wieder. Mit herablassender Geste und einem hoheitsvollen Tonfall antwortete er gnädig: „Nun ja, ob man das Gesang nennen kann... Aber in der Tat, er singt zu Nacht Lieder in italienischer Sprache. Ich habe es selbst mehrmals gehört."

Johanna nickte leidvoll und murmelte „ja, das ist er, mein Clemens...", während sie ihre Gedanken ordnete. Clemens konnte nicht besonders gut singen und italienische Hirtenlieder – etwas Besseres war ihr in der Schnelle nicht eingefallen – hatte sie noch nie von ihm gehört. Wer auch immer dieser Kerl war, der hier vor ihr stand und sie bedrohte: Über Clemens' Aufenthaltsort wusste er nicht Bescheid.

Jetzt galt es, Zeit zu gewinnen. „Seid versichert, dass ich alles tun werde, um meinem Gatten zu helfen, doch..." sie senkte schuldbewusst die Augen, „ich bin nur eine Frau und habe die Papiere, nach denen Ihr fragt, in Verwahrung gegeben.

Kommt am Bonifatiustag[81] wieder zu mir in die Apotheke, bis dahin habe ich alles für Euch zusammen getragen." Sie knickste artig und betete innerlich inständig, dass der Kerl auf ihr Schauspiel hereinfiel. Und sie hatte Glück: Zwar musterte der geheimnisvolle Maskenmann sie streng, verließ dann aber das Haus, nachdem er ihr noch einmal gedroht hatte.

Sofort schickte sie Kathi mit einer Nachricht zu Verschaffelt, der noch in Mannheim weilte, und lies den Knecht mit ein paar Medikamenten zur Tarnung und ebenfalls einer kurzen

81 5. Juni

Botschaft nach Schwetzingen zu ihrem Onkel reiten. Sie hatte Formulierungen gewählt, die auch Philipp Bechtler klar machen würden, dass seine Rückkehr in die Mannheimer Apotheke noch am gleichen Abend unverzichtbar war. Und in der Tat erschienen beide Männer am Abend zur vereinbarten Zeit und Johanna informierte sie über ihr Erlebnis mit dem geheimnisvollen Besucher.

„Beschreib ihn mir noch einmal." Verschaffelt kniff die Augen zusammen und kaute nachdenklich auf seiner Unterlippe, während Johanna sich möglichst genau zu erinnern versuchte. „Und die Nase war eher flach und nach unten gebogen, mit auffällig breiten Nasenflügeln?" Der geübte Beobachter und Porträtmaler hakte nach. „Ja, soweit ich das unterhalb der Maske erkennen konnte." Johanna nickte bedächtig. „Doch, die Nasenflügel waren irgendwie auffällig."

„Er war es selbst!" Verschaffelt begann mit den Fingerspitzen auf der Tischplatte des Speisekabinetts herumzutrommeln, während Onkel Philipp mitten beim Trinken innehielt.

„Wie bitte? Wer?" Er setzte sein Glas wieder ab, ohne einen Schluck genommen zu haben. Auch Johanna schaute Verschaffelt verständnislos an.

„Es war der Herzog höchstpersönlich, der dich beehrt hat, Johanna. Glaube mir, ich täusche mich nicht." Verschaffelt blähte seine Wangen auf und stieß die Luft hörbar aus. „Das ist natürlich ungewöhnlich, aber für uns nur gut." Er erläuterte Johanna und ihrem ängstlich blickenden Onkel, der wieder einmal Intrigen witterte, seine Theorie. „Also: Carl braucht wirklich Geld. Viel Geld. Denn er liebt den Prunk. Für den sagenumwobenen Schatz der Medici hat er sich schon immer interessiert. Wie alle anderen bei Hofe übrigens auch. Aber er ist derzeit wohl wirklich in Geldnot. Sein Hofstaat wurde erheblich vergrößert, die Ausgaben steigen und ich vermute sogar, dass er sich stark verschuldet hat. Das ausschweifende Leben auf dem Carlsberg und seine vielen Jagden hinterlassen eben Spuren." Er räusperte sich. „Gut. Carl braucht also Geld und wittert jetzt seine Chance. Dass er selbst gekommen ist, zeigt uns jedoch, dass seine Entourage nichts davon weiß. Sonst hätte er in jedem Fall einen Vertrauten geschickt. Aber es verrät uns leider auch, dass man in der Kurfürstlichen Familie vermutlich über das Ergebnis unserer Reise nach Frankfurt informiert ist. Zumindest Elisabeth Auguste, die nachweislich das beste Spionagenetz betreibt, dürfte im Bilde sein.

Der Kurfürst hat derzeit andere Sorgen; wenn wir Glück haben, hat er in dieser Angelegenheit bislang nichts erfahren. Tatsache ist aber..." Verschaffelt kam zum Schluss seiner Ausführungen, „dass es Spione im Bankhaus gibt, denen das Bankgeheimnis nicht heilig ist, vielleicht sogar Rottermann selbst, wer weiß. Der Schatz ist also verloren, davon war ich allerdings ohnehin schon ausgegangen."

„Ja und was sollen wir jetzt unternehmen?" In ihrer Aufregung klang Johannas Stimme ungewöhnlich schrill.

„Am besten gar nichts", warf Onkel Philipp mit gesenktem Kopf in die Runde. „Nicht schon wieder ein Skandal bitte."

„Oh doch, wir werden etwas tun, mein Freund!" Verschaffelts bestimmter Ton ließ Johanna aufhorchen.

„Du, lieber Philipp, wirst von Stengel unter einem Vorwand in die Apotheke bitten, wo rein zufällig nur Johanna anwesend sein wird. Ich bin sicher, mein Kind", er zwinkerte Johanna verschwörerisch zu, „dass du in einem Gespräch mit ihm herausfinden kannst, ob in Kreisen seiner Durchlaucht Informationen über das Schließfach kursieren." Er überlegte kurz, doch Johanna unterbrach ihn nicht.

Dann sprach er leise nickend weiter. „Und ich werde die Kurfürstin informieren, das muss leider sein. Zu deinem Schutz übrigens, Johanna, denn sie wird den Thronfolger aus eigenem Interesse klar in die Schranken weisen. Und dann werden wir versuchen, mit ihr zu verhandeln."

„Verhandeln? Mit der Kurfürstin?" Johanna war sprachlos, während ihr Onkel seinen Kopf in die Hände vergraben hatte und entsetzt stöhnte.

„Ja, verhandeln. Wir müssen es irgendwie schaffen, dass sie für Clemens' Befreiung sorgt und dafür dann das Schließfach bekommt. Sie darf natürlich nicht merken, dass wir sie erpressen, aber das ist unsere einzige Chance. An das Geld kommen wir nicht, also sollten wir zumindest anderweitig davon profitieren." Er beugte sich zu Johanna hinüber und flüsterte ihr ins Ohr: „Verstehst du nun, warum ich in Frankfurt dieses Säckchen gepackt habe? Es liegt bei mir und wird für dich verwahrt."

Sie diskutierten noch lange über den Plan Verschaffelts, aber etwas Klügeres fiel ihnen nicht ein. Mit sorgenvoller Mine machte sich Onkel Philipp noch am Abend auf den Weg nach Schwetzingen; Verschaffelt wollte ihm am nächsten Morgen folgen, um eine Audienz bei Elisabeth Auguste zu erwirken. Wie so oft entwickelten sich die Dinge jedoch nicht so zügig, wie von Johanna erhofft, doch zumindest der Herzog von Zweibrücken tauchte nicht mehr bei ihr auf.

Verschaffelt schien bei der Kurfürstin demnach ein offenes Ohr gefunden zu haben. Aber die Landesmutter hatte leider auch begriffen, dass keine Eile geboten war. Denn solange Johanna ihren Clemens nicht gefunden hatte, würde sie ihr Wissen nicht preisgeben, das war der Kurfürstin wohl klar. Auch sie war einst eine liebende Frau gewesen und hätte alles für ihren Liebsten[82] getan.

Tatsächlich musste Johanna warten, bis der Hof im Spätherbst wieder nach Mannheim zurückkam und die Residenzstadt mit Leben füllte. Inzwischen hatte sie zur Ablenkung viel mit ihren Kindern unternommen, die mittlerweile von einer älteren französischen Dame unterrichtet wurden und die Sprache des Hofes erstaunlich schnell lernten.

Sie tauschte sich in jenen trägen und ungewöhnlich heißen Sommermonaten mehrmals mit Casanova aus, den jedoch in seiner venezianischen Einsamkeit der sonst so unterhaltsame Esprit verlassen hatte.

Seine Briefe klangen trübsinnig und Johanna befand sich plötzlich in der Situation, ihn aufheitern zu müssen. Das tat

82 Pikanterweise war ausgerechnet Herzog Michael von Zweibrücken, der Vater des Thronfolgers Carl August, lange Zeit der Geliebte der Kurfürstin gewesen.

sie, indem sie ihm alles erzählte, was in den Quadraten getratscht wurde; die jüngsten Entwicklungen in ihrer persönlichen Angelegenheit erwähnte sie aus Sicherheitsgründen jedoch nicht. Auch schwieg sie über Jean de la Frontière, obwohl es Casanova gewesen war, der ihr indirekt Mut gemacht hatte, sich auf den Franzosen einzulassen.

Doch der Baron war seither nicht mehr in der Kurpfalz aufgetaucht, hatte ihr nicht einmal eine Nachricht zukommen lassen – und Johanna war gekränkt.

An einem nebeligen Herbstmorgen Anfang November stattete ihr der Freiherr von Stengel endlich seinen lang erwarteten Besuch ab. Doch obwohl Johanna sich aufrichtig freute von Stengel zu sehen und das auch zeigte, wollte sich die alte Vertrautheit nicht mehr einstellen. Er wirkte reservierter als sonst und schaute sie häufiger mit traurigem Blick an.

Dennoch erzählte Johanna ihm von den Neuigkeiten, die sie im Frühjahr über die Wasserfeste Ziegenhain und den geheimnisvollen Gefangenen erfahren hatte und verschwieg auch nicht, dass Jean de la Frontière seine Begleitung in die Landgrafschaft angeboten hatte. Und genau das schien der springende Punkt zu sein – was Johanna in ihrer Unerfahrenheit in solchen Dingen leider viel zu spät bemerkte.

„Tja, der Herr Baron scheint ja sehr engagiert zu sein in dieser Sache.“ Von Stengel zupfte sich geziert die Handschuhe von den Händen und rümpfte leicht die Nase. „Nun, es war ja schon immer seine Spezialität, einsame Damen zu trösten.“

Sprachlos starrte Johanna den Freiherren an, doch er schien sie gar nicht zu bemerken, sondern hatte unterdessen weiter geredet: „Ich kann Euch nur sagen, dass dieser Höfling nicht die beste Gesellschaft ist, aber ich denke das wisst Ihr eigentlich, werte Johanna. Umso bedauerlicher, dass Ihr sie nach wie vor sucht. Im Übrigen hält sich bei Hofe das Gerücht, Ihr hättet den Schatz der Medici gefunden – was sagt Ihr dazu? Nun ja, Seine Durchlaucht der Kurfürst ist selbstverständlich nicht so leichtgläubig.

Aber vielleicht hofft der Herr Baron auf eine großzügige

Entlohnung, wenn er Euch den Gatten zurückbringt?“ Die letzten Worte hatte er mit näselnder Stimme und spürbarer Verachtung ausgestoßen.

Es war der arrogante Tonfall, der Johanna wieder zur Besinnung brachte. Was bildete sich der Freiherr eigentlich ein? Und vor allem: Welche Frechheit erlaubte er sich ihr gegenüber? In ihrer Wut vergaß Johanna sowohl die leidenschaftlichen Küsse, die sie ja tatsächlich mit dem französischen Baron ausgetauscht hatte, als auch die Stellung des Freiherren bei Hofe und platzte heraus: „Ich sehe, Ihr seht in mir nichts anderes als eine jener Damen, die bei Hofe für die gute Laune der Herren zu sorgen haben. Das bedaure ich zutiefst, werter Freiherr, da ich dachte, für Euch mehr zu sein als ein freundschaftliches Intermezzo.

Aber ich verstehe, die Konventionen müssen gewahrt werden, speziell in Eurem Fall!“ Ihr Tonfall war schneidend geworden und von Stengel zuckte unter ihren Worten regelrecht zusammen. Mit zerknirschter Mine wollte er ihren Redestrom unterbrechen, doch nichts konnte Johanna davon abhalten, ihrem Herzen Luft zu machen:

„Ich kenne meine Stellung und schäme mich nicht dafür. Von daher seid gewiss, dass ich Euch in meiner Angelegenheit nicht mehr behelligen werde, werter Freiherr.“ Sie griff in ein Fach unter der Ladentheke und schob ihm ein Päckchen zu. „Hier, deswegen seid Ihr wohl gekommen. Die Medikamente für Seine Durchlaucht, den Kurfürsten. Und das hier...“ sie nestelte an ihrem Handgelenk und löste mit zitternden Fingern das Armkettchen, „... das hier gehört Euch auch. Hier habt Ihr es zurück. Gehabt Euch wohl!“

Sie machte auf dem Absatz kehrt und verschwand in der kleinen Kammer hinter der Apotheke. Erst als sie hörte, dass Stephan von Stengel den Laden verlassen hatte, löste sich ihre Anspannung und sie brach weinend auf einem Stuhl zusammen.

Es dauerte einige Stunden, ehe Johanna sich wieder im Griff hatte. Die unerwartet unerfreuliche Begegnung mit dem Freiherrn hatte ihr arg zugesetzt. Immer wieder fragte sie sich, warum alles so gekommen war, fand jedoch keine Antwort und würde wohl auch nie eine finden. Das einzig Positive, das ihr aus der Begegnung blieb, war die Erkenntnis, dass von Stengel jedenfalls nicht an Johannas Wissen um den Medici-Schatz glaubte. Damit war klar: Vor dem Kurfürsten musste sie sich derzeit nicht fürchten – ihre einzige Verhandlungspartnerin war tatsächlich Elisabeth Auguste.

Und genau sie ließ bereits wenige Tage später über eine Hofdame von sich hören und forderte Johanna indirekt auf, ihr Wissen umgehend an die rechtmäßige Besitzerin der Juwelen weiter zu geben. Geschickt und mit Hilfe von Verschaffelt formulierte Johanna eine alleruntertänigste Antwort, in der sie zwischen den Zeilen deutlich machte, was sie wollte: die erforderlichen Passierscheine und das Geleit des Barons de la Frontière auf einer Reise nach Ziegenhain, einen entsprechenden Brief der Kurfürstin an den hessischen Landgrafen mit der Forderung nach sofortiger Freilassung Clemens' Santorinis, sollte er sich dort tatsächlich befinden – und die Erlaubnis, danach wieder in der Kurpfalz leben zu dürfen.

Das Ganze war verpackt in demütige Formulierungen und gespickt mit Beschreibungen einzelner Preziosen aus dem Schließfach. Ein diplomatisches Meisterwerk ihres väterlichen Freundes Verschaffelt, fand Johanna – und hoffte inständig, dass die Rechnung aufging.

Sie hatten Glück: Offenbar imponierte der Kurfürstin das Engagement Johannas, wie sie für ihr persönliches Glück eintrat – schließlich hatte das schon einmal vor vielen Jahren funktioniert. Möglicherweise waren es aber auch die lockenden Köder, die Verschaffelt mit der Beschreibung der Schmückstücke geworfen hatte. Immerhin konnte Elisabeth Auguste nun ganz sicher sein, dass es sich um das verschollene Medici-Gold handelte. Was auch immer sie dazu bewogen haben mochte: Sie erteilte Johanna die Reiseerlaubnis für Januar, wenn der Baron wieder in der Kurpfalz zurückerwartet wurde.

Bis dahin sollte Johanna über alles Stillschweigen bewahren

– in ihrem eigenen Interesse.
Johanna war überglücklich und begann noch vor Weihnachten mit den Reisevorbereitungen. Den Kindern verriet sie allerdings nichts davon, falls es eine Enttäuschung geben würde. Insgeheim war sie jedoch fest davon überzeugt ihren Clemens in Ziegenhain zu finden. Die Weihnachtsfeiertage rauschten nur so an ihr vorbei und sie wartete sehnlichst auf den Jahreswechsel, den das kurfürstliche Paar ganz gegen die Gewohnheit bei einer Aufführung im Schwetzinger Schlosstheater verbrachte. Deshalb bekam die Öffentlichkeit in der Silvesternacht unmittelbar mit, was am 31. Dezember geschah: Den Kurfürsten erreichte mitten im Theaterstück eine Eildepesche aus Bayern, dass der dortige Kurfürst gestorben war.

Carl Theodor brach sofort nach München auf und hinterließ eine ratlose und zutiefst beunruhigte Festgesellschaft. Für die Kurpfalz sollten schlechte Zeiten anbrechen.

Kapitel 10

Diesmal war die Kutsche bequemer, als auf ihren vorherigen Reisen. Das Gefährt war erstaunlich gut gefedert und besaß saubere und gemütliche Lederpolster. Die Rückenlehnen waren sogar nach hinten verstellbar, was den Schlaf auf der langen Reise angenehm machte. Außerdem gab es ein herunter klappbares Tischchen mit einer Vertiefung für ein Wasserglas und ganz hübsche Stoffgardinen vor den Fenstern.

Johanna lehnte sich entspannt zurück und betrachtete den ihr gegenüber sitzenden Mann, der seit geraumer Zeit genau so fest schlief, wie die Zofe, die er für die lange Reise zu Johannas Komfort mitgebracht hatte.

Das war sehr aufmerksam von ihm gewesen – hätte Johanna ansonsten doch auf Kathi, die Köchin der Bechtlers, zurückgreifen müssen, was um einiges anstrengender geworden wäre.

Denn Kathi schwärmte derart unverhohlen für den Baron, dass sie sicherlich eine anstrengende Reisegefährtin gewesen wäre. Die ältliche Zofe hingegen, die nur französisch sprach, aber sehr freundlich und hilfsbereit war, erwies sich als Glücksfall: Sie schaffte es in jeder Unterkunft für Johanna ein respektables Zimmer zu ergattern und war stets schon mit allen Vorbereitungen zu einer angenehmen Nachtruhe fertig, wenn Johanna ins Bett gehen wollte. Eine beruhigende Aussicht, fand sie.

Nicht ganz so entspannt fühlte sie sich jedoch in der permanenten Gegenwart des Barons. Er war – wie von der Kurfürstin versprochen – kurz nach dem schicksalhaften Jahreswechsel im Februar 1777 wieder in Mannheim aufgetaucht und hatte Johanna seine Aufwartung gemacht. Dabei stellte sie nicht nur fest, dass sie immer noch in ihn verliebt war, sondern auch, dass er bereits über die wesentlichen Ereignisse rund um das Bankschließfach, die vergeblichen Bemühungen Carl Augusts an das Geld zu kommen und die stille Vereinbarung, die Johanna mit der Kurfürstin ausgehandelt hatte, informiert war.

Offenbar war sein Verhältnis zu Elisabeth Auguste enger, als sie bislang dachte und Jean plauderte eines Tages bei einem gemeinsamen Kaffeetrinken in Anwesenheit von Onkel Philipp im Bechtlerhaus freimütig darüber.

„Isch `abe ihr viel zu verdanken“, gab er augenzwinkernd zu, „und sie mir. Es ist eine Art Geschäft: Isch informiere sie über alles, was isch aus den Boudoirs Ihrer Kurfüstlischen `o`eit Carl Theodor `öre, und sie ermöglischt mir im Gegenzug ein standesgemäßes Leben an den `öfen der Mächtigen.

Sie weiß natürlisch, dass isch eigentlisch im Auftrag Seiner Majesté Louis XIV. `ier bin, der stets besorgt ist, wie es um sein Anse`en und seine Macht jenseits des Rheines steht, aber das stört sie nicht weiter. Isch spiele ja auch mit offene Karten.“

Das tat er in jeder Hinsicht, was Johanna manches Mal erblassen ließ. So hatte der Baron schon bei ihrem ersten Wiedersehen betont, dass er nach wie vor an ihr als Frau interessiert war und sie mit Komplimenten und kleinen, erlesenen Geschenken überhäuft. Dabei hatte er nicht versäumt zuzugeben, dass er immer noch verheiratet war, seine Frau, eine Gutsbesitzerin aus der Champagne, jedoch seit vielen Jahren nicht mehr gesehen hatte.

Johanna wusste davon bereits, da die Kurfürstin es sich nicht hatte nehmen lassen, sie vor Jean de la Frontière als französischem Schürzenjäger zu warnen. Auch Onkel Philipp hatte große Bedenken geäußert, nachdem ihm klar geworden war, welcherart das Verhältnis zwischen Johanna und dem Franzosen war. Würde seine Nichte dem Charme des geübten Frauenhelden auf Dauer wirklich widerstehen können? Und vor allem: War es richtig, ausgerechnet die beiden zusammen auf eine längere Reise nach Hessen-Kassel zu schicken?

Doch Johanna widerstand! Einmal abgesehen davon, dass die Zofe als Anstandsdame die Zweifel ihres Onkels an der Ehrenhaftigkeit des Barons zerstreute, ließ auch Johanna mit Ausnahme einiger leidenschaftlichen Küsse und weniger zärtlicher Berührungen keine weiteren Annäherungen des Franzosen zu.

Diese vereinzelten körperlichen Kontakte jedoch genoss sie aus tiefstem Herzen und schaffte es sogar, ihr schlechtes Gewissen dabei zum Verstummen zu bringen.

Außerdem entdeckte sie den Baron als unterhaltsamen und klugen Gesprächspartner – eine Facette seines Wesens, die sie ihm zunächst gar nicht zugetraut hatte. Dennoch war an eine Freundschaft, wie sie über einige Zeit mit dem Freiherren von Stengel bestanden hatte, in diesem Fall nicht zu denken, da zu viel Leidenschaft und unausgesprochene Begierde zwischen ihnen stand. Johanna erkannte das sehr wohl und vermied von daher Situationen, die sie in moralische Schwierigkeiten gebracht hätte.

Stephan von Stengel hatte ihr übrigens zum Abschied einen Brief zukommen lassen, den sie nun schon seit drei Tagen ungeöffnet mit sich herumtrug. Sie wusste selbst nicht, warum sie ihn nicht las; sie war wahrscheinlich immer noch zu verletzt nach ihrer letzten Begegnung.

Hastig schob sie die Gedanken an den unehelichen Sohn des Kurfürsten beiseite. Ob sie ihn jemals wiedersehen würde? Der Hof war durch den Tod des Bayern in Aufruhr und im Begriff Mannheim auf Dauer zu verlassen. Onkel Philipp hatte sich besorgt darüber geäußert und Johanna ausführlich geschildert, warum sich nun so viel verändern würde.

Ursache war ein alter Hausvertrag, der die Erbfolge zwischen der Pfälzer und der Bayerischen Linie der Wittelsbacher regelte. Diesen Vertrag hatten Carl Theodor und sein bayerischer Amtskollege Maximilian III. Joseph vor geraumer Zeit erneuert. Zugrunde lag die Kinderlosigkeit der beiden; auch dem Bayern waren keine direkten Erben vergönnt.

Der Vertrag sah vor, dass im Falle des Ablebens einer der beiden die jeweiligen Erblande automatisch an den anderen fielen, um die einst zusammen gehörenden Wittelsbacher Gebiete wieder zu vereinigen und dadurch zu stärken. Zur Residenzstadt – auch das war Bestandteil der Vereinbarung – sollte in jedem Fall München werden.

Allerdings hatte niemand damit gerechnet, dass der

wesentlich jüngere bayerische Kurfürst zuerst das Zeitliche segnen würde, so dass Carl Theodor selbst von dem nun anstehenden Umzug an die Isar überrascht worden war.

Und nicht nur er: Die Kurfürstin tobte und wollte ihr geliebtes Oggersheim ebenso wenig verlassen, wie viele Höflinge ihre prachtvollen Mannheimer Stadtpalais'. Dennoch: Vertrag war Vertrag – und Carl Theodor, nunmehr alleiniger Kurfürst von der Kurpfalz und Bayern, befand sich bereits in seiner neuen Residenzstadt, um seine Machtansprüche klar zu machen, während sein Thronfolger Carl August Herzog von Zweibrücken kurzfristig nach Mannheim übersiedelt war.

Maximilian III. von Bayern war, das sickerte irgendwann ebenfalls durch, in der Silvesternacht 1777 an den Pocken gestorben. Dies war umso tragischer, da ausgerechnet er es gewesen war, der sich Zeit seines Lebens für die Pockenimpfung stark gemacht hatte. In Bayern wurde sein Tod aufrichtig betrauert, da er als Landesherr ausgesprochen beliebt und mit seinen 50 Jahren für einen Herrscher noch recht jung gewesen war. Bekannt geworden war er über die Grenzen seines Landes hinaus durch sein persönliches Motto: „Der Reichthum der Unterthanen ist auch die Schatzkammer der Fürsten".

Und er hatte tatsächlich einiges für sein Volk getan, indem er Bayern nach dem Österreichischen Erbfolgekrieg konsolidierte und auf alle Großmachtsansprüche verzichtete. Ähnlich wie Carl Theodor in der Pfalz galt er als Förderer des Landes, der Reformen durchführte, eine Akademie der Wissenschaften gründete und immerhin die Nymphenburger Porzellanmanufaktur ins Leben rief.

Er führte eine humane Regierung, war stets offen für Verbesserungen und eng mit seinem Volk verbunden. Außerdem bekämpfte er die Beamtenkorruption, führte keine Kriege, kümmerte sich um den Aufbau der Wirtschaft, reformierte das Rechtswesen, schaffte verbesserte Gesetzbücher, organisierte das Schulwesen neu und führte zu Gunsten der armen Bevölkerung eine Landverteilung durch.

Kurz: Er war der perfekte Landesherr, dem kleine Schwächen

gern verziehen wurden. Denn trotz seiner tiefen Verwurzelung im katholischen Glauben war Maximilian III. der Aufklärung gegenüber aufgeschlossen, wenngleich ihn eine lebenslange Angst vor Intrigen umtrieb und ihn stark in alten Hierarchien verharren ließ. Vielleicht wurde aus ihm deshalb ein geschickter Taktiker, der die Minister und Räte oft gegeneinander ausspielte.

Im Übrigen war er letztendlich ein schlechter Finanzverwalter, der fast die gesamte aufkeimende Wirtschaft ruinierte, indem er geradezu verbissen am Manufakturwesen festhielt und die aufstrebenden Stände bekämpfte. Gleichzeitig unterhielt er dabei ein ausgesprochenes Mäzenatentum für Kunst, Musik und die Jagd und galt insbesondere bei Audienzen als freundlich, aufgeschlossen und Kavalier der alten Schule.

Und er hatte einen Weg gefunden, sich unangenehmen Dingen stets zu entziehen, indem er offiziell auf so genannten „Jagdurlaub“ ging – eine Ausrede, um die ihn Carl Theodor sicherlich manches Mal beneidet hatte.

Die Bayern jedoch brachten ihrem volksnahen Landesherren viel Verständnis entgegen, was Johanna in ihren Amberger Jahren nie ganz hatte nachvollziehen können. Dass man nun dort fürchtete, mit dem neuen Kurfürsten könnten auch andere Regeln und Sitten ins Land kommen und diese Veränderungen mit einiger Skepsis betrachtete, verstand Johanna hingegen. Ob Carl Theodor jemals die Herzen seiner geerbten Untertanen gewinnen würde?

Doch auch die Mannheimer Bevölkerung bangte. Was würde aus der Residenzstadt zwischen Rhein und Neckar werden, wenn der Hof vollständig nach München wechselte?

Alle Ämter drohten damit für die Stadt verloren zu gehen und viele Geschäftsleute sahen eine rabenschwarze Zukunft vor sich. Philipp Bechtler zum Beispiel machte sich große Sorgen, da er mit dem Kurfürsten einen seiner bedeutenden Kunden verlieren würde. Zwar ließ Carl Theodor zurzeit die guten Mittelchen aus der Apotheke über einen vertrauenswürdigen Boten des Freiherren von Stengel nach München nachsenden – nur wie lange würde das gut gehen? Der Kurfürst hatte sicherlich eine nicht ganz unbegründete Angst, dass gewisse Kreise in Bayern ihn vergiften wollten und da war ein Bote mit Medikamenten eine Schwachstelle im System.

Onkel Philipps Befürchtungen, dass schon bald ein Apotheker in München seine Rolle einnehmen könnte, waren also durchaus nachvollziehbar.

Andererseits täte ihrem Onkel etwas mehr Ruhe sicherlich gut, zumal Menschen immer krank wurden und Medizin brauchten, ganz gleich ob in einer Residenzstadt oder nicht. Philipp Bechtler könnte also weiterhin seinen Beruf ausüben, ohne jedoch stets bei Hofe verfügbar sein zu müssen. Diesen Gedanken hatte Johanna allerdings für sich behalten – sie wusste nämlich nur zu gut, in welche Abhängigkeiten die Zugehörigkeit zum Hof Menschen bringen konnte und wie schwer sie sich damit taten, nicht mehr im Genuss dieser vermeintlichen Ehre zu stehen. Auch ihr Vater hatte sich damals im höfischen Intrigennetz verfangen.

Verschaffelt hingegen bewertete die anstehenden Veränderungen in Mannheim sehr gelassen. Seine Zeichenakademie war in der Stadt Mannheim so sehr verwurzelt, dass er nicht um seine Zukunft fürchten musste. Als Bildhauer und Architekt war er ohnehin überregional gefragt und ständig unterwegs – was scherte ihn da eine Residenzstadt in Bayern?

Entsetzt waren allerdings die vielen Mannheimer Händler, Schneider, Hutmacher, Schmiede, Köche, Kutscher und all die anderen niedrigen Chargen, deren Dienste bei Hofe zwar gebraucht wurden, doch die ersetzbar waren. Sie würden durch den Umzug des Hofes einen nicht unbeträchtlichen Teil ihrer Lebensgrundlage verlieren[83].

Am härtesten traf es dabei Schwetzingen, da der gesamt Ort auf die Sommerzeit mit dem Hofstaat eingerichtet war. Ganz sicher würde Carl Theodor diese Tradition nicht mehr fortset-

83 Nach dem ersten Schock besannen sich die Mannheimer übrigens auf eigene bürgerliche Kräfte, man lebte ja im Zeitalter der Aufklärung und ließ die kulturellen Programme weiterlaufen. Den Platz in der Kultur, den der Hofadel eingenommen hatte, übernahm nun das Bürgertum. Es entstand eine ganz lebendige literarische Welt mit Buchhandlungen und neuen Veröffentlichungen. Opern wurden freilich nicht mehr aufgeführt, dazu fehlte das Geld vom Hof.

zen – die Anreise von München wäre einfach zu weit.

Lediglich Elisabeth Auguste, ausgerechnet sie, die am lautesten geklagt hatte, profitierte von den unerwarteten Entwicklungen. Denn durch die hastige Abreise ihres Gatten stand sie als Landesmutter und Herrscherin der Kurpfalz plötzlich im Mittelpunkt sämtlicher gesellschaftlicher und politischer Aktivitäten. Diese Position hatte sie schon lange nicht mehr innegehabt, da Carl Theodor sie am liebsten fern von Hofe hielt und nur zu wichtigen repräsentativen Terminen rufen ließ.
Die Kurfürstin wurde nach dem Tod des Bayern in Oggersheim sofort von den ausländischen Gesandten umgarnt und genoss es sichtlich, sich wieder im Zentrum der Macht zu befinden und neue Intrigennetze zu spinnen.

Nicht umsonst hatte Carl Theodor versucht, sie mit nach München zu nehmen, was sie allerdings zunächst abgelehnt hatte. Abgesehen von den Maitressen ihres Gatten, die ihr sicherlich auch in der neuen Residenzstadt das Leben schwer machen würden, wusste die Kurfürstin um die politischen Querelen, die mit der Einnahme Bayerns durch Carl Theodor verbunden waren. Der gesamte süddeutsche Raum war in Aufruhr, da eigentlich die Habsburger unter Kaiser Joseph II. ein Interesse an Bayern hatten und sich auf alte Verträge beriefen.

Der Konflikt schien also vorprogrammiert und Elisabeth Auguste hütete sich davor, sich freiwillig in die Höhle des Löwen zu begeben.

Es herrschte also eine Stimmung zwischen Hoffen und Bangen in der Stadt, die Johanna an einem Morgen im April gemeinsam mit dem Baron Jean de la Frontière, diversen von der Kurfürstin persönlich gezeichneten Passier- und Geleitscheinen und einer Zofe in einer bequemen Reisekutsche verlassen hatte, um ihren Mann aus der Wasserfeste Ziegenhain zu befreien.

Denn dass sie ihren Gatten dort nach nun schon fast zweieinhalb Jahren Trennung finden würde, war ihr klar geworden, nachdem sie auch den letzten verborgenen Hinweis in dem rätselhaften Brief ihres Mannes verstanden hatte. Ein Zufall war ihr dabei zu Hilfe gekommen, eine nachlässige Bemerkung, die Casanova in einem seiner Briefe gemacht hatte.

Wie so oft hatte er seine Missbilligung über die Kulturlosigkeit der Höfe nördlich der Alpen in flammenden Worten kundgetan und sich dabei ganz besonders über Friedrich von Preußen lustig gemacht.

„...ein Souverän, der Marschmusik an Stelle von Opern frequentiert, unter gesellschaftlichen Ereignissen Soldatenparaden versteht und seine Frauen nur zum Zeugen von Nachkommen besucht, kann keine Kultur haben! Nun ja, was kann man auch erwarten von einem König, der sich von seinen Vertrauten ‚Fritz' nennen lässt...“

An dieser Stelle des Briefes war Johanna blitzartig eingefallen, dass auch Clemens einen Fritz erwähnt hatte. Schnell war sie in ihr Kabinett geeilt und hatte das vergilbte Papier aus dem Versteck gekramt.

Wie hatte Clemens sich in seinem Postscriptum ausgedrückt? *„Und grüße mir Fritz, den alten Lumpen, der uns ganz sicher nur deshalb bewirten möchte, um von uns auch in diesem Jahr ein paar Gulden zu erhalten.“* Darauf hätte sie auch früher kommen können: Der Landgraf von Hessen-Kassel hieß ebenfalls Friedrich – und auch er wurde wahrscheinlich innerhalb der Familie Fritz genannt!

Und dass er Clemens „bewirtete“, um an ein paar Gulden zu kommen, war eine dezente Umschreibung für die Gefangensetzung in der Hoffnung auf die Medici-Gelder. Auch Onkel Philipp und Verschaffelt hatten zustimmend genickt, als Johanna ihnen ihre Theorie erläuterte und ihr Mut gemacht, nach Ziegenhain zu reisen. Ausstaffiert mit persönlichem Schutz durch den Baron und den Papieren Ihrer Durchlaucht, der Kurfürstin, stand das Unternehmen zudem unter einem guten Stern.

„Sie hat auch an den Landgrafen geschrieben“, berichtete Verschaffelt an jenem Abend, als Johanna sich mit ihm und ihrem Onkel zum Abschiedsessen getroffen hatte.

„Und wie mir die Kammerfrau der Kurfürstin hinter vorgehaltener Hand verriet, war der Ton alles andere als freundlich!“ Diese Information hatte ebenfalls dazu beigetragen, dass sich Johanna frohen Mutes auf die Reise gemacht hatte.

Mittlerweile befanden sie sich auf der letzten Tagesetappe. Am Nachmittag, so hatte der Baron verkündet, würden sie die Festung Ziegenhain erreichen. Zuvor hatten sie in Frankfurt, Giessen, Alsfeld und Schreckensbach Station machen müssen. Johanna hatte die Abende in den Gasthöfen genossen. In Gesellschaft mit Jean, den sie mittlerweile beim Vornamen nannte, waren das meist nicht besonders gute Essen und der billige Wein erträglich gewesen.

An zwei Abenden hatten sie bis tief in die Nacht über das Leben philosophiert und sich viel aus ihrer jeweiligen Vergangenheit erzählt. Auch der Baron hatte Zeiten erlebt, in denen er hätte verzweifeln können: So war seine Frau insgesamt dreimal mit einer Totgeburt niedergekommen, was letztendlich zur Entfremdung des Paares geführt hatte.

Aus der einstigen Liebesheirat war eine Ehe geworden, die nur noch auf dem Papier bestand. Im Übrigen rechnete der Franzose mit dem baldigen Ableben seiner Frau, die offenbar an Auszehrung erkrankt war.

„Empfindet Ihr denn gar nichts mehr für sie? Nicht einmal jetzt, wo sie so krank ist?“ hatte Johanna vorsichtig nachgefragt, doch der Baron schüttelte den Kopf. „Isch liebe Eusch, ma chère, des`alb bin isch `ier und nicht in Metz.“ Er hatte sie dabei zärtlich angelächelt und hinzugefügt: „Isch weiß, unsere Liebe `at wohl keine Zukunft – und ausgerechnet isch bringe Eusch zu Eurem Mann, der mir viel Kummer machen wird. Aber isch mache das aus Liebe, Jo`anna, und wer weiß, vielleischt gibt es irgendwann für uns doch noch ein gemeinsames Leben.“

An jenem Abend war ihr der Abschied von Jean vor ihrer Kammertür über dem Gastraum besonders schwer gefallen. Als er sie umarmte und ihr sanft über das Haar strich, war sie kurz davor gewesen, die Nacht mit ihm zu verbringen.

Jede Faser ihres Körpers schien sich nach ihm zu

verzehren und sie hatte das Gefühl, wie Wachs in seinen Armen zu schmelzen. Doch der Baron hatte in diesem Fall einen klaren Kopf bewahrt. Mit den Worten: „Nischt, ma chère, Ihr würdet es morgen schon bereuen, und das wäre wirklisch schade..." hatte er den Zauber gebrochen – und Johanna war ihm im Nachhinein dankbar dafür.

Es würde ihr ohnehin schwer fallen, Clemens in Anwesenheit von Jean de la Frontière gegenüber zu treten, und nun konnte sie es wenigstens in dem Bewusstsein, seine und ihre Ehre nicht beschmutzt zu haben. Insgeheim war ihr allerdings klar, dass sie sich selbst belog.

Denn allein der Wunsch, mit dem Baron das Lager zu teilen, war an sich schon Betrug genug, doch sie unterdrückte diese Gedanken so gut es eben ging.

Kurz nachdem die Kutsche Neunkirchen passiert hatte, wachte Jean de la Frontière wieder auf. Er rieb sich die Augen, schaute Johanna mit einem unwiderstehlich schiefen Lächeln an und steckte seinen Kopf aus dem Fenster der Kutsche, um sich zu orientieren.

„Wir sind bald da, ma chère," stellte er kurz darauf fest und erläuterte Johanna seinen Plan.

„Ihr werdet mit Eurer Zofe in einem Gast`of in der Nä`e der Festung auf misch warten, Jo`anna." Er bestand darauf, zunächst allein nach Ziegenhain zu fahren, um die Lage zu sondieren. Da Johanna von ihm wusste, dass sich ausschließlich Soldaten auf dem Burggelände aufhielten und ihr Besuch dort unter Umständen missverstanden werden könnte, stimmte sie dem Baron zu. Schließlich kam es auf diese Stunden des Wartens nun auch nicht mehr an. Außerdem vermutete sie, dass Jean sie davor schützen wollte, ihren Clemens in einer kompromittierenden Situation anzutreffen.

Denn das hatte Johanna bereits schlucken müssen: Wenn wirklich ihr Clemens in dem Turmverlies auf seine Befreiung wartete, hatte er die letzten beiden Jahre häufig in Gesellschaft von Huren verbracht, die zwar sonst buchstäblich in höchsten Kreisen verkehrten, ihr Beruf sich dennoch nicht von dem der Mannheimer Straßendirnen unterschied. Sie wusste ohnehin nicht, wie sie in Zukunft mit dieser Gewissheit umgehen sollte.

„Ziegenhain." Der Baron deutete aus dem Fenster. Am Horizont entdeckte Johanna auf einem Berg eine Festungsanlage mit einem markanten Turm. Ihr Mund wurde trocken und ihr Herz begann aufgeregt zu klopfen.

„Tiens. C'est bon por votre cœur.[84]" Die inzwischen auch erwachte Zofe reicht Johanna eine Kräuterpastille hinüber, die beruhigende Wirkung hatte. Dankbar schob Johanna sich das braune Bonbon in den Mund. Der Baron griff nach ihrer Hand und blickte sie traurig an: „Jo`anna, isch weiß nischt, wann wir wieder Gelege`eit `aben werden, ungestört miteinander zu spreschen."

Johanna stiegen Tränen in die Augen, doch Jean redete unverrichteter Dinge weiter. „Es ist mir wischtig, dass Ihr nischt vergesset, was isch Euch nun sage: Wenn es Euer Clemens ist, den wir `eute finden und befreien, werde isch sofort nach Kassel zum Landgrafen weiter reiten. Isch `abe noch eine Mission für Ihre Durschlaucht die Kurfürstin zu erledigen. Aber dann, in ein paar Wochen, werde isch wieder in Mann`eim sein. Verspreschet mir bitte, Liebste, dass ihr dann mit mir geht, wen Ihr mit Eurem Mann nicht mehr zusammen findet. Bitte."

Er sah Johanna flehentlich an, während sie immer noch mit den Tränen kämpfte. Warum musste das Leben nur so schwer sein? Manchmal hatte sie das Gefühl, dass sie seit sie ein junges Mädchen war, von einem schweren Abschied zum nächsten taumelte – wie sollte man das bis zum Tod nur aushalten? Dennoch erwiderte sie den Druck seiner Hand und antwortete schniefend: „Ich verspreche es Euch, Jean.

Und wie auch immer meine Entscheidung ausfällt, seid gewiss, dass ich Euch immer in Dankbarkeit, Freundschaft und Liebe verbunden sein werde." Sie wischte eine Träne von der Wange, die sich gelöst hatte und zwang sich dazu, aus dem Fenster die immer näher kommende Festung zu betrachten.

84 Franz.: Bitteschön, das ist gut für Ihr Herz.

Bis zum Halt am Gasthof schwiegen alle.

Der Gasthof war klein und gemütlich. Johanna und die Zofe ließen sich an einem Tisch hinter einem trüben Fenster nieder, durch das sie zumindest verschwommen den Weg hinauf zur Festung im Blick hatten. Die Wirtin servierte ihnen auf Anordnung des Barons eine kräftigende Brühe, die die Frauen schweigend in sich hinein löffelten.

Dann begann die lange Zeit des Wartens. Die Zofe kramte aus ihrem Beutel eine komplizierte Stickarbeit hervor, an der sie im Halbdunkel des Gastraums emsig weiter stichelte.
Johanna hingegen starrte regungslos hinaus. Plötzlich fiel ihr etwas ein: Sie hatte ja noch den Brief des Freiherren von Stengel! Damit würde sie sich nun ablenken.

Sie suchte das immer noch versiegelte Schriftstück und brach es auf. *„Werte Johanna“*, begann das Schreiben, wobei sie sich zum wiederholten Mal über die ordentliche Handschrift des Freiherren wunderte.

„Bevor wir für immer scheiden, möchte ich Euch noch ein paar Worte zu unserem letzten und sehr unerfreulichen Treffen sagen. Es tut mir unendlich leid, dass ich Euch gegenüber die Contenance verloren habe. Glaubt mir bitte, es ging mir immer um Euer Wohl und unsere Freundschaft. Dennoch ist mir klar, dass diese Art der Beziehung zwischen einer Frau und einem Mann auf Dauer nicht sein kann – vor allem, wenn unterschiedliche gesellschaftliche Verpflichtungen hinzukommen. Ich habe mir mein Schicksal ebenso wenig ausgesucht, wie Ihr Euch das Eure. Auch Euer Weg bleibt vorbestimmt; und das wohl wieder an der Seite Eures Gatten. Mein Leben wird nun in München stattfinden und ich möchte mich bei Euch verabschieden. Es waren schöne Momente mit Euch, die ich nie vergessen werde, genau so wie Euch selbst. In ergebenster Freundschaft, Euer Stephan Freiherr von Stengel“.

Johanna ließ den Brief sinken. Wieder ein Abschied, wenn auch versöhnlicher, als ursprünglich gedacht. Nun ja, er hatte sich immerhin entschuldigt. Sie faltete das Papier wieder zusammen und verstaute es in ihrem Beutel. Dann starrte sie wieder hinaus.

Es dämmerte bereits und die Sicht wurde schlechter. Ob Jean noch vor Einbruch der Dunkelheit mit Neuigkeiten eintreffen würde? Und was, wenn nicht? Ob sie hier ein Obdach bekämen? Sie schaute sich im Gastraum um.

Vermutlich schon, Johanna und die Zofe waren die einzigen Gäste. Irgendwo in diesem Haus würde es sicherlich eine Kammer für sie geben.

Johanna wusste später nicht mehr, wie lange sie grübelnd ins Dunkle hinaus gestarrt hatte, als sie ein flackerndes Licht in der Ferne sah. Sie sprang auf und rannte zur Tür. Es gehörte zu einer Kutsche, die sich eilig näherte. Schon bald erkannte sie ihr eigenes Reisegefährt und schloss für einen Moment die Augen. Was würde die Kutsche ihr bringen?

Der Kutscher zügelte die Pferde und brachte brachte unmittelbar vor dem Gasthof zum Stehen. Atemlos verharrte Johanna im einigermaßen beleuchteten Eingang der Wirtsstube und beobachtete aufmerksam den Verschlag der Kutsche, der sich langsam von innen öffnete. Sie schluckte.

Dann erkannte sie den Baron, der mit ernster Miene vor sie trat und dabei die Sicht auf das Kutscheninnere verstellte.

„Er... isch `abe ihn..." Jean begann zu stammeln, was an sich gar nicht zu ihm passte. Johanna erstarrte vor Schreck und fragte mit krächzender Stimme: „Ist er tot?"

Mais non[85]. Das nischt. Aber...." er presste die Lippen zusammen und zuckte hilflos mit den Schultern.

„Was aber? Ist er krank?" Johanna versuchte sich an dem Franzosen vorbei zu drängeln, doch er hielt sie mit erstaunlich festem Griff davon ab, in die Kutsche hinein zu schauen.

„Jo`anna, `altet ein und `ört mir erst einmal zu!" Er schüttelte sie sanft und schaffte es so, ihre Aufmerksamkeit zu erlangen. „Nein, er ist nicht krank. Das `eißt vielleischt doch... wie man es nimmt." Er zögerte kurz und fuhr dann fort: „Er ist sehr betrunken. Und das ganz sicherlisch nicht zum ersten Mal."

Johanna löste sich mit einem energischen Ruck aus den

85 Franz.: Aber nein.

Händen des Barons und drängte ihn beiseite. Als ihr Blick in die Kutsche fiel, erstarrte sie. Auf der hinteren Bank lag ein Mann, der nur noch entfernt Ähnlichkeit mit Clemens Santorini hatte. Sie griff nach der Laterne, die Jean ihr wortlos gereicht hatte und leuchtete in das Gesicht des schlafenden Mannes:

Der Mund stand offen, die langen dunklen Haare hingen ihm wirr über das Gesicht. Der Mann schnarchte hörbar und roch unangenehm wie jemand, der dem Suff verfallen war.

Johanna kannte solche armseligen Kreaturen aus den Straßen Mannheims oder Heidelbergs. Ihr Blick glitt weiter über den Köper, der in einer fleckigen Hose, einem zerknitterten Leinenhemd und ein paar abgewetzten Stiefeln steckte.

Er war alles andere als schlank, was Johanna sehr irritierte. Clemens Santorini war ein gut gebauter Kerl gewesen – damit hatte diese Kreatur hier nichts gemein.

Noch einmal betrachtete sie aufmerksam das Gesicht des Schlafenden. Es war aufgequollen und von einer ungesunden gelblich-grauen Farbe. Doch es gab keinen Zweifel, die schwungvollen Lippen verrieten ihn: Dieser Mann war Clemens Santorini. Johanna stieß einen leisen Schrei aus und verlor das Bewusstsein.

Als sie wieder zu sich kam, lag sie auf einer Liege in einer kleinen Kammer im Obergeschoss des Gasthauses. Ihre Zofe fächelte ihr Luft zu und Jean de la Frontière saß an ihrer Seite und massierte ihre Hände.

„Jo`anna, endlich!“ Er strich ihr über das Gesicht. „Isch `abe mir schon große Sorgen gemacht.“

„Bitte sagt, dass es nicht wahr ist“, wimmerte sie, nachdem ihr wieder einfiel, was passiert war. „Das kann nicht mein Clemens sein. Was haben sie mit ihm gemacht?“ Sie begann leise zu weinen.

Der Baron winkte die Zofe mit einer Handbewegung hinaus und begann damit, leise auf Johanna einzureden: „So beru`igt Euch doch, ma chère, es wird alles wieder gut.“

„Gut? Was soll wieder gut werden?“ Sie schluchzte laut.

Schweigend reichte Jean ihr eines seiner blütenweißen Taschentücher und wartete geduldig, bis sie sich geschnäuzt und ein wenig gefangen hatte. Dann begann er mit leiser Stimme zu erzählen, wie die Begegnung mit Clemens Santorini auf Schloss Ziegenhain verlaufen war.

Als der Baron mit der Kutsche über die Brücke durch den imposanten Eingang der Festung auf den Paradeplatz fuhr, hatten sich dort gerade Truppen zum Appell versammelt. Entsprechend groß war die Aufmerksamkeit, die dem unerwarteten Besucher zuteil wurde. Doch Jean de la Frontière ließ sich von dem Spektakel nicht ablenken, sondern verlangte sofort, den Oberbefehlshaber zu sprechen.

Dieser empfing ihn in einem kleinen Gebäude unmittelbar am Paradeplatz, wo der Baron seine zahlreichen Papiere vorzeigte. Der Kommandeur kannte den Gefangenen zwar, wusste seinen Namen jedoch nicht. Der Baron verlangte ihn sofort zu sehen. Ängstlich wehrte der Kommandeur ab – war ihm doch ausdrücklich der Befehl erteilt worden, niemanden unautorisiert zu ihm zu lassen. Doch Jean war auch darauf vorbereitet und zückte eine entsprechende Erlaubnis.

Wie es darauf zu der Unterschrift des Landgrafen höchst persönlich gekommen war, wollte er gar nicht wissen. Fest stand lediglich, dass die Urkunde in der Schreibstube Elisabeth Augustes entstanden war – und Friedrich II. dort sicherlich nicht arbeitete! Dennoch: Das Papier zeigte Wirkung und der Kommandeur erhob sich nach einigen Minuten des Nachdenkens. Er führte den Baron zum Eingang des Turmes, wo zwei schwer bewaffnete Wachen eifrig salutierten.

Dann ging es eine enge Treppe hinauf in das Obergeschoss, wobei Jean noch zweimal Wachtposten passierte. Endlich standen sie vor einer schweren Eisentür mit einer Luke darin, die sich über einen Holzschieber öffnen ließ. Der Kommandeur öffnete das kleine Fenster, starrte hinein und schnalzte unwillig mit der Zunge. „Er ist wieder einmal unpässlich“, seufzte er, „ich weiß auch nicht, warum unser hoher Herr der Landgraf ihn so viel Wein trinken lässt.

Das hat noch keinem gut getan!“ Dann öffnete er die

beiden schweren Eisenriegel und drehte einen imposanten Bronzeschlüssel im Schloss. Er stieß die Tür auf und überließ dem Baron untertänig den Vortritt.

Clemens Santorini kauerte auf einem Hocker vor dem Piano und starrte leer vor sich hin. Als die Tür sich öffnete, wandte er den Kopf. „Was wollt Ihr? Ich kann keine Huren mehr sehn." Er lallte und schwankte bedenklich auf dem kleinen Hocker hin und her.

Entschuldigend sah der Kommandeur Jean an. „So ist es immer: Entweder, er ist total betrunken oder völlig verzweifelt. Die schönsten Frauen waren schon hier – und nichts konnte ihn aufheitern. Dabei bekommt er Wein und gutes Essen, so viel er will. Auf ausdrücklichen Befehl des Landgrafen. Ich verstehe das alles nicht."

„Das müsst Ihr auch nischt." Jean de la Frontière schob den Kommandeur aus dem Turmverlies hinaus. „Lasst misch mit ihm allein für ein paar Minuten, d'accord[86]?"

Erleichtert zog der Kommandeur ab. Offenbar war der Gefangene hier alles andere als beliebt. Der Baron kehrte in den Raum zurück, wo Clemens ihn schweigend musterte.

„Was wollt Ihr?" bellte er seinen Besucher plötzlich an, „Ich weiß nix darüber..." Er ließ seinen Kopf auf die Tasten des Pianos fallen, was für einen lauten Misston sorgte.

Jean zuckte unwillkürlich zusammen. Wie sollte er mit diesem Mann ins Gespräch kommen? War er überhaupt fähig zu verstehen, was man ihm sagte? Kurz entschlossen versuchte der Franzose es mit Direktheit: „Clemens, Ihr seid Clemens Santorini." Der Mann hob seinen Kopf und starrte Jean an.

„Isch bin \`ier, um Eusch zu befreien. Eure Gattin wartet auf Eusch. Jo\`anna. In einem Gast\`of \`ier ganz in der Nä\`e. Würdet Ihr bitte mit mir kommen?"

„Johanna?" Clemens lächelte wehmütig. „Ihr kennt meine Johanna? Sie hat mich vergessen, ganz bestimmt. Ach Johanna..." Er kippte zur Seite und fiel polternd vom Schemel auf den Holzboden, wo er regungslos liegen blieb. Der Baron beugte

86 Franz.: einverstanden?

sich über ihn und versuchte ihn wach zu rütteln – vergeblich. Clemens Santorini war derart betrunken, dass er nichts mehr mitbekam. Wie sollte er ihn so zu Johanna bringen? Und vor allem: Wie würde sie reagieren? Mutete er ihr nicht zu viel zu?

Trotz aller Bedenken entschloss er sich dazu, den Gefangenen sofort mitzunehmen, falls mit den Papieren doch nicht alles mit rechten Dingen zuging. Mit lauter Stimme rief er nach dem Kommandeur und den Wachen. Er ordnete an, den schlafenden Mann hinunter zur Kutsche zu bringen.

Dann durchsuchte er das Turmverlies nach persönlichen Gegenständen, fand jedoch nichts außer zahlreichen leeren Weinflaschen, einem randvoll gefüllten Nachttopf, einigen schmutzigen Kleidungsstücken und ein paar handgeschriebenen Noten. Die packte er ein und folgte den fluchenden Soldaten, die Clemens Santorini die enge Wendeltreppe hinunter schleppen mussten.

Als der Baron wieder ins Freie trat, war es bereits dunkel geworden. Er beaufsichtigte, wie Clemens in die Kutsche gelegt wurde, grüßte den Kommandeur höflich, bestieg ebenfalls das Gefährt und gab dem Kutscher das Zeichen zur Abfahrt. Die Kutsche passierte kurz darauf die Brücke über den Wassergraben und Jean atmete auf. Geschafft – er hatte es tatsächlich geschafft, seiner geliebten Johanna den Ehemann zurück zu bringen. Nur ob sie sich darüber wirklich freuen würde, wagte er mittlerweile zu bezweifeln.

Johanna hatte ihm schweigend gelauscht. Sie wusste nicht, was sie denken oder sagen sollte. In ihr stritten ganz unterschiedliche Gefühle um die Vorherrschaft: Dankbarkeit Jean gegenüber, dass er Clemens tatsächlich zurück gebracht hatte – aber auch eine Mischung aus Verlegenheit und Wut, da er ihn in einem solchen Zustand sehen musste.

Hinzu kam eine Spur Trauer, dass ihr Zusammensein mit dem Baron nun vorerst sein Ende gefunden hatte, und natürlich die Erleichterung, dass der Vater ihrer Kinder noch lebte.

Am meisten verunsicherte sie jedoch etwas ganz anderes: Sie hatte von dem Moment an, als sie ihren schlafenden Mann in der Kutsche zum ersten Mal wieder gesehen hatte, nicht für einen einzigen Moment so etwas wie Liebe gespürt.

Jean de la Frontière unterbrach Johannas Gedanken nicht. Offenbar ahnte er, was ihr alles durch den Kopf ging.

Auch ihm hatte der Abend zugesetzt – das Wiedersehen der Eheleute hatte er sich wohl anders vorgestellt. Johanna vermutete, dass ihm die Situation mindestens genauso unangenehm war, wie ihr und beschloss, ihn schnellstmöglich aus der Verantwortung zu entlassen. Sie richtete sich auf, atmete tief durch und fragte mit fester Stimme: „Was machen wir jetzt mit ihm?"

„Er liegt bereits in einer Kammer gegenüber. Isch ` abe bereits dafür gesorgt, dass ein Knecht auf ihn achtet. Er wird bis morgen sicherlisch schlafen – und dann liegt es an Eusch, ma chère." Der Baron lächelte matt.

„Wie meint Ihr das? Was liegt an mir?" Johanna verstand nicht, was er ihr damit sagen wollte.

„Nun, isch werde morgen schon vor Sonnenaufgang nach Kassel reiten." Gedankenverloren streichelte er Johannas Hand. „Das `abe isch der Kurfürstin versprochen.

Isch lasse Eusch meine Kutsche und den Kutscher; er `at auch die Passierscheine. Kehrt so schnell Ihr könnt mit Eurem Mann nach Mann`eim zurück. Dort werde isch Eusch im Sommer treffen." Er seufzte. „Wir werden se`en, was die Zeit bis da`in bringt." Dann nahm er Johannas Gesicht in beide Hände, drückte ihr einen Kuss auf die Stirn und bat sie eindringlich: „Gebt Eurem Mann Zeit, sisch in der Welt wieder zurescht zu finden. `elft ihm dabei, so gut Ihr könnt. Aber verspprescht mir eines, Jo`anna:" – sein Gesichtsausdruck bekam etwas Flehendes – „Wenn Ihr nischt mehr zueinander findet, dann seid ehrlisch, `ört auf Euer Gefühl und kommt zu mir. Isch werde immer auf Eusch warten."

Er erhob sich von der Bettkante und verlies hastig die Kammer, ohne sich noch einmal nach Johanna umzudrehen. Er hätte ohnehin nur ihr Entsetzen gesehen, das den Gefühlswallungen gewichen war. Konnte das der endgültige Abschied von

Jean gewesen sein? Gut, er hatte seinen Besuch in Mannheim avisiert, aber was würde die Zeit bis dahin bringen? Würde sie all die Schwierigkeiten, die sie auf sich zukommen sah, wirklich allein meistern können?

Sie trauerte jetzt schon um den Verlust des Barons und hatte darüber die zu erwartende Begegnung mit Clemens völlig vergessen. Erschöpft und weinend fiel sie irgendwann in einen tiefen und traumlosen Schlaf und wachte erst wieder auf, als sie leises Wiehern und Hufgetrampel von draußen hörte.

Hastig setzte sie sich auf. War das Jean, der abreiste? Sie versuchte sich in der Dunkelheit zu orientieren. Die Kerze, die gestern Abend noch brannte, war in der Zwischenzeit erloschen – vermutlich hatte die Zofe sie noch ausgeblasen.

Durch ein kleines Fenster am anderen Ende des Raumes konnte sie zumindest erkennen, dass die Morgendämmerung angebrochen war. Sie beschloss, aufzustehen und in der Gaststube nach einem Becher warmer Milch und einem Frühstück zu fragen. Schließlich musste sie Kraft für die Begegnung sammeln, die noch vor ihr lag.

Clemens Santorini betrat den Wirtsraum, als Johanna mit ihrem Frühstück bereits fertig war. Er starrte Johanna an, als wäre sie ein Geist. Regungslos blieb er mitten im Raum stehen und sagte kein Wort. Johanna verharrte ebenfalls still, wobei ihr das Herz bis zum Halse schlug. Immerhin hatte ihr Mann sich das Haar ordentlich zu einem Zopf gebunden und sein Gesicht ganz offensichtlich mit kaltem Wasser belebt.

Dennoch war sein Anblick erschreckend: Er hatte unglaublich zugenommen und wirkte nicht nur im Gesicht ungesund aufgedunsen.

„Du bist also doch gekommen." Clemens hatte so leise gesprochen, dass Johanna ihn kaum verstand. „Und ich hatte schon gedacht, ich würde in dem Karzer sterben." Er senkte den Kopf.

Johanna sprang auf. Der alte Holzstuhl, auf dem sie gesessen hatte, fiel hinter ihr polternd um, doch das bekam sie gar nicht mehr mit. Sie lief quer durch den Raum zu Clemens hinüber und warf sich schluchzend in seine Arme. Sie fühlte, wie er sich geradezu an sie klammerte und spürte seinen Körper beben. Er weinte.

Sie wusste nicht, wie lange sie in enger Umarmung mitten in der Gaststube gestanden hatten, ehe ein Räuspern der Wirtin sie aufschreckte. Johanna löste sich von Clemens und zog ihn hinüber an den Tisch, wo ihnen umgehend ein weiteres Frühstück serviert wurde. Schweigend aß Clemens einen Kanten Brot. Als er die warme Milch in dem Becher erblickte, verzog er das Gesicht zu einer Grimasse, doch Johanna nickte ihm aufmunternd zu. „Trink, das wird dir gut tun.“

„Die Kinder. Was machen die Kinder?“ Clemens musterte sie aufmerksam. Johanna lächelte. Wie schön, dass er vor allen anderen Fragen genau diese zuerst stellte! Instinktiv begriff sie, dass Clemens noch Zeit brauchte, ehe er seine Geschichte erzählen würde, aber sie hatten ja genug davon.

Eine mindestens viertägige Reise lag vor ihnen, die würden sie dazu nutzen. Wahrscheinlich würde es Clemens leichter fallen, wenn sie zunächst von ihren Erlebnissen der letzten Jahre und natürlich den Kindern berichten würde. Johanna holte tief Luft und begann mit Louisa und Francesco.

Sie erzählte von der Entwicklung, die beide durchlaufen hatten, von ihrem Leben in Heidelberg bei Tante Clara und dem größten Herzenswunsch der beiden, doch endlich den Papa wieder zu sehen. Clemens wischte sich die Augen, er kämpfte immer wieder mit den Tränen.

Sie schilderte das Leben in Mannheim, ihre Arbeit in der Apotheke und der Hebammenschule und ihre neuen Freundschaften mit der Dame Delph und Johann Wolfgang Goethe. Clemens hörte stets schweigend, aber aufmerksam zu und unterbrach sie nie.

Erst als sie in der Reisekutsche saßen, lenkte Johanna das Thema auf Clemens Verschwinden. Sie verschwieg ihm nicht, wie entsetzlich sie seine Geheimnistuerei kurz davor empfunden hatte und wie sie zu dem Entschluss gekommen war, ihn in Mannheim zu suchen. Bis ins kleinste Detail beschrieb sie ihm ihre Bemühungen und die Unterstützung von Onkel Philipp und Verschaffelt, etwas über seinen Verbleib herauszufinden. Sie erwähnte von Stengel und den jungen Hans von Hausen, doch Clemens fragte nie weiter nach. Erst als sie den Brief ins Spiel brachte, den Clemens ihr geschrieben hatte, kam Leben in ihn.

„Dieser Brief, ja. Ich hatte gehofft, du verstehst, was ich dir damit sagen wollte..." Traurig blickte er sie an. Dann fing er stockend an seine Geschichte zu erzählen. Und so erfuhr Johanna, dass Clemens zunächst wochenlang auf einer Irrfahrt durch das Land kutschiert worden war, ohne jemals wirklich mitzubekommen, wo er sich genau befand.

Man hatte ihn dazu mit irgendwelchen Tränken in einen dauerhaften Schlummerzustand versetzt, bei dem er zwar in der Lage gewesen war, ab und zu etwas zu essen und zu trinken, aber mehr nicht. Irgendwann hatte Clemens das Zeit- und Raumgefühl vollständig verloren. Wann genau er in Ziegenhain inhaftiert worden war, wusste er nicht – lediglich an einen Tag konnte er sich genau erinnern: An jenem Morgen war ein feiner Herr bei ihm erschienen, der sich später als Friedrich II. Landgraf von Hessen-Kassel vorstellte. Der Landgraf wollte nichts Geringeres von ihm, als über den Schatz der Medici etwas zu erfahren – angeblich ging man in Hofkreisen davon aus, dass Clemens darüber etwas wusste. Der Landgraf erklärte ihm seine Möglichkeiten: Entweder, er würde ihm das Geheimnis verraten – oder man ließ ihn hier in der Festung lebenslang eingekerkert.

Ohne eine Antwort von ihm abzuwarten, hatte Friedrich dann die Turmstube verlassen und seinen erneuten Besuch in ein paar Wochen oder Monaten angekündigt.

Am selben Tag war der Kommandant erschienen, um ihn einen Brief an seine Frau schreiben zu lassen. Er sollte darin vorgeben, nach Amerika verschickt zu werden.

Verzweifelt hatte Clemens versucht, auf die Schnelle möglichst viele Informationen über seine Entführung und seinen Aufenthaltsort darin unterzubringen, ohne dass es dem

Kommandanten auffiel, doch einfach war das nicht.

Immerhin hatte Johanna ein paar Botschaften schnell entziffern können und sie schilderte ihm ihre Überlegungen zu den merkwürdigen Zeilen.

Leider ging es Clemens im Laufe der Reise gesundheitlich immer schlechter. Er bekam Schüttelfrost und Fieber und war von einer inneren Unruhe getrieben, die ihn kaum schlafen ließ. Immer wieder verlangte er nach Wein, doch Johanna widersetzte sich diesem Wunsch vehement.

Ihr war nämlich schnell klar geworden, dass ihr Mann in eine schwere Abhängigkeit von besinnlichen Getränken gebracht worden war – nicht zuletzt das war ein Grund für seine ungesunde Gesichtfarbe und den aufgedunsenen Körper.

Sie wusste, dass es Monate dauern könnte, bis Clemens von dieser Sucht geheilt war, und dass der Weg dorthin steinig werden würde. Schon jetzt reagierte er trotz seiner körperlichen Schwäche zornig und beinahe gewalttätig auf die Verweigerung von Wein oder Bier, und manches Mal musste der Kutscher ihr dabei helfen, ihm in seiner Kammer einen Schlaftrunk einzuflößen, damit er sich beruhigte. Johannas Gefühle wechselten in solchen Situationen zwischen Mitleid und Wut – zu mehr war sie noch nicht in der Lage.

Je näher sie der Kurpfalz kamen, desto mehr Details erfuhr Johanna von Clemens. Diese Geschichte mit Enrico da Foti und der angeblichen Erbschaftsangelegenheit ging tatsächlich auf eine flüchtige Bekanntschaft mit einem Regensburger Sängerkollegen zurück.

Dass dieser schon damals im Dienst des Landgrafen stand, konnte Clemens natürlich nicht wissen – wie sollte er auch ahnen, dass ausgerechnet ein begabter Tenor und dann auch noch ein Landsmann hinter ihm her spionierte?

Offenbar hatte es einen feucht-fröhlichen Abend im Regensburger Ratskeller gegeben, bei dem Clemens ein wenig zu viel über seine Herkunft verraten hatte und möglicherweise – daran konnte er sich jedoch nicht mehr genau erinnern – auch über die Rolle seines Vaters im Zusammenhang mit dem

Medici-Erbe.
Er hatte den Handlanger des Landgrafen danach übrigens nie mehr gesehen – aber zu Recht vermutet, dass er irgendwann bei Johanna auftauchen würde.

Um seine zwielichtige Rolle dabei herauszustreichen, hatte Clemens ihn einfach Enrico da Foti genannt, obwohl dieser Köder, mit dem er letztendlich in die Kutsche gelockt worden war, natürlich gar nicht existierte.

Ein kurzer Abgleich mit Johannas Beschreibung bewies dann auch, dass der wie vom Erdboden verschwundene Hauslehrer der Kinder identisch mit dem Regensburger Sängerkollegen war – aber so etwas hatte Johanna ohnehin schon vermutet. Sie verstand nur bis heute nicht, warum Clemens ihr damals in den Weihnachtagen nicht die Wahrheit erzählt hatte.

„Ich weiß es nicht, Johanna." Er seufzte schwer. „Es war eine Mischung aus Angst vor der Vergangenheit, deinem Misstrauen mir gegenüber, wenn ich irgendwo unterwegs war und dem Wunsch, dich und die Kinder zu schützen.

Es war dumm von mir, das ist mir dann ziemlich schnell klar geworden." Clemens klang bitter. Ihm ging es nicht nur körperlich schlecht, auch seine Seele litt Höllenqualen, das entging Johanna nicht.

Dennoch konnte sie sich noch nicht dazu durchringen, ihm näher zu rücken oder gar körperlichen Kontakt zu suchen. Er war ihr fremd geworden, wenngleich ab und zu ein paar Facetten seines Wesens durchblitzten, die sie wieder erkannte.

Natürlich wollte Clemens im Laufe der Reise wissen, wie es Johanna gelungen war, ihn tatsächlich aufzuspüren und vor allem auch mithilfe des französischen Barons frei zu bekommen. Johanna erzählte ihm von der Nacht mit Verschaffelt im Schwetzinger Schlosspark und dem magischen Quadrat.

„Erinnerst du dich noch an unser Abenteuer dort?" Clemens hatte ihren Redefluss mit leiser Stimme unterbrochen.

Johanna nickte, beschloss jedoch nicht darauf einzugehen, sondern fuhr mit ihrer Schilderung fort.

Als sie beim Besuch in dem Frankfurter Bankhaus angelangt

war und ihrem Mann die Schätze beschrieb, die sie in dem Schließfach gefunden hatten, kam er aus dem Staunen nicht mehr heraus. „Also doch!“ Aufgeregt rieb er sich die Hände. „Ich wusste es – irgendwo musste all das Gold sein. Wir sind jetzt reich, Johanna.“

Doch diesen Zahn zog sie ihm sofort und berichtete von der Abmachung, die sie mit der Kurfürstin getroffen hatte: „Deine Befreiung gegen den Schatz der Medici – anders ging es nicht.“ Betroffen starrte er sie an. „Dann war also alles umsonst?“ Er senkte den Kopf. „Ich fasse es nicht, all das viele Geld...“

Johanna platzte der Kragen. „Ach so siehst du das also?“ Empört fächelte sie sich mit der rechten Hand Luft zu. „Ich hätte also *dein Gold*“ – sie lachte höhnisch – „retten sollen, und nicht etwa dich? Weil Geld ja so ein prächtiger Vater für unsere Kinder ist, nicht wahr?“

„Johannalein...“ versuchte Clemens sie zu unterbrechen, doch das brachte Johanna noch mehr in Rage:

„Ich bin nicht mehr dein *Johannalein*, das solltest du dir in Zukunft merken!

Ich habe zweieinhalb Jahre dafür gekämpft, dass du hier in dieser Kutsche sitzt und endlich zu deiner Familie zurückkommst – und was machst du? Du trauerst dem Geld hinterher. Du solltest dich schämen, Clemens Santorini!“

Den Rest der Fahrt schwiegen sie sich an. Erst kurz bevor sie das Stadttor Mannheims erreichten, wagte Johanna eine Frage, die ihr seit langem auf dem Herzen lag.

Sie wusste nicht recht, wie sie sich ausdrücken sollte, auch war ihr bewusst, dass dieses Thema nicht dazu beitragen würde, die schwierige Situation mit Clemens zu verbessern, doch sie musste es einfach wissen: „Clemens, was ist dran an den Gerüchten, dass du regelmäßig Damenbesuch hattest?“

Clemens stöhnte. „Muss das jetzt sein?“ Er blickte Johanna flehentlich an, doch sie blieb hart. „Ja, ich will es wissen. Es ist wichtig für mich.“

Er rieb sich die Augen und seufzte. „Ja, es stimmt. Aber es hat mir nie etwas bedeutet.“

Johanna schwieg. Irgendwann würde sie mehr darüber erfahren wollen, doch dazu war sie im Moment nicht in der Lage. Sie wusste ohnehin nicht, wie sie die nächsten Wochen an der Seite dieses Mannes – ihres Mannes verbesserte sie sich in Gedanken – überstehen sollte.

Wie würden die Kinder auf Clemens reagieren, was wäre mit Tante Clara, Onkel Philipp und Verschaffelt? Würden sie ihn wieder aufnehmen, als wäre nichts gewesen? Was würde Clemens in Mannheim oder Heidelberg tun? Gut, er müsste sich sicherlich zunächst einmal von den Strapazen der letzten Jahre erholen und seine Gesundheit wieder in den Griff bekommen, aber dann, was wäre dann? Sorgenvoll blickte Johanna aus dem Fenster der Kutsche, als sie durch die Straßen der Quadratestadt fuhren.

Doch ihre Befürchtungen waren unbegründet – zumindest was den Rest der Familie betraf. Sie erwarteten Johanna und Clemens bereits alle vor der Apotheke und das Wiedersehen zwischen Louisa, Francesco und ihrem Vater war herzzerreißend. Auch die Erwachsenen nahmen ihn liebevoll in Empfang – lediglich Onkel Philipp bemerkte Johannas Reserviertheit.

Er nahm sie beiseite und fragte leise: „Ist alles in Ordnung zwischen euch?“ Anstelle einer Antwort raffte Johanna ihre Röcke und lief ins Haus hinein. Sie hastete die Stufen in ihr Kabinett hinauf, warf sich auf ihr Bett und fing bitterlich an zu weinen. Wie sollte sie jemals wieder glücklich werden können?

Erstaunlicherweise verliefen die kommenden Tage jedoch recht angenehm im Bechtlerhaus. Clemens beschäftigte sich beinahe ausschließlich mit den Kindern, was diese sehr genossen; außerdem schlief er sehr viel. Er aß wenig, trank nur Wasser und Kräutertee und langsam verlor er Gewicht. Schon nach dem ersten ausgiebigen Bad in der Wanne, die Onkel Philipp in der Küche hatte aufstellen lassen, wirkte er ganz anders. Saubere Kleidung tat das Ihrige dazu. Dennoch fiel es Johanna nicht leicht, die Gegenwart ihres Mannes zu ertragen. Sie bemühte sich immer wieder, mit ihm ins Gespräch zu kommen, doch wirklich nahe kamen die beiden sich nicht. Das entging auch ihrer Tante und ihrem Onkel nicht, doch sie hielten sich zurück. „Die Zeit wird es schon bringen“, hatte Tante Clara am ersten Abend nach ihrer Rückkehr tröstend zu ihr gesagt, doch Johanna mochte nicht so recht daran glauben.

Wenige Tage später wurde Johanna zusammen mit Verschaffelt an den Hof gerufen. Da der Kurfürst immer noch in München weilte, war klar, dass Elisabeth Auguste hinter dem Befehl stand – wohl um ihren Anteil an der Vereinbarung einzufordern. Johanna notierte die Schließfachnummer und die neue Losung ordentlich auf einem Blatt Papier, das sie sorgsam faltete und versiegelte.

Dann brach sie gemeinsam mit Verschaffelt auf. Sie war Clemens Ziehvater ausgesprochen dankbar dafür, dass er sie auf dem Weg zum Schloss nicht weiter zu ihrem Verhältnis zu ihrem Mann befragte – vermutlich dachte er sich ohnehin seinen Teil.

Im Ehrenhof hielten sie sich wie angeordnet rechts und betraten weitgehend unbemerkt die Schlosskirche. Dort wandten sie sich der Sakristei zu, vor der bereits ein Wachtposten auf sie wartete: Er ließ Johanna passieren und bedeutete Verschaffelt, vor der bereits wieder geschlossenen Tür zu warten. Johanna schaute sich neugierig um und betrachtete die vielen liturgischen Gegenstände, die hier auf den Tischen herumstanden. Sie war noch nie zuvor hier gewesen. Plötzlich öffnete sich eine Wandtür, die Johanna nicht bemerkt hatte. Augenblicklich versank sie in einem tiefen Hofknicks.

„Sie erhebe sich.“ Die Stimme der Kurfürstin war im Alter tiefer geworden, auch hatte sie ordentlich an Umfang zugelegt, wie Johanna auf den ersten Blick erkannte. Schweigend wartete sie ab.

„Wir hörten, dass sie ihren Gatten wieder gefunden hat und es gereicht uns zur Freude“, begann Elisabeth Auguste, während sie ihr Gesicht immer wieder hinter einem Fächer verbarg. „Nun, unser Cousin in Kassel hat sich bei uns bereits für die Unannehmlichkeiten entschuldigt. Und jetzt ist es an ihr, Bechtlerin, ihren Teil zu erfüllen.“

Johanna wunderte sich, warum die Kurfürstin sie bei ihrem Mädchennamen nannte. Dennoch kramte sie hastig in ihrem Beutel und überreichte der imposanten Frau das versiegelte Papier. Die Kurfürstin brach es und ließ ihre Augen über den Zettel gleiten. „Louisa und Francesco, soso.
Sind das die Namen ihrer Kinder?“

Johanna nickte schweigend. Ihr war damals auf die Schnelle keine bessere Losung eingefallen.

„Sie soll nicht leer ausgehen“, ließ sich die Kurfürstin wieder vernehmen, „ihr wird eine Leibrente zuteil.“ Sie nannte eine Summe und fuhr fort: „Wo wird sie leben? Wird sie für immer zurück in die schöne Kurpfalz kommen?“

Klang da so etwas wie Wehmut aus der Stimme Elisabeth Augustes? Johanna hatte ja schon davon gehört, dass die Kurfürstin auf keinen Fall nach München übersiedeln wollte. Vielleicht täuschte sie sich auch. „Ich weiß es noch nicht, Durchlaucht.“ Johanna knickste noch einmal und ergänzte „Es wird sich finden.“

„Es findet sich immer alles, Bechtlerin“, erwiderte die Kurfürstin mit ungewohnt sanfter Stimme, „man weiß nur nie, ob man selbst dabei am richtigen Platze ist.“ Sie hielt kurz inne und Johanna wagte kaum zu atmen. „Sie soll sich aber darüber klar sein, dass eine Familie mit Kindern das Größte ist, was der Herrgott zu verschenken hat. Ein Leben allein an der Seite eines rastlosen Mannes ist es sicherlich nicht.“

Elisabeth Auguste nickte Johanna noch einmal hoheitsvoll zu und verschwand mit rauschenden Kleidern wieder hinter der Wandtür. Johanna blieb derweil regungslos stehen. Was hatte ihr die Kurfürstin damit sagen wollen? Dass Jean de la Frontière ihr keine glückliche Zukunft bieten würde? Hatte Elisabeth Auguste dabei an ihren eigenen Gatten gedacht, mit dem sie lediglich politische Interessen verbanden, aber weder eigene Kinder noch Gemeinsamkeiten im Alltag?

Wenn man bei Kurfürsten überhaupt von einem Alltag sprechen konnte. Ob die Kurfürstin sie um ihre Familie vielleicht sogar ein wenig beneidete? Möglich war es schon, aber irgendwie auch unwirklich. Wie gut, dass Verschaffelt damals etwas von dem Gold eingesteckt hatte, fiel ihr spontan ein. Die angekündigte Leibrente war wirklich nicht allzu üppig. Der Künstler hatte das richtig eingeschätzt. Johanna schüttelte den Kopf und riss sich von ihren Gedanken los.

Verschaffelt wartete draußen – und zuhause wollte man sicherlich wissen, wie die Audienz verlaufen war. Alles würde sie nicht erzählen – zumal sie bislang vor Clemens mit keiner Silbe erwähnt hatte, was der Baron de la Frontière ihr wirklich bedeutete.

Das musste sie auch nicht, Clemens konnte sich seinen eigenen Reim darauf machen. Schon am nächsten Tag stand der Franzose nämlich überraschend in der Apotheke und lächelte Johanna unsicher an. Clemens verfolgte die Begegnung aus dem Hinterzimmer heraus und deutete die Verlegenheit der beiden und die heimlichen Gesten der Vertrautheit durchaus richtig. Der Baron hatte seine Mission in Kassel erledigt und sprach bei Johanna wie vereinbart vor, um sich nach ihrem Befinden und den jüngsten Entwicklungen zu erkundigen.

Leider wusste er nicht, dass Clemens alles mitbekam, was die beiden sprachen – und Johanna gelang es nicht, ihn auf den versteckten Zuhörer hinzuweisen. Vielleicht hätte sie Clemens einfach nach vorne bitten und beide einander noch einmal formvollendet vorstellen sollen, doch das fiel ihr in dem Moment einfach nicht ein.

„Isch reise Ende der Woche ab. Nach Münschen an den `of. Wollt Ihr misch begleiten?" Jean blickte sie mit ernstem Blick an und fügte leise hinzu: „Isch würde Eusch die Welt zu Füßen legen, ma chère."

Johanna schluckte. Das war der Moment, vor dem sie sich so sehr gefürchtet hatte. Nur ein paar Sätze trennten sie vor einer der wichtigsten Entscheidungen ihres Lebens. Oben über der Apotheke hörte sie die Kinder laut herumpoltern und eine Kirchturmuhr schlug irgendwo in der Nähe die volle Stunde. Sie spürte Clemens Anwesenheit im Nebenzimmer und war sich der körperlichen Nähe Jeans schmerzhaft bewusst. Dennoch, sie musste es tun. Jetzt und sofort.

„Jean, ich komme nicht mit.“ Sie versuchte den Klos herunterzuschlucken, der sich in ihrem Hals gebildet hatte. „Mein Platz ist hier bei meinen Kindern und...“ sie stockte „...und bei meinem Mann. Bitte versteht das.“ Sie merkte gar nicht, dass ihr die Tränen über die Wangen liefen, so aufgeregt war sie bei diesen alles entscheidenden Worten.

Der Baron musterte sie schweigend und mit einem traurigen Lächeln. Es dauerte eine Weile, bis er antwortete, da er ihr zuvor zärtlich eine Träne von der Wange strich. „Isch verstehe Eusch, Jo`anna“, begann er schließlich, „...ein wenig zumindest. Isch respektiere Eure Entscheidung. Naturellement.
Aber bitte,“ er beugte sich ein wenig vor und flüsterte ihr den Rest des Satzes ins Ohr, „bitte zögert nicht Eusch bei mir in Erinnerung zu rufen, wenn Ihr Euren Beschluss bereut.

Isch werde mein Leben lang und überall auf dieser Welt auf Eusch warten.“ Er schlug die Hacken zusammen, verneigte sich zu einem hastigen Handkuss und verschwand. Johanna hörte seine Stiefel auf den Stufen zur Straße hinab klappern und wäre ihm am liebsten hinterher gerannt. Doch sie riss sich zusammen. Sie hatte sich entschieden, sich für ihre kleine Familie entschieden, und das war ganz sicher richtig.

Mechanisch begann sie damit, Glasphiolen in einer Schublade zu sortieren. Clemens sollte nicht merken, wie schlecht es ihr ging, doch er ließ sich nicht täuschen.

„Ich sehe, auch du hast mir bislang nicht alles erzählt.“ Er klang eher traurig als böse, fand Johanna. Sie hielt in ihrem Tun inne und drehte sich zu ihm um. „Ja, wir haben wohl beide unsere Erlebnisse gehabt, Clemens.“

Sie bemühte sich, das Beben in ihrer Stimme zu unterdrücken. „Und wir müssen damit lernen umzugehen, dass unser Vertrauen ineinander erschüttert ist, ich weiß.“ Sie seufzte. „Aber irgendwann werden wir auch das schaffen, nicht wahr?“

Ohne eine Antwort abzuwarten beugte sie sich wieder über die Schublade.

In diesem Moment wurde die Tür aufgerissen und Louisa

stürzte herein. „Mama, da ist ein Brief für dich! Tante Clara sagt, er kommt von einem ganz berühmten Dichter. Stimmt das?"

Johanna griff nach dem Billet und lächelte. Goethe hatte ihr geschrieben – was er wohl wollte? Sie riss die Kordel ab und faltete das Papier auseinander. *„Liebe Seelenverwandte"*, stand dort als Anrede, *„mir wurde zugetragen, Euer Herz befinde sich in großem Aufruhr."* Johanna schnaubte. Das sah der Dame Delph ähnlich! Vermutlich hatte sie sofort an Goethe geschrieben, als sie mit Clemens zurückgekehrt war. Aber woher sie von ihren Gefühlsnöten erfahren hatte, konnte sich Johanna nicht erklären. Doro hatte ihre Ohren einfach überall! Sie las weiter: *„Zur Erbauung schicke ich Euch eines meiner neusten Gedichte. Ich finde es tröstlich – und vielleicht gereicht es Euch auch zur Freude. In tiefer Verbundenheit, Euer Johann Wolfgang Goethe".* Darunter hatte er in fein säuberlicher Schrift sein Gedicht geschrieben:

Freudvoll

Freudvoll
Und leidvoll,
Gedankenvoll sein,
Langen
Und bangen
In schwebender Pein,
Himmelhoch jauchzend,
Zum Tode betrübt;
Glücklich allein
Ist die Seele, die liebt.[87]

Johanna ließ das Papier sinken. Was für ein großartiger Dichter - und was für ein guter Freund. Sie würde es schon irgendwie schaffen, das mit dem Glück, dem Leben und der Liebe.

Zaghaft lächelte sie zu Clemens hinüber.

87 Aus Egmont (1788); Lied von Klärchen im 3. Aufzug.

Nachwort

Dies ist ein historischer *Roman*. Er spiegelt das Leben in der Zeit von 1770 bis 1780 in der Kurpfalz wider. Der Handlungsfaden ist frei erfunden. Von daher sind Ähnlichkeiten mit heute lebenden Personen rein zufällig und nicht beabsichtigt.

Der Handlungsrahmen wurde den tatsächlichen Begebenheiten Ende des 18. Jahrhunderts angepasst.

Der geschichts- und ortskundige Leser wird vieles im historischen Umfeld wieder erkennen. Die einzelnen Ortsgeschichten haben wir sorgfältig recherchiert, jedoch neu erzählt und für unsere Handlung überarbeitet.

So war beispielsweise Johann Wolfgang von Goethe tatsächlich mehrfach in Heidelberg und stand auch in engem Kontakt mit Dorothea Delph – zu den überlieferten Aufzeichnungen des Dichters haben wir allerdings einiges hinzugefügt.

Auch Casanova war auf seinen Reisen mehrmals in Mannheim und hat sich dort (wie auch an vielen anderen europäischen Höfen) um eine Anstellung im diplomatischen Dienst bemüht. Seine Briefe und der enge persönliche Kontakt in die Kurpfalz sind allerdings frei erfunden.

Ähnlich kreativ sind wir mit all den anderen im Roman genannten Persönlichkeiten verfahren.

Um den so genannten „Medici-Schatz“ ranken sich bis heute Gerüchte und Legenden. Fakt ist, dass die nach dem Tod Jan Wellems zurück zu zahlende Mitgift an die Medicitochter Maria Louisa nicht in vollem Umfang erfolgt ist. Sicher ist auch, dass Kurfürst Carl Theodor und Elisabeth Auguste ein beträchtliches Vermögen von jener Medici erbten.

Hier und dort tauchten allerdings weitere Stücke aus der Erbschaft auf – doch was damals wirklich mit dem Schmuck, den Gemälden und dem vielen Geld geschah (und ob überhaupt etwas Illegales vorgefallen ist), weiß man bis heute nicht. Hartnäckig hält sich jedoch das Gerücht, dass der Bau des Schwetzinger Schlosses und seiner imposanten Gartenanlage irgendwie damit zu tun haben könnte und dass möglicherweise ein

Teil des Schatzes irgendwo dort noch auf seine Entdeckung wartet...

Der Mannheimer Hof zur Zeit Carl Theodors war nicht nur durch die Förderung von Wissenschaft, Musik und Künsten so bedeutend, sondern auch für seine vielen kleinen und großen Skandale rund um das Herrscherpaar bekannt.

Allein die vielen Seitensprünge des Kurfürsten und seiner Frau Elisabeth Auguste sind Gegenstand zahlreicher Kommentare von Zeitgenossen. Potenzmittel waren nicht zuletzt daher auch in Mannheim bei Hofe weit verbreitet.

Dabei reichte das Spektrum von harmlosen Pülverchen aus exotischen Tierhörnern bis hin zu hochgiftigen Substanzen, die nur zu oft zu gesundheitlichen Schädigungen führten. Der Konsum solcher Mittel ist für Carl Theodor nicht belegt, aber durchaus wahrscheinlich.

Carola Kupfer und Wolfgang Schröck-Schmidt
Regensburg und Schwetzingen im November 2011